O reino de Zália

O selo jovem da Companhia das Letras

Copyright © 2018 by Luly Trigo

O selo Seguinte pertence à Editòra Schwarcz S.A.

Grafia atualizada segundo o Acordo Ortográfico da Língua Portuguesa de 1990, que entrou em vigor no Brasil em 2009.

CAPA, ILUSTRAÇÕES DE CAPA E MIOLO Brunna Mancuso
BORDADO USADO NA CAPA Andréa Orue
PREPARAÇÃO Lígia Azevedo
REVISÃO Marina Nogueira e Luciane Helena Gomide

Dados Internacionais de Catalogação na Publicação (CIP)
(Câmara Brasileira do Livro, SP, Brasil)

Trigo, Luly
    O reino de Zália / Luly Trigo. — 1ª ed. — São Paulo : Seguinte, 2018.

    ISBN 978-85-5534-073-4

    1. Ficção – Literatura juvenil I. Título.

18-19183   CDD-028.5

Índice para catálogo sistemático:
1. Ficção : Literatura juvenil 028.5

Iolanda Rodrigues Biode – Bibliotecária – CRB-8/10014

[2018]
Todos os direitos desta edição reservados à
EDITORA SCHWARCZ S.A.
Rua Bandeira Paulista, 702, cj. 32
04532-002 — São Paulo — SP
Telefone: (11) 3707-3500
www.seguinte.com.br
contato@seguinte.com.br

f /editoraseguinte
@editoraseguinte
Editora Seguinte
editoraseguinteoficial

Ao meu pai, que nada tem a ver com o pai de Zália,
mas com quem, como ela, tive uma relação turbulenta
durante muito tempo.

Hoje, depois de trinta anos de altos e baixos,
experiências ruins e maravilhosas, obstáculos vencidos e desviados,
posso dizer que, além de perceber que ele é o pai perfeito pra mim,
ganhei também um grande amigo.

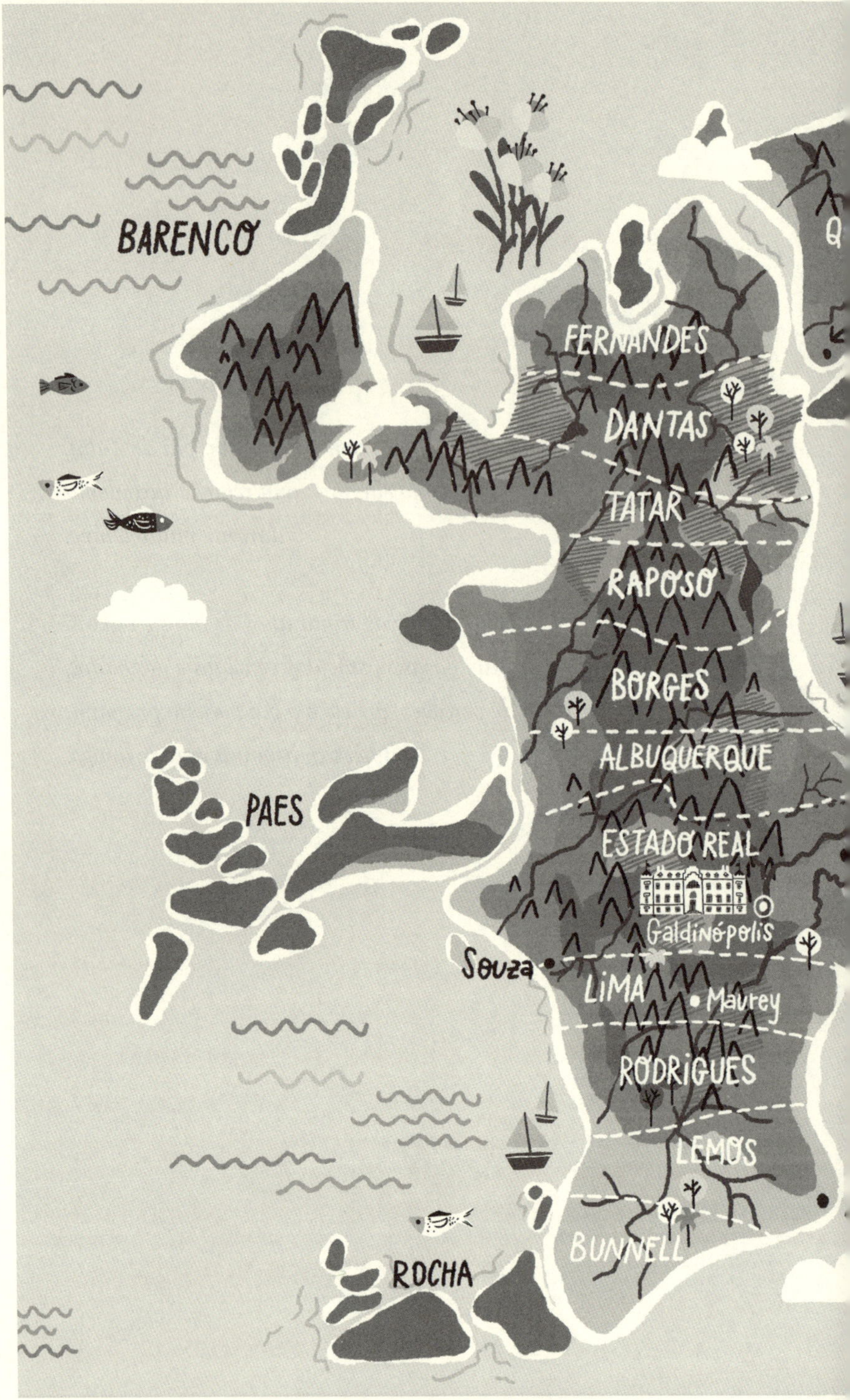
BARENCO
FERNANDES
DANTAS
TATAR
RAPOSO
BORGES
ALBUQUERQUE
PAES
ESTADO REAL
Galdinópolis
Souza
LIMA
Maurey
RODRIGUES
LEMOS
BUNNELL
ROCHA
Q

O CÉU ESTÁ TÃO AZUL QUE SINTO UMA VONTADE LOUCA de tirar uma foto. O vento entra na sala devagar, refrescando o fim da manhã calorenta. Depois das chuvas de outubro, novembro chegou trazendo o ar quente do verão que se aproxima.

O professor Goulart tagarela, corrigindo a parte que lhe cabe do CAES, o Concurso de Acesso ao Ensino Superior, que todos fizemos no meio do mês passado. A turma o observa atenta, preocupada com as notas, já que depende delas para ingressar nas faculdades de Galdino. Eu, no entanto, tenho entrada garantida em qualquer uma, coisa de que não me orgulho. Não gosto de ter vantagem porque nasci em berço real. Fico até constrangida. Isso me distancia ainda mais dos meus colegas e faz com que duvidem da minha capacidade, por isso sempre me dediquei aos estudos. Se sei que me dei bem no CAES, é porque me esforcei em dobro. Despreocupada com a nota, finjo prestar atenção enquanto admiro os milhares de árvores subindo a montanha no fim do terreno do internato, pensando em todas as fotos que já tirei ali.

Se tem uma coisa de que todo mundo se orgulha no arquipélago de Galdino, além das praias, claro, é nossa extensa floresta. Estamos entre os dez países com a maior concentração de mata intocada do mundo.

Não percebo quando o sinal toca e só saio do transe quando Julia puxa minha orelha.

— Será que você pode voltar para o planeta Terra? Estou com fome!

Levanto ainda sonhando com o sol que bate nas árvores e dou de cara com ela, a Bianca e o Gil me olhando com desaprovação.

— Como você consegue viajar tanto? — pergunta Bianca, rindo.

— É aula de história, não é? — zombo, me fazendo de inocente.

— Achei que o objetivo era esse.

Bianca me ignora e enrosca o braço no meu.

— Planeta Terra chamando Zália, planeta Terra chamando Zália — diz Bianca, deitando a cabeça no meu ombro enquanto saímos da sala.

Andamos grudadas pelo corredor do terceiro andar, enquanto os alunos nos dão passagem e nos cumprimentam. O tempo pode passar, mas eu não me acostumo com a maneira como sou tratada e os olhares curiosos que me seguem cem por cento do tempo. Não importa há quantos anos estudo aqui ou quão familiarizados estejam comigo: o bochicho sempre toma conta, até porque todo dia tem alguma notícia sobre minha família no jornal. Principalmente nas últimas semanas, quando veio à tona uma série de escândalos envolvendo algumas prefeituras de Galdino, que desviaram dinheiro público.

Tento ignorar os olhares, viajando novamente para longe dali, me imaginando nas praias de Corais, a ilha mais distante do arquipélago — e possivelmente a mais bonita —, onde vou estar em menos de duas semanas, aproveitando o último feriado antes das provas finais. Mal posso acreditar que minha mãe conseguiu convencer meu pai a me deixar viajar sozinha. Serão poucos dias, mas vou poder curtir um pouco de sol longe de casa, recuperar meu bronze depois de meses enfurnada no internato, e vou ter poucas tarefas a cumprir em nome da família. Como ninguém da Coroa visita essas praias há anos, vou fazer meu primeiro discurso representando meu pai e visitar algumas instituições públicas para escrever um relatório. O fim de semana vai ser livre para eu relaxar — e tirar muitas fotos naquele lugar incrível.

Desde pequena tenho uma paixão por fotografia. Minha mãe me colocou em diversos cursos, que cobriam desde conceitos básicos sobre equipamento até os melhores enquadramentos para tornar as fotos mais expressivas. Isso só me fez ficar ainda mais encantada pelo tema. Desde os onze ela me dá uma câmera de presente de aniversário, de modo que tenho sete, entre digitais e analógicas, novas e antigas. E meu plano é levar todas para Corais.

— Zália, por onde você anda? — pergunta Gil.

— Corais... — suspiro.

— Ainda não acredito que você não chamou a gente pra ir junto — diz ele.

— Não chamou *vocês* — corrige Julia, deixando os outros dois enciumados.

— Não entendo essa sua preferência. Sou uma companhia muito melhor — brinca ele, fazendo a gente rir.

— Você detestaria a parte dos compromissos, Gil — falo, pensando em todas as vezes que tive que fazer social com os convidados do meu pai em bailes, chás e inaugurações durante as férias do internato.

Inspiro, já cansada só de imaginar.

Qualquer pessoa detestaria a parte dos compromissos, penso, arrasada.

— Você podia pelo menos convidar a gente pra conhecer sua casa — reclama Gil.

Nas poucas horas vagas que passo no palácio, sempre aproveito para passear pelos jardins e bosques, me escondendo de todos, fugindo das regras, dos olhares e da atenção especial, desejando ser apenas mais uma.

— Juro que vou convidar um dia — falo, esperançosa.

Meus pedidos para mexer na agenda e adicionar compromissos mais pessoais já foram negados tantas vezes que desisti de tentar. Meu pai é sempre tão rigoroso e é tão desgastante ouvir seu "não" que prefiro não me indispor com ele e passar nossos poucos momentos juntos de forma prazerosa. Ainda mais depois do AVC. Agora tenho ainda mais receio de incomodá-lo, já que está tão sensível. O acidente não tirou só seus movimentos do lado esquerdo, mas também sua liberdade e, principalmente, seu poder.

Saímos do prédio principal e seguimos em direção à Vila dos Professores. Em geral o destino dos alunos é o refeitório, mas é quarta-feira, dia de prego galdinense, que d. Francisca, vó da Julia, faz com perfeição, então seguimos para a casa dela.

Durante o ano escolar, Julia mora comigo e com Bianca no dormitório feminino, mas nas férias se muda para a Vila dos Professores, onde vivem seus pais e sua avó materna. Costumamos ir para a casa dela durante o ano letivo quando queremos mais privacidade.

O prédio principal do internato segue a arquitetura antiga de Galdino, com sua fachada imponente, paredes curvadas cheias de colunas decoradas com lunares, flor que é símbolo do país, e grandes janelas iluminando o interior. O pátio interno conta com um jardim cercado de arcos perfeitamente harmônicos e balaústres.

Apesar do estilo clássico do prédio principal, construções mais modernas foram adicionadas ao terreno no decorrer dos anos, como o prédio administrativo, a quadra, a academia e as piscinas. Já a Vila dos Professores, apesar de nova, segue o estilo das moradias tradicionais de Galdino: pequenas casas brancas de telhados azuis. Elas são divididas em apartamentos, para que possam acomodar todos os professores do internato. Como a mãe de Julia é professora, o pai é zelador e a avó é ex-funcionária, a família tem uma casa inteira só para si, no fim da rua.

A vila fica no limite do internato, perto das montanhas, cercada por uma enorme grade, para impedir que os alunos entrem e façam gracinha nas casas dos professores. No portão de entrada há uma inscrição com letras enormes: CASA DA SABEDORIA.

Ao chegarmos ao número vinte, somos recebidos por Martim, o cachorro de Julia, que vem todo serelepe, abanando o rabo. Todos fazem festa com ele, e eu sou a mais apegada, colocando-o no colo e o levando conosco. Tenho um carinho enorme por ele. Sempre que o pego no colo me dá uma vontade louca de ter um cachorro também. Tentei muito quando criança, mas minha mãe inventava todo tipo de desculpa. Quando entrei no internato, há dez anos, desisti de vez, porque não teria tempo de cuidar.

Vamos todos para a cozinha, onde d. Francisca briga com a televisão, revoltada com o interlocutor que fala sobre a investigação iniciada pelo príncipe Victor, que prendeu três prefeitos e tem na mira outros dois. Enquanto o jornalista elogia a atitude dele e analisa seus próximos passos, Victor aparece pilotando um dos novos caças da Aeronáutica.

— Quanta asneira. Combatendo a corrupção? Só está se livrando de quem acha inconveniente, de quem causa problemas a ele! Por que não investiga os governadores indicados pelo pai? Ou então se entrega para a polícia? Melhor ainda: por que não mete o avião no mar e desaparece?

— Vó — chama Julia, e d. Francisca se vira, assustada.

— Ah... Desculpe, Zália! — ela diz, olhando para mim muito envergonhada. — Você sabe que às vezes me excedo. — Ela baixa o olhar e volta para o balcão para cortar tomates.

Estaria mentindo se dissesse que não ligo quando ouço alguém falar mal da minha família, ainda mais com tanto ódio, mas estou acostumada com os comentários da d. Francisca. Como sempre, ignoro, e brinco com Martim para mostrar tranquilidade.

— Tudo bem, d. Chica — digo.

Ela sorri para mim, sem graça.

— Vocês podem arrumar a mesa, queridos? — pede.

Concordamos e Julia vai até o armário pegar a louça. Solto Martim, que não sai do meu pé. Enquanto d. Francisca coloca a comida nas travessas, arrumamos a mesa em silêncio. Não quero causar uma cena, mas o constrangimento é inevitável.

A professora Mariah, mãe da Julia, chega assim que sentamos.

Sentindo o clima estranho no ar, ela lança um olhar para Julia, e as duas se comunicam sem palavras em poucos segundos. Antes que eu possa protestar, Mariah marcha até a televisão, onde o repórter comenta a graciosidade dos loopings que Victor faz no ar, e a desliga.

— Sinto muito, Zália. — diz ela.

— Bobagem, tia Mariah. Já disse que não me importo — respondo.

— Mesmo assim. — Ela lança um olhar para d. Francisca, que revira os olhos e traz as travessas para a mesa.

— Zália sabe muito bem que meu problema não é com ela. Não é, querida? — D. Francisca vem até mim e me dá um beijo no rosto. — Não sei por que ela ainda não é rainha. É uma menina correta, justa, não ficaria enganando o povo como seu pai e seu irmão fazem, faria o que é certo. Além disso, é muito mais acessível que os dois.

Me encolho, constrangida com o discurso.

— Zália é mais acessível porque estuda com a Julia, mãe! Está sempre com a gente. Mas é tão reservada quanto eles.

— Tenho certeza de que não seria se fosse rainha. — D. Chica sorri para mim. — Zália tem carinho pelas pessoas, tenho certeza de que ia se aproximar do povo, escutar o que todos estão dizendo, em vez de fingir combater a corrupção enquanto compra delegados e juízes. Não sei quem acham que estão enganando com esse show todo. Por que cassam só aqueles que foram eleitos por voto popular? Por que nenhum representante da Coroa foi preso? Queria só ver se a delegada Lara estivesse tomando conta do caso. Nem ela nem Zália deixariam essa poeira ser varrida para debaixo do tapete.

D. Chica fala de mim como se eu não estivesse sentada ali.

— Chega, mãe! Não quero essa conversa no almoço. Já disse milhares de vezes para deixar Zália de fora dos seus protestos. E para com essa história de rainha, ela já disse várias vezes que nunca quis governar.

Não mesmo, penso. Agradeço constantemente por ter sido a segunda filha, apesar de me sentir um pouco excluída da família por conta disso.

Como não sou herdeira, minha mãe achou que seria melhor estudar longe de casa, mas ninguém perguntou a minha opinião. Apesar de amar meus amigos, sinto falta da minha família. Depois de todos esses anos de convivência, sou mais próxima da família de Julia do que da minha própria.

Porém, a saudade de casa não tem nada a ver com querer sentar no trono. Ver meu pai sempre estressado, mesmo depois do derrame, trabalhando sem parar, completamente ausente, me deixa muito infeliz. Que graça tem ser rei se não se pode aproveitar as coisas mais importantes da vida? Não consigo nem calcular o peso da coroa. Meu irmão Victor não teve infância, adolescência, nada. Minha mãe me esconde dos holofotes, mas Victor é jogado sob eles. Todos querem saber do príncipe herdeiro. Ele cresceu e foi educado no palácio, aprendendo desde pequeno a governar o país. Se já fico mal por ter que comparecer a alguns eventos nas férias, imagine como é para ele.

Me pego me sentindo mal por Victor e culpada por reclamar tanto da vida restrita que levo, mas o assunto logo muda e o pessoal consegue me distrair com as provas finais, os planos para as férias, o Natal e o Ano-Novo...

— Acho que vamos para Sardinha — diz Mariah, sobre a cidade praiana mais perto de Galdinópolis. — Vai ser bom pegar uma praia em janeiro.

— E por que não vamos antes? — protesta Julia.

— Até parece que você não sabe que eu trabalho até a semana anterior ao Natal.

— Ah, reprova todo mundo — brinca Julia. — Ou vamos no Natal — ela sugere, esperançosa.

— Tá maluca? Tem ideia do preço das coisas lá nessa época? — protesta d. Chica. — Não sei nem de onde sua mãe vai tirar dinheiro para ir em janeiro.

— Mãe! — repreende Mariah. — Sempre damos um jeito. Tem várias pousadas mais em conta, e não precisamos ficar em Sardinha, podemos ir para uma das cidadezinhas próximas — completa ela, sem graça.

— Acho que vamos para Telônia — diz Bianca, animada. — Meu pai está doido para descobrir mais sobre a história da família. Ele está fazendo nossa árvore genealógica. Pelos registros, um antepassado nosso veio para cá no mesmo navio que o seu, sei lá quantas gerações atrás.

Ela se refere ao meu ancestral que veio fugido da Telônia, um dos principais países do Velho Continente, e conquistou a ilha dos bastinos, o povo que descobriu nosso arquipélago e colonizou os nativos que moravam aqui.

Todas viramos para Gil para saber sobre suas férias, mas ele só dá de ombros, muito sem jeito.

— Provavelmente vou para um acampamento. Meu pai vai ficar

me mandando de um lugar para o outro, para que eu nunca mais volte para casa — ele diz, desviando o olhar. Os pais de Gil não reagiram nada bem quando ele contou que é gay, e agora ele não se sente mais bem-vindo lá. Tentamos consolá-lo, dizendo que Gil não deve perder totalmente as esperanças.

Um assunto puxa o outro até que nos damos conta de que estamos atrasados para a aula da tarde.

— Vamos, vamos! — diz a professora Mariah, tirando os pratos da mesa. — Não é porque vocês já fizeram o CAES que vão começar a matar aula, né? Temos novembro inteiro pela frente ainda.

— Não sei pra quê. Já passamos de ano — resmunga Bianca enquanto levantamos.

Antes que a gente possa ajudar a tirar a mesa, a porta da frente se abre. Olhamos uns para os outros, estranhando quando Paolo, pai da Julia, entra na cozinha seguido dos oficiais que fazem a minha segurança. Perco o ar. Tem alguma coisa errada. Durante o ano letivo, vejo pouquíssimas vezes a guarda real. Ela fica postada em uma casa ao lado do internato e não interage muito comigo até que eu volte para casa. Nunca precisei acioná-la. Mas aqui estão eles, no meio da semana, na casa da Julia, com o olhar preocupado.

Patrick, o chefe de segurança, se adianta:

— Vossa alteza. — Ele faz uma reverência. — Precisamos tirá-la daqui. É uma emergência.

Meu coração para. Quero saber o que é, mas conheço o protocolo, então sigo os seguranças. Sou cercada por todos os lados, de modo que não consigo ver para onde estamos indo, o que só me deixa mais assustada. Eles bloqueiam qualquer tipo de contato comigo. Enquanto andamos, tento reconhecer o ambiente, e percebo quando entramos no prédio da administração. Depois de descer três lances de escada, concluo para onde estão me levando. Conforme adentramos o corredor subterrâneo, os guardas vão se afastando, até que Patrick abre uma portinhola para uma salinha cinzenta, de teto baixo e aspecto sombrio. Eu sabia da existência desse tipo de sala, mas nunca estive em uma. É um bunker real, ou "sala de emergência", como meu pai gosta de chamar.

Entro já me sentindo claustrofóbica, pelo ambiente e pela falta de informação. Jaime, meu assessor, me aguarda lá dentro.

— Jaime, por favor — peço, ansiosa, quando Patrick fecha a porta atrás da gente. — É o meu pai?

— O rei está bem, alteza. É o seu irmão... — ele explica.

— Victor? — O susto faz com que o ar escape dos meus pulmões. Fico tonta e me seguro no encosto de uma cadeira.

— O caça dele sofreu um acidente.

— Acidente? — repito, incrédula, rezando para que nada tenha acontecido ao meu irmão. — Victor é o melhor piloto que já vi. Como pode ter sofrido um acidente?

Repito isso mentalmente, tentando me acalmar.

— Houve uma pequena explosão dentro do avião, que perdeu o controle e caiu em alto-mar. Acreditamos que... — Ele hesita.

— Jaime — eu o censuro. Por mais que tentem me manter longe das notícias e fofocas, elas sempre chegam até mim. Victor se tornou regente depois do AVC do meu pai, e agora está prestes a assinar uma emenda bastante impopular. Ela mudará a Lei da Aposentadoria, aumentando o número de anos que o povo terá de trabalhar antes de receber o benefício. A revolta é geral. Há protestos em todas as grandes cidades, liderados pela Resistência, o principal grupo da oposição. Me sinto enjoada. — Não foi acidente, foi?

Jaime e Patrick se encaram, surpresos. Meu coração pula no peito. Apesar de ter ficado chateada antes, agradeço d. Chica por me manter sempre informada. Se não fosse por suas críticas constantes à Coroa, eu não saberia metade do que sei. Ela desejou a queda daquele avião, como muitas outras pessoas devem ter desejado. Talvez alguém tenha ido mais além... Olho para eles, atordoada.

— Eu não estaria em um bunker se não houvesse suspeita de um atentado — concluo em voz alta, e Patrick abaixa a cabeça. — Onde ele está? — pergunto.

Eles me olham em silêncio, pesarosos.

— Jaime?! — pressiono. Victor é treinado para todo tipo de situação, certamente estava preparado.

— O príncipe ainda não foi encontrado.

Minhas pernas cedem. Caio sentada na cadeira atrás de mim, em choque.

— Alteza, voltaremos assim que possível, mas preciso que fique aqui dentro até termos certeza de que está segura.

Eles saem da sala, me deixando ali sozinha, perdida entre os milhões de pensamentos horríveis que invadem a minha cabeça.

Meu pai nos ensinou a vida inteira que não podemos demonstrar fraqueza, e eu levo isso tão a sério que muitas vezes me sinto sem coração. Não lembro de ter chorado desde que entrei no internato, e agora certamente não será a primeira vez. Apesar da preocupação e do medo, não cedo. Não tenho certeza do que aconteceu, e chorar seria como perder as esperanças de que Victor esteja vivo. Foco nos pensamentos positivos. Preciso que ele esteja bem, não estou pronta para perder meu irmão.

Não sei o que é pior, ficar presa nesta sala fechada, sem ter para onde ir, ou ficar sozinha comigo mesma, sem ninguém para me tranquilizar. Jaime e Patrick voltam quase uma hora depois. Eles mantêm o ar sério, o que me faz pensar no pior. Levo as mãos ao rosto, querendo dormir e nunca mais acordar.

— Vamos levá-la ao palácio, alteza — diz Jaime.

Levanto de um salto, ansiosa para sair dali.

— E Victor?

— Ainda não temos notícias.

Respiro fundo e os sigo pelo túnel subterrâneo que leva até o estacionamento. Mesmo debaixo da terra, sou escoltada por um número enorme de seguranças. Eu nem sabia que existia aquele tanto de gente na equipe de Patrick.

Entro em um dos carros blindados e sento no meio, protegida por dois seguranças. O carro parte na mesma hora, seguido de pelo menos mais cinco. Ao avançar pelo portão, a polícia rodoviária se junta a nós, parando o trânsito para passarmos.

A estrada está tranquila e nossa comitiva passa quase desapercebida até chegarmos à capital, três horas depois. Galdinópolis está encantadora como sempre, com seus prédios baixinhos e antigos, todos em tons de branco e cinza-claro, com telhados azuis. Ao longe, as enormes favelas, pintadas das mesmas cores, se destacam nas encostas das montanhas. Apesar das cores claras, a cidade parece mais sombria do que nunca. Ela, que normalmente é tão barulhenta, está silenciosa.

Será que estou tão em choque que não escuto mais nada?

Minha dúvida é respondida quase imediatamente. Vejo um mar de gente pela janela, acompanhando os carros passando, todos com a mão direita no peito. Meu coração se aperta com o carinho e a preocupação que demonstram.

Estalo todos os dedos, pensando na saúde do meu pai. Ele não merece passar por isso.

Só percebo que estamos chegando em casa quando atravessamos a ponte do rio Canário, que separa a cidade das Terras Reais. Logo passamos pelos portões e avisto não só o palácio como a serra de Capoã logo atrás. Os carros seguem até a entrada norte, na parte de trás do palácio, onde há mais gente que o normal. Além dos guardas reais, o Exército está espalhado pela área externa até onde a vista alcança.

Entro no saguão e apenas Patrick me acompanha até o terceiro andar, onde ficam os aposentos dos meus pais. Ele bate na enorme porta e a abre para que eu entre.

Sempre que volto para casa, encontro os aposentos deles diferentes. Minha mãe adora uma reforma e, ao contrário do restante do palácio, o cantinho dos dois é ao mesmo tempo tradicional e moderno. A sala e a cozinha são integradas, com uma grande bancada no meio. Apesar de quase nunca cozinharem, gostam de ter uma cozinha disponível para receber algum chef famoso, fazer um lanche rápido a sós ou atacar a geladeira cheia de guloseimas na calada da noite. Os móveis rústicos da sala se contrapõem aos utensílios industriais e metálicos da cozinha, de forma que tudo parece tirado de uma revista de decoração.

O lugar está vazio, e a meia-luz do fim de tarde confere um tom sombrio ao ambiente, como um mau presságio.

— Vossa alteza — diz Suelen, dama de companhia da minha mãe, que vem ao meu encontro para um abraço. Ela acompanha minha mãe desde que me entendo por gente e, junto com Rosa, que hoje é minha camareira, ajudou na nossa criação. Eu a abraço sem formalidades e vejo que minha mãe está sentada numa poltrona no quarto ao lado, toda encolhida. Meu pai deve estar trancafiado no escritório, porque consigo distinguir vozes vindo lá de dentro, apesar de não entender nada.

— Eles estão em reunião. O palácio todo está desesperado — diz Suelen, como se lesse meus pensamentos.

— Alguma novidade? — pergunto, receosa, e ela me olha surpresa.

— Jaime não falou com você?

— Falou o quê?

Suelen observa minha mãe por um tempo, e então olha para mim.

— Ah, pequena Zália. — Ela abaixa a cabeça, arrasada. — Encontraram o corpo de Victor.

Perco completamente o ar. Desabo, estarrecida, em uma poltrona. Não posso acreditar.

— O que aconteceu?

— Eles estão discutindo isso agora. Seu pai está fora de si, você deve imaginar.

— Meu pai não devia ter de lidar com isso — digo, arrasada e em choque. Minha mente parece não querer processar a informação, meu corpo se desliga aos poucos. — O que se sabe?

— Apenas que houve uma explosão dentro do caça.

— Alguém fez isso. Alguém matou meu irmão. — Solto um soluço sem choro. Sei que é verdade, mas preciso que alguém confirme. Me apego à esperança de que neguem, mas Suelen baixa a cabeça, confirmando minhas suspeitas. — Quem foi?

— Ainda não sabemos, mas seu pai não vai descansar até descobrir.

Respiro fundo para juntar forças e me levantar, então atravesso a sala e entro no quarto onde minha mãe está.

— Mãe? — chamo, com o coração na boca. Ela não me olha, só balança a cabeça negativamente. — Não, não, não! — solto, me deixando abater pela primeira vez. Minha mãe vira o rosto quando me aproximo, escondendo-o de mim. Como se tivesse vergonha de mostrar sua tristeza. Tenho vontade de sair correndo e gritando. Mas minha mãe precisa de mim, mesmo que eu não saiba o que fazer, como agir, o que falar. Fico calada sem me permitir chorar. Não posso me desestabilizar. Preciso ser forte, ou quem vai cuidar dela e do meu pai?

Fico com minha mãe até ela cair no sono, então resolvo descer para o meu quarto. Estou exausta e preciso de um momento meu. Tenho que processar tudo e confrontar a verdade. Victor, meu irmão, meu único irmão, se foi.

Atravesso a sala e, antes de abrir a porta, escuto a cadeira de rodas do meu pai e o som da voz de Suelen vindo do escritório dele.

— Me chama para o que precisar, Humberto. Estou aqui para isso. — Ela aperta sua mão e força um sorriso.

— Obrigado pela ajuda — meu pai diz, sem levantar a cabeça.

Suelen se afasta dele e me dá um abraço apertado antes de sair. Quando viro, meu pai me encara, tenso, e me estende a mão boa, me chamando para perto. Obedeço na mesma hora, estendendo minha mão também.

Sento ao seu lado e quero desmoronar no conforto de sua presença, mas ao vê-lo se mantendo tão forte me esforço para fazer o mesmo. Não posso decepcioná-lo. Ficamos assim, em silêncio, por um tempo.

De repente, meu pai aperta minha mão.

— Isso não vai ficar assim — ele diz, pesaroso. — Vamos encontrar quem fez isso com seu irmão. Não se preocupe.

— *Você* é que não devia se preocupar — digo, olhando meu pai com carinho. Meu pai não é afetuoso, mas me dá um abraço. A surpresa do gesto me deixa sem reação, e ainda mais desolada. Ele não está nada bem.

Afundo o rosto em seu pescoço, querendo prolongar aquele abraço para sempre, sem saber quando será o próximo.

— Você sabe o que tudo isso significa, não sabe? — ele pergunta, devagar, articulando palavra por palavra, esperando que eu saia do seu abraço e o encare.

— O quê? — pergunto, confusa, imaginando se ele tem ideia de quem está por trás do acidente.

— Zália — meu pai começa —, agora você é minha única herdeira viva.

Sinto o peito gelar. Olhamos nos olhos um do outro.

— Um dia vai ser rainha de Galdino — ele diz, desviando o olhar.

— Não vamos falar disso agora, pai.

— Mas temos que falar — ele responde, sério.

Não tenho condições psicológicas de discutir o assunto e ele não deveria se desgastar tanto, então levanto sem sua autorização.

— Precisamos descansar. Amanhã conversamos.

Dou um beijo na testa dele antes de me retirar. Acho que meu pai vai gritar comigo, me mandar voltar, mas não faz nada. Fica em silêncio, sem forças para me repreender pela desobediência.

Desço os degraus devagar, seguida por Patrick, que não sai da minha cola até eu entrar nos meus aposentos.

Fecho a porta e sinto o peito pesar. Eu estava ganhando a luta contra aqueles pensamentos até meu pai trazê-los à tona. Não quero imaginar no que minha vida vai se transformar, mas é difícil evitar quando meus sonhos estão gritando "socorro" dentro de mim. Eu sabia que jamais ia me desvincular da Coroa e que sempre teria que cumprir meus deveres de princesa. Viajaria representando a família, faria aparições em eventos importantes, visitaria instituições. Ao mesmo tempo, sempre quis conhecer o mundo, viajar Galdino afora tirando fotos, talvez fazer exposições, um livro de viagem...

Me sinto egoísta por me preocupar com meu futuro quando deveria estar lamentando a morte do meu irmão. Mas os dois fatos estão tão entrelaçados que é impossível fugir. A morte de Victor é minha sentença.

ATRAVESSO OS CÔMODOS, SENTINDO UMA DOR DE cabeça terrível. Me jogo na cama sem forças. Quero chorar, mas não consigo. Soco o travesseiro, com raiva.

Meu irmão. Como ele pode ter morrido?

Olho para a parede, onde há milhares de retratos de família. Levanto e vou até eles. São fotos na casa da praia, comemorando o Natal e o Réveillon, na casa de campo, no jardim, em viagens. Observo todas com atenção, então reparo em uma grande diferença entre as fotografias em que Victor está só comigo e minha mãe e as em que meu pai está presente. Meu irmão parece outra pessoa com ele. A presença do rei sempre causa essa mistura de respeito e intimidação, mesmo em nós, seus filhos. Mas eu me vejo muito mais natural ao lado dele do que Victor.

Como andava a relação dos dois? Victor foi feliz nesses anos que passei fora?

Sento no chão, lembrando da última vez que nos falamos. Foi no aniversário dele, há dois meses, alguns dias antes de assumir como regente. Foi uma ligação rápida em que Victor fingiu estar animado com a nomeação, enquanto sua voz revelava que havia alguma coisa errada. Insisti até ele me contar. Talvez nosso pai nunca voltasse a assumir o trono. A fisioterapia não o estava ajudando a recuperar os movimentos do lado esquerdo do corpo. Não apresentava evolução ou melhora, e desistira de voltar a andar. Victor ficou tenso ao me contar, como se não devesse tê-lo feito, e logo desligou o telefone, com a desculpa de que precisava resolver uma porção de coisas. Meu irmão nasceu para ser rei. Não só foi treinado para isso como conseguiu despertar esse desejo em si.

Reparo em uma foto nossa na casa de campo. Victor puxa meu cavalo, me levando para um passeio. Foram minhas últimas férias antes de entrar no internato. Eu tinha seis anos, quase sete, e meu irmão, nove. Depois disso nossa relação mudou para sempre. Eu passava o ano inteiro longe e só o via nas férias, em alguns feriados e nos poucos fins de semana que voltava para casa. Nossos encontros, a maioria em companhia de meu pai e oficiais do palácio, não tinham abraços ou conversas mais íntimas. Ficamos mais e mais distantes, até que mesmo nossos encontros a sós se tornaram superficiais, com conversas bobas e sem importância. Não que tivéssemos papos profundos quando crianças, mas éramos irmãos e nos divertíamos juntos.

Deito no chão, pensando em dormir ali mesmo, tamanho o meu cansaço. Só lembro que estou de barriga vazia quando escuto o tilintar do carrinho de comida entrando na sala. Levanto e corro até lá, esperando encontrar Rosa, minha camareira, mas quem está ali é um rapaz, que faz uma reverência e sai apressado.

Se tem uma coisa de que sinto falta de casa são as refeições. Felipa, a chef, só faz pratos fantásticos. É difícil não babar só com o cheiro. Tiro o cloche, curiosa, e me emociono ao ver o prato favorito de Victor: lasanha de berinjela. Felipa cozinhou em homenagem a ele. Devoro o prato todinho e vou para o banheiro, onde me afundo na banheira cheia de água quente, tentando, sem sucesso, relaxar e esquecer tudo.

Não consigo parar de pensar em quem poderia tirar a vida de Victor de forma tão terrível. A única resposta que me vem à mente é a Resistência. Ela esteve por trás de todos os atentados contra nossa família ao longo dos anos.

Desde que nasci, o grupo só agiu uma vez, um ou dois anos antes de eu ir para o internato. Um homem-bomba conseguiu entrar no prédio do governo de Albuquerque, estado vizinho ao nosso, que meu pai visitava. Quem o salvou foi Isac, seu segurança pessoal na época, que percebeu a movimentação estranha e o tirou do prédio a tempo.

Eu era muito pequena, mas lembro da agitação no palácio. Passaram meses atrás dos responsáveis pelo ataque. Prenderam alguns envolvidos e a segurança foi reforçada.

Meu avô e meu bisavô, que viveu na época em que a Resistência surgiu, sofreram vários atentados também, mas nunca bem-sucedidos. Esse foi o primeiro. Sinto uma raiva cada vez maior no peito.

Depois do banho, procuro o celular entre as coisas que trouxeram do internato. Fiquei tão atordoada que nem tive tempo de ver as mensagens.

Me jogo na cama agarrada ao aparelho, ansiosa para conversar com meus amigos. Logo vejo que tem uma série de mensagens me esperando.

> **Gil**
> Zália! Acabamos de ver na TV!

> Sentimos muito ☹

> **Julia**
> Como vc tá? Pra onde te levaram?

> Tá um caos aqui

> Não deixam a gente chegar perto do prédio

> **Gil**
> Já tentamos de tudo

> Nem a diretora conseguiu

> **Bianca**
> Ordens do rei

> **Julia**
> Manda msg assim que puder

> Estamos preocupados

Eles conseguem tirar um sorriso de mim. Digito rápido, na esperança de que estejam acordados.

> Oi

Não demora nem dois minutos para a primeira resposta aparecer.

Julia
Como vc tá?

Gil
Sinto muito, Zália

Que coisa horrível...

> É estranho

> Ainda tô digerindo td

> Parece que é mentira e o Victor
> vai aparecer a qq momento

Julia
Ah, amiga ☹

Não sei nem o q falar. Tenta ficar bem

Não fica com raiva, não ajuda em nada

Parece até que Julia leu meus pensamentos. Não quero conversar sobre isso, então minto.

Não consigo aceitar q ele morreu

Talvez a raiva venha qd a ficha cair

Gil
A gente queria tanto te ver

A Ju tem razão. Sei que é praticamente impossível, mas não se deixe derrubar

A gente tá do seu lado sempre. Você sabe disso, né?

Mesmo que de longe

Obrigada

Queria vcs aqui comigo

Bianca
A gnt tb queria

Fica bem, tá?

E manda notícias sempre que puder

Pode deixar

Obrigada pelas msgs ♥

Bianca
A gente te ama!

Julia
Com certeza! ♥

Gil
A gente quem?

Bobo! Amo vcs também!

Gil
Tô brincando, né?

Te amo mais que elas

Julia
Fica quieto, Gil!

Deixo o celular de lado, quase sorrindo. Me sinto um pouco mais leve e consigo adormecer pouco depois.

Acordo com o som da cortina sendo aberta e a luz imponente clareando todo o quarto. Meu corpo está moído, como se eu tivesse feito muito exercício. Sento, me sentindo péssima, e vejo olheiras enormes no meu reflexo no espelho da cômoda. É como se eu tivesse chorado, mas nenhuma lágrima caiu.

— Você precisa mesmo fazer isso? — pergunto, um pouco rouca.

— Vossa alteza — diz Rosa, fazendo uma reverência.

— Já pedi para não me chamar assim.

Reprovo a formalidade, mas sorrio para ela, contente em reencontrá-la.

— São as regras. — Ela pega minhas malas e leva para perto do closet. — Seu café da manhã está na sala e seu vestido já foi passado.

Em qualquer outro dia, eu teria levantado empolgadíssima com a informação. Sempre fui obrigada a comer no salão de jantar no andar de baixo, com os demais hóspedes do palácio, ou nos aposentos dos meus pais. Tomar café no meu quarto é uma novidade e tanto. Porém, não consigo ficar feliz. Só quero me esconder do mundo e chorar, pelo menos um pouquinho. Deito de novo, me escondendo embaixo do edredom.

— Vamos, Zália. — Escuto Rosa se aproximando. — Você não pode ficar na cama o dia inteiro.

— Não são nem nove horas — protesto.

— Seu pai está te esperando lá em cima — diz ela, sentando na beirada da cama.

Saio de baixo do edredom. Rosa me olha com carinho.

— Sinto muitíssimo, Zália. O palácio todo está de luto. Seu irmão sempre foi muito querido pelos empregados.

Sorrio, agradecida pelas palavras.

Rosa me incentiva a levantar e então me ajuda com o vestido, fechando o zíper atrás. É todo rendado, sem forro sob as mangas, que vão até o meio do braço. A saia rodada vai até o meio da canela,

34

do jeito que gosto, porque confere a ela mais leveza. Abro a caixa de veludo preto que Rosa me entrega, admirando as pérolas dadas por minha avó. Um conjunto de gargantilha, pulseira e brincos. Visto tudo, coloco uma sapatilha preta e tento disfarçar as olheiras com maquiagem, enquanto Rosa prende meu cabelo num coque. Observo no espelho a ausência de sardas pela falta de sol e meus olhos mais negros do que nunca.

Saio sem tomar café, porque não tenho apetite. Patrick está do lado de fora do quarto, me esperando. Seguimos até a porta dos aposentos dos meus pais. Entro sem bater, mas não encontro ninguém ali. Vozes vêm do escritório, cuja porta está encostada.

— Será que podemos falar disso em outro momento, Humberto? — pede minha mãe, com a voz falha.

— Não acha que eu preferiria falar disso semana que vem? Mês que vem? — ele retruca. — Droga, Rosangela. Ele também era meu filho, mas você sabe meu papel, está cansada de saber como tudo funciona. Preciso indicar alguém como regente. Ou quer que eu volte a governar agora?

— Você sabe muito bem que não quero e que você não pode. — Minha mãe suspira. — Aliás, você me prometeu que renunciaria antes do aniversário de Zália.

— É em menos de três meses, está maluca? As coisas mudaram! Assassinaram nosso filho. Não vou ficar parado. — O tom dele é seco. — Além do mais, Asthor acha que *Zália* deve ser a regente! Imagine só! — balbucia meu pai. — Ela não está pronta para governar, e provavelmente nunca vai estar. Passa mais tempo naquele internato do que no palácio. Ela não sabe nada de nada.

Sinto como se tivesse levado um soco no estômago. Quero sair correndo, mas ouço minha mãe protestar.

— Você está subestimando nossa filha. Vivemos muitos anos longe dela.

— E de quem foi a ideia? — ataca meu pai, irritado. — Eu sempre quis que ficasse aqui conosco. *Você* fez isso. *Você* a tirou de mim.

— Era o melhor a fazer. — A voz dela volta a falhar. — Não imaginei que nada disso fosse acontecer, Humberto. Você sabe como a vida aqui pode ser...

— O quê? — ele pergunta, irritado.

— Nossa realidade é muito fora do normal, Humberto. — Ela é dura novamente. — Já conversamos sobre isso. Zália não era a herdeira, então podia ser poupada dessa loucura. E não tente negar: você mesmo já quis abandonar tudo várias vezes.

Meu pai se aquieta por um instante, como quem concorda.

— Zália não é a melhor opção! — ele solta, de repente.

— E quem é? Antonio, seu queridinho?

— Ele certamente seria minha escolha!

— Antonio é só um assessor político. Não tem vínculo com a Coroa. Por que seu filho foi regente e sua filha não pode ser? — ela pergunta, brava. — O povo vai estranhar, não vai ser bom para você. Sua imagem já está bastante deteriorada. Talvez Zália possa ajudar nesse sentido. Ela é jovem e pode ter um contato mais direto com a população.

O silêncio volta a tomar conta do escritório, e eu resolvo que é hora de sair dali. Não sei como digerir o que ouvi. Corro em direção aos meus aposentos, provavelmente assustando Patrick, que não esperava que eu voltasse tão cedo. Ele me segue até a porta, mas eu me tranco lá dentro para que ninguém possa entrar. Me jogo em um dos sofás, desolada. Sei que não tenho escapatória, que agora meu destino é a Coroa, ainda que não esteja pronta. Mas a constatação de que meu pai pensa o mesmo me deixa extremamente chateada.

Fico quase uma hora presa nos meus pensamentos, ora dando razão a meu pai, ora me revoltando contra ele, ora me dando bronca por me importar quando nunca quis nada daquilo. Só saio do meu devaneio quando alguém bate à porta e tenta abri-la.

— Zália? — É minha mãe chamando. Não tenho coragem de deixá-la do lado de fora, então abro. — Por que a porta estava trancada?

— Porque eu queria um pouco de paz — digo, voltando a me jogar no sofá, impaciente.

— Minha filha, estamos todos devastados. O enterro do seu irmão é hoje à tarde e ainda precisamos acertar algumas coisas. Por que não subiu? Estávamos te esperando.

— O que vocês querem de mim? — Não era minha intenção ser grossa com a minha mãe, mas foi mais forte que eu.

— Seu pai quer conversar.

— Sobre o quê, mãe?

Sobre terem que me colocar no trono mesmo contra a vontade dele?, penso.

— Você não é mais criança. E não é uma adolescente qualquer — minha mãe diz.

— Quando eu fui uma adolescente qualquer? — pergunto,

desanimada. — Não quero falar sobre a Coroa. Além do mais, parece que vocês dois estão dispostos a resolver tudo sem mim.

Minha mãe me olha surpresa e, em seguida, chateada.

— Você ouviu?

— Não pude evitar.

— Zália... — Minha mãe tenta buscar as palavras certas. — Seu pai...

— Não confia em mim? — interrompo, triste.

— Não é isso. Ele só é... teimoso. Quer defender a Coroa a todo custo. Acha que ninguém é bom o bastante.

— E tem razão. Ninguém é, muito menos eu. O que sei sobre essas coisas?

— Você sabe muito. Muito mais que seu pai jamais soube.

Olho para ela tentando compreender. Minha mãe me encara quase suplicante. Posso ver as olheiras profundas de quem não dormiu e o desespero da perda do filho em seu olhar.

— Você estudou. Seu pai não tem metade da sua educação. Assim como Victor não tinha. Eles foram educados dentro do palácio. Só aprenderam o lado do governante, não o do governado. Seu pai tem medo do que você pode fazer.

— E o que eu posso fazer?

— Governar melhor do que ele — responde ela, dura. Eu diria que minha mãe só está tentando me animar, mas é difícil duvidar dela com esse tom de voz. Ainda assim, não consigo me imaginar governando, muito menos melhor que meu pai, que dedicou a vida inteira a isso. Abro um sorriso, mas não consigo sustentá-lo. Minha cabeça volta a brigar comigo.

Você não quer isso! E a fotografia? E seus planos de conhecer o mundo?

— E se eu não quiser governar? — pergunto, finalmente.

— Bom... — Minha mãe se vê mais uma vez sem saber o que falar. — Se não quiser assumir como regente, seu pai vai escolher outra pessoa. Mas, um dia, seu pai vai abdicar, e o trono vai ser seu em definitivo... — Ela volta a pensar. — Sei que ser rainha não é um trabalho qualquer. É o pior e o melhor emprego que existe. Sua vida não é mais sua, você é obrigada a desistir de sonhos antigos. É desesperador no início, mas saber que se pode transformar todo um país... faz tudo valer a pena.

Olho para ela, notando pela primeira vez que passou por algo muito parecido quando era jovem, ao se casar com meu pai.

— Você tinha sonhos? — pergunto, percebendo que não sei quase nada sobre o passado da minha mãe. Só que ela estudou no mesmo internato que eu, cresceu em Rabelo, a segunda maior cidade de Galdino, e que meus avós eram arquitetos renomados. Isso e outras informações superficiais. Nunca falamos sobre sonhos, paixões, sentimentos...

— Claro que tinha. Todos temos sonhos.

— Quais eram os seus? — pergunto, curiosa.

— Dominar o mundo! — Ela consegue brincar, apesar de tudo. — Eu queria ser professora.

— Professora? — pergunto, achando engraçado. Nunca achei que minha mãe pudesse querer isso. — Mas você nem fez faculdade! — comento. Meus pais se conheceram quando ela tinha vinte e dois anos e ele vinte e cinco, em um baile na casa do governador de Rabelo.

— A vida me levou por outros caminhos — diz minha mãe, baixando a voz e parecendo desanimada de novo. Quase posso sentir uma pontada de arrependimento em suas palavras. — Mas por que o espanto? Acha que não sirvo para professora? — ela pergunta.

— Você é tão... — A vida inteira, vi minha mãe toda elegante, preocupada com aparências, festas, decoração, moda... Muito diferente dos meus educadores. — Tão não professora.

Ela parece se zangar.

— Nem sempre fui assim, Zália.

— Desculpa, não quis ofender. Eu...

— Acha que sou fútil? Que não sou tão inteligente quanto seus professores? — pergunta ela.

— Não, mãe — digo, me sentindo péssima. — Desculpa mesmo.

A conversa tranquila tinha sido perdida em algum ponto.

— Ser regente pode ser bom também — diz ela, voltando ao assunto. — Seu pai ainda está aqui, pode te instruir. Você vai aprender enquanto governa. Se não gostar mesmo, pode renunciar quando a coroa for sua. Pelo menos terá experimentado antes de abrir mão dela. — Não consigo responder, ainda atordoada por tê-la magoado. — Bom... seu pai está te esperando lá em cima.

Ele me aguarda no escritório. Minha mãe some dentro de seu quarto, me deixando sozinha. Ao me ver, meu pai força um sorriso e aponta a cadeira na sua frente. Eu me aproximo, nervosa. Meu pai está arrasado, apesar de não querer demonstrar.

— Nunca pensei que fosse perder um filho assim — diz ele, fazendo meu coração bater mais forte. — Mesmo longe de casa, você sabe que sempre foi minha princesa, não sabe?

— Continuo sendo. Literalmente — brinco, surpresa com aquela demonstração de carinho.

— Talvez eu seja meio durão por fora e não demonstre muito afeto, mas sempre amei vocês. — Ele sorri, fazendo com que eu me derreta por dentro. É muito difícil vê-lo dessa forma, tão quebrado e ao mesmo tempo tão humano. Posso contar nos dedos as vezes que se abriu comigo desse jeito, que o vi além da coroa.

— Eu também te amo, pai.

Ficamos em silêncio, olhando um para o outro. Ele respira fundo. Conversar representa um grande esforço. Quero pedir que descanse, mas sei que ele é teimoso e pode até se ofender.

— Não queria fazer isso agora — ele balbucia, tentando estabilizar a voz. — Gostaria de ter mais tempo para digerir a perda, mas a Coroa é maior que eu, você sabe disso. Precisamos resolver tudo o quanto antes, porque, como pode ver, seu pai vai de mal a pior.

Meu coração para.

— Você está ótimo — digo. Não quero que se ponha para baixo. Ele força um sorriso.

— E você é sempre muito gentil. — Meu pai para e bebe um gole de água. — Preciso que seja a minha regente — diz ele, duro. — Você vai ser treinada para assumir a Coroa oficialmente um dia, enquanto segue com minha agenda de compromissos. Irá aos meus eventos, fará discursos, assinará o que for preciso... mas contará com meu apoio e o de toda a minha equipe. Vou continuar cuidando de toda a burocracia. Permanecerei à frente, mesmo que nos bastidores. Você não vai ter que lidar com a parte chata: só passarei o que já tiver sido aprovado por mim.

A conversa tenra tinha se transformado no segundo encontro decepcionante do dia. Um pai carinhoso era bom demais para ser verdade. O homem que ouvi do outro lado da porta era mais verdadeiro do que esse sentado à minha frente.

— Então vou ser uma regente de fachada? — pergunto, chateada.

— Bom, se quiser colocar nesses termos... — ele responde, parecendo não perceber que não gostei da proposta, ou pouco se importando com isso.

— Mas e se eu quiser lidar com a parte chata? — pergunto, desafiadora.

— E por que iria querer?

— Um dia você não vai mais estar aqui. Quem vai fazer a parte chata, senão eu?

Sou tão direta que fico receosa com a resposta que vai dar, mas para minha surpresa ele fica pensativo.

— Bom, acho que Antonio pode ir te passando algumas coisas. Ele é o assessor político do palácio e vai estar ao seu lado a partir de agora.

Sorrio, satisfeita por uma conquista que eu nem queria.

— Você aceita? — meu pai pergunta, e me dou conta de que é hora de decidir.

Na minha cabeça, todos os lugares que quero visitar, as coisas que sonho em fazer, as fotografias que pretendo tirar vão se apagando. Murcho e me sinto animada ao mesmo tempo. Não consigo entender o motivo. Uma parte de mim grita, pedindo para eu fugir, dizer "não" e seguir com a vida, mas a outra sabe dos meus deveres, sabe que eu nunca teria uma vida normal, mesmo sendo a segunda filha.

Preciso de mais tempo para pensar. Quero enterrar Victor primeiro, viver o luto... mas, hesitando, demonstro fraqueza, e isso é a última coisa que quero. Então concordo, desejando que meu pai finalmente sinta orgulho de mim.

— É claro que aceito, pai.

Ele aperta minha mão sobre a mesa e me passa um papel para que eu assine. Então assina também, carimba e olha para mim, sério.

— Declaro você, Zália Fernandes Penna Galdino, a princesa regente.

— AGORA VAMOS CUIDAR DO SEU IRMÃO — MEU PAI DIZ, tocando o sino.

Minha mãe, Asthor, assessor do meu pai, e Suelen entram no escritório. Ele começa a falar sobre o enterro, como se não tivesse acabado de me declarar princesa regente. Fico incomodada. Minha vida acabou de se transformar completamente, e eles seguem com os compromissos sem nem me perguntar como estou. Me sinto culpada assim que vejo o pesar no rosto dos meus pais.

Como posso ser tão egoísta, cobrando a atenção deles quando estão sofrendo por Victor?

Me ajeito na cadeira, querendo prestar atenção no que Asthor está falando, mas não consigo parar de observá-los. Eles quase não palpitam, atordoados demais para falar sobre o filho. É Suelen quem toma as decisões, escolhendo as flores, a cor da decoração, a comida que será servida e as fotos que passarão no telão, sempre buscando o olhar de aprovação de meu pai.

Asthor vai embora quando o almoço é servido. Antes de sentar à mesa para comer, minha mãe nos surpreende pedindo que Suelen nos deixe um momento a sós.

Sua dama de companhia concorda, e elas trocam um olhar carinhoso.

Suelen está sempre ao lado da minha mãe. É seu porto seguro e sua melhor amiga. Admiro muito a relação das duas. Não sei como ou quando se conheceram, mas seu histórico parece ir muito além da Coroa. Me arrependo por nunca ter me dado ao trabalho de perguntar a respeito.

— Nos vemos mais tarde — diz Suelen, acariciando o ombro de meu pai antes de sair.

Almoçamos cada um em seu mundinho, minha mãe chorosa, meu pai furioso, e eu tentando processar o assassinato do meu irmão, a regência e o fato de minha mãe ainda não ter olhado na minha cara depois da nossa discussão boba.

Quando terminamos, meu pai está cansado e se recolhe para um cochilo. Eu o observo se afastar. Ele pode não confiar em mim, mas sempre o admirei profundamente. Por mais seco e grosso que ele seja, sempre vou amá-lo. Ainda mais agora, quando mostra sua fragilidade. Meu pai pode tentar esconder o quanto quiser, mas vê-lo na cadeira de rodas, fazendo fisioterapia, se esforçando para falar e até mesmo tirando um cochilo no meio da tarde faz com que eu veja seu outro lado. Um lado que ele nunca quis mostrar.

Antes de me retirar, consigo cercar minha mãe, que na verdade parece estar com a cabeça em outros assuntos. Quando peço desculpas, ela me abraça carinhosamente.

— Tudo bem, Zália. De verdade. Estou acostumada com todo mundo pensando isso de mim.

Meu coração pesa ao escutá-la.

— Mas eu não penso assim. Você é incrível.

Ela força um sorriso e me abraça.

— Fico feliz que tenha me escutado.

— Fico feliz que tenha vindo falar comigo. — O fato de minha mãe se abrir e mostrar que tem confiança em mim me deixa com menos medo do que está por vir. — Se puder fazer isso mais vezes...

— É claro. Não vou jogar você às cobras sem nenhum tipo de suporte — ela diz. — Amo você, Zália. Não se esqueça disso.

— Nunca. — Forço um sorriso de volta. — Te amo ainda mais — digo, então dou um beijo na testa dela.

Eu me afasto, pensando em quem ela se refere ao falar em cobras. Assim que saio, vejo Asthor me aguardando, acompanhado de César, seu assistente. Preciso de um tempo sozinha, para descansar e pensar na vida, mas pelo visto não terei essa opção. Não agora.

— Vossa alteza se lembra de César? — pergunta Asthor. O assistente se curva numa reverência.

— Lembro, claro.

— César vai acompanhá-la quando eu não puder.

— Não entendi — digo, confusa.

Nunca tive contato direto com Asthor. Ele sempre foi assessor de meu pai, mas até onde eu sabia seu trabalho consistia em chamá-lo para longe da gente, para algum compromisso importante.

— Vou cuidar da sua agenda agora. César vai acompanhar vossa alteza no dia a dia caso eu não possa.

— Mas e o Jaime? É ele quem cuida de mim — digo, preocupada com meu assessor, que trabalhou comigo minha vida toda.

— Ele vai ser realocado. Vai continuar trabalhando no palácio, só que não com vossa alteza.

— Por quê?

Asthor parece pensar muito bem antes de responder.

— As equipes são formadas para a posição, não para a pessoa. Você agora não é somente a segunda filha do rei: é a regente e a herdeira do trono. Precisa de uma equipe preparada para suas necessidades atuais.

— E Jaime não está preparado?

— Pode até estar, mas esse trabalho não cabe a ele.

A resposta me faz entender que ter Jaime ao meu lado seria rebaixar Asthor. Apesar de contrariada, cedo.

— Muito bem. Mais alguma coisa? — pergunto, torcendo para que a conversa termine logo.

— Gostaria de levá-la ao escritório de Isac, se não se importar.

Ele me dá passagem, mas fico imóvel por alguns segundos antes de perceber que me observam. Apesar de parecer uma opção, sinto que não é, então ando apressada na frente deles.

Meu nervosismo agora não está relacionado à Coroa, mas ao coração. Meu estômago se revira, e levo as mãos à barriga como se fosse conseguir acalmá-lo. Enquanto marcho, luto contra as lembranças. Não quero pensar a respeito agora, não depois de tanto tempo enterradas.

Vamos até o primeiro piso e seguimos para a ala sudoeste, onde ficam os escritórios administrativos. Nunca entrei no escritório de Isac, mas sei onde fica, porque vivia bisbilhotando por ali, à procura de seu filho.

Asthor abre a porta após uma batida seca. Isac se levanta de imediato e faz uma reverência.

— Que bom vê-la novamente, alteza. Sinto muito por tudo. É uma tragédia.

— Obrigada, Isac — respondo, olhando para a porta do quarto com medo de que se abra e revele outra pessoa. — Como você está?

— Atarefado como sempre. — Ele me olha, sorrindo, mas vejo que é só fachada. Isac tinha um carinho especial por Victor, já que meu irmão era tão próximo de seu filho. Isac e meu pai serviram ao Exército juntos, e ele veio trabalhar no palácio depois. Começou como guarda-costas e hoje é o chefe de toda a segurança da Coroa, responsável pela proteção do palácio, por todas as equipes que nos acompanham e pela preparação dos locais que visitamos. Isac nos viu crescer. Sei que também está abalado com o que aconteceu.

— Então? — pergunto, querendo saber o que estou fazendo ali.

Isac olha para Asthor, que retribui o olhar com um movimento de cabeça, como se confirmasse alguma coisa.

— Muito bem. — Ele respira fundo, um pouco sem graça, então vai até uma terceira porta, que dá para onde seus funcionários trabalham. Ele a abre e espia lá dentro. — Enzo, por favor.

Meu coração revira, me sufocando. Não estou pronta para vê-lo, não agora, mas ele entra mesmo assim, ainda mais lindo do que antes, se é que isso é possível. Mesmo com o corte militar, o porte e a massa física que os anos de Exército lhe deram, parece o mesmo menino por quem fui apaixonada. Talvez mais velho, mais maduro, mas o mesmo.

— Enzo está devastado com a notícia. Você pode imaginar.

— Claro — falo, um pouco seca, sem encará-lo.

Meu coração bate acelerado. Não o vejo há dois anos. Achava que o tinha esquecido, mas é como se todos os sentimentos quisessem voltar. Sinto um frio na barriga e perco o fôlego quando ele me olha, ainda que rapidamente.

— Vossa alteza — ele diz, com uma reverência. Sinto o gesto como uma facada. Vê-lo se referir a mim com tanta formalidade é um banho de água fria.

— Enzo — cumprimento, mas não consigo esconder a frieza em minha voz. — Tudo bem?

— Dentro do possível — ele responde, e vejo seu rosto se enrijecendo, como se estivesse tão desconfortável quanto eu.

— Enzo será seu segurança pessoal — diz Isac, forçando mais um sorriso. — Ele foi treinado para cuidar do seu irmão, mas...

— Meu segurança? — repito, sentindo o coração disparar, preocupado e dolorido. — E Patrick?

— Patrick continuará cuidando de você nas viagens e atividades fora do palácio.

Não consigo esconder minha frustração. Não quero Enzo tão perto de mim, não depois de tudo o que aconteceu.

Isac lança um olhar para Asthor, como se pedisse ajuda.

— Como expliquei... — o assessor começa.

— Já entendi — eu o interrompo. — Mas tenho certeza de que há alguém mais preparado. Luiz, talvez? O que vai acontecer com ele? — pergunto, pensando no segurança pessoal de Victor.

— Luiz se aposentou há três meses, antes de Victor se tornar regente. Foi seu irmão quem pediu que Enzo assumisse o lugar dele — explica Isac. — Posso lhe assegurar, alteza, que Enzo foi treinado para isso. Como sabe, ele passou três anos no Exército, focado na segurança do palácio. E esteve ao meu lado a vida inteira, sabe como tudo funciona.

— Não sei se isso é suficiente, Isac. Onde estava Enzo quando Victor morreu? — falo sem pensar, então é tarde demais para voltar atrás. Finalmente olho para Enzo, preocupada com o estrago que acabo de fazer. Consigo ver uma mistura de decepção e raiva. Sei o quanto o machuquei, mas uma parte de mim grita para eu não me importar, porque ele fez pior.

— Enzo fez tudo o que era possível para evitar a morte do príncipe, mas certas circunstâncias fugiam de seu controle — disse Isac, como quem esconde informações.

— Se não tenho escolha... — digo, sem querer prolongar a discussão, mas deixando Isac ofendido mesmo assim. — Isso é tudo? — pergunto, já caminhando até a porta sem olhar para o filho dele.

— Enzo? — chama Isac, antes de eu sair. — Pode levar sua alteza aos seus aposentos?

— Posso muito bem ir sozinha — digo, mas na verdade quero suplicar por um pouco de distância entre a gente.

— Acabamos de sofrer um atentado. A circulação de pessoas no palácio está acima do normal. Não posso permitir que ande sozinha nem mesmo aqui dentro, pelo menos por enquanto — explica Isac.

— Certo — respondo, me dando por vencida.

— Vossa alteza — chama Asthor. — Temos meia hora até o enterro.

Assinto e saio, marchando até o hall norte com Enzo logo atrás. Parte de mim quer virar e xingá-lo de todos os nomes possíveis, mas outra parte tem medo de encará-lo e ceder, sofrendo tudo novamente. O excesso de guardas no palácio sempre me deixou irritada, já que só podia ter paz nos meus aposentos ou nos jardins fechados. Agora me sinto aliviada por tê-los por perto, impedindo que Enzo tente falar comigo.

Entro no quarto e fecho a porta atrás de mim. Me sinto desmanchar, o corpo fraco, o coração pulando agitado. Não consigo ser duplamente forte.

Corro até a cabeceira da cama e pego o celular, desesperada para falar com os meus amigos, mas eles devem estar em aula. Agarro o travesseiro, com saudade deles e da vida que aos poucos deixo para trás. Antes que meus pensamentos voltem para Enzo, Rosa aparece trazendo um segundo vestido preto.

— Para o enterro — diz, ao ver minha expressão confusa.

Analiso o vestido pomposo em sua mão.

— E esse que estou usando não está bom?

— Zália, agora você é…

— Já sei… herdeira — respondo, impaciente.

— E regente — completa ela.

— Como sabe disso?

— As notícias circulam rápido no palácio.

Respiro fundo, querendo voltar no tempo e recusar.

— E o que isso tem a ver com a roupa que eu visto? — pergunto, me sentindo derrotada.

— Todos estarão de olho em você.

— Mas é o enterro do meu irmão. Não posso passar despercebida?

Rosa me olha com pesar. Ela me conhece desde pequena. Sabe que, mesmo com todos os anos passados longe dali, não mudei. Odeio ser o centro das atenções. Ainda mais em um dia como este.

Mais uma vez cedo, colocando o vestido.

Ele é longo, feito de tafetá. Um pequeno cinto de veludo chama minha atenção. Acima dele, a peça tem um drapeado cruzado, formando um decote comportado, mas baixo o suficiente para usar com as pérolas da minha avó. As mangas são curtas, para aguentar o calor que deve estar fazendo lá fora.

— Não é um baile — falo, me olhando no espelho.

— Você está linda, Zália — Rosa diz apenas, e eu forço um sorriso.

Alguém bate na porta. Enquanto ela vai atender, me olho no espelho, triste por estar tão bem-vestida em um dia tão sombrio.

Rosa me chama, e dou de cara com César e Enzo me aguardando na porta. Meus olhos encontram os dele. Sinto uma pontada no peito e desvio o rosto, sem me deixar abalar mais. Rosa corre para o meu armário de tiaras, mas eu a detenho no meio do caminho.

— Hoje não.

Ela aceita, se contentando em ajeitar um cacho que caiu do meu coque.

Encontro meus pais, Suelen e os conselheiros na entrada do hall norte, acompanhados de Asthor e Yohan, segurança pessoal do rei. Meu pai está elegante, usando terno e gravata e com cabelo e barba recém-aparados. Já minha mãe está extremamente simples, com um vestido longo preto sem nenhum detalhe, que vai até o pescoço. Ao contrário de mim, está perfeitamente disfarçada. O véu que cobre seu rosto a esconde ainda mais.

— Cadê sua tiara, Zália? — ela pergunta, ao ver meu pai observando a falta de adereço na minha cabeça.

— Só quero ser a irmã dele hoje. Por favor.

Para meu alívio, ela concorda.

— Lido com seu pai mais tarde — minha mãe sussurra, e seguimos de mãos dadas pelo jardim, em direção à capela real.

O enterro virou um grande encontro político, e aqueles que têm passe livre fizeram questão de aparecer, mesmo os que moram mais longe. Galdino é formado por setenta e seis ilhas, divididas em dezoito estados. Todos são governados por representantes indicados por meu pai ou meu avô, que por sua vez lidam com os prefeitos de cada cidade, eleitos pelo povo.

A maioria dos governadores compareceu, além dos donos e dos dirigentes das maiores empresas do país. Ciente do grande número de pessoas que viria, meu pai decidiu servir um coquetel para todos os presentes no salão de festas, de modo que sou forçada a socializar depois da missa e do enterro.

Antes, quando eu era a segunda na linha de sucessão, poucos deles me davam atenção, mas agora quero me esconder depois do quinquagésimo cumprimento — ou pelo menos beber umas taças de tarcá para aguentar a falação.

Entre os convidados, localizo tio Marlos, irmão da minha mãe e seu único parente vivo. Ele conversa com Suelen em um canto próximo a uma das portas da varanda. Não o vejo há anos. Querendo fugir dos desconhecidos, me aproximo para cumprimentá-lo, porém minha mãe os aborda antes, parecendo irada. Os três saem para a varanda, tentando se esconder dos convidados. Vou atrás, querendo entender o que está acontecendo.

Não ouço muito, mas dá para ver que minha mãe está bastante irritada. Fica claro para mim que ele continua não sendo bem--vindo no palácio. A relação entre os dois ficou conturbada quando eu estava com sete ou oito anos. Tenho várias lembranças de tio Marlos conosco antes disso, mas passei a vê-lo somente nos eventos de família. Até que, há uns três anos, houve uma grande briga e eles nunca mais se falaram. Vê-lo ali me deu a esperança de que a situação tivesse melhorado, mas eu estava enganada. Sem querer ser vista, recuo devagar ao perceber minha mãe voltando para o salão. Assim que retorno, sou cercada mais uma vez por desconhecidos ansiosos para me cumprimentar.

No salão, César não sai do meu lado, sempre sussurrando o nome de quem vem ao meu encontro. As pessoas tentam iniciar conversas, mas a fila para falar comigo é tão grande que elas mesmas se cortam, impedindo que os assuntos se prolonguem. Agradeço por isso, desejando que tudo acabe o mais rápido possível.

Como se sentisse meu desespero, meu pai se aproxima, me olhando com carinho. A multidão nos dá espaço, compreendendo que é um momento só nosso.

— Está liberada por hoje — ele diz, acariciando meu braço. — Passe na biblioteca antes de se recolher. Deixei algo lá para você.

— Obrigada — respondo, marchando imediatamente para fora do salão, aliviada.

Apesar de sentir todas as reverências sendo feitas no meu caminho, nem dou atenção a elas. Assim que saio pelas portas para o longo corredor e vejo Enzo de relance vindo atrás de mim, tenho vontade de pedir desculpas pelo que disse, de perguntar como ele está, o que aconteceu nos últimos dois anos, mas a lembrança do que fez me segura. Isso e minha curiosidade de saber o que meu pai deixou para mim na biblioteca.

Sigo apressada pelos corredores, em direção à ala nordeste, onde ficam as áreas de convivência dos moradores do palácio. Abro a porta da biblioteca, à procura de algum presente na mesa, então perco as forças nas pernas ao ver o que verdadeiramente me aguarda.

Enzo me segura e ficamos frente a frente, a uma distância que não deveria ser permitida a um coração partido. Eu o encaro e percebo que todo o meu esforço foi em vão. Não consegui esquecê-lo. Senti-lo tão perto, com suas mãos em mim, joga no lixo qualquer tentativa de apagá-lo do meu coração.

— Você está bem? — ele pergunta, me fazendo olhar para seus lábios, os mesmos que me beijaram um dia e que por tantos outros eu sonhei em tocar novamente.

— Sim — digo sem graça, sentindo um frio na barriga. Não posso me dar ao luxo de gostar dele, então respiro fundo e me endireito.

— Estou ótima. — Sou seca, tentando demonstrar indiferença. Enzo entende o recado, me soltando lentamente e se afastando até sair do escritório, fechando a porta atrás de si.

Olho para eles mais uma vez, sem acreditar que estão mesmo

ali. Parecem congelados no lugar, como se em dúvida se podem vir correndo ao meu encontro ou se isso seria contra as regras de etiqueta do palácio. Não sei se pelo cansaço ou por finalmente não precisar mais esconder quem realmente sou, começo a chorar. Julia, Bianca e Gil vêm me amparar e me levam para o sofá mais próximo.

Choro agarrada a eles por um tempo, e é como se um peso enorme saísse das minhas costas. Tento controlar a respiração, voltando a me acalmar.

— Zália, o que acabou de acontecer? — pergunta Gil, abismado.

— Depois a gente fala disso — briga Julia.

— Disso o quê? — Olho para eles, secando as lágrimas, querendo parecer forte novamente. Eles nunca haviam me visto chorar. Relembro as lições de meu pai.

O povo admira a monarquia porque nossa vida é perfeita. Querem viver como a gente. O que vai acontecer se nos virem tristes, preocupados? Não podemos jamais mostrar fraqueza.

— Aquele era o Enzo? — pergunta Bianca, fitando a porta e me pegando desprevenida. Olho para ela, querendo saber o que está pensando. Será que está impressionada com minha maturidade ou decepcionada com meu fracasso em esconder meus sentimentos?

— Por quê? — pergunto, receosa.

— Dava pra sentir a tensão no ar! — Bianca se abana. — Que química, hein?

Me sinto como se tivesse sido pega fazendo besteira, mas uma onda de alívio me invade ao mesmo tempo. Não preciso mentir. Repeti tantas vezes que o havia esquecido que passei a acreditar nas minhas palavras. Mas foi só encontrá-lo para a verdade vir à tona.

Dou de ombros, entre o riso e o choro.

— Como foi hoje? — pergunta Julia, preocupada. — Não conseguimos chegar a tempo.

— Horrível — respondo, cabisbaixa. — Sinto que minha energia foi completamente sugada.

— Vimos a quantidade de carros no estacionamento. Parece que Galdinópolis inteira está aqui — diz Gil.

— Não só por isso — corrijo. — A missa, o enterro, o caixão fechado... Não poder ver meu irmão, não ter certeza de que era ele ali dentro... Foi horrível.

— Caixão fechado? — repete Gil, parecendo curioso. Julia o cutuca, enraivecida, como se ele tivesse dito a pior coisa do mundo. E de certa forma é verdade, porque me fez voltar aos pensamentos que tive na capela, quando tentava imaginar como haviam encontrado Victor e que partes dele estavam ali. O caixão não pudera ser aberto porque o corpo não fora recuperado inteiro.

Tento respirar fundo para esquecer as imagens que invadem minha cabeça. Imaginando que não estou nada bem, Julia me abraça apertado, seguida por Gil e Bianca.

Ter meus amigos ao meu lado me fortalece. Eles não se importaram ao me ver chorar, ísso não os afasta. Permanecem todos do meu lado. Com eles, as preocupações e o medo se tornam menores. Me sinto mais eu, e a coroa não parece tão pesada.

DEPOIS DE COLOCAR TUDO PRA FORA, SEGUIMOS PARA os meus aposentos. Os três ficam atentos a cada detalhe no caminho. Gil e Bianca lançam olhares curiosos para Enzo, mas Julia os censura. Estou tão feliz com a presença deles que nem ligo se Enzo ficar constrangido. Na verdade, ele até merece.

Abro a porta da sala e os três entram, boquiabertos e maravilhados.

— Zália, você está de brincadeira! — diz Gil. — Seu quarto tem uma sala?

— E um escritório! — exclama Bianca, que já correu para o segundo cômodo.

— É mentira, né?! Você divide isso aqui com alguém — Gil volta a falar.

Sorrio e vou até o quarto.

— Seu quarto é maior que a minha casa — fala Julia, admirada.

— Não exagera.

— Mas é quase — ela insiste.

Os três se jogam na minha cama. Sento ao lado deles, ainda me sentindo fraca demais para brincar.

— Aconteceu mais alguma coisa? — pergunta Julia, sempre muito observadora.

Olho para eles sem saber como contar.

— Fala logo, Zália — pede Bianca. — Não pode ser pior do que o que já sabemos.

— É porque você agora é a herdeira? — pergunta Julia.

— E a regente — completo.

— Regente?

Os três pulam, sentando surpresos.

— É sério isso? — Gil mal consegue acreditar.

— Queria que não fosse. — Puxo uma almofada para esconder a cara.

— E o que você vai precisar fazer? — pergunta Gil.

— Governar o país? — Tiro a cara da almofada, me sentindo vencida.

— Mas Zália... — Bianca parece bastante preocupada, mas pensa bem antes de falar. — Deu em todos os jornais hoje. Não foi acidente. A Resistência plantou uma bomba no caça. É perigoso você assumir como regente agora.

Não me preocupei em ver as notícias do dia, de tão submersa que estava na tristeza. A informação me choca, mesmo que só comprove minhas suspeitas.

— Os jornais confirmaram que foi a Resistência? — pergunto, sentindo a raiva voltar.

— Ainda não há provas — responde Julia. — Estão dizendo isso só porque querem culpar alguém.

— Quem mais faria tal coisa? — rebato, brava.

— É verdade. Você não viu o vandalismo nos protestos? — Bianca complementa. — A barbaridade toda? A Resistência sempre odiou a Coroa, e você sabe muito bem que no passado já tentou...

— Não fale sobre o que não sabe — Julia interrompe. — Ser contra a monarquia e assassinar alguém são coisas bem diferentes. Só radicais seriam capazes de uma coisa dessas.

— E o que você sabe sobre isso? — desdenha Bianca.

— Mais do que você. — Julia a encara. Eu fico olhando de uma para outra tentando entender o que está acontecendo.

— Vamos mudar de assunto? — Gil se intromete. Ficamos em silêncio, sem saber como prosseguir. Tento analisar o que foi dito.

— Você é muito nova para ser regente. — Julia solta de repente, ainda em tom de briga.

Demoro para responder.

— Meu pai está muito doente. Ele não pode governar agora.

— Ele não pode escolher outra pessoa? — Gil parece preocupado.

— Pode. Mas aparentemente o povo acharia que ele não confia em mim, o que só traria mais problemas à Coroa. Além disso, vou ser rainha um dia... por que não começar logo?

— Porque você não quer assumir. Porque não faz parte dos seus planos. — Ouvir Julia é como escutar meu próprio subconsciente falando.

— Ser filha do rei me tira essa autonomia — respondo, na defensiva. — Além do mais, eu nunca teria uma vida longe da Coroa, você sabe muito bem disso. Poderíamos viajar e eu poderia me concentrar na fotografia, mas ainda assim teria que cumprir a agenda real. E quem disse que não posso ir atrás do meu sonho mesmo sendo regente?

Sinto que estou falando mais para mim mesma do que para eles, como se estivesse tentando me consolar e manter as esperanças, mas a sensação de que decepcionei Julia é horrível.

Íamos estudar jornalismo juntas, e eu ia me especializar em fotografia. Eu teria que viajar para milhares de países para cumprir os compromissos reais, mas Julia iria também, e juntas faríamos guias de turismo, usando as minhas fotos e os textos que ela produzisse, com histórias antigas e contemporâneas, curiosidades e dicas...

Rosa entra no quarto, cumprimenta meus amigos e se oferece para me ajudar a tirar o vestido. Não protesto quando ela diz que está na hora de dormir e manda os três para os quartos de hóspedes, que ficam do outro lado do palácio. Depois de tudo o que aconteceu, preciso de um tempo só para mim. Quando eles saem, deito na cama, exausta.

Demoro para dormir, virando de um lado para o outro com todas aquelas questões na minha mente.

E os meus sonhos? Sou boa o bastante? Por que meu pai não confia em mim? Será que Enzo percebeu que ainda tenho sentimentos por ele? O que realmente aconteceu com Victor? A Resistência está mesmo por trás do acidente? Por que Julia os defendeu?

Sou acordada na manhã seguinte por Rosa chegando com o café da manhã. Agradeço por não precisar lidar com os conselheiros de meu pai e qualquer hóspede que esteja no palácio, incluindo meus amigos, que não estou pronta para rever.

Reviro os ovos mexidos no prato, me sentindo estranhamente vazia. Meu peito pesa com a falta do meu irmão. As lembranças de Victor tomam conta dos meus pensamentos até que alguém bate à porta. Não estou vestida para receber ninguém, mas nem ligo. Apenas amarro o roupão e peço que entrem.

Asthor abre a porta e desvia o olhar, constrangido. César, que vem atrás dele, faz o mesmo.

— Bom dia, alteza — ele cumprimenta.

— Bom dia, Asthor — respondo sem me importar.

— Gostaria de repassar a agenda de hoje e dos próximos dias.

Baixo a cabeça e tento me preparar para o batalhão de compromissos por vir. Asthor se mantém de pé mesmo quando lhe dou permissão para sentar. Não sei se é etiqueta ou se está sem graça demais por eu não estar apropriadamente vestida.

— Agendamos aulas particulares para todas as manhãs a partir de segunda — começa ele, e eu concordo, sem processar direito a informação. — Sua mãe deu a ideia de chamar um de seus professores do internato, para que se sinta mais confortável. Suas manhãs serão divididas entre aulas de história com esse professor e aulas de política, que serão dadas por Antonio.

— Antonio? — O nome me soa familiar.

— O assessor político do palácio — Asthor responde, então lembro que é o homem que meu pai queria ver como regente. — Antonio representa a Coroa em todos os compromissos com os governadores e empresários. Ele faz a intermediação com seu pai, que não pode lidar com tantos problemas.

— Muito bem — digo, me sentindo desconfortável, mas sem querer reclamar.

— Hoje vamos mostrar todo o palácio a vossa alteza. Imagino que não conheça todas as alas, e é importante que saiba onde ficam os escritórios e tudo o que é feito aqui dentro — continua ele. — À tarde suas medidas serão tiradas para que possamos fazer roupas mais adequadas.

Ele consegue, finalmente, chamar minha atenção.

— Adequadas?

— Isso — responde Asthor, um pouco sem jeito.

— Minhas roupas não são adequadas?

— Precisamos mostrar ao povo que vossa alteza cresceu. — Nossos olhares se encontram e ele desvia o rosto, sem graça. — Dar à senhorita um ar de autoridade. Todos precisam saber que o país está em mãos responsáveis.

Respiro fundo, sem acreditar que vamos começar essa jornada com ele reclamando da minha roupa. Não quero confrontá-lo, mas dessa vez não consigo.

— E por que não podemos comprar roupas no lugar de sempre?

— A futura rainha não pode simplesmente *comprar* roupas. Suas peças devem ser únicas. Por isso chamamos o alfaiate que fez as roupas do seu pai no último verão. — Assinto para não prolongar a conversa. — Marcamos também um chá no final da tarde para que você receba os conselheiros do rei, Claudionor, Orlando, Nilson, Roberto e Mário. Como a senhorita sabe, são amigos íntimos de seu pai e estão no palácio para auxiliar o rei no que precisar.

— Damas de companhia? — Não aguento e debocho, tentando simplificar a explicação dele. — Elas não são conselheiras também? — pergunto, me segurando para não rir de sua reação.

Asthor pigarreia, desconfortável.

— Sim — responde ele.

— E por que recebem nomes diferentes? — provoco.

— Pode chamar como quiser. A senhorita escolherá até cinco dam... *conselheiros*, mas vamos conversar sobre isso depois que conhecer os de seu pai. Ele espera que os mantenha.

Olho para ele, surpresa.

— Meu pai quer que eu fique conversando com os amigos dele sobre o quê?

— Eles vão ajudar a tomar as decisões certas durante seu governo.

— Mas não vai ser meu pai a tomar as decisões?

— Sim, mas seu pai quer que tenha as melhores pessoas ao seu lado enquanto aprende. Esses homens estão com ele desde que seu avô morreu, e o rei acha que seriam boas companhias para a senhorita.

Respiro fundo. Não sei o que responder, então apenas peço que prossiga.

— Marcamos para hoje à noite seu primeiro discurso ao vivo.

— Tenho que fazer um discurso?

Dessa vez, fico preocupada. Como vou convencer alguém de que esse é o meu lugar se nem eu mesma estou convencida?

— Não se preocupe. Cuidaremos disso para você.

— Muito bem — digo, aliviada.

— Na segunda...

— Será que podemos focar no dia de hoje? — pergunto, tentando não demonstrar minha insatisfação não só com a agenda, mas com a falta de espaço que eles estão me dando. Ser regente significa que não posso lamentar a morte de meu irmão? Sofrer no meu tempo?

Asthor sai para encontrar meu pai. César me espera do lado de fora enquanto me visto, desanimada, para a excursão pelo palácio. Quando saio, andamos lado a lado, com Enzo em nosso encalço. Quero olhar para ele, mas não consigo fazer isso com discrição.

Descemos para o hall sul, no primeiro andar, onde fica a entrada principal. O chão é de madeira, as paredes são de mármore branco, e as pilastras e os arcos são de mármore azul. É por aqui que os funcionários entram todos os dias para trabalhar. Mesmo sendo uma entrada de serviço, não é menos bonita que a entrada residencial, na ala norte do palácio.

Todos os funcionários de escritório estão me aguardando. César me leva às principais salas na ala sudoeste, onde trabalham e moram os chefes de equipe, como ele, Asthor, Isac, Shirley, a governanta, e Joaquim, o auxiliar geral. Já na ala oeste ficam as salas das equipes, incluindo a jurídica e a de relações públicas, esta última duas vezes maior que as outras. Por fim, vamos até a ala noroeste, onde ficam as salas de reunião e videoconferência. Seguimos em direção a uma porta entreaberta nos fundos. Escuto um homem rindo ao telefone. César marcha até lá para interrompê-lo, mas é tarde demais. Posso escutar perfeitamente o que ele fala.

— Estão todos preocupados, pai, mas vai ficar tudo bem. Ela não tem formação e não vai querer se meter nos nossos assuntos — o homem diz e dá outra risada. — Pode deixar, pode deixar! É só uma menina, acha que vai se interessar por política? Vou segurar a barra aqui, vai ser fácil deixar a garota de escanteio.

— Antonio! — repreende César, entrando na sala. Vejo o assessor desligar o telefone na mesma hora e olhar na minha direção com os olhos arregalados.

— Vossa alteza — ele diz, fazendo uma reverência.

Olho para ele com frieza, me surpreendendo com sua juventude, mas furiosa por suas palavras. Nunca o vi antes e ele não sabe nada sobre mim, como pode falar essas coisas?

Desisto da excursão e me viro para sair dali, decidida a não trabalhar com ele. Se já estava receosa antes, agora tenho certeza de que não confio em Antonio.

Cruzo com várias pessoas enquanto me afasto, e todas abrem caminho para mim. Agradeço por ninguém me abordar. Subo para o segundo andar, onde ficam meus aposentos, e entro na sala, surpreendendo uma equipe que está mudando os móveis de lugar.

— O que está acontecendo aqui? — pergunto.

— Alteza. — Rosa corre ao meu encontro. — Ordens de seu pai. Ele pediu que colocássemos uma mesa para você fazer suas refeições aqui.

Apesar de ser uma notícia boa, me irrito e vou para o quarto, bufando e fechando a porta atrás de mim. Não demora para baterem à porta.

— Agora não — digo, impaciente, estalando todos os dedos. Não quero lidar com ninguém.

Para me tornar ainda mais inacessível, entro no banheiro e abro a torneira para encher a banheira. Afundo a cabeça ao entrar nela, querendo sumir.

Meia hora depois, Rosa entra de mansinho no banheiro, esperando que a poeira tenha baixado. De fato, não me sinto tão irritada quanto antes, mas minha cabeça está a mil.

— Alteza? — chama ela, tentando descobrir se estou cochilando.

— Já disse para não me chamar assim.

— Seu pai está chamando — ela diz.

Levanto, e Rosa me passa a toalha.

— Se eu pedir, você me ajuda a fugir? — pergunto, e ela ri, achando que estou brincando, e acabo rindo também.

Subo, descontente, e antes de entrar escuto Enzo sussurrar atrás de mim:

— Você está bem? — ele pergunta em um tom gentil, sem formalidades. Fecho os olhos, tentando reunir minhas forças, e funciona melhor do que eu esperava.

— Por que não estaria? — indago, seca, então damos de cara com a minha mãe, que abre a porta.

— Zália? — ela chama. — O que está fazendo parada aqui fora?

Envergonhada, entro sem dizer nada.

— Olá, Enzo — minha mãe cumprimenta. — Como você está?

— Bem, obrigado. E vossa majestade?

— Tão bem quanto possível — suspira ela.

Minha mãe fecha a porta e me guia até a sala de jantar. Seu rosto continua inchado. Deve ter passado a noite chorando.

Analiso a sala ao entrar, tentando adivinhar o que está acontecendo. Meu pai e Antonio conversam enquanto almoçam. Fico estagnada na porta, imaginando se é uma intervenção, se ele vai me pedir desculpas, se meu pai vai insistir para que eu tenha aulas com ele. E é exatamente isso que acontece. Antonio se levanta nervoso, pega minha mão e diz que sente muito, que não queria ter falado nada daquilo. Puxo a mão de volta e fico ainda mais estupefata quando meu pai o apoia, dizendo que não tenho por que me aborrecer com bobagem.

— Todo mundo vai esperar isso de você, Zália. Precisa estar preparada. Acha o quê? Que uma menina de dezessete anos vai assumir o governo e todos vão acreditar que é a melhor opção para o país?

— Que eu saiba, sou a única opção — respondo, seca.

— Você precisa do povo ao seu lado. Todos têm que acreditar em você. Precisam te venerar.

Baixo a cabeça, me contendo para não responder como quero. A verdade é que meu pai não é nem um pouco querido pela população. Por que eu deveria seguir seus conselhos? Circula todo tipo de boato sobre ele. Ao mesmo tempo, concordo que é querer demais que todos me aceitem de primeira. Se eu mesma estou receosa, imagina o resto do país.

— Você tem razão — falo com dificuldade. Meu pai me olha com carinho e me indica a cadeira entre ele e Antonio.

Sento a contragosto e me sirvo, mesmo sem estar com fome. Antonio tenta de todas as formas me provar que é uma boa pessoa. Diz que se dava muito bem com Victor e que os dois meses em que trabalharam juntos foram muito divertidos. Como não tenho opção, escuto tudo, mas não interajo, porque não tenho interesse nenhum em falar com ele. Depois da quarta tentativa de estabelecer um diálogo, Antonio desiste e começa a conversar com meu pai sobre a investigação do atentado. Meu pai o corta olhando de mim para minha mãe, como se não pudéssemos saber a respeito. Ela nem percebe, mas eu fico chateada de ser deixada de fora, afinal, tenho todo direito de saber o que aconteceu com meu irmão.

Meu pai inicia uma conversa sobre a emenda que Victor assinaria e a necessidade do aumento nos impostos para compensar o endividamento do país. Encaro os dois, incrédula, reprovando a discussão política durante o almoço, no dia seguinte ao enterro de Victor, sem ao menos considerar me deixar por dentro do assunto.

Acabo ficando ainda mais emburrada, achando que é outro indício de que não confiam em mim para o trabalho. Assim que o almoço termina, nem preciso de desculpa para sair, porque de fato preciso seguir com a agenda real.

Saio dos aposentos e me junto a Enzo mais uma vez. Então Antonio aparece e me pega desprevenida.

— Zália. — Ele baixa a cabeça em reverência. — Vossa alteza — se corrige. — Queria pedir desculpas mais uma vez pelo que disse. Foi errado, eu sei. Estava tentando acalmar um representante da Coroa, mas não é o que penso da senhorita.

— Você falou "pai".

— Meu pai é governador de Albuquerque.

— Você não me conhece o bastante para ter uma opinião sobre mim — digo, seca.

— Eu sei. Deveria tê-lo acalmado de outra forma.

Fico na dúvida se ele está de fato arrependido ou se só segue ordens do meu pai. Eu o encaro, séria, e seu olhar me quebra. Pisco, envergonhada, então baixo a cabeça, sentindo uma agitação estranha.

— Muito bem — digo, tentando dissipar os pensamentos. — Nos veremos em breve.

Viro na direção do escritório de Asthor, que me espera para me levar ao ateliê no subsolo.

O senhor de idade avançada tira minhas medidas e me mostra os diversos modelos de vestido que planeja costurar para mim. Tento fazer o alfaiate entender o meu estilo, mas ele dá um jeito de transformar cada peça que eu imagino em algo antiquado. Não tenho forças para protestar, então desisto e saio de lá me sentindo a regente menos poderosa que já existiu na face da Terra.

Seguimos para a sala de visitas, onde encontro os amigos do meu pai tomando café com bolo e biscoitos. Para minha surpresa e desgosto dos cinco, Suelen se junta a nós logo depois. Os conselheiros e a dama de companhia nunca pareceram se dar muito bem, apesar de conviverem há tanto tempo. Os cinco me cumprimentam enquanto tentam ignorá-la.

Conheço alguns melhor que outros. Cresci com eles ao meu

redor, mas no geral todos se mantiveram afastados, diferentemente de Suelen. Eles nunca fizeram questão de me conhecer, por isso a situação é meio constrangedora agora. Fico feliz de ter Suelen ao meu lado, zombando disfarçadamente de todos eles.

Mário quebra o gelo com uma de suas lembranças mais engraçadas de mim e Victor.

— Levamos vocês para ver os animais da fazenda durante um Natal em Miragem. Vocês sempre foram apaixonados por eles... Quando Victor viu um dos perus sendo abatidos para o jantar, ficou aterrorizado — contou o homem, soltando uma gargalhada. — Vocês não sabiam que os perus que comíamos eram animais de verdade, nunca tinham feito a ligação. A revolta e a tristeza de vocês nos dias seguintes foram um espetáculo à parte.

— Não é à toa que ele parou de comer carne depois — contrapõe Suelen. Sua alfinetada é tão descarada que tenho vontade de rir, mas me seguro. Aquela de fato era uma das lembranças mais doloridas de Victor. Ele sempre me contava aquela história. Ainda pequeno, ele dizia que ia acabar com as vendas de carne animal, mas ao longo dos anos entendeu que não seria tão simples e reciclou seus planos: como rei, pretendia regularizar as fazendas de criação para que o abate fosse o menos cruel possível.

Mário resmunga algo inaudível, e Orlando toma a vez:

— E aquelas peças que vocês encenavam quando eram pequenos? Vocês ficavam encantados com as trupes que vinham ao palácio. Ensaiavam e preparavam o figurino com as roupas dos seus pais. — Dou risada de verdade, porque Suelen passa por trás de Orlando e faz uma careta engraçada. Ele não nota e acha que está me divertindo. — Cada ano era uma peça diferente. Vocês faziam com que todos sentássemos no salão de festas para ver.

Claudionor ri da lembrança e acrescenta:

— Seu pai ficava furioso com sua mãe por interromper nosso trabalho, mas era muito divertido, assim como quando você resolvia nos servir na biblioteca. Seu pai sempre gostou de fazer reuniões lá, e você nos interrompia fingindo ser uma das criadas trazendo café.

— Quantas lembranças fofas, não é, Zália? — diz Suelen. Eles não percebem o tom de deboche.

— Fofíssimas. — Sorrio, zombando também.

— E vocês? Do que se lembram? — Suelen analisa Nilson e Roberto, que gaguejam enquanto tentam inventar qualquer história, falhando miseravelmente.

Quando vou embora mais tarde, não posso dizer que o café foi desagradável. Principalmente graças a Suelen.

— Não poderia te deixar nas garras desses homens — ela diz quando seguimos em direção ao meu quarto. — É muito bom te ver sorrir, apesar de tudo.

— É muito bom poder sorrir, apesar de tudo — repito, agradecida.

— Gostaria de fazer o mesmo pela sua mãe, mas a sinto cada vez mais distante.

— Aconteceu alguma coisa entre vocês? — pergunto, lembrando da discussão durante o coquetel.

— Nada específico, mas o baque da perda de seu irmão mexeu bastante com ela. Às vezes isso é suficiente para mudar alguém.

— Mas vocês sempre foram tão amigas.

— Tenho certeza de que continuaremos sendo. — Ela sorri. — Sua mãe só precisa de um tempo para digerir tudo isso.

— Espero que sim — digo, sincera, me sentindo mal por ela.

— Está nervosa para mais tarde? — ela pergunta quando chegamos no hall norte do segundo andar.

— Extremamente — respondo, sincera.

— Não fique. Só precisa ler o discurso com calma e ser você mesma.

— Só isso? — brinco.

— Só isso. — Ela pisca para mim. — Boa sorte! Vou estar na plateia, com todos aqueles conselheiros irresistíveis — Suelen brinca, me fazendo rir novamente.

— Talvez eu que devesse desejar boa sorte a você.

— Tem razão.

— Boa sorte! — digo, me afastando.

Sigo para a ala oeste, enquanto ela vai para a leste. Só quero dormir, mas preciso me preparar psicologicamente para meu último compromisso do dia, o discurso ao vivo. Ao chegarmos na porta dos meus aposentos, longe dos guardas reais, me vejo sozinha com Enzo e sinto meu corpo enrijecer. Não sei se corro para dentro para não precisar falar com ele ou se me desculpo pelo que disse no escritório de seu pai, mas ele toma essa decisão por mim.

— Nunca quis te machucar. — A voz dele é triste e sincera, o que me faz afundar alguns centímetros no chão. Meu coração acelera, e fico ali sem saber o que responder. Respiro fundo, tentando pensar em algo para falar.

— Não se preocupe, Enzo. Eu era boba na época. Já superei.

Sinto um nó se apertando na minha garganta.

— Fico feliz, alteza.

Ao escutá-lo me chamando assim, um frio doloroso me invade. Mais uma vez, é como se um muro subisse entre a gente. Sinto uma vontade descontrolada de gritar, e entro nos meus aposentos para não me desmanchar perto dele, deixando-o sozinho do lado de fora.

Atravesso a sala, o escritório e entro no quarto. Descubro que a infelicidade do dia está longe de terminar. No biombo, perto do banheiro, está o vestido mais horrível do mundo. É azul-royal e chamativo, com uma saia de babados até o chão. A gola é fechada, os ombros são cheios de pedras e as mangas, longas. Há uma tiara com as mesmas pedras do vestido sobre a cama. Ao contrário dele, é maravilhosa.

Fico alguns segundos parada, olhando do vestido para a tiara sem saber o que fazer. Não vou usar isso. Não existe a menor possibilidade de mandarem em mim dessa forma. Não vou aparecer ao vivo fantasiada de vovó. Romão, o alfaiate, se empolgou demais para fazer o vestido da "futura rainha". É a coisa mais pavorosa que já vi na vida.

Olho o relógio na cabeceira, nervosa com o pouco tempo que tenho para me arrumar. Uma luz vem da escuridão de meus pensamentos. Deixo de lado a tensão entre mim e Enzo e corro até a porta para perguntar:

— Você sabe qual é o quarto dos meus amigos?

— Sei — ele responde, se endireitando num susto.

— Pode me levar até eles?

— É claro. — Enzo gesticula apontando o caminho para que eu vá na frente. — Ala leste.

Ando apressada e entro ansiosa ao chegar, sem nem bater. Para minha sorte, os três estão juntos, vendo televisão.

— O que está fazendo aqui? — Julia pula da cama, preocupada.

— Preciso de vocês — digo, nervosa.

— Da gente? — Bianca pergunta, surpresa. — Eles disseram que não conseguiríamos falar com você hoje.

— Quem são "eles"?

— Primeiro perguntamos para a camareira — explica Gil. — Depois falamos com o cara que veio nos avisar sobre as refeições, e um segurança que vimos passar pelo corredor. Tentamos ir até seu quarto, mas os guardas da sua ala não deixaram.

— Ninguém sabia dizer onde você estava ou o que estava fazendo — diz Julia, amuada.

— Só disseram que você estava ocupada. — Gil parece bravo. — Ficamos trancados aqui o dia inteiro.

— Não mais — afirmo decidida. — Vamos.

Viro de costas e saio marchando com os três ao meu redor e Enzo logo atrás.

Quando finalmente entramos no meu quarto, eles já parecem mais animados.

— O que é isso? — pergunta Gil, ao reparar no vestido.

— O que eu deveria usar no discurso de hoje à noite.

— Nem pensar! — protesta Bianca. — Nem minha vó usava isso.

— A minha pelo visto usava. Preciso de você, Bianca.

O sonho dela é fazer faculdade de moda, então já costura várias de suas roupas, que sempre faz questão de mostrar para a gente.

— Mas como? Não tenho máquina. — Bianca olha ao redor, procurando algo que possa ajudá-la.

Me vejo novamente perdida, mas não posso desistir tão fácil. Marcho até o escritório e ligo para Shirley para pedir que Rosa venha ao meu quarto imediatamente. Ela aparece em menos de cinco minutos, nervosa e preocupada.

— Algum problema, alteza? — pergunta, ofegante.

— Preciso de uma máquina de costura, linha, agulhas, tesoura e uma fita métrica — Bianca diz a ela, que me olha sem entender.

— Pra ontem, Rosa. É caso de vida ou morte.

Ela sai do quarto, mas posso ver em seu rosto que a missão é praticamente impossível. Sento em um dos sofás da sala, nervosa.

— Não temos muito tempo.

— Que horas você precisa estar pronta? — pergunta Gil.

— Às sete.

— Só temos uma hora — Bianca comenta, aflita.

— Provavelmente menos. Depende de quanto tempo Rosa vai demorar para conseguir as coisas. *Se* conseguir.

Começo a estalar os dedos, ansiosa.

Bianca vai até o quarto e volta com o vestido.

— Você tem tesoura? Estilete? Lâmina de depilação?

— Não — digo, angustiada.

Sem nada para ajudar, Bianca resolve atacar o vestido com os dentes. Tenta abrir os pontos da costura e, para minha surpresa, consegue. Assim que se livra dos primeiros, o restante vai mais fácil.

Escutamos apenas o som do vestido sendo rasgado. Não sei se fico aliviada ou mais nervosa, já que Rosa pode voltar sem nada.

Vou para o quarto tentar me distrair, pensando na reação de Julia ontem e na briga dela com Bianca, que me deixou encucada. Preciso conversar com ela para entender o que quis dizer com aquilo tudo.

Quando faltam apenas trinta minutos, Rosa entra na sala acompanhada de um rapaz com uma máquina. Ele a coloca na mesa e sai sem falar nada. Rosa entrega uma maleta para Bianca com tudo o que pediu e muito mais.

— Preciso devolver ainda hoje. Pegamos sem o alfaiate saber.

— Vamos devolver em meia hora — falo, olhando para Bianca, esperançosa.

Ela coloca a linha na máquina e começa a costurar freneticamente. Como não posso fazer nada para ajudar, entro no banho para me acalmar, mas só fico mais nervosa, dessa vez me imaginando no estúdio, em frente às câmeras, falando para todo Galdino ver.

E o discurso?, penso, angustiada. Me arrependo de não ter pedido para lê-lo antes. Como posso ter ficado aliviada por não escrever o que falaria? Agora não sei quem escreveu e qual é o conteúdo. Se fosse tão desastroso como o vestido, eu não teria tempo de consertá-lo.

Saio do banho ainda mais atordoada. Faltam vinte minutos. Me enrolo no roupão, passo maquiagem e prendo meus cachos escuros no alto da cabeça, um penteado sem muita personalidade, porém dentro dos padrões do palácio.

— Bianca? — chamo assim que fico pronta, correndo até a sala. Ela continua trabalhando freneticamente.

— Não me pressiona — diz, nervosa.

Sento ao lado de Julia, que está roendo as unhas.

Alguém bate à porta. Rosa abre, revelando minha mãe.

—Você não está pronta? — ela pergunta em tom de reprovação.

— Estamos esperando Bianca.

— Bianca? — Minha mãe parece confusa ao virar e vê-la costurando. — O que você está fazendo?

— O vestido era horroroso, mãe. Não tinha a menor condição — respondo, pronta para uma bronca, mas minha mãe começa a rir.

— Você tem cinco minutos, Zália.

— Eu sei. Mas preciso do vestido.

— Pronto, pronto, pronto! — grita Bianca. — Espero um excelente pagamento — ela diz ao me entregar a peça.

Corremos todos para o quarto. Eu o visto, ansiosa para ver se há algum resquício da cafonice de antes. Bianca fecha o zíper e todos me olham, maravilhados. Até minha mãe parece surpresa.

— Que foi, gente? — pergunto, curiosa, querendo ir até o espelho.

— Espera, espera — minha mãe pede. Ela anda até minha cama, pega a tiara e a ajeita em minha cabeça.

Ando hesitante até o espelho e não acredito no que vejo.

— Como você fez isso? — pergunto, sem tirar os olhos do reflexo.

Não consigo mais ver o velho vestido nem em lembranças. Bianca o transformou em algo maravilhoso. A saia agora bate no meio da canela, sem babado nenhum. A gola fechada deu lugar a um decote comportado, mas não antiquado. As mangas longas foram embora e só ficaram as ombreiras de pedras incrustadas, que, embora parecessem ridículas antes, agora dão um toque especial ao vestido.

Olho para mim mesma, admirada. É um modelo imponente e moderno. Estou tão bem e bonita que me sinto empoderada.

— Pronta? — pergunta minha mãe, esboçando um sorriso para me encorajar.

— Pronta.

É CLARO QUE NÃO ESTOU PRONTA, MAS DEPOIS DE toda a expectativa com o vestido, não posso dizer a verdade. Minha mãe segue ao meu lado e o resto atrás da gente, como manda a etiqueta real.

— Enzo! — minha mãe se assusta ao vê-lo do lado de fora dos meus aposentos. — Tenho que me acostumar a vê-lo com Zália agora, não é mesmo? — diz ela, um pouco atordoada. — É tão estranho não ver Victor à sua frente.

— Concordo, vossa majestade — diz ele, então o pego me olhando de cima a baixo. Isso me faz corar, mas procuro manter os pés no chão.

Minha mãe força um sorriso e segue andando, mas eu me detenho por um segundo, ainda presa aos pensamentos. Meu olhar encontra o de Enzo, nos pegando de surpresa, e ambos desviamos o rosto, sem graça.

Seguimos até uma sala de reunião no primeiro andar, a mesma onde encontramos Antonio falando ao telefone hoje de manhã, agora transformada em estúdio. Parte da equipe de relações públicas está lá para a transmissão. Nervosa, pego a mão da minha mãe, sem saber o que fazer. Ela não diz nada, só continua andando, enquanto todos abrem caminho para nós até que cheguemos ao escritório no fundo. Eu a solto ao entrar. Depois de ouvir o que Antonio pensa de mim, não quero que me veja de mãos dadas com a minha mãe, como uma menininha indefesa. Para meu alívio, ele não está.

— Sente, Zália. Vou chamar Asthor — diz minha mãe, saindo em seguida. Não obedeço.

Percebo finalmente que meus amigos não estão mais comigo. Provavelmente ficaram para trás ao entrarmos no estúdio. Ando de um lado para o outro da sala. Volto a estalar todos os dedos, como se isso fizesse o tempo passar mais rápido. Tentando me distrair, observo os detalhes do escritório. Noto as pinturas galdinenses com molduras modernas penduradas, ao contrário das clássicas do palácio; a enorme estante cheia de livros jurídicos, técnicos e diferentes versões da Constituição, todos organizados de maneira metódica; e as peças de artesanato de diferentes estados do país. A seriedade da sala é quebrada por esses objetos, provavelmente comprados nas inúmeras viagens que Antonio fez pela Coroa. Em uma prateleira, vejo um retrato em preto e branco de um Antonio sorridente, vestindo beca, abraçado com um homem e uma mulher, provavelmente seus pais. Aquele na foto não tem nada a ver com o homem que conheci de manhã. O sorriso leve e descontraído faz dele um rapaz encantador.

A porta abre, me trazendo de volta à realidade. Minha mãe entra carregando uma folha de papel e a entrega para mim. A ansiedade volta.

Começo a me perguntar o que estou fazendo ali, o que está

acontecendo com a minha vida e como será a partir de agora. Há menos de três dias, eu estava sonhando com a viagem a Corais e com a minha formatura em dezembro, bem longe de qualquer pressão do palácio. Agora aqui estou, sofrendo a pior delas.

Como Victor vivia assim?

Olho o discurso, mas não consigo ler. Estou distraída demais, pensando na infância e adolescência que Victor não teve. Mesmo assim, todas as minhas recordações são dele sorrindo, brincando, me divertindo com suas histórias e aventuras.

Como ele conseguiu administrar sua vida pessoal e a de herdeiro?

— Vamos lá? — chama minha mãe. Não consigo esconder o medo. — Sei que não é fácil, Zália, mas estamos com você. — Ela estende a mão e eu a olho, hesitante, sem querer estender a minha também.

— Talvez seja melhor... — começo a dizer, tentando tomar cuidado com as palavras, e minha mãe entende na mesma hora.

— Só quero te deixar segura.

Sorrio para ela, que abre a porta e me deixa passar primeiro.

A sala está mais escura agora, com todas as luzes voltadas para um púlpito. Atrás dele estão as bandeiras de Galdino, azul e branca com o desenho de uma lunar, e a da família real, azul e prateada com o brasão da família. Ando até lá, ficando ainda mais ansiosa ao deixar minha mãe para trás. Me posiciono e vejo ao meu redor muitos rostos desconhecidos, que me reverenciam, esperando que faça alguma coisa.

Olho nervosa para a câmera e então para minha mãe, que abre a porta da sala. Me pergunto se vai me deixar sozinha, então meu pai entra acompanhado de Asthor, César e Antonio. Ele se posiciona em um canto escuro, que mal consigo enxergar. Saber que ele está ali, me vendo, só piora a situação. César vem em minha direção, abrindo um sorriso.

— Pronta, alteza? — ele pergunta.

Dessa vez não minto.

— Espero que sim.

— A luz em cima da porta vai piscar três vezes e então apagar. Quando a luz vermelha da câmera acender, você vai estar ao vivo.

Assinto, sentindo minhas mãos suarem. Pego o papel que minha mãe me entregou e o leio, sem dar muita atenção. Não consigo juntar as palavras para que façam sentido, mas vejo que o discurso é curto, então não deve demorar muito. Em breve vou poder fugir para o quarto e deitar em posição fetal, fingindo estar no internato como a Zália que eu era antes.

A luz em cima da porta começa a piscar. Uma, duas, três vezes. Sinto meu estômago afundar. Mil pensamentos passam na minha cabeça. Então a luz da câmera acende e eu olho para o papel, tentando não demonstrar nervosismo.

— O país está de luto — digo, sentindo cada palavra. — É com pesar que assumo a função de regente. Não pelo difícil trabalho que me espera, mas por saber que o povo perdeu um grande monarca. — Meu coração respira aliviado ao dizer isso. — Victor planejava grandes mudanças para Galdino, para conter o endividamento do reino. Muitas já estão em andamento no conselho. Meu irmão sonhava com um país melhor. — Paro, analisando rapidamente o conteúdo, então prossigo. — Sonho com o mesmo. Galdino será um lugar melhor em meu reinado e nas gerações futuras. Seguirei com os planos de Victor e de meu pai, transformando este país em um lugar próspero, cujos cidadãos tenham orgulho de chamar de lar e a mim de rainha.

Sinto o peso da última palavra e, como se por instinto, olho para a câmera e baixo a cabeça. Em poucos segundos a luz se apaga. Há um momento de silêncio na sala. Reparo que as pessoas estão se olhando, provavelmente se certificando de que estamos fora do ar. Largo o discurso e viro para a plateia, que começa a aplaudir, timidamente. Sorrio em retribuição. Procuro minha mãe e meu pai, mas não os vejo. Avisto César me esperando na porta. Agradeço os parabéns enquanto ando em sua direção.

— Aonde eles foram? — pergunto com um misto de nervosismo e entusiasmo.

— Estão esperando lá em cima.

— E meus amigos?

— Foram assistir seu discurso na sala de visitas, com os outros hóspedes.

Agradeço e saio da sala, dando de cara com Enzo. Ele parece querer falar alguma coisa, mas César me acompanha, fazendo-o voltar ao seu lugar de segurança, atrás de mim.

— Vossa alteza falou como uma rainha.

— Obrigada, César.

Sorrio, sentindo que o elogio é sincero.

— Precisamos assinar um contrato vitalício com quem escreveu o discurso — digo, brincando.

— Não se preocupe, Antonio não tem pretensão de abandonar o emprego.

— Antonio? — pergunto atordoada, parando no corredor.

— É ele quem cuida dos discursos de seu pai.

— Hummm... — resmungo, insatisfeita em saber que ele me impressionou de alguma forma.

Percorremos o resto do caminho em silêncio. Quando entramos, meu pai não está com uma cara muito boa. Antonio está sentado numa poltrona perto dele, enquanto Asthor se mantém de pé perto da porta e minha mãe anda de um lado para o outro da sala.

— Aconteceu alguma coisa? — pergunto, aflita diante das caras fechadas.

— Não é nada, Zália — minha mãe diz. — Seu pai...

— Quem diz se é algo ou não sou eu! — meu pai tenta gritar, mas sua boca não obedece, fazendo-o praticamente rugir. — O que pensa que está fazendo?

Sinto meu coração bater mais rápido. Tento rebobinar e reviver tudo o que aconteceu durante o discurso.

O que eu fiz de errado? Olho dele para minha mãe, muito confusa.

— A senhorita não deve baixar a cabeça para ninguém, a não ser para o rei — diz Antonio, se pondo de pé. — É a etiqueta real. Da mesma forma que ninguém pode deixar de reverenciá-la. O contrário mostra fraqueza.

— Fraqueza? — pergunto, ainda tentando processar.

— Um absurdo! — gagueja meu pai. — O que vão dizer?

— Não vão dizer nada — defende minha mãe. — Você está se preocupando com bobagem.

— Era para isso que você queria criar sua filha longe do palácio? — critica meu pai, acionando a cadeira de rodas e se dirigindo ao escritório.

Meu coração se despedaça ao ouvi-lo dizer "sua filha", como se eu não fosse filha dele também. Sinto meus olhos se enchendo de lágrimas, mas me seguro, tentando me manter firme.

— Não se preocupe, Zália. Ninguém vai dizer nada. — Ela se aproxima de mim e acaricia meu braço. — Vá se deitar. Sei que foi um dia longo.

Minha mãe vai até o escritório e fecha a porta, me deixando sozinha com Antonio, Asthor e César. Fico chocada com toda aquela cena por conta de um gesto tão despretensioso.

Como pode ser entendido como fraqueza? Por que ele ficou tão aborrecido?

— Vossa alteza? — chama Asthor, me fazendo voltar à realidade.

— Avise meus amigos que os verei amanhã — digo, saindo do quarto em seguida. Caminho pelo palácio entorpecida, sem saber muito bem para onde estou indo. Quando me dou conta, estou nos aposentos de Victor.

O ambiente está escuro, com as pesadas cortinas fechadas. Abro-as e acendo um abajur. Olho ao redor, sentindo tudo muito frio, fantasmagórico. Faz tão pouco tempo desde sua partida.

Sua sala é mais séria que a minha, com cores terrosas, móveis de madeira bruta, sofás e poltronas de couro. Ando até seu escritório e vejo que o mesmo se aplica ali. O quarto parece o de um senhor de idade. Os aposentos são refinados, mas nunca diria que pertenciam a um garoto de dezenove anos. Sento na cama, colocando o rosto entre as mãos. Sinto as lágrimas escorrerem. Não estou preparada para nada disso, ainda mais com essa rapidez.

Levanto o rosto, procurando retratos de Victor, e avisto Enzo na porta, olhando atormentado para dentro. É a primeira vez que o vejo e não sinto raiva pelo que se passou entre a gente. Percebo nele um menino perdido, sem seu melhor amigo. Enzo parece derrotado. Isso me faz baixar a guarda. Tenho vontade de correr ao seu encontro e abraçá-lo. Tudo de que preciso agora é de seus braços ao meu redor, mas me seguro.

— Pode entrar se quiser — falo. Ele aceita o convite e entra, olhando ao redor. Não fico nervosa com sua aproximação ou pelo fato de estarmos sozinhos, apesar de meu coração bater mais rápido a cada passo que ele dá. — É reconfortante saber que meu irmão faz falta para alguém aqui — falo, arrasada. Enzo se vira pra mim, perdido. — A vida aqui dentro é tão acelerada.

Ele olha para mim.

— Você sente falta dele.

— Mas parece que é errado sentir.

Ficamos em silêncio por alguns momentos, enquanto Enzo observa o quarto e eu o admiro.

— Você foi incrível hoje. — Ele quebra o silêncio, me deixando sem graça. Olhamos um para o outro e meu coração salta no peito. Sua expressão é serena, carinhosa e apaixonante. Não trocamos olhares assim há três anos. Como em um passe de mágica, volto no tempo e nos vejo no salão de festas, no baile de despedida de Victor.

O salão está abarrotado de convidados, ansiosos pelos anos de treinamento de Victor na Aeronáutica. Estou num canto, escondida, tentando conter meu coração pela partida de Enzo, que também completou dezesseis anos e vai com meu irmão. Ninguém parece se importar. Nunca passei um verão mais triste no palácio, perseguindo os dois de um lado para o outro, inventando desculpas para ficar por perto, sem querer tirar os olhos deles por um segundo que fosse. Com medo de que Enzo partisse e não voltasse.

Para minha surpresa, Enzo me tira para dançar, e me sinto na Lua. Sou apaixonada por ele desde que me entendo por gente. Finalmente, teremos um momento só nosso. Sei que está apenas sendo gentil, então danço com ele como se fosse não só a primeira, mas também a última vez. Durante toda a música, nossos olhares se encontram. Ele parece tão envergonhado quanto eu. Ao final, seguimos juntos pelo salão.

— Vai sentir falta daqui? — resolvo perguntar. Não quero que aquele momento acabe nunca, então puxo assunto.

— Com certeza — ele responde, olhando em volta. — E você, vai sentir minha falta? — Ele abre um sorriso meio bobo, me fazendo rir.

— Vou soltar fogos de artifício quando você for.

Ele se surpreende com a minha resposta e dá uma risada gostosa.

— Não sabia que você gostava tanto assim de mim.

Continuamos andando sem rumo. De repente nos vemos na varanda, de frente para a serra Capoã. A varanda está iluminada apenas pelas luzes que vêm do salão e pelo luar. A noite está linda, com o céu aberto, cheio de estrelas. Ficamos olhando para cima, admirados.

— Sabe... — Enzo olha para mim de um jeito que nunca vi antes. Solto um suspiro. — Todo mundo no palácio é instruído a falar com vocês só o necessário. Mantemos distância com medo de fazer besteira. — Ele volta a olhar para cima. — Tive muita sorte de poder conviver com vocês esses anos todos. Seu pai foi muito generoso comigo me deixando crescer ao lado do seu irmão. — Sorrio para ele, encantada por estar conversando comigo. — É claro que com você sempre foi diferente.

— Foi? — pergunto, curiosa.

— Ninguém pode chegar perto. É a princesinha do papai.

— Literalmente — brinco, e ele ri.

— Princesinha do país — diz Enzo, olhando para os lados como se esperasse alguém aparecer. — Mas crescemos juntos. Mesmo evitando o contato, sempre estive aqui... por perto.

— Por que sempre me evitou? — questiono, triste.

— Lembro de uma vez, quando éramos pequenos, que seu irmão e eu viemos brincar no jardim e você nos seguiu. A gente não sabia que você estava fugindo da Suelen e da Rosa, então te convidamos para brincar no Bosque das Figueiras. Lá é mesmo lindo, mas é fácil de cair. — Ele ri. — E você caiu, claro. Quando vimos que tinha se ralado toda, Victor entrou em pânico. Não entendi muito bem por que tanta agitação, mas peguei você no colo e te levei até as escadarias do palácio.

— Não lembro de nada disso — digo, intrigada.

— Você era muito nova. Tinha seis, talvez sete anos. Sei que, quando te coloquei sentada na escadaria e me aproximei para olhar os machucados, o jardim se encheu de seguranças, todos preocupados com você. Suelen e Rosa correram ao seu encontro, sua mãe apareceu e *eu fui tirado de perto na mesma hora. — Enzo me olha por um tempo.*

— Acho que nunca tomei uma bronca tão grande na minha vida. Primeiro do tio Luiz, depois do meu pai, que ameaçou me mandar para Alves para morar com minha mãe.

— Que horror. Por que tudo isso? Se não foi nada de mais...

— Como disse, você é a princesinha do país. Ninguém pode chegar muito perto. — Ele abre um sorriso meio triste e mais uma vez olha ao redor.

— Vai ver foi por isso que me mandaram para longe, que estou há sete anos isolada no internato.

— Não pensei nisso por muito tempo. Eu era criança, então fiz o que me mandaram. Tinha medo de chegar perto de você. Depois da sua festa de treze anos, vi que estava muito diferente. Não era mais aquela menininha superprotegida, tinha um ar mais independente, parecia ser mais você. Quis conhecer essa nova Zália. Quando seu pai instalou o cinema no palácio naquele verão, fiz questão de sentar ao seu lado, para me aproximar.

— Eu lembro disso — digo, recordando nossa primeira sessão em casa. — Foi a primeira vez que de fato conversamos, sem os adultos por perto. Me senti tão importante quando veio falar comigo, tão feliz. — Dou risada, me achando boba. — Você só dava atenção ao Victor. Sempre me perguntei por quê, o que ele tinha de tão legal. — Agora é ele quem ri. — Afinal, vocês são só dois anos mais velhos. Por que eu não podia fazer parte da turma? Sempre admirei a amizade de vocês e até invejei um pouquinho. Queria ser sua amiga também.

Fico surpresa com a minha sinceridade. Ele parece sem graça.

— Também fiquei feliz. E mais admirado do que deveria. Você estava diferente, além de muito linda. — O elogio me faz corar. — O internato fez alguma coisa com você que chamou minha atenção. Te deu mais força, acho.

Eu o encaro, quase sem piscar. Não quero que pare.

— Você cresceu, Zália. E isso só tem tornado as coisas mais difíceis.

Ele abre um sorriso e fecha os olhos, sem graça. Sinto meu coração acelerar.

— Do que você está falando, Enzo? — Finjo não entender. Não quero tirar minhas próprias conclusões, preciso que ele fale. Tenho que saber que não estou imaginando coisas.

— Estou falando... — Ele se vira para o jardim, sem me olhar. — Que não consigo tirar você da cabeça desde então.

Dessa vez sou eu que olho ao redor para ver se tem alguém escutando. Se a sensação anterior era de que meu coração batia frenético, agora é como se tivesse parado. Um frio gostoso invade minha barriga. Nunca ninguém falou comigo daquela forma. Me sinto em um livro, ou em um sonho.

— Você está falando sério? — pergunto, incrédula.

— Por que não estaria?

— Porque você... — Penso em mil motivos para ele estar zombando de mim, mas não tenho coragem de falar, não depois de tudo o que Enzo disse.

— Me encontra em quinze minutos no jardim de bambu?

Seu olhar sereno, carinhoso e apaixonante me desequilibra. Sinto que está falando a verdade.

— Zália? — chama Enzo, me tirando do devaneio. — Não deixe que te ponham para baixo. Você tem o poder nas mãos agora. Faça o que bem entender. Não tem por que se sentir culpada. Você estava tão radiante antes de ir lá para cima...

— Como você... — Fico envergonhada por ele saber de toda a confusão. Já basta meu pai decepcionado comigo; não quero ver a mesma expressão no rosto de Enzo.

— Estou sempre atrás da porta — ele responde, sem que eu tenha completado a pergunta.

Estamos a alguns passos um do outro. Apesar de todas as questões na minha cabeça, só consigo lembrar de nós dois no jardim de bambu, escondidos dos guardas e seguranças. Sinto uma vontade súbita de puxá-lo e beijá-lo mais uma vez.

— Desculpe pelo que falei ontem — digo, ainda olhando em seus olhos. — Não duvido de você, só...

— Você tinha razão. — Ele abaixa a cabeça, arrasado. — Não consigo dormir direito desde o acidente, tentando entender como chegaram até ele, como deixei escapar...

— Você não teve culpa, Enzo. Não se cobre tanto. — Sem pensar me aproximo, preocupada com ele, estendendo a mão até seu rosto para acariciá-lo, porém ele me segura delicadamente antes que eu o alcance.

— Está na nossa hora, alteza.

— Por favor, não me chame de alteza — peço, sentindo meu coração se partir em milhares de pedaços novamente.

— São as regras, Zália.

— Mas não tem ninguém aqui para te repreender. Somos só nós

dois. — Sinto meu rosto enrubescer. Quero que ele chegue mais perto, mas dessa vez meu peito queima ao lembrar de tudo o que Enzo fez e me arrependo de ter me aproximado.

Nossos olhares se encontram mais uma vez. Desvio o rosto, porque não quero sentir tudo aquilo de novo.

— Está na nossa hora. — Repito e ando em direção à porta sem olhar para ele, tentando me afastar o máximo possível. Enzo não protesta, para minha tristeza.

Saio dos aposentos de Victor e atravesso o hall entre os nossos quartos, entrando pela porta do meu e fechando-a, sem me despedir.

Fecho os olhos, arrasada com a dor que retorna, viva como antes. *Por que ele ainda mexe comigo dessa maneira?*

O momento é interrompido pela aparição de Rosa, que vem me ajudar a tirar o vestido. Depois de vestir o pijama, me jogo na cama, mas demoro a dormir. Ora pensando na bronca de meu pai e me sentindo culpada; ora pensando nas palavras de minha mãe e tentando entender como me tornar uma boa regente; ora lembrando do encontro com Enzo, triste com seu distanciamento, mas desejando que ele estivesse ao meu lado. E, no fundo de tudo isso, o vazio constante da falta de Victor.

6

ACORDO MAIS UMA VEZ COM ROSA ESCANCARANDO as cortinas. Não lembro do momento em que caí no sono, mas parece que não dormi nada.

— Bom dia, alteza.

— Bom dia, Rosa — resmungo puxando o edredom para tapar o rosto. Depois de dois dias tumultuados, tudo o que quero é ficar na cama. — Hoje é sábado.

— E sábado é um dia cheio para nossa regente. — Ela puxa o edredom de volta.

— Você está brincando, né?!

Preciso de um dia de folga. Quero espairecer, descansar, deixar a tristeza me preencher e ir embora no seu devido tempo.

— Claro que não. — Rosa sorri, mas em seguida fica séria, tentando me comunicar alguma coisa através de gestos.

— Quê? — pergunto, sem entender. — Você está doida?

Ignoro seus gestos e volto a deitar, mesmo sem o edredom.

— Vamos, Zália. Você precisa levantar. — Ela parece um pouco mais nervosa agora.

— Não tem nenhuma vantagem em estar no poder? Não quero levantar — brigo, preguiçosa.

— Chega, Zália — diz uma voz que nunca escutei em meu quarto e gelo de medo, tentando imaginar o que ele está fazendo aqui.

Olho para Rosa, tentando comunicar um "por que você não me avisou antes?". Ela me recrimina com o olhar. Então era aquilo que estava tentando dizer. Pulo da cama, pego o roupão pendurado no biombo, prendo o cabelo em um coque alto e ando apressada até a sala. Reverencio meu pai e beijo minha mãe, que está ao seu lado, com uma cara nada boa. Sento de frente para ele, que estende a mão para receber o tablet que minha mãe carrega.

— "Gafe de princesa Zália assusta os mais conservadores" — meu pai lê. — "Princesa Zália reverencia o povo. Onde a monarquia vai parar?", "Princesa quebra o protocolo e faz o povo se questionar: ela sabe mesmo o que está fazendo?", "Como os dez anos de internato podem ter afetado a princesa", "Difícil sentir orgulho da futura rainha, que já começa demonstrando desrespeito à própria Coroa". — Ele para e olha pra mim. — Quer que eu continue?

Balanço a cabeça em negativa, me sentindo a pior pessoa do mundo. Duplamente. Primeiro por ter feito o que fiz, por ter errado tão feio e decepcionado meu pai. Segundo por ter trazido mais preocupação a ele, que não pode lidar com esse tipo de estresse.

— Vê por que não pode sair fazendo o que bem entende? Era só ler o maldito do texto! Para que foi inventar aquela palhaçada? — balbucia meu pai, muito bravo. — Yohan! — Ele devolve o tablet à minha mãe. O guarda abre a porta e meu pai aciona a cadeira, saindo do quarto.

Que ótimo jeito de começar o sábado. Não sei nem o que pensar. Errei sem querer. Como ia saber que um gesto tão pequeno poderia culminar em um transtorno tão grande? Não quis desmerecer meu lugar nem envergonhar meu pai, foi só... instinto.

— Zália — chama minha mãe, levantando para verificar se a porta está fechada. Ela senta de frente para mim e respira longamente. Seu rosto continua inchado. Mesmo que ela tente esconder com maquiagem, as olheiras profundas mostram quão arrasada está. — Sei que sempre disse que você devia fugir da mídia e tenho muito orgulho de a minha filha não ter crescido grudada no celular, viciada em redes sociais, preocupada apenas com a sua imagem. Mas é importante que, a partir de agora, você pare de fingir que essas coisas não existem e passe a usá-las a seu favor. — Ela me olha séria. — As únicas notícias que chegarão até você aqui no palácio serão as aprovadas pelo seu pai.

Olho confusa para ela, sem entender o que quer dizer.

— É da natureza dele controlar quem vive aqui dentro, mas é importante que você conheça todos os lados. Essas opiniões são conservadoras. Você precisa ficar atenta às outras também. A função da rainha é servir o povo.

Tento processar cada frase, mas não faz sentido. Minha mãe nunca escolheu lados, muito menos o oposto ao do meu pai. Ela percebe minha confusão e liga o tablet novamente.

— "Moderninha e antiquada: princesa Zália traz o velho discurso do rei com roupagem fashionista." — Ela olha pra mim, séria. — "Mais do mesmo? Será que Zália trará alguma novidade ao país?", "Mais um fantoche do rei. Quando será que vamos ter mudanças REAIS em Galdino?".

Fico tentando entender.

— Consegue ver? — O tom sério em sua voz me surpreende. — O único elogio foi a você, a uma escolha sua. As dúvidas e críticas recaem sobre um discurso que repete as ideias de outra pessoa. É claro que seu pai não vai te mostrar isso. Ele acha que está sempre certo — debocha minha mãe. Então, ao me ver pasma, ela bufa com impaciência e volta a olhar o tablet. — "Princesa Zália dá show de humildade ao reverenciar o povo galdinense." "Será que Zália é a esperança de Galdino?" Percebe? De um jeito ou de outro, você sempre vai desagradar alguém, então por que não ser você mesma?

Me espanto com o conselho.

— Mas...

— Mas o quê, Zália? — ela pergunta, cansada. Sei que sua frustração não é comigo, então não fico chateada.

— Não param de mandar em mim. Não tenho a opção de ser eu mesma. Você sabe muito bem disso.

— Quem falou?

— Vocês!

— Zália, seu pai manda porque gosta de mandar. Ele é rei e governar é tudo o que sabe fazer. E você sempre o obedeceu porque é incrivelmente respeitosa e não quer bater de frente com ele.

— Você não está falando sério.

— Claro que estou. Não acho que deva desrespeitar seu pai, mas se impor é outra história.

— Como?

— Zália, você é a regente.

— Mas ele me disse que eu não ia fazer nada.

— E você vai obedecer?

— Acho que não. — Pra falar a verdade, ainda não parei para pensar em que tipo de regente vou ser.

— *Acha?* — Minha mãe me olha, em dúvida. — Quando um regente é nomeado, o poder é transferido a ele. Seu pai pode ser o rei, mas é *você* quem está no comando agora. Humberto não precisa aprovar nada, minha filha.

Eu a observo por um tempo, um pouco atordoada com a informação.

— Por que ele falou...

— Porque quer continuar mandando — minha mãe responde, simplesmente.

— Isso quer dizer que posso fazer tudo o que quiser?

— Quase tudo.

— Posso ter a equipe que quiser? — pergunto esperançosa. Ela sorri.

— A Coroa é algo muito delicado, filha. Você precisa tratar de questões pequenas, como a melhoria das cidades, de questões sérias, relacionadas ao futuro do país, e de questões que parecem banais, mas são importantíssimas, como as relações políticas. Vai precisar trabalhar com quem não gosta, estar perto de pessoas que preferiria evitar e jantar com os mais chatos de Galdino, mas é por um bem maior.

— O que isso tem a ver com minha equipe? — pergunto.

— Algumas pessoas trabalham aqui desde a adolescência, desde antes de você nascer. Alguns em posições importantes são filhos de chefes ou antigos chefes. Enzo, por exemplo, cresceu no palácio. Passou a maior parte da vida ao lado de seu irmão. Isac o treinou para assumir seu lugar quando não puder mais trabalhar. Gostaria mesmo de se indispor com Isac tirando Enzo de sua equipe? Ou Antonio, que é filho do governador de Albuquerque? César, que é sobrinho do seu Joaquim, auxiliar geral? Isac é irmão de Luiz, que foi segurança pessoal do seu irmão. Felipa, nossa cozinheira, é prima da Shirley, a governanta… Entende como é complicado mexer qualquer peça aqui dentro sem criar um grande problema, sem comprometer a estabilidade?

— Mas isso não é errado?

— Não mais errado do que você virar rainha porque é filha do rei — pontua ela.

— Mas não mereço estar onde estou.

— É como funciona.

— A rainha não pode mudar isso?

— Acabar com a monarquia? — Minha mãe sorri. — Você pode tentar, mas acho difícil alguém deixar.

— Como assim?

— A coroa é cobiçada, Zália. Existem muitas pessoas na linha sucessória depois de você. Seu pai não tem irmãos, mas seu avô tinha, e a coroa vai para a família deles caso algo aconteça com você. Se não a quiser, tem quem queira. Eles não vão deixar a monarquia acabar tão fácil.

— Então não tenho opção.

— Tem. Aceitar algumas das regras e trabalhar com elas.

Analiso mais uma vez o que minha mãe me diz.

— Então você recomenda que eu mantenha a equipe do papai?

— Se não tiver um bom motivo para tirar alguém, sim.

— E os conselheiros? — pergunto.

— As damas de companhia? — brinca minha mãe, me fazendo sorrir. — O que tem eles?

— Papai quer que eu fique com os dele.

Minha mãe revira os olhos, me surpreendendo.

— Você tem dezessete anos, Zália. Não vai ficar andando com homens de cinquenta ou sessenta. Nem pensar.

— Jura? Posso escolher meus amigos?

— Claro que pode. Os conselheiros são um capricho de cada rei. Todo mundo sabe que mudam de acordo com quem está no comando, ninguém fica surpreso ou ofendido com a troca. — Minha mãe me olha com carinho. — Não quero te colocar contra seu pai, mas tampouco quero que ele te envolva em manipulações. Você é a regente agora e precisa tomar suas próprias decisões. Os jornais são prova disso. Siga seu coração e faça o que achar melhor, sempre lembrando de pensar tanto no povo quanto nos funcionários do palácio. Não queremos criar uma crise interna.

— Muito bem — falo, olhando-a admirada e com o coração esperançoso pela primeira vez nos últimos dias. O fato de minha mãe estar cem por cento ao meu lado me enche de alegria. Vou seguir meu coração, como ela sugeriu. — Tenho coisas a resolver. — digo, levantando.

— Zália, hoje vamos visitar o túmulo do seu irmão — fala ela, me fazendo murchar. — Mas talvez seja melhor dar um tempo para seu pai esfriar a cabeça. — Sorrio, aliviada. Não porque não quero homenagear meu irmão, mas porque não quero lidar com meu pai agora. — Quanto às suas roupas, fique tranquila que não teremos mais nenhuma surpresa como ontem.

Abro o maior sorriso possível. Fico grata por toda a atenção e todo o carinho que minha mãe me dá. Ela pisca pra mim e sai. Corro para me arrumar. Preciso falar com meus amigos, contar tudo o que acabou de acontecer.

— Você sabe o que tenho para hoje? — pergunto a Rosa enquanto ela fecha o zíper de um vestido preto rodado. Ainda não tenho vontade de usar outra cor.

— Hoje é sábado. Você não tem compromissos — ela diz, se afastando.

— Mas você disse…

— Só queria te tirar da cama, Zália. Seu pai estava na sala, precisava chamar sua atenção.

Fico aliviada e corro para a frente do espelho, prendendo o cabelo direito antes de ir em busca de Julia, Bianca e Gil. Ao sair, deparo com um segurança novo, o que me deixa desnorteada por alguns segundos.

— Vossa alteza — cumprimenta ele.

— Quem é você? — pergunto, sem esconder meu desgosto com a troca.

— David. Sou substituto de Enzo.

— Por que ele foi substituído? — Tento não demonstrar preocupação.

— Nada, alteza. Hoje é a folga dele.

Respiro aliviada.

— Prazer, David — digo, antes de sair andando em direção à ala leste.

Julia, Bianca e Gil estão na sala de jantar no primeiro andar, comendo um superbanquete de café da manhã.

— Não quero sair daqui nunca! — fala Gil, de boca cheia.

— Nunca comi tantos bolos diferentes em um só café da manhã — comenta Julia.

Orlando e Claudionor também tomam café ali, acompanhados da família. Assim que entro, eles tentam puxar todo tipo de assunto. Lanço um olhar de súplica aos meus amigos, que se levantam e abandonam a comida para me tirar dali. Seguimos até a entrada norte, de frente para a serra de Capoã. Entre o palácio e ela se estendem três quilômetros de jardins e bosques. Grades delimitam o fim do nosso terreno e o início da floresta, uma região pouco segura.

Levo os três para passear e, distraída por eles falando das maravilhas do palácio, entro no jardim de bambu. Só percebo que estamos lá quando meus amigos olham ao redor, admirados com a delicadeza das cercas, das cadeiras e dos postes feitos de bambu e com as maravilhosas lunares que enfeitam o ambiente. Olho ao redor em busca de Enzo, esquecendo que ele está de folga. Vejo David, virado de costas na entrada para nos dar privacidade. Deixo que meus amigos se afastem, empolgados com a conversa, e volto à lembrança de quando entrei ali, disfarçada, no meio da noite.

Atravesso o terreno, me escondendo o máximo que posso. Os guardas me viram sair do palácio, mas Patrick me perdeu de vista, e é ele que preciso enganar. Abaixada, corro pelo gramado até a entrada do jardim de bambu. Tenho dificuldade de respirar, com o peito ofegante e nervoso. Me pergunto se não estou sonhando. É tudo surreal demais.

Como nunca percebi que ele sente o mesmo que eu? Por que vivemos tanto tempo afastados?

Entro no jardim e procuro por todos os cantos. A cada passo que dou sem vê-lo me desmancho um pouquinho, com medo de tudo ter sido só uma brincadeira. Depois de procurá-lo em todos os lugares possíveis, sento em um dos bancos e escondo o rosto nas mãos, tentando compreender o que aconteceu na varanda e se entendi tudo errado. Me sinto enganada, iludida, usada. Quando o choro vem, escuto passos pelo cascalho no chão. Levanto, esperançosa, e lá está ele, tímido e sorridente. Corre ao meu encontro e segura minhas mãos, me olhando com a mesma ternura de antes.

— É a maior loucura que já fiz na vida — diz. Eu o encaro, com o coração acelerado, enquanto nos aproximamos ainda mais. — Mas eu não podia ir embora sem falar com você, não depois dessas férias. — Ele sorri, bobo. — Sempre achei que era só eu...

— Acho que não fui muito discreta, né? — brinco.

— Não. — Ele ri. — Você foi fantástica. A cada dia que me olhava, me dava mais forças.

Meu estômago dá uma cambalhota.

— Se não tivesse feito isso, não sei se estaria aqui agora. — Ele ajeita um cacho solto do meu cabelo e avança mais, me pegando pela cintura, olhando para meu ombro nu, meu pescoço e meus olhos.

— *Você é tão linda* — *diz, acariciando meu rosto. Eu o apoio em sua mão.*

— *Estou sonhando?* — *pergunto abobalhada, fazendo-o sorrir.*

— *Acho que estamos os dois.*

Então ele me beija. Primeiro delicado, calmo e carinhoso. Depois um beijo mais profundo, mais sedento, de quem deseja há muito tempo fazê-lo. Ele me abraça, colando o corpo no meu, segurando meu pescoço de forma gentil enquanto passo as mãos pelos seus ombros, me enroscando nele, sem querer desgrudar nunca mais. Imaginei esse beijo por tanto tempo e tantas vezes pensei que não fosse acontecer que mais uma vez me sinto em um dos meus livros.

Em meio aos beijos, escutamos pés correndo pelo cascalho. Enzo se separa de mim, olhando para todos os lados, receoso.

— *Posso te ver mais tarde?* — *ele pergunta, pegando mais uma vez minhas mãos e as beijando.* — *Posso passar no seu quarto?*

Digo que sim sem pensar duas vezes. Estou maravilhada. Mal posso acreditar que o beijei, que ele gosta de mim. Enzo corre para a entrada mais distante. Antes que eu possa sair do jardim por onde entrei, Patrick me encontra, preocupado.

— *Vossa alteza! Estamos procurando a senhorita por toda a parte* — *diz ele, quase como uma bronca.*

— *Desculpa, Patrick. Precisei de um pouco de ar* — *respondo, então saio na frente dele, sem conseguir conter o sorriso.*

As lembranças se vão como vieram. Me aproximo dos meus amigos e toco no assunto dos conselheiros.

— Não é um trabalho incrível? — pergunta Gil. — Eles só têm

que ficar disponíveis pro seu pai, fazer companhia, dar opiniões... Moram aqui, não pagam nenhuma conta e ainda recebem um salário.

— Posso concluir que você aceita ser meu conselheiro, então? — pergunto, surpreendendo Gil.

Ele me olha em choque.

— Você está brincando, né?

— Não — respondo, séria.

— Ficou maluca? Como assim? — Gil olha para Julia e Bianca, que também estão boquiabertas.

— Assim, ué! Vocês três querem ser meus conselheiros? Ficar disponíveis pra mim, me fazer companhia, dar opiniões... — brinco, repetindo suas palavras. — Que mais? — Tento lembrar todas as coisas incríveis que ele falou. — Morar no palácio, não pagar nenhuma conta e ainda receber salário?

— Será que a conta do celular tá inclusa também? — Bianca consegue brincar, apesar do choque.

— Não sei dizer.

— Você está falando sério *sério*? — Gil ainda não consegue acreditar.

— Vou precisar de conselheiros. Ou acharam que eu ia ficar com aqueles velhos barrigudos?

Os três riem, mas continuam espantados com o convite.

— Vou poder morar aqui? — Gil pergunta.

— Vai!

— Mas e as aulas? Temos que voltar amanhã para o internato. Falta quase um mês! — comenta Julia, me pegando desprevenida.

— Bem... — Penso em uma alternativa. — Vocês já passaram de

ano, né? Talvez possamos dar um jeito. Podemos negociar a volta de vocês só para fazer as provas finais.

— E para a formatura! — corrige Bianca, que espera por esse dia desde o começo do ano.

— E para a formatura — concordo, rindo.

— E a faculdade? — pergunta Julia, a voz da razão.

— Vocês não podem fazer em Galdinópolis? É onde ficam as melhores do país.

— É, mas precisamos conseguir entrar... — Gil desanima.

— Os funcionários do palácio têm passe livre na universidade pública daqui — respondo, e os três ficam chocados.

— Você não pode estar falando sério — diz Bianca.

— Preciso de pessoas de confiança ao meu lado. E alguém tem que se formar, né? Porque eu não vou — brinco.

— Meu Deus! Meu Deus! Meu Deus! — Gil começa a gritar pelo jardim.

— Agora você tem uma casa.

Sorrio para Gil, satisfeita. Ele vem me abraçar.

Cheia de ternura, lembro das primeiras semanas dele no internato, depois de ser expulso de casa. Gil morria de medo de não ter mais para onde ir.

Ao nos separarmos, olho para Julia, esperando sua resposta.

— Posso documentar a vida dentro do palácio? — pergunta ela, esperançosa.

— Não sei se seria permitido — respondo de maneira leve. — Mas tenho certeza que, se me acompanhar nos compromissos da Coroa, vai ter ideias para outras matérias.

Julia parece cética.

— Vocês não precisam ficar pra sempre. Se puderem me apoiar pelo menos nesse início... — suplico, sabendo que nenhum deles sonhava em ser meu conselheiro.

— Tá bom — diz Julia, incapaz de conter o sorriso.

Viro para Bianca, que balança a cabeça freneticamente em concordância, nos fazendo rir.

Sentamos no gramado no centro do jardim, felizes com a novidade.

Observo os três, encantada não só por tê-los ali, mas com a beleza dos meus amigos e da paisagem que nos cerca. Saco minha menor câmera, que costumo carregar para cima e para baixo. Fotografo os três, me surpreendendo com as diferenças entre eles. Julia tem a pele branca perolada, sardas por todo o corpo, cabelo castanho-claro quase loiro, e olhos cor de mel. Já Bianca é morena de olhos verdes, dona de uma cabeleira de dar inveja, supercacheada e volumosa. Porém é Gil quem mais chama atenção, com a pele negra e seu sorriso sincero, que por muito tempo ele escondeu. Seus olhos pretos e amendoados conferem a ele traços hipnotizantes.

Tiro foto deles juntos e individualmente, enquanto conversam sobre a mudança para o palácio. Demoro para tomar coragem para quebrar o clima e tirar algo que está entalado na minha garganta desde a noite em que chegaram.

— Julia... Por que você acha que a Resistência não está por trás do atentado?

Bianca e Gil parecem atônitos com a mudança de assunto, enquanto Julia desvia o olhar.

— Que foi? — pergunto, curiosa. — Foi o que você disse.

— Falei isso no calor do momento, pra vencer a discussão.

— Viu? Ela não sabe de nada. — Bianca revira os olhos.

— Não acredito em você — digo, analisando Julia, que continua me evitando.

— Que seja — responde ela, me deixando irritada.

— Acabei de chamar vocês para serem meus conselheiros — protesto. — É assim que vamos começar?

Ela me encara, pensativa.

— Só sei o que todo mundo sabe — rebate, ainda sem querer falar. — Não é porque existem alguns radicais que o grupo inteiro pensa da mesma forma.

— Para mim sempre foram todos uns loucos assassinos — diz Bianca.

— Porque seus pais querem que você acredite nisso. Porque você lê jornais de má qualidade e acredita em tudo o que noticiam — rebate Julia, mais uma vez na defensiva. — Infelizmente, todos os movimentos, religiões e grupos idealistas têm extremistas, que querem ir muito além dos preceitos básicos, mas que não representam o todo.

— E quais são os preceitos básicos da Resistência? — Eu a encaro, tentando não me chatear com sua posição.

— Garantia dos direitos humanos, condições mínimas para todos, uma saúde pública mais eficaz, escolas públicas de qualidade, asilos e presídios melhores. Você sabe o que estão pedindo nos protestos. É exatamente o que a Resistência quer.

— E o que isso tem a ver com o assassinato do meu irmão?

— Ele estava fazendo o contrário disso tudo — solta ela. É como um tapa na cara. — Desculpa, Zália. — O arrependimento é claro em sua voz. — Eu não quis...

Eu a ignoro, magoada com suas palavras. Então levanto e me afasto dos três. Preciso de um tempo para pensar no que ela disse.

No meu quarto, o almoço me aguarda. Estou mais confusa que nunca. Sobre Julia, sobre a Resistência e sobre quem está por trás da morte de Victor. Sem querer duvidar da minha amiga, abordo Rosa, que está organizando minhas roupas.

— Você sabe alguma coisa sobre a Resistência? — pergunto, receosa.

— Resistência? — Ela parece surpresa.

— Sim. Você sabe quem são? O que fazem? O que pensam?

— Não sei muito. — Ela abaixa a cabeça. — Só que lutam pelos direitos do povo.

— Acha que os jornais estão certos?

— Sobre o quê?

— Sobre a Resistência ter assassinado Victor?

Ela me encara um tempo antes de responder, talvez chocada com a pergunta.

— Não sei.

— Quero saber sua opinião.

Rosa pensa.

— Pode ter sido alguém da Resistência. Acho muito provável. Quem mais gostaria de ver seu irmão morto? Mas não acho que todos estejam de acordo, até porque existem muitos deles, não é mesmo?

— É... — respondo, tentando analisar a resposta de Rosa. Ela volta ao trabalho, me deixando com meus pensamentos.

Um vazio invade meu peito e uma dor sufocante domina meu espírito. Apesar de ter sido um desejo constante desde que cheguei, não quero mais ficar sozinha, então largo o prato e subo até os aposentos dos meus pais.

Ao chegar, encontro minha mãe sozinha na sala, olhando uma caixa de fotos antigas.

— Onde está o papai? — pergunto.

— Reunião — responde ela, sem tirar os olhos da caixa.

— No sábado?

— Seu pai trabalha todos os dias, Zália. — Ela parece triste.

— Mesmo depois do que aconteceu com Victor? Ele não precisa desacelerar um pouco? — Me aproximo dela, sentando ao seu lado.

— *Principalmente* depois do que aconteceu. Nunca vi seu pai tão revoltado.

— Bom, acho que era de se esperar.

— Era, mas tudo tem seu tempo, e sinto falta dele nesse momento.

— Eu estou aqui — digo, segurando sua mão. Ela não me olha, mas esboça um sorriso. — Como foi hoje?

Lágrimas escorrem pelos olhos da minha mãe. Eu a puxo para perto e ela descansa a cabeça em meu ombro.

— Não sei se vou superar essa.

— Claro que vai. Com o tempo tudo passa — digo, sem saber se acredito mesmo nisso, mas disposta a animá-la.

Ficamos em silêncio durante um tempo e depois mergulhamos na caixa de fotos, lembrando de bons momentos junto a Victor.

Estar acompanhada é definitivamente melhor. A dor parece menor quando compartilhada, então peço a Rosa que convide meus amigos para o jantar.

Mais tarde, os três aparecem em meus aposentos mais quietos do que nunca.

— Zália... — Julia arrisca ao sentar à mesa.

— Tudo bem. Você só falou a verdade, não foi? Sei que a emenda que Victor assinaria causou grande revolta. — Eu a encaro, chateada. Não com ela, mas com a situação. — Só acho que ele não merecia isso. Fez o melhor que podia pelo país. Iniciou a investigação das prefeituras depois que o povo reclamou de corrupção, não foi?

Julia só fica cabisbaixa, sem responder.

— Não quero que sinta que não pode falar o que pensa comigo. Nunca tivemos esse problema antes. — Ela assente e eu dou o caso como encerrado, pelo menos por enquanto. Ainda estou encucada com o jeito como ela ficou quando atacamos a Resistência, como se fosse uma ofensa pessoal.

Conto sobre a repercussão do meu discurso e a conversa que tive com minha mãe mais cedo. Eles ficam chocados com o incentivo dela.

— Sua mãe disse isso?! — comenta Julia. — Isso muda tanta coisa.

— O quê, exatamente?

— Agora você manda, Zália. Pode de fato governar o país.

— Não foi você que disse que sou muito nova para isso?

— Bem, foi. E você disse que não tinha opção. Melhor abraçar a causa então.

— Abraçar a causa? — pergunto, debochada.

— Você pode fazer tantas coisas — ela diz, com um brilho nos olhos.

— Tipo o quê?

— Tipo o que minha vó falou. Escutar o povo. Se aproximar das pessoas, entender por que estão protestando e agir a partir daí.

— E como eu faria isso?

— Internet — responde Gil. — Você sabe que a equipe que cuida das mídias sociais aqui no palácio é vergonhosa, né?

— A Coroa não tem conta nas redes sociais.

— Por isso mesmo — insiste ele. — Estamos em pleno século XXI e a Coroa não tem um canal direto com o povo.

— E o que você acha que eu deveria fazer? Sabe que sempre detestei essas coisas.

— Sua mãe falou que você precisa se conectar. — Bianca entra na conversa. — Se quer acompanhar o que o povo está dizendo, principalmente os jovens, precisa estar em todas as redes.

Gil concorda, animado, e pega o celular.

— Minha vó vai enlouquecer com essa notícia — brinca Julia.

— Sua vó comentou alguma coisa sobre meu discurso de ontem? — pergunto, curiosa e ao mesmo tempo com medo de ter decepcionado d. Chica. Se há alguém que pode servir de parâmetro da opinião contrária ao meu pai é a avó de Julia.

— Ela quase soltou fogos, principalmente quando soube que não agradou seu pai.

Fico surpresa.

— Então vocês já sabiam disso?

— Bom... estávamos assistindo com os conselheiros do seu pai, né? — diz Bianca. — Foi uma cena e tanto. A dama de companhia da sua mãe bateu palmas, admirada, e isso causou um rebuliço. Eles defenderam os costumes da Coroa com unhas e dentes.

— Foi fácil concluir que seu pai teria a mesma reação — completa Julia.

Não sei se fico feliz por ter agradado d. Chica, que é a favor dos protestos e greves pelo país, ou triste por ter decepcionado todos no palácio.

— Não existe um jeito de agradar todo mundo? — penso em voz alta, e ninguém responde.

Quando eles voltam para o quarto, já estou em sei lá quantas redes sociais. Agora também tenho um perfil em uma plataforma de músicas, para que o povo possa acompanhar o que escuto, e um perfil de fotografia para postar as fotos clicadas por mim. Não tive coragem de recusar a oferta de Gil, que sempre sonhou em trabalhar com mídias sociais e marketing. Ele viu a oportunidade e eu deixei que aproveitasse, apesar de achar que não mudaria muito minha vida como regente.

Deito depois de um banho relaxante e me sinto menos vazia. Então Enzo invade meus pensamentos. Penso na noite de sua despedida. Quando cheguei ao meu quarto, mais apaixonada que antes, fiquei andando de um lado para o outro, cantarolando e sorrindo enquanto esperava por ele.

Mas ele não apareceu. Não lembro que horas adormeci, mas quando acordei ele e meu irmão já tinham partido para o Exército e só voltariam de vez dali a três anos, formados. Fiquei sem ter notícias dele por um ano inteiro. Quando nos encontramos nas férias do ano seguinte, para minha surpresa, Enzo mal me olhou. Fugiu de mim e, quando finalmente consegui confrontá-lo, me informou que havia arrumado uma namorada no Exército.

Fico encarando o teto, sentindo meu estômago embrulhar. Tenho vontade de chorar, mas me mantenho forte. Sinto toda a dor daquela noite outra vez.

Tentei entender por dias o que eu havia feito de errado, o que tinha acontecido. Só conseguia pensar no pior: eu tinha sido usada. Enzo brincara comigo, só queria conquistar a princesa. Quantos não se aproximavam de mim só por causa do título? E ele havia conseguido. Percebera que eu estava encantada e se aproveitara dos meus sentimentos para conseguir o que ninguém tinha conseguido. Ao mesmo tempo que tirava essas conclusões, no entanto, não conseguia acreditar nelas. Enzo sempre foi tão na dele, tão tímido, não parecia o tipo de cara que faria aquilo por diversão. Decidi esquecê-lo, mas não consegui.

Tento lutar contra os pensamentos, em vão. Enzo fica na minha cabeça até que finalmente adormeço.

* * *

Acordo decidida a resolver a questão dos conselheiros. Vou até o escritório de Asthor, mas ele está de folga. Encontro César em seu lugar, muito solícito. Ele fecha a porta atrás de mim e me oferece um chá ou café.

Recuso e me sento à mesa de Asthor. César dá a volta e senta também.

— Eu só queria dizer que já decidi sobre meus conselheiros.

— Ah, ótimo. — César sorri. — Asthor vai ficar feliz em saber. Vamos continuar com...

— Não. Meus três hóspedes serão meus conselheiros: Julia, Bianca e Gil.

Ele me encara, sem saber o que falar.

— É natural que ocorra uma mudança, então não acho que será um choque para ninguém — digo, tentando manter a compostura, mas com medo que meu pedido seja negado.

— Muito bem — ele diz, fazendo uma anotação no caderno. — Vou falar com Asthor e ele vai fazer os convites formais. Acho que, por serem menores de idade, precisaremos da autorização dos pais.

— Sim, até porque ainda estamos em aula. Podemos providenciar a liberação deles com o internato? De modo que voltem apenas para as provas?

— Vou verificar se é possível.

César anota tudo, depois força um sorriso para mim, claramente sem saber muito bem o que minha decisão vai causar. Fico um pouco sem graça, mas lembro das palavras da minha mãe e não me deixo levar.

— Posso ajudar em algo mais? — ele pergunta.

— Sim. Julia já ia comigo para Corais, mas gostaria de incluir Bianca e Gil à viagem.

— Corais? — Ele parece confuso.

— Isso. Está marcado para o próximo feriado, em menos de duas semanas.

Dessa vez é ele quem fica sem graça.

— Essa viagem foi cancelada, alteza.

— Cancelada? — pergunto. — Como assim? Por quem?

— Bom... depois da morte de Victor e considerando sua nova posição...

Eu o encaro, tentando me manter calma.

— Tivemos que transferir os compromissos dele para você. Seu pai autorizou todas as mudanças, então imaginamos que...

— Que eu fosse fazer o que mandassem — completo, baixando a cabeça, porque é exatamente o que sempre faço.

— A senhorita deve compreender que... bem... Corais não é exatamente importante agora.

— E o que é mais importante que Corais? Me exibir em um navio da Marinha? — ironizo, perdendo a paciência. Fico imediatamente envergonhada por debochar da morte do meu próprio irmão em um avião da Aeronáutica. — Desculpe, César.

Me retiro da sala, me sentindo horrível pelo que falei.

Como eles podem fazer isso?, penso enquanto atravesso os corredores. Minha mãe levou tanto tempo para convencer meu pai a me deixar viajar. Como podem decidir o que deve ou não fazer parte da minha agenda? Podem até cuidar dela, já que sabem de todos os eventos importantes em que a princesa deve comparecer, mas minha própria vontade não conta?

Paro no corredor, de repente, repassando o conselho da minha mãe umas dez vezes na cabeça. *Siga seu coração e faça o que achar melhor, sempre lembrando de pensar tanto no povo quanto nos funcionários do palácio.* Então penso em tudo o que aconteceu ontem, em como foi importante passar um tempo com ela e depois com meus amigos. Não posso viver só de compromissos, preciso de momentos de intimidade. Além do mais, não vou prejudicar ninguém viajando. Por que não ir?

Viro e volto marchando para a sala de Asthor. Assusto César ao abrir a porta de supetão.

— Alteza? — ele diz, saltando da cadeira.

Tento não ser tão dura dessa vez.

— Quais são meus compromissos na semana do feriado?

Ele vasculha os papéis na mesa e me entrega uma apostila com o planejamento do mês, hora a hora. Me sinto um pouco sufocada olhando todas aquelas folhas preenchidas, mesmo que identifique alguns momentos de folga. Aulas matinais, reuniões com Antonio e com Asthor, visita a bairros, lojas, hospitais, escolas, cerimônia de condecoração... Olho para César, decidida.

Tento manter a voz firme.

— Não vejo por que não podemos remarcar esses compromissos.

— Alteza...

Há um tom de protesto em sua voz.

— Não podemos assumir que um lugar é mais importante que o outro — digo, hesitante. Ao vê-lo ajeitar a postura, resolvo continuar. — Todo recanto de nosso país deve ser tratado da mesma forma. Se minha agenda englobava uma visita a Corais, é para lá que eu vou. Não podemos desmarcar os compromissos assumidos. A agenda de Victor vai se ajustar à minha, até que sejam uma só. Remarque isso tudo para as semanas seguintes, onde conseguir... — Olho para o papel, avaliando-o mais uma vez. — Podemos marcar a viagem a Corais para quarta-feira, já que temos essa cerimônia na terça. — Devolvo a apostila para ele. — Vou fazer o que for preciso em Corais, mas deixem sábado e domingo livres, para eu descansar antes de voltar.

César não fala nada, só assente. Saio da sala ofegante. Um misto de orgulho e vergonha me invade, e eu nem sei qual é mais forte. Ora me acho mandona por ter falado daquela forma, ora me sinto vitoriosa por ter tomado as rédeas da situação. Um desespero me invade quando imagino a reação do meu pai ao descobrir que recusei a agenda aprovada por ele. Tento me acalmar, lembrando o que minha mãe disse sobre me impor.

Por que estou tão elétrica?, pergunto a mim mesma. E, como se existisse outra de mim, respondo: *Porque acabei de sentir como é ter poder... e gostei.*

O RITMO PARECE DESACELERAR UM POUCO NO FIM de semana. Me entristeço quando sinto necessidade, me alegro quando posso, e ninguém manda em mim além de Carolina, que cobre a folga de Rosa no domingo.

Não vejo mais meu pai e sinto como se nada tivesse mudado. Achei que ele estaria mais presente em minha vida, mas não me chama para nenhuma de suas reuniões, o que me deixa bastante chateada e até irritada. Não ter nenhuma notícia dele também significa que ainda não sabe sobre a mudança na agenda, já que não ficaria calado a respeito. Isso me deixa em estado constante de alerta, sentindo a adrenalina circular pelo corpo.

Tento relaxar passando tempo com meus amigos. Encontramos Suelen na piscina, tomando sol. É a primeira vez que a vejo depois de nosso encontro na sexta. Ela se limita a me parabenizar pelo discurso, porque não quer atrapalhar minha manhã de descanso. Sentamos à beira da água, não muito longe dela, para aproveitar o sol quente e a água refrescante.

Animado, Gil me comunica a repercussão da minha entrada no mundo virtual. Ora positiva — "Princesa Zália bomba nas redes sociais, reunindo milhares de seguidores em apenas um dia", "Você já está seguindo a princesa Zália? Não perca essa chance de ficar pertinho dela e saber mais sobre seu dia a dia. Queremos mais posts? Sim, queremos!" —, ora negativa — "Rede social? Mais uma prova de que Zália não tem maturidade para ser rainha", "Enquanto o país está em crise, princesa se preocupa em criar conta em rede social". Depois pede que eu envie minhas fotos, para que possa programar os posts. Envergonhada, cedo, mas não esperava mostrar ao público as minhas fotografias tão cedo.

O turbilhão de artigos só faz com que o medo de encontrar meu pai aumente. Tento mudar de assunto, mas não vamos muito longe.

— Vocês já têm alguma ideia de quem matou Victor? — pergunta Bianca.

— Ninguém parece se importar em me contar — digo, pensativa.

— Você já perguntou? — questiona Gil.

— Não, não me sinto confortável. Ainda não.

— Mas não tem vontade de saber? — Bianca insiste.

— Claro que sim. Acha que não tenho medo de que aconteça comigo também? — digo, e me surpreendo com minha própria revelação.

— Não vai acontecer — diz Julia, entrando na conversa.

— Por que não? — pergunta Bianca.

— Porque Victor tinha ideias muito diferentes das dela. Duvido que os governos deles sejam parecidos.

— Como acha que vai ser o meu governo? — pergunto, intrigada.

— Diferente.

— Julia tem razão, Zália. — Suelen nos surpreende ao entrar

na conversa. — Não duvide do seu potencial. Você não vai fazer as coisas só porque seu pai manda. Não vai aceitar calada qualquer mudança só porque dizem que é para melhor.

— Não sei como vou ser. Nunca fiz nada disso antes — digo, descrente.

— Tenho certeza de que você vai querer fazer tudo com tranquilidade, sem afobação, tomando o cuidado de não irritar o povo — enfatiza Suelen. — Sei que vai fazer questão de ouvir as pessoas. Tentar entender por que estão insatisfeitas e onde o governo está falhando.

Julia concorda com ela.

Passamos a manhã inteira na piscina. Para minha infelicidade, depois do almoço os três partem para o internato. Como ainda não temos a autorização dos pais, não podem permanecer no palácio.

Acordo na segunda com Carolina me avisando que meu pai quer conversar comigo.

Estou tão ansiosa que quase não reparo em Enzo quando saio do quarto, depois de tomar o café da manhã depressa. Só percebo que é ele quando escuto seu "bom dia". Estou tão preocupada com a gritaria que estou prestes a ouvir que esqueço de ignorá-lo e simplesmente abro um sorriso sincero, feliz em vê-lo. Assim que percebo o deslize, volto a ficar séria e rumo apressada para o andar de cima, estalando os dedos de nervoso.

Abro a porta dos aposentos dos meus pais torcendo para que não estejam na sala, para ganhar alguns segundos extras de paz. Mas logo deparo com os dois, sem Asthor, Antonio ou César.

Entro, receosa, e fecho a porta atrás de mim.

— Bom dia — digo, fingindo estar tranquila. — Como foi o fim de semana?

Meu pai é direto.

— Então você decidiu dispensar meus conselheiros?

— Não queria dispensar ninguém — digo, com medo. — Só achei que... que não fazia sentido ter aqueles homens como conselheiros. Eles são *seus* amigos, não tenho nenhuma abertura com eles. E acho que preciso confiar cem por cento nos meus conselheiros, não?

Meu pai parece bravo.

— Eles viram você crescer! Por que não confiaria neles?

— Querido! — Minha mãe segura a mão dele. — Já conversamos sobre isso.

— Sua filha pensa que aqueles pirralhos vão ajudar em alguma coisa — ele grita.

— Humberto! — minha mãe fala mais alto que ele, que, para minha surpresa, fica quieto. — "Aqueles pirralhos" têm a idade da sua filha, que é a regente. Zália precisa de pessoas da geração dela ao seu lado, não da sua.

— Para fazer o quê? Criar perfis nas redes sociais? — Ele volta a me encarar, enquanto minha mãe revira os olhos.

— Achei uma ótima ideia, uma novidade para o palácio e para o povo. — Minha mãe me olha e abre um sorriso. — É importante voltar a ter contato com eles, principalmente os jovens. Acho que é um bom começo.

Me surpreendo com a aprovação e fico grata a Gil por ter insistido em criar os perfis. Só fico um pouco receosa quanto ao que ele anda postando, já que dei passe livre. Não quero levar bronca por um post que nem escrevi.

— Muito bem, muito bem. Faça o que quiser. — Meu pai baixa a cabeça, pensando no que vai dizer a seguir. — Você precisa ir mesmo a Corais — ele diz, me deixando pasma. — Vamos manter a viagem. Como disse antes, precisamos visitar a ilha. Não vamos lá desde que seu avô colocou Wellington para governar, e é bom marcar presença, mostrar que não abandonamos a população local. — Ele respira fundo, como se estivesse recuperando o fôlego.

Olho para minha mãe para ter certeza de que ele está falando sério. Ela pisca para mim. Respiro aliviada, depois do fim de semana inteiro com medo desse encontro.

— Você vai fazer algumas aparições em eventos essenciais. Espero que cumpra bem seu papel e reforce nossas alianças.

Estou tão feliz que concordo sem perguntar os detalhes. Fico maravilhada com o fato de não ter recebido nenhuma bronca por insistir na viagem. Em troca disso, farei o que for preciso para a Coroa.

— Antonio vai te acompanhar — diz meu pai, tirando o sorriso de meu rosto.

— Antonio? — pergunto, desanimada. — Por que ele?

— Porque é nosso assessor político. Sempre vai a esse tipo de evento.

Dou de ombros, sem saber o que falar. Estava bom demais para ser verdade.

— E o fim de semana? — pergunto, ansiosa.

— Haverá apenas um jantar no sábado, de resto estará livre para fazer o que quiser.

Me agarro a essa notícia boa e sorrio, feliz por não perder minha viagem.

— Obrigada, pai.

— Isso é tudo. — Ele me dispensa e eu saio. Ainda que tenha conseguido meus dias de folga, é difícil evitar a frustração. Meu pai claramente não confia em mim e está mandando Antonio para representar a Coroa no meu lugar. Por que ele resiste tanto à ideia de que eu de fato aja como regente?

Quando encontro Enzo, minha irritação é transferida para ele. Tenho vontade de brigar, perguntar por que fez o que fez, mas me seguro e vou até meus aposentos, onde, para minha surpresa, encontro a mãe de Julia sentada em um dos sofás.

— Bom dia, alteza. — Ela se levanta e faz uma reverência.

— Professora Mariah! — Corro ao seu encontro e dou um abraço apertado nela. — O que está fazendo aqui? Julia sabe que…

— Sabe. — Ela me puxa para o sofá e sentamos. — Como estão as coisas?

— Indo — digo, mas logo volto a sorrir por vê-la ali.

— Sinto muito, querida. Ficamos muito chocados com tudo. Nunca pensamos que pudesse acontecer de fato.

— Obrigada. — Olho para ela, com saudade de um tempo que nem está tão distante. — O que te traz aqui?

— Você não sabe? — ela pergunta, animada.

— Não faço nem ideia.

— Não viu sua agenda?

— É você que vai me dar aula? — pergunto, lembrando que Asthor comentou que chamariam um professor do internato. — Está brincando?

Eu não tinha pensado nela, já que nunca foi minha professora de fato, porque sempre estive na turma da Julia, e o internato procura separar familiares.

— Acho que teria sido muito trabalho por uma brincadeira, né? — ela comenta, rindo.

Fico maravilhada por tê-la ali comigo agora que meus amigos partiram. Sinto como se fosse um pedacinho da minha vida antiga, o que me conforta.

Aproveito para perguntar sobre o pedido de liberação dos três.

— Estamos esperando uma resposta do internato. Você sabe como eles são rigorosos. Estão avaliando a melhor alternativa para não prejudicar ninguém.

— Eles levaram a sério o pedido então? — comento, admirada.

— Claro que sim. É um pedido da futura rainha. Jamais te deixariam na mão.

— E você? Não teria que dar aula quase até o Natal?

— Eles me liberaram assim que o palácio pediu. Arrumaram um professor substituto.

— Ótimo! — digo, me animando novamente. — Por onde começamos?

Mariah é uma excelente professora, divertida, cheia de referências atuais e extremamente gentil. Repassamos os primórdios da história de Galdino, desde a descoberta do arquipélago pelos bastinos em 1663, quando chamavam o território de Ilhas do Norte, até a chegada dos telonos em 1797. Naquele ano, meu antepassado Leonardo Galdino deixou o Velho Continente com seis naus bem armadas, fugindo de Ivan, um grande conquistador da época, que estava invadindo e dominando a maioria dos países independentes. Ao ver a ilha pouco povoada, entrou em guerra com o Exército bastino e venceu em poucos meses. Então se declarou rei e nomeou a ilha com seu sobrenome.

Antes mesmo de chegar ao internato eu já conhecia toda a história de Galdino, pois no palácio havia milhares de livros infantis que a contavam. Mas nunca me canso de repassá-la. Parece que sempre descubro coisas novas e aprendo mais um pouquinho.

Saio dos meus aposentos pouco depois do fim da aula. Minha tranquilidade se transforma em agitação com a expectativa da reunião com Antonio, irritada por ele se meter em todos os assuntos relacionados à Coroa.

Quando entro na sala de reunião, vejo a porta de Antonio entreaberta. Ele está perto da entrada, entregando dinheiro para um dos guardas. Fico atônita com a cena e ainda mais surpresa quando me vê ali, sorri e finge que nada aconteceu.

— Bom dia, alteza.

Ele aponta para a cadeira adiante da mesa. Me aproximo, tentando ignorar a cena anterior, mas é simplesmente impossível.

— Sei que sexta foi um dia tenso, mas preciso dizer que, apesar de toda a repercussão da sua reverência, acho que a senhorita foi incrível.

— Apesar da reverência? — Ele consegue me trazer de volta à

realidade e o encaro, percebendo que ele não concorda com o gesto que fiz. — Você também acha que errei?

— "Errar" talvez seja uma palavra muito forte. Eu entendo o apelo para a população, que anseia por alguém mais próximo a ela, mas tradições são tradições e não segui-las pode chocar os mais conservadores.

— Nesse caso, você é um deles — analiso, brava.

— De jeito nenhum. — Ele fica encabulado. — Eu preciso servir aos dois lados, mas acho que está na hora de algumas mudanças.

Ele sorri, mas permaneço séria, tentando entender qual é a dele e voltando a pensar no que aconteceu segundos antes de entrar ali.

Realmente está na hora de mudanças. Penso, tendo certeza de sua falta de caráter, mas não consigo confrontá-lo. Não colocar para fora me deixa irritada, mas em vez de estourar invento um compromisso e saio apressada, sem saber como lidar com a situação.

— Você tem que estar sempre aqui? — brigo com Enzo ao dar de cara com ele. Volto para os meus aposentos, imersa na irritação com Antonio e na vergonha pela falta de paciência com Enzo.

Demoro para reparar no enorme buquê de lunares na mesa de centro. Olho para ele primeiro surpresa, depois curiosa. As flores possuem o poder mágico de me afastar dos sentimentos ruins. O cheiro incrível preenche meus aposentos. Fecho os olhos e sou transportada para Borges, para onde viajamos nas férias de inverno. Minha mãe tem um campo de lunares lá. Vou até a mesa e procuro um bilhete, tentando não sonhar acordada. É impossível não pensar que são de Enzo, aumentando minha vergonha pelo que fiz momentos antes.

Encontro o cartão e o abro, ansiosa.

Para ajudá-la a me perdoar pela besteira que eu disse.
Antonio

Leio e releio o cartão, estarrecida. Olho ao redor, procurando algum empregado. Vou até o quarto e encontro Carolina organizando meu closet.

— Alteza.

— Como essas flores chegaram aqui?

— Um guarda as trouxe logo que a senhorita saiu — ela responde.

De repente, tudo faz sentido. Ele só estava dando um trocado para o guarda que trouxera as flores até os meus aposentos. Como posso ter ficado tão brava quando nem sabia do que se tratava? Volto para a sala e admiro as flores por mais um tempo. Sei que, apesar de não gostar muito de Antonio, preciso voltar e me desculpar. Fui grossa sem a menor necessidade.

Ao abrir a porta, dou de cara com ele, o que me desestabiliza completamente. Recuo, desconcertada.

— Fico muito admirado que a senhorita seja tão correta quanto seu pai e seu irmão — ele diz, sério. — Devo admitir que foi divertido vê-la se contorcendo de raiva no meu escritório.

Ele morde o lábio, segurando um sorriso. Por alguns segundos, fico hipnotizada.

— Eu pensei... — Tento inventar uma desculpa, mas nada me vem à cabeça, principalmente enquanto me observa com um sorriso encantador.

— O pior de mim. Não tiro sua razão. Eu mesmo não confiaria em mim se fosse você. — Ele estende a mão, esperando que eu lhe dê a minha, e eu a estendo, receosa. Antonio a segura delicadamente e a beija, sem tirar os olhos de mim. — Desculpe, alteza. Pode me dar uma segunda chance?

Ao contrário de todos no palácio, Antonio não tem cautela ou receio de falar comigo, de segurar minha mão... me olhar desse jeito. Fico na dúvida se está sendo desrespeitoso ou se é seu jeito de mostrar que não preciso ficar cheia de formalidades com ele. Escolho acreditar na segunda opção, já que é tão rara. Seria bom ter um pouco de descontração no palácio.

— Vou tentar — brinco, e ele abre um sorriso ainda mais bonito. Evito olhá-lo, com medo dos meus próprios pensamentos.

— Vamos? — Ele estende o braço, me apontando o caminho. Passo por Enzo, que mantém a cabeça abaixada. Meu coração se aperta, mas agora não é o momento de me desculpar pela grosseria.

Não consigo deixar de comparar os dois enquanto ando pelos corredores. Antonio claramente descende do norte do Velho Continente, como Julia. Tem cabelo castanho-claro quase loiro e olhos azuis chamativos. Seu queixo é pronunciado e as maçãs do rosto são altas. Já Enzo é galdinense da cabeça aos pés. Uma mistura de todos os povos que já passaram por aqui. Moreno, de olhos pretos e sobrancelhas grossas. Seu ar sério o deixa ainda mais atraente, principalmente agora, com o porte militar e o cabelo raspado dos lados — um verdadeiro soldado. Suspiro pensando nos dois e só percebo que estou encarando Antonio quando ele para no corredor esperando uma resposta. Não estava prestando a menor atenção no que ele dizia.

Envergonhada, abaixo a cabeça, e ele, sorridente, volta a tagarelar sobre os assuntos que vamos discutir nas nossas primeiras reuniões.

Passamos o fim da manhã em aula. Antonio é bastante atencioso, bem diferente do que imaginei. Ele parece entender muito bem do que fala quando explica sobre a divisão de Galdino em dezoito estados, então me apresenta uma lista com o nome dos representantes da Coroa em cada um deles. Em seguida me entrega uma relação dos prefeitos de cada cidade, eleitos pelo povo.

Antonio me explica como funcionam as reuniões quinzenais com cada um dos governadores, e a reunião geral, feita por videoconferência mensalmente. Nessa ocasião, eles discutem em conjunto possíveis melhorias nas leis do país.

Continuo sem graça pelo que aconteceu. Tanto pelo meu pré-julgamento, como por ter ficado tão hipnotizada por ele. Sempre que ele me olha, desvio o rosto, atenta às anotações que ele faz no papel. Como dever de casa, vou ter que decorar os representantes da Coroa em cada estado. Saio o mais rápido possível quando a aula termina. Ao encontrar Enzo no corredor, enrubesço, como se estivesse fazendo alguma coisa errada.

— Desculpe — digo, baixando a cabeça para evitar seu olhar. — Não devia ter gritado com você.

— Tudo bem, alteza. Somos treinados para todo tipo de situação. Sei que está sob muita pressão.

Eu me sinto ainda pior. Pela formalidade, por Enzo não se importar, por não brigar comigo.

Sinto falta dos meus amigos. Pego o celular e mando milhões de mensagens para eles no caminho para o quarto, na esperança de que respondam logo.

Bianca
Amiga, vc precisa ver

Jussara tá achando que somos a própria realeza

Gil
Acho até que somos mais importantes que vc agora

Solto uma gargalhada e mando uma mensagem de voz contando sobre minha manhã.

Gil
Vc vai se apaixonar por todos os caras do palácio?

De onde vc tirou isso?

Gil
Você repetiu o nome dele umas dez vezes no áudio

Parece uma mistura de amor e ódio

Não tem nada a ver

Ele só me deu aula. É tipo o professor Garcia

Garcia era nosso professor de literatura no internato. Um senhor nada bonito, mas que dava aula de uma maneira apaixonante. Ele conseguia deixar os alunos vidrados na matéria.

Bianca
Só que esse Antonio é gato, né? E novinho

Como vocês sabem?

Gil
Internet, Zália

Pago internet pra isso

Fuxicar a vida das pessoas

Vcs estão viajando

Julia
Só uma perguntinha

Sem querer estragar a diversão...

Quantos anos ele tem?

Sei lá. Vinte e poucos

Julia
Não acha o cara velho demais para ficar assim?

Assim como?

Julia
Toda interessada

Vcs precisam parar com isso

Julia
Só acho que vc precisa tomar cuidado

Pq um cara de vinte e tantos fica atrás
de uma menina bem mais nova?

Já disse que não está rolando nada

Mesmo se rolasse, e daí?

Qual é o problema?

Ele não pode se interessar por mim?

Sou tão chata assim?

Julia
Não é isso, vc sabe mto bem

Só acho estranho ele dar mole pra você

> Podemos mudar de assunto?

> O que tem aparecido na mídia?

Gil manda uns links. "Princesa aproveita o domingo com seus melhores amigos. Veja quem são", "Gente como a gente: princesa Zália conta os dias para os momentos de folga na maravilhosa cidade de Corais", "Looks do dia da princesa? Queremos!", "Vocês já conferiram as fotos que nossa princesa tira? Será que temos uma fotógrafa a caminho do trono?".

> "Veja quem são"?

> Tem alguma coisa sobre vcs?

> As pessoas estão mesmo curtindo as fotos?

> **Gil**
> Estão AMANDO. Vc precisa ler os comentários!

> Agora clica no link da outra matéria e deixa de preguiça

Entro na matéria. Tem uma foto de cada um deles e um pequeno perfil com nome e sobrenome, data de nascimento, idade e signo, onde os conheci (todos no internato), quem são seus pais e uma frase tirada das redes sociais.

> Vcs tão que tão, hein?

Bianca
Estamos famosos

> O que você anda postando, Gil?

Gil
Agora está mais interessada?

> Minha mãe achou uma boa ideia

Gil
Não falei?

> Falou, falou

Gil
Dá uma olhada aí

Parece até que tem medo

Entro em cada um dos perfis criados por ele. Me surpreendo com o número de pessoas me acompanhando e com as centenas de comentários.

> É isso mesmo?

Gil
O quê?

O número de seguidores

Tá certo isso?

Gil
Claro

Vc é a princesa de Galdino

Todo mundo quer te seguir de perto

Admirada, olho mais uma vez para os perfis. Somando, tenho mais de cinco milhões de seguidores.

Como vc fez isso?

Pq não me contou antes?

Gil
Pq vc só reclama

Volto a fuxicar a página e vejo os posts escritos por ele: "Meu coração dói pela partida de meu irmão e pela perda do país", "Tentando viver cada dia de uma vez. Todos temos fases ruins, o importante é manter a cabeça erguida, sem se cobrar demais", "Apesar de tudo o que aconteceu, mal vejo a hora de começar a cumprir meus compromissos com Galdino, principalmente a visita a Corais #contandoosdias", "Sem nossos amigos não somos nada. Lembre sempre de tirar um tempo para eles, sem trabalho e preocupações #diadepiscina". Além dos posts nas redes sociais, meu perfil de fotografia está incrivelmente organizado, é até bonito de ver o posicionamento das imagens tão bem pensado. Os comentários de incentivo me surpreendem e fico olhando para a tela, encantada.

> Obrigada

> Deve estar te dando mto trabalho

Gil responde por áudio:

Gil
Por mais que eu queira ficar com todo o crédito, acho que você devia contratar uma equipe pra cuidar disso. O ideal é que tenha sempre alguém ao seu lado, indo nos eventos e postando o que você fala por aí, para que sejam palavras suas de verdade. Além de precisar de bem mais gente para manter tudo atualizado, né? Estou postando o mesmo conteúdo em todas as redes, mas seria bem mais interessante se você tivesse uma pessoa para cada, produzindo conteúdo próprio. E é claro que eu contrataria um fotógrafo, pra registrar seu dia a dia, seus looks, as visitas...

▶

> Mas sempre tem fotógrafo aonde quer que eu vá

Gil
Não fotógrafo de jornal, alguém para fazer imagens mais casuais

Mais vc, menos formais

Até rimou! Hahaha

Ele desiste de escrever e volta a gravar um áudio.

Gil
Também é importante ter alguém colado em você transferindo para o computador as fotos que você tira no dia a dia. Eu tô postando o que você me passou, né?! Mas são de quando? O povo gosta de acompanhar tudo ao vivo, quer saber que você foi a um lugar e no mesmo dia postou uma foto que tirou lá. Eles querem se sentir próximos de você.

> Vc tem razão

Gil
Sério???

Vc concordou comigo???

> **Deixa de ser bobo!**

> **Vou ver o que posso fazer**

> **Julia**
> Arrasa!

> **Preciso ir**

> **Tô torcendo pra q voltem logo**

> **Bianca**
> A gente tb

Quando termino de almoçar, estou ansiosa para encontrar Asthor e conversar sobre a equipe de mídias sociais, mas descubro que tenho um compromisso fora do palácio, provavelmente uma visita a alguma instituição. Coloco um dos meus vestidos antigos, que está separado no biombo — preto, básico, mas muito elegante. Não tenho notícias da questão do alfaiate, mas fico feliz por não encontrar nada medonho para vestir.

César me espera do lado de fora dos aposentos e me leva até a entrada norte, com Enzo no encalço, onde uma fileira de veículos nos aguarda. Há uma horda de seguranças, incluindo Patrick. Antonio está segurando a porta de um carro, com um sorriso contido. Olho dele para Enzo, um pouco sem graça, e entro. Antonio me segue. César senta do outro lado, e Enzo pega o banco da frente.

Antonio e Enzo ficam calados o tempo todo, enquanto César passa as informações sobre o passeio.

— Estamos indo para a base aérea onde seu irmão sofreu o acidente, perto de Sardinha — diz ele, me fazendo gelar de nervoso.

— Por que ninguém me avisou antes? — pergunto.

— Nós deixamos a agenda de hoje no seu quarto. Achei que não fosse um problema.

Respiro fundo, tentando não afundar no banco do carro. Não prestei tanta atenção à agenda quanto deveria.

César me explica que é preciso mostrar que não culpamos as Forças Armadas pelo que aconteceu e que continuamos trabalhando lado a lado. Nem preciso argumentar que é cedo demais: como se lesse minha mente, César diz que não podemos demorar.

— Por mais que as Forças Armadas sejam comandadas pela Coroa, precisamos demonstrar nossa total confiança nos oficiais responsáveis. Eles têm muito poder, e não queremos confusão com eles.

Olho para longe, pela janela do carro, me sentindo vencida.

— Você não precisa se preocupar com nada, alteza — Antonio se mete na conversa. — Só cumprimente os oficiais, conheça a instalação, agradeça as condolências. Eu converso com eles por você.

Toda a gentileza que ele demonstrou mais cedo vai para o lixo. Fico na defensiva, sentindo como se Antonio duvidasse da minha capacidade e invadisse meu território.

— A regente sou eu, Antonio, não você — digo, impaciente, mas me arrependo na mesma hora.

— Claro, alteza. — Ele abaixa a cabeça. — Eu só...

— Não acredita que posso fazer meu trabalho — penso em voz alta.

Ele me olha, devastado.

— Não, Zália. Nunca. Só queria poupá-la do desgaste.

Ficamos todos em silêncio até a chegada na base aérea. Estou envergonhada pelo que disse, mas mantenho a compostura. Antes de ser recebida pelos oficiais, César e Antonio me passam todos os nomes e o que deve ser dito a cada um. Eles aguardam enfileirados enquanto os cumprimento. Sou seguida de perto por César, que sussurra os nomes de novo, para que eu não erre.

A primeira etapa é concluída com sucesso, então acompanhamos o brigadeiro Dimambro, que tagarela sobre Victor e nos leva para um passeio pela base aérea. Ele mostra os aviões, os hangares e os equipamentos recém-recebidos para a manutenção das aeronaves. Antonio e César seguem ao meu lado, enquanto Enzo e Patrick ficam alguns passos atrás.

Um batalhão de soldados vestidos de azul bate continência assim que chego à sua frente. Eles fazem um desfile em homenagem a Victor. Me seguro para não me emocionar na frente de todos, mas sinto meu corpo enrijecer. Meu irmão um dia foi um deles, usou o mesmo uniforme, passou pelo mesmo treinamento. Provavelmente muitos ali o conheciam e conviveram com ele de perto nos últimos três anos.

O passeio termina bem, com o brigadeiro dizendo pela milésima vez que a base está disposta a ajudar com tudo o que for necessário na investigação e que lamenta muito a perda.

* * *

Volto tão cansada que desisto de falar com Asthor. Sigo direto para os aposentos de meus pais, que me aguardam para saber do meu dia. Conto a eles tudo o que aconteceu. Minha mãe se emociona com a homenagem.

— Foi difícil me segurar — digo a ela, acariciando seu ombro. — Foi realmente lindo. Fiquei imaginando Victor no meio deles.

— Tenho certeza que foi. Gostaria muito de ter ido. — Ela sorri para mim.

Minha mãe acompanhava meu pai em todos esses eventos. Com ele doente, os dois pararam de sair do palácio. Ela poderia me acompanhar, mas prefere ficar ao lado dele.

— Muito bem. — Meu pai assente e se afasta, indo para o escritório.

Olho para minha mãe, chateada com a reação dele.

— Você conhece seu pai, Zália. Não espere que ele saia te felicitando pelos seus feitos. Só de não ter reclamado já está ótimo.

Ela tem razão. Meu pai, sempre tão crítico, não disse nada. Talvez eu tenha acertado. Fico esperançosa de finalmente deixá-lo orgulhoso de mim.

A MANHÃ DE TERÇA É IGUAL. TENHO AULA COM A professora Mariah e aprendo mais um pouco da história do rei Leonardo I, que iniciou a Corrida do Ouro no país, atraindo cada vez mais telonos interessados em uma vida nova. Em seguida, ela passa ao reinado de Rafael I, que se casou com a filha de um dos generais do Exército bastino. Ele se solidarizou com as forças rivais que também guerreavam contra o Exército de Ivan no Velho Continente e lhes ofereceu uma nova casa. Com isso, a população do país aumentou consideravelmente, sendo composta de nativos, bastinos e telonos.

Em seguida, Antonio me recebe em sua sala, que está um pouco mudada. De um dia para o outro apareceu por lá uma mesa redonda, para onde ele me guia. Sentamos lado a lado.

— Me desculpe por ontem, alteza — ele diz, e fico mal novamente.

— Eu que devo pedir desculpas. Não precisava falar com você daquele jeito.

— Não, você tinha toda a razão. Não quero ocupar o seu lugar, longe disso. Seu pai e seu irmão gostavam que eu conduzisse a conversa política quando não era extremamente necessário que o fizessem, então me acostumei com isso, mas você está certíssima. É seu trabalho, seu dever, seu povo. — Ele me observa, me deixando completamente sem graça. Assinto, sem saber mais o que dizer. Para não deixar o clima pesado, faço um comentário sobre a estante, que me chamou atenção no dia do discurso.

— Você tem uma coleção incrível aí.

Ele se vira para entender do que estou falando.

— Os livros ou a decoração?

— Os livros não são dos mais interessantes...

— São, sim. São as leis do país — ele responde, indo em direção à estante e puxando uma das milhares versões da Constituição para me trazer. — Isso aqui te diz como funciona o país, a beleza por trás da política criada em Galdino. Os direitos e deveres da Coroa, dos representantes, dos prefeitos, da população em geral... Você devia ler. — Ele me entrega e eu seguro o volume, admirada. Apesar de não ter vontade nenhuma de lê-lo, o jeito como Antonio fala me impressiona.

— E a decoração?

— Ah, cada objeto conta uma história diferente — ele diz, animado, voltando até lá para pegar uma lunar de madeira. — Essa aqui é de Dantas, o estado que mais exporta madeira, desde a bruta até os mais delicados bibelôs. Ganhei de um artesão de rua antes de ir a uma reunião, com o governador... — Ele finge esquecer o nome, para me testar.

— Heitor — completo, feliz de ter feito o dever de casa.

— Muito bem. — Antonio sorri, pega outro objeto e me conta

mais uma história sobre a visita àquele estado. Assim, descontraidamente, vai me testando, de um em um, para ver se sei quem são os representantes da Coroa.

Ele é o tempo todo encantador e envolvente, fazendo questão não só de me ensinar sobre os estados e os governadores, mas sobre a principal fonte de renda de cada lugar.

Num piscar de olhos, nossa aula acaba. Saio de lá sabendo mais sobre Galdino, e também sobre ele. Almoço pensando em Antonio, em como falava empolgado de cada um daqueles objetos. Me pego sorrindo como uma boba, então lembro do comentário de Julia e fico mal-humorada de repente. Tento reprimir esses pensamentos, deixo a comida de lado e sigo para o escritório de Asthor, para finalmente conversar sobre a equipe de mídias sociais.

É claro que ele protesta inicialmente. Asthor é antiquado e avesso à tecnologia. Porém, depois de mostrar a ele diversos links enviados por Gil com matérias positivas, ele aceita arriscar, mas não promete uma equipe.

— Preciso ver com o Tesouro o que é possível fazer. Talvez eu consiga uma ou duas pessoas.

— Já é um começo — respondo, animada.

— Você vai ficar feliz em saber que a srta. Julia e a srta. Bianca obtiveram a autorização dos pais para morar no palácio. Já entramos em contato com a universidade local solicitando vagas a elas no curso que escolherem.

— Que maravilha. — Me empolgo com a notícia. — E o Gil?

— Estamos tentando resolver esse problema — ele diz, um pouco desconcertado.

— O que houve? — pergunto, aflita.

— Ainda não conseguimos autorização dos pais dele. Inicialmente, se recusaram a aceitar.

Fico irritada.

— E não há nada que possamos fazer?

— Bem... É contra a lei negar um pedido da Coroa — diz ele, me pegando de surpresa.

— Contra a lei? — repito. — Então não é um pedido.

— Costumamos começar com um pedido, para que não soe arrogante. Dependendo do caso, deixamos passar uma negativa.

— Alguém ousa negar? — pergunto, intrigada.

— Sempre há quem ouse.

— Muito bem, vamos aguardar uma resposta até amanhã. Caso não venha, convide os pais dele para o jantar de sexta. Quem sabe não consigo persuadir os dois? — digo, levantando. Não quero soar arrogante, mas faria qualquer coisa por Gil. — Podemos convidar os pais de Bianca e Julia também. Seria uma boa oportunidade de todos se conhecerem.

— Alteza — chama ele, antes de eu sair. — Creio que não tenho boas notícias sobre o internato.

Eu o encaro, receosa.

— Eles acreditam que o melhor para os seus conselheiros é terminar os estudos presencialmente.

— Mas eles já passaram de ano. Todos têm notas excelentes — digo, atordoada.

— Acredito que o internato tem medo da repercussão de liberar quatro alunos antes do final do ano. É esperado que dispensem a herdeira, claro. Mas seus conselheiros não têm tanta urgência em estar aqui, e isso poderia prejudicar a imagem da instituição. Os três vão poder vir ao palácio aos fins de semana, mas só serão de fato liberados depois das provas finais.

— Obrigada, Asthor — respondo, emburrada.

Encerramos a conversa e seguimos para uma das salas de reunião, que está repleta de fotógrafos de diferentes jornais, convidados, guardas e alguns membros da equipe de Asthor. É a entrega da Medalha de Honra Galdinense, que será concedida a um civil que salvou mais de dez pessoas em um desabamento no interior de Dantas. A cerimônia não é longa, e fico feliz ao ver o orgulho e a emoção da família, que me cumprimenta ansiosa antes de eu me retirar.

Os outros dias da semana se passam de forma muito parecida. A cada aula, Mariah aborda um rei diferente. Passamos por Inês, filha de Felipe e primeira rainha, que aumentou o incentivo à imigração, atraindo bastinos e telonos dominados por Ivan. Depois falamos do governo de Rafael II, que dividiu Galdino nos dezoito estados atuais, designando seus governadores e nomeando os territórios com o sobrenome de cada um. Por fim, discutimos o reinado de Francisco, que aboliu a escravidão dos nativos em 1881, ano em que se tornou rei.

— Hoje precisamos focar nos impostos — Antonio diz quando entro em sua sala na quarta e o olho, confusa. — Nada de me seduzir a mudar de assunto — brinca, me deixando sem graça.

Sentamos lado a lado, eu completamente quieta, ele com uma pilha de apostilas assustadoras.

— Você não vai me perguntar sobre os quadros hoje? — ele diz, quebrando a tensão. Eu rio, aliviada.

— Não. Sei que são de Valéria Andrade. — Viro para olhar cada um e nomeá-los. Antonio fica pasmo.

— Então aos dezessete anos você já é uma grande entendedora de arte?

— Conheço bem o acervo da Coroa — respondo. — E esses quadros aí não são os originais.

Ele finge estar ofendido.

— O quê?

— Sinto muito. — Sorrio. — Os originais foram cedidos para o Museu de Belas Artes de Galdinópolis.

— Um absurdo. Para que deixar em um museu quando se pode ter em casa? — zomba ele, me fazendo rir. Ficamos assim por um tempo, aproveitando o clima leve.

Nem parece que há poucos dias minha vontade era de demiti--lo. O Antonio de agora é outro: divertido, atencioso, carismático... Me pego olhando para ele, sonhadora. Mais uma vez tento reprimir esses sentimentos estranhos, lembrando o que Julia apontou.

— Vamos voltar à aula — sugiro. Antonio abre uma das apostilas e me mostra quanto a população paga de imposto e quanto desse valor fica com a Coroa antes de ser distribuído entre os estados.

Nem parece que estávamos nos divertindo minutos atrás tamanha é a seriedade da aula agora. Ele me mostra um gráfico com o valor recebido por estado e sua destinação, como salário de servidores públicos, investimentos em saúde, educação. Isso inclui o Estado Real, onde fica Galdinópolis, administrado pelo próprio rei.

Apesar de tentar me concentrar na aula, fica quase impossível com seu cheiro de banho recém-tomado, uma mistura cítrica e amadeirada. Finjo prestar atenção, mas vez ou outra Antonio me olha de modo diferente, fazendo meu coração acelerar. Ele explica tudo de maneira apaixonada e não consigo desgrudar os olhos dele. Sua presença é tão agradável e ao mesmo tempo tão imponente, tão madura, que me dá um frio na barriga gostoso.

Antonio junta alguns papéis e os estende para mim, me tirando do devaneio. Aceito, ficando mais uma vez constrangida, mas dessa vez por me permitir viajar para tão longe. Ele sorri, como se soubesse o que aconteceu. Agradeço pela aula, evitando olhá-lo.

Reencontrar Enzo depois das horas com Antonio não é nada fácil. Quando nossos olhares se cruzam, me sinto ainda mais sem graça com o que aconteceu durante a aula. Me pergunto se Enzo sabe de alguma coisa, mas é impossível, já que ficou o tempo todo a dois cômodos de distância. Me sinto culpada mesmo assim.

A convivência constante com Enzo é estranha. Não há comunicação, mas os sentimentos estão à flor da pele. Vez ou outra tenho vontade de virar e conversar com ele sobre seu dia, perguntar se está gostando de trabalhar no palácio e o que tem feito nos dias de folga, mas meu coração partido e amargurado logo me impede. Para não arrumar mais confusão, tento fingir que ele não existe. Cumprimento-o formalmente pela manhã, me despeço à noite e nada mais, apesar de olhá-lo de soslaio sempre que posso. Às vezes ele me flagra, fazendo meu coração disparar.

Na quinta, Antonio e eu falamos de que tipo de música gostamos, e ele me pede licença no meio da aula para tirar o terno e afrouxar a gravata, ficando irresistivelmente lindo; na sexta, eu o encontro completamente ensopado com a chuva que cai torrencialmente em Galdinópolis. Vê-lo dessa forma, sem o controle da situação, me mostra um Antonio mais inseguro e vulnerável, o que só me faz admirá-lo mais. Dessa vez conversamos sobre nossos filmes favoritos. Apesar dos gostos diferentes, é divertido discutir com ele, que finge levar tudo para o pessoal, fazendo draminha quando discordo de suas escolhas.

— Como assim você não viu *A guerra das montanhas?* — ele pergunta. O filme conta a história de Leonardo I de forma completamente distorcida.

— Não vejo filmes sobre a minha família, ainda mais quando não se baseiam nos fatos.

— Mas é um filme excelente! — ele protesta.

— Você ia gostar se eu saísse falando mentiras sobre você? — pergunto. — Não ia ligar, já que eu sou uma excelente princesa? — brinco. Ele me analisa, reprovando a comparação.

— Você não faria isso.

— Por que não? — provoco.

— O que falaria de errado sobre mim por aí? — instiga ele. Qualquer coisa que eu responda pode dar a entender que estou dando em cima dele, então mudo de assunto, voltando a focar na aula. É a melhor maneira de fugir.

Apesar desses momentos divertidos, fico tímida a maior parte do tempo, tentando esconder os sentimentos que surgem dentro de mim. Antonio parece perceber e faz questão de me olhar nos olhos o tempo todo, usando seu charme para tirar meu fôlego.

Para piorar minha situação, enquanto Antonio continua a explicação sobre os impostos, apoio os braços em cima da mesa para acompanhá-lo enquanto escreve, já desapegada de qualquer formalidade. Sei que preciso prestar bastante atenção no assunto, então me concentro, mas meu planejamento vai por água abaixo quando nossas mãos se tocam e eu me enrijeço, envergonhada.

— Desculpe, alteza — ele diz, parecendo desconcertado.

— Não, eu que peço desculpas. Não deveria ficar assim na mesa.

— Me encolho na cadeira enquanto olhamos um para o outro. Antonio sorri, sem graça, mas não tira os olhos de mim, o que cria uma tensão palpável.

Sinto aquele mesmo frio na barriga e fico ansiosa por alguma atitude, então alguém bate na porta e a abre, fazendo com que desviemos o olhar e nos ajustemos nas cadeiras. Enzo está parado à porta, nos olhando constrangido. O sentimento de culpa, como se eu o estivesse traindo, volta. Decido não o encarar para não piorar a situação. Quando ele fala, sua voz sai firme, congelando meu coração.

— Desculpe, alteza. Vim avisá-la do horário.

Olho para o relógio e levanto surpresa ao constatar que estou meia hora atrasada para o almoço.

— Obrigada, Enzo — digo, e saio da sala sem me despedir de Antonio.

Depois do almoço, visito a Igreja de Nossa Senhora de Galdino, a mais antiga de Galdinópolis. Minhas tardes são ocupadas por diferentes aparições pela cidade. Nos últimos dois dias, conheci a Biblioteca Nacional e o Clube Federal de Esportes Aquáticos, construído às margens do rio Canário, participei da reabertura de um parque florestal revitalizado e passeei pelo Mercado Municipal, outra construção bastante antiga.

Meus amigos acompanham tudo por mensagem de celular. Apesar de Gil duvidar que vá conseguir a autorização do pai, tento mantê-lo otimista quanto ao jantar de hoje à noite, ao qual os três devem comparecer.

Ao chegar em casa, encontro meus pais para nossa última reunião da semana, na qual analisamos as notícias. Meu pai só me mostra notícias positivas sobre minhas visitas, mas minha mãe faz questão de pontuar as negativas, que me acusam de ignorar o real problema do país enquanto visito locais sem importância. Meu pai se irrita e as ignora, então diz estar satisfeito com meu comprometimento. Até parece admirado, coisa que nunca vi antes e que me deixa bastante empolgada, querendo mostrar mais.

Subo ao quarto para me arrumar para o jantar em comemoração à nova regente. Deveria ter sido na semana anterior, mas como não havia clima para festejar, foi adiado. A verdade é que a última coisa que quero é brindar a um trabalho que jamais quis. Porém, meu pai acha que é importante, e Asthor defende a tradição. Então o encaro mais como um jantar de despedida de Victor do que de boas-vindas para mim.

Gil e Bianca correm para o meu quarto assim que chegam ao palácio, enquanto Julia faz companhia aos seus pais e aos de Bianca na sala de visitas, no primeiro andar. Gil está tão nervoso que me desconcentra, e fico errando a maquiagem.

— Quer ficar quieto?

— Você sabe há quanto tempo não vejo meus pais?

— Sei, Gil. Desde que contou tudo para eles. Quase um ano. — Tento parecer tranquila, para acalmá-lo. — Não se preocupe, vai ficar tudo bem. Estamos do seu lado.

— Não consigo. — Ele senta e começa a roer as unhas.

— Seu pai vai sentar ao meu lado no jantar — conto.

Ele me olha, preocupado.

— Por quê?

— Porque eu pedi.

— E o que você pretende fazer?

— Conseguir a autorização dele para que você trabalhe comigo.

— Meu pai jamais vai concordar, Zália. Assim que pegar meu diploma vou para uma universidade bem longe de Galdinópolis, para que ele não precise me encontrar nos próximos cinco anos.

— Não fala assim! — Bianca o repreende.

— Ele tem vergonha de mim, gente. Não aceita quem eu sou. Você sabe que me colocou no internato para me manter longe de todo mundo. Não vai querer que eu fique ao lado da futura rainha de Galdino, com o país inteiro me vendo.

— Você não precisa aceitar o trabalho se não quiser, Gil. Não quero piorar sua relação com seus pais — digo.

— Que relação? Não tenho relação nenhuma com eles — ele responde, triste. — Vocês são a única família que me resta.

— Eles ainda são sua família. Tenho certeza que, com o tempo, tudo vai se acertar. Seus pais vão ver quão idiotas e preconceituosos estão sendo e o que estão perdendo ficando longe de você. Mas fico feliz que nos veja como sua família. Também sinto isso por vocês. Às vezes penso que são mais próximos de mim que minha família de sangue. — Ele sorri e nos entreolhamos cheios de ternura. — Vamos dar um jeito.

Assim que termino de me maquiar, Bianca vai comigo até o closet para ter certeza de que minha roupa não precisa de nenhum ajuste.

— Quando você se formar será promovida de conselheira a estilista pessoal, você sabe, né?! — brinco.

— Quer sonho maior que esse?

Ela fecha o meu zíper e me analisa de longe, desaprovando o colar que estou usando. Seus pais são donos de uma rede de joias, então Bianca entende bem do assunto. Ela vai até o armário de acessórios e escolhe um conjunto novo.

Nunca fui muito ligada em moda, muito menos em adereços, então fico agradecida por ela se importar com isso e querer cuidar de mim.

Termino de me vestir e seguimos os três juntos para o salão de festas, que foi transformado em uma grande sala de jantar. Os convidados se espalham pelo local, conversando baixo e bebendo seus coquetéis. Julia está com os pais, mas vêm ao nosso encontro assim que aparecemos. Os pais de Gil não estão em lugar nenhum, então imagino que ainda não tenham chegado. Cumprimento Julia e vou falar com os convidados.

Ando pelo salão, observando tudo ao redor. Não fazemos muitos jantares desse tamanho, e a equipe do palácio faz questão de não repetir a decoração. A mesa no centro do salão é extensa o bastante para abrigar todos os convidados e está muito bem-arrumada. A louça é importada de Bastino, e os copos e as flores combinam com a pintura azul do prato.

Apesar de o ambiente parecer alegre, o clima não é bom. Ninguém está a fim de comemorar, a começar pelos conselheiros de meu pai, que não conseguem esconder a decepção quanto à minha escolha. Não tento consolá-los, não é meu papel e não sou próxima deles, mas mantenho a simpatia de sempre. Procuro por Gil, Julia e Bianca, que conversam animadamente com os pais delas. Cumprimento Paolo e a professora Mariah formalmente, apesar de querer abraçá-los.

— Onde está d. Chica? — pergunto, chateada em não vê-la.

— Imagina minha mãe aqui. Ela gritaria com o rei e faria uma algazarra no palácio — brinca Mariah, revirando os olhos e nos fazendo rir.

Bianca me apresenta seus pais, Alfredo e Helena, que são muito simpáticos. Os dois são de Raposo, estado no norte de Galdino. Apesar da distância, decidiram enviar a filha para o internato em Souza pela excelente estrutura e pelo ensino de alto nível.

Conversamos animadamente sobre os anos no internato, a mudança das meninas para o palácio e outros assuntos corriqueiros. Gil participa da conversa, mas de repente o vejo congelar, olhando para uma das entradas do salão. Sei exatamente o que está vendo, e viro receosa. Os pais dele, Caetano e Estela, parecem bastante mal-humorados, mas abrem um sorriso ao ver Antonio entrar pouco depois. Observo a cena, ora com raiva por vê-los tão petulantes em minha casa, ora nervosa por ter Antonio no jantar de família. Os três conversam animadamente, como se fossem velhos conhecidos.

O pai de Gil é dono de uma grande rede de hotéis em Galdino — são mais de cinquenta espalhados por todo o país. É de esperar que seja influente e conheça pessoas importantes. Ele nunca havia sido convidado para um evento no palácio, então não podia recusar o convite, ainda que significasse rever o filho rejeitado.

Antonio parece procurar alguém na multidão. Nossos olhares se encontram e nos encaramos por alguns segundos. Sinto meu estômago revirar. Ele assente para mim à distância e segue para cumprimentar os conselheiros do meu pai, enquanto Caetano se aproxima de outros convidados, tentando evitar o filho.

Acompanho-o por todo o salão. Vejo-o fechar a cara para Gil, com a expressão amarga. Tenho vontade de ir até ele e dizer exatamente o que penso, mas percebo no olhar de Estela uma ponta de saudade, o que de certa forma me acalma. Fico com a esperança de que, um dia, aceitem o filho. Eles fogem da gente, arrumando sempre alguém com quem conversar. Quando acho que não têm mais saída, meus pais chegam ao salão, salvando-os mais uma vez.

Os convidados aplaudem o rei e a rainha. Meu pai cumprimenta todos de uma vez e vai em direção à cabeceira da mesa. Depois que se acomoda, os convidados procuram seus lugares, marcados com uma plaquinha em cima dos pratos. Caetano se mostra surpreso ao me ver ao seu lado. Ele faz uma reverência e me cumprimenta entusiasmado.

— E eu achando que tinha me livrado de você hoje de manhã — Antonio brinca atrás de mim, e senta ao meu lado.

Olho rapidamente para a plaquinha em seu prato, para me certificar de que não está roubando o lugar de ninguém.

— Você não deveria sentar com meu pai?

— Está me chamando de velho? — ele brinca.

— Está chamando meu pai de velho? — provoco.

— Muito esperta — ele diz, virando de costas para cumprimentar um dos amigos do meu pai, que vai sentar ao seu outro lado.

Observo a disposição da mesa. Minha mãe está na outra cabeceira, recepcionando alguns amigos, entre eles Suelen. O rei está cercado por seus antigos conselheiros.

Deve ter umas cinquenta pessoas ali. Estou exatamente no meio, perto de meus amigos e seus parentes. Gil está sentado em frente ao pai, que finge não vê-lo. Caetano se apresenta aos pais de Julia e de Bianca. Alfredo e Helena logo se entendem com ele, admirados que seja o dono do hotel onde os dois fazem os lançamentos de suas joias.

Mesmo com a distância entre as cadeiras, Antonio dá um jeito de esbarrar em mim a todo instante, tocando meus ombros ou minhas mãos, me deixando elétrica a noite inteira, em um misto de nervosismo e preocupação que nos vejam. Depois dos comentários de Julia, não voltei a falar sobre Antonio com eles. Fico agitada, com medo de que meus amigos percebam que há alguma coisa acontecendo.

Apesar disso, estou focada no meu objetivo, e assim que tenho uma brecha puxo assunto com Caetano, que se vira para mim.

— Gil me contou muito sobre você. — Forço um sorriso ao ver que ele não consegue esconder o desconforto. — Ele mencionou as férias que passaram em Corais. Sabia que vamos para lá na próxima semana? — Olho para meu amigo, que finge não escutar enquanto conversa com a professora Mariah.

— Li as matérias — diz o pai dele, tentando sorrir. — Corais é lindíssima. Galdino tem praias incríveis, mas aquele lugar... não há nada igual.

— Foi o que ouvi falar. Estamos todos muito ansiosos.

— Maravilha. E já têm onde ficar? — ele pergunta, mas desvia o olhar, como se não quisesse realmente oferecer seu hotel.

— Claro, temos a residência real na cidade e depois vamos para a Pousada do Salhab. Já ouviu falar?

— Com certeza. — Ele se anima. — Um lugar incrível, por si só já é um passeio. Tentei comprar algumas vezes, mas o Salhab não abre mão dela de jeito nenhum.

— E você sabe que Gil não pode me acompanhar sem a sua autorização, imagino. — Sou tão direta que ele engasga com a comida.

— Preferia não conversar sobre isso hoje à noite.

— Então por que veio ao jantar? — pergunto, tentando não chamar atenção de quem está ao redor. — Para conhecer o palácio? Dizer que já veio a um evento aqui? — Não tenho medo de ser dura, o que o surpreende.

— Vim porque não se deve recusar um pedido da Coroa — ele diz, me fazendo abrir um sorriso.

— Não se deve recusar um bom jantar com o rei, mas tudo bem recusar que seu filho trabalhe com a futura rainha?

Ele olha para os lados, constrangido.

— Não vou permitir que Gilberto acabe com a minha reputação. Onde já se viu, um filho que é *dama de companhia*? — ironiza.

— Seu filho será coordenador de mídias sociais no palácio — digo, sem pensar. Gil não consegue disfarçar. Vira para mim, chocado. — Quer você queira ou não. Espero a autorização assinada ainda esta noite.

Ele recebe a intimação como um tapa na cara, e vejo que se segura para não levantar. Agora todos ao nosso redor sabem que está acontecendo alguma coisa, apesar de continuarem suas conversas.

A adrenalina circula freneticamente pelo meu corpo. Estou assustada com meu tom de voz, minha rigidez ao falar com ele e, acima de tudo, por ter gostado da sensação.

Viro de lado para tentar me acalmar e dou de cara com Antonio, sorrindo para mim.

— Conseguiu?

— O quê? — pergunto, confusa.

— O que está tentando conseguir com Caetano — ele sussurra.

— Espero que sim — digo, envergonhada que tenha percebido minha ameaça ao pai de Gil.

— Tenho certeza que sim. — Ele dá uma risada baixa.

Fico sem graça, mas tento disfarçar. Preciso fingir que o ulti-mato não foi nada de mais, então me concentro em Paolo, que está à minha frente. Ele me conta como está o internato desde que saí e menciona os planos para o ano seguinte, já que Julia não voltará para casa. Se mostra muito animado com a vinda dela ao palácio e me agradece diversas vezes por dar tal oportunidade à filha, principalmente a de estudar na melhor faculdade do país.

Conversamos sobre as visitas que fiz durante a semana e sobre as matérias dos jornais. Relembramos Victor e suas conquistas. Não volto a falar com Caetano. Meu recado foi dado e não quero mais saber dele.

Quando terminamos de comer, meu pai faz um breve discurso sobre minha regência:

— Quando tivemos Zália, nunca pensei que ela fosse governar. Todos aqui sabem como é difícil, e nunca quis que ela passasse por isso. Zália foi criada afastada de tudo. Quando Rosangela veio com a ideia de mandá-la para o internato, mesmo relutante, aceitei. Era o melhor para minha filha, fugir das fofocas, da vida corrida e dos milhares de compromissos. Se eu pudesse, teria feito o mesmo por Victor. — Ele faz uma pausa, sentindo o peso do nome do filho. — Nunca imaginei que perderia um filho, que veria um deles partir antes de mim, ainda mais de forma tão horrível e cruel. — Meu pai fica nervoso, fechando o punho da mão boa. — Uma nova era começa, um novo Galdino surge. Espero que minha filha faça deste país um lugar melhor, como sempre tentei fazer. — Ele levanta a taça de tarcá. — À Zália, nossa nova regente.

— À Zália, nossa regente — todos repetem, me deixando sem graça.

Os convidados do meu pai seguem com ele para a sala de visitas, enquanto os da minha mãe vão para a biblioteca. É o fim da noite para nós, e me despeço da professora Mariah, de Paolo, Alfredo e Helena, que são queridos e supercarinhosos. Não vejo Caetano e Estela na sala, e imagino que saíram na surdina, sem que ninguém percebesse. Isso me preocupa, já que a ideia era ter os papéis assinados ainda hoje.

Deixo Julia, Bianca e Gil para trás, se despedindo dos pais delas, e me apresso para fora do salão em busca dos outros dois. Enzo corre atrás de mim enquanto sigo apressada para a saída do hall norte. Não os encontro em lugar nenhum.

— Vai dar tudo certo — diz Enzo, me pegando de surpresa.

— Como sabe que estou preocupada? — pergunto, virando para ele.

— Já disse que estou sempre atrás da porta — Enzo responde, e identifico certa chateação, como se me dissesse que, apesar de tentar ignorá-lo, ele está sempre ali e sabe tudo o que se passa, por mais que eu não queira compartilhar.

Eu o olho por alguns segundos, querendo novamente pedir desculpas pela maneira como o trato, por fingir que ele não existe, mas somos interrompidos pela chegada de um sorridente Asthor.

— Acho que seu plano deu certo, alteza — ele diz, mostrando a autorização de Gil.

Pego a folha. Ao ver a assinatura dos dois, me seguro para não pular de alegria.

— Obrigada, Asthor — digo. Em meio à minha empolgação, lembro do conselho de Gil. — Temos alguma novidade sobre a equipe de mídias sociais?

— Temos, sim, alteza. Foi aprovada a contratação de duas pessoas.

— Ótimo! — respondo, e ele parece orgulhoso. — Gil vai ser o coordenador da equipe — informo, como se não fosse nada de mais.

Ele parece confuso, mas não quero dar explicações agora nem ouvir qualquer argumento contra, então começo a me afastar.

— Até segunda, Asthor.

Esqueço momentaneamente de Enzo. Sigo saltitante pelo corredor e dou de cara com Antonio saindo do salão.

— Oi. — É tudo o que consigo dizer, mudando completamente de humor.

— Oi — ele diz, achando graça. — Quer dar uma volta comigo?

Sinto meu coração gelar, nervosa com as intenções daquele passeio. Sem perceber, olho para Enzo, que abaixa a cabeça para não demonstrar reação. Antonio me oferece o braço, gesto que ninguém além dos meus amigos e do meu irmão jamais ousou fazer. Eu aceito e vamos em direção ao jardim.

— Pela sua animação, acho que teremos Gil como conselheiro.

— Como todo mundo sabe sobre Gil? — pergunto, abismada.

— Bem, eu tinha tentado conversar com Caetano para que fizéssemos isso da melhor maneira possível, mas ele pode ser um pouco inflexível às vezes. Nada que a futura rainha não possa contornar.

— Não queria ter precisado intimidar o homem.

— Muitas pessoas não conseguem aceitar e respeitar as diferenças, e é preciso um empurrãozinho para que mudem de ideia.

— Mas elas não mudam realmente de ideia, não é? — comento.

— O que eu fiz foi impor a minha vontade, de um jeito um pouco autoritário.

— Um pouco? — ele zomba. — Mas você não fez nada de mais, só ajudou seu amigo. E, se quer saber minha opinião, as ideias que Caetano defende devem mesmo ser combatidas. Aprovo e aplaudo sua atitude.

Fico encabulada com o elogio, e ao mesmo tempo encantada por ele ficar do lado do meu amigo.

— É tão estranho ver as pessoas se recusando a aceitar algo tão simples. Por que importa tanto quem amamos?

Só percebo que estamos do lado de fora do palácio quando entramos em um dos jardins. Enzo se limita a ficar no portão. Olho-o de longe, por entre as heras que cercam o lugar. Penso se ainda poderíamos estar juntos, caso não tivesse me abandonado. Se existiria algum empecilho entre nós, como o fato de ele não ter sangue nobre. Bufo, irritada com tais ideias.

— Vocês tiveram alguma coisa? — Antonio pergunta, me pegando de surpresa.

— Quê?

Ele aponta para Enzo.

— Não — respondo imediatamente. — Claro que não.

Ele não acredita em mim.

— O que aconteceu entre vocês?

— Nada. — Dou de ombros. — Foi isso que aconteceu.

— Mas você gostaria que acontecesse?

— Não mais — minto de novo.

— Que bom — ele diz, desenroscando meu braço do seu e me dando a mão.

Nossos dedos se entrelaçam e meu coração pula no peito. Sinto uma energia percorrer o corpo inteiro.

— Você se importa? — pergunta Antonio, olhando para nossas mãos enroscadas. Não consigo responder em voz alta, então apenas balanço a cabeça negando. — Fico pensando em como é difícil para você essa mudança de repente.

Voltamos a andar pelo jardim. Tento não olhá-lo, nervosa com o próximo passo.

— Não queira imaginar.

— Me sinto tão mal pelo modo como começamos.

— Não se preocupe, Antonio. Já passou. Você já se redimiu.

— Fico feliz — ele diz, sorrindo. — Odiaria deixá-la irritada, ainda mais depois da sua conversa com Caetano. Me deixou até com medo — ele zomba, me fazendo rir. Solto a mão para bater nele de leve, mas Antonio não permite, segurando meu braço no alto e nos deixando frente a frente, parecendo me analisar de perto.

Baixo a cabeça, envergonhada e receosa do que pode acontecer. A última vez que estive no jardim do palácio com outro garoto tive meu coração partido em milhares de pedaços. Não sei se quero passar por tudo de novo. Sem perceber, viro para a entrada, onde Enzo está, então me afasto, nervosa.

— Preciso voltar ao palácio — digo, quebrando completamente o clima e deixando-o para trás.

— Zália... — chama Antonio, indo atrás de mim. — Me espera.

Ele me alcança e andamos lado a lado, mas longe um do outro, com Enzo atrás de nós.

— Fiz alguma coisa errada? — Antonio pergunta, preocupado.

— Claro que não — respondo, para que não fique achando que a culpa é dele.

— Desculpe, alteza.

Viro para ele de repente, sentindo o coração moído.

— Não me chame de alteza. Por favor.

— Zália — corrige ele. Forço um sorriso, mas desvio o olhar em seguida, sabendo que Enzo está vendo tudo. Não quero que nos veja juntos, tão íntimos.

Seguimos em silêncio. Posso sentir que Antonio me olha de soslaio durante todo o percurso até o palácio.

— Até segunda — digo, quando chegamos aos degraus da entrada norte, então me afasto.

Dou de cara com as meninas, seus pais e Gil no hall, se despedindo. Todos reclamam da minha ausência.

Depois que os pais das meninas vão embora, seguimos juntos para os meus aposentos. Ao chegarmos ao hall do segundo andar, meus amigos se viram para mim, curiosos.

— O que aconteceu? — pergunta Bianca.

— Aonde você foi? — pergunta Gil.

— Você estava com o Antonio, né? — Bianca insiste.

— Shhhh... — repreendo-os.

Vamos para o quarto, onde conto sobre a semana e o encontro no jardim. Não olho em nenhum momento para Julia, receosa do que possa falar.

— Meu Deus! — exclama Gil. — Por que você recuou?

Bianca estava boquiaberta com minha recusa.

— Qual é o seu problema?

— Não sei, gente. Não me senti à vontade. Não ali, não agora, não com Enzo a metros de distância.

— Zália, Enzo é maravilhoso. Sabemos disso. Mas ele não tem namorada? — pergunta Bianca.

— Tem.

— Você precisa esquecer o garoto. Não interessa se ele está sempre por perto. Se tem alguém, está fora do jogo.

— Por que não sinto que isso é verdade?

— Porque você não quer que seja. — Ela é sincera. — E enquanto isso perde sua chance com Antonio.

— Eu o conheço há menos de duas semanas — protesto.

— E daí? Depois da semana que tiveram, eu já estaria atracada com ele — Bianca diz, nos fazendo rir.

— Não sei. Acho que prefiro ir com mais calma dessa vez. Não quero que seja como foi com Enzo.

— Só não vai perder essa chance — aconselha Gil. — Ele ficou de olho em você durante todo o jantar.

Rio, envergonhada, então finalmente encaro Julia, que está séria.

— Fala logo.

— Só quero que você tome cuidado.

— Acho que já sou bem grandinha, né? Sei me cuidar. Gostaria de ter o apoio da minha amiga, pode ser?

— Aos poucos, quem sabe? — ela responde, fingindo-se de séria e rindo na sequência, me deixando mais aliviada. Abraço os três, bem apertado. Estou feliz de tê-los comigo mais uma vez.

— Você pode ser princesa e tal, mas está me sufocando — brinca Gil, se desvencilhando de mim.

— Pois se acostume, porque alguém finalmente tem autorização para morar no palácio.

Ele me olha chocado.

— Mentira!

— Está duvidando do meu poder de persuasão? — brinco, e ele começa a pular no quarto, então se joga na minha cama e nos faz rir mais uma vez.

— Você foi demais hoje! Não tenho palavras para descrever

— diz Gil, emocionado. — Esse ano tem sido muito difícil pra mim. Estou tentando ser eu mesmo, me aceitar. Eu estava morrendo de medo da formatura, porque ia me separar de vocês, que têm sido tudo pra mim desde que contei aos meus pais. Me aceitaram como sou, sem querer mudar nada, mesmo quando passei de menino tímido a esse cara maluco e sem filtro. — Ele fala entre lágrimas, nos deixando emocionadas também. — Vocês sabem como foi, batalhei por boas notas, tive muito medo do meu pai parar de me bancar, me perguntei o que aconteceria comigo depois de formado... Me vi sem saída muitas vezes... — Gil perde a voz, e eu me aproximo, voltando a abraçá-lo, dessa vez sem apertar muito. Logo as meninas fazem o mesmo e choramos todos juntos. — Vou mesmo coordenar a equipe de mídias sociais? — ele pergunta, e eu caio na gargalhada.

— Ah, se vai!

Gil me abraça ainda mais forte e ficamos assim por algum tempo, gratos uns pelos outros.

— Como estão as coisas no internato? — pergunto, curiosa para saber da reação das pessoas à minha partida.

— Bem loucas — responde Bianca. — Você foi assunto da aula de segunda.

— E vocês nem me contaram?

— Não queríamos encher sua cabeça com besteiras — diz Julia.

— Como assim?

— O professor de história explicou para quem iria a coroa caso alguma coisa ocorresse com você — começa Gil, e Julia dá um cutucão nele. — Ué, mas foi o que ele fez.

— E para quem iria? — pergunto, incomodada de saber que já estão pensando na minha morte.

— Bem, seu bisavô Euclides teve mais dois filhos além do seu avô. Nenhum deles está vivo, mas os netos e bisnetos estão. Vocês se conhecem? — Ele parece intrigado.

— Não. Acho que eles nem moram em Galdino.

— Mas com certeza estão por dentro dos acontecimentos, já que são os próximos na linha de sucessão — ele diz, ganhando outro cutucão de Julia. — Só estou falando...

— Besteira! — briga ela. — Não vai acontecer nada com Zália.

— Só falei porque ela perguntou...

— Deixa ele, Julia. Tudo bem. O que mais?

— O professor de sociologia analisou como vai ser seu reinado — continua Gil.

— Como ele pode saber? Nem eu sei.

— Você não devia se preocupar com essas bobagens — insiste Julia.

— Mas todos querem falar de você, né? Principalmente porque estudou lá. Estão superfelizes, falando de você com muito orgulho — Bianca diz, ignorando Julia.

— E os alunos?

— Estão alvoroçados. Alguns acham que você vai voltar a qualquer momento. Outros até estão sonhando com o momento em que vão te rever, na formatura — ela diz.

— Meu pai jamais vai me deixar ir — digo, chateada, mas ao mesmo tempo aliviada. Não sei se quero reencontrar o pessoal do internato e ser bajulada por eles.

— Você até virou matéria do jornal da escola. — Bianca me entrega a edição da semana, com minha foto na capa.

O palácio proibia o jornal da escola de falar de mim. Talvez com minha saída tenham resolvido que não importava mais. Eu o folheio e me vejo em todas as páginas. Desde um perfil irreal sobre mim até uma lista de prós e contras do meu governo.

— Parecem saber bastante a meu respeito.

— Por que a gente não muda de assunto? — sugere Julia. — Como você está? Não se passaram nem duas semanas desde o atentado. Sei que está tentando ser forte, mas...

— Não quero falar sobre isso — interrompo. — Qualquer coisa, menos isso.

Então começamos a conversar sobre a organização política de Galdino. Eles parecem bastante interessados nas minhas aulas com Antonio. Não desviam do assunto, mesmo me olhando curiosos toda vez que menciono o nome dele.

É divertido dar uma aula e testar meus conhecimentos recém-adquiridos. Vê-los tão atentos ao que falo me dá um gás, uma vontade de saber mais para compartilhar — afinal, eles estarão ao meu lado de agora em diante. Precisam entender tanto quanto eu para que possam me ajudar a governar o país.

9

MINHA MÃE PEDE QUE VÁ ENCONTRÁ-LOS NA MANHÃ de sábado vestida de preto. Ficamos em silêncio, cada um com seus pensamentos, enquanto tomamos o café da manhã. Apesar dos compromissos me distraírem e mascararem a minha dor, sinto falta de Victor sempre que me encontro só.

Vamos visitar o túmulo do meu irmão. O cemitério fica na área externa do palácio, e os seguranças nos acompanham pelo terreno enquanto andamos calmamente, aproveitando a manhã ensolarada.

Até que a terra em cima do túmulo esteja coberta de grama, vamos fazer visitas semanais para regá-la e deixar flores para ele. É uma tradição galdinense acompanhar o nascimento do verde, como se ajudássemos os mortos a partir deste mundo. A total cobertura do túmulo simboliza que a pessoa se foi de vez, que está bem e pronta para renascer.

Os reis de fato são sepultados em um enorme templo de arquitetura telona, que fica no meio do cemitério. É imponente e lindíssimo, ainda que represente a morte. Depois de molhar a terra, caminho em direção à construção, olhando com atenção os detalhes. Se chegar a ser rainha, vou ser enterrada ali, como todos os monarcas antes de mim. Não passarei para a outra dimensão ou para o que quer que exista depois da morte. Acredita-se que os reis ficam aqui para auxiliar os próximos governantes.

Um calafrio passa por minha espinha, mas continuo a me aproximar da enorme construção de mármore branco. Ela é cercada por um riacho artificial repleto de peixes. Uma plataforma, ladeada por estátuas de leões, leva até a entrada. O templo é cercado por colunas esculpidas com lunares. No entablamento está escrito: ESTAMOS AQUI PARA GUIAR.

Olho para meus pais, que estão concentrados demais em Victor para prestar atenção em mim, então adentro o templo, receosa, sentindo uma energia diferente me invadir. No centro está a tumba retangular com o busto do rei Francisco II, meu avô. A primeira e última vez que entrei aqui foi quando o enterramos, há catorze anos.

Circulo pelo grande salão, visitando o túmulo de cada um dos reis. Euclides, meu bisavô, Érico, meu trisavô, Leonardo II... Entre eles, dois túmulos me chamam atenção. O da rainha Inês e o da rainha Gabriela, as únicas mulheres ali. Talvez um dia eu esteja entre elas, ajudando os futuros governantes.

Volto até a tumba de meu avô e percebo que Fernando, irmão do meu bisavô, também rei, não está enterrado aqui. O que faz algum sentido, já que, apesar de ter feito várias melhorias no país, traiu a Coroa e foi decapitado.

Encaro o busto de vovô e peço ajuda nessa minha nova vida. Peço que me guie para que tome as decisões certas e possa cuidar de meu povo da melhor maneira possível.

Ouço minha mãe me chamar e saio de lá apressada, indo ao encontro dos dois. Voltamos ao palácio em silêncio. Quando chego aos meus aposentos, Julia, Bianca e Gil me aguardam, mas peço um momento a sós e sigo para o banheiro, a fim de tomar uma ducha. Preciso da água corrente para tirar a energia do cemitério de mim. Meu corpo parece cansado, minha cabeça está pesada e me sinto extremamente triste. Saio do banho e deito na cama ainda enrolada no roupão, sem forças para mais nada.

Meus amigos ficam preocupados.

— Está tudo bem? — pergunta Gil, sentando ao meu lado.

— Você comeu alguma coisa estragada? — pergunta Bianca. Só sacudo a cabeça, negando e sentindo as lágrimas brotarem.

— O que aconteceu? — Gil volta a falar.

— Gente, o irmão dela morreu — briga Julia. Começo a chorar, sem entender de onde vem toda aquela tristeza.

— Eu não estava mal no cemitério. Por que, de repente, fiquei assim?

— Essas ondas vêm e vão, Zália, é normal. E, com essa agenda supermovimentada, vai ser difícil não ficar para baixo nos momentos de sossego — explica ela, acariciando meu ombro.

— Mas eu estava bem no fim de semana passado — insisto.

— Talvez porque não tenha visitado Victor — pondera ela.

Os três ficam em silêncio, enquanto choro o quanto quero.

Ao longo do fim de semana, eles não desgrudam de mim em nenhum momento. No sábado me levam para uma sessão de cinema na nossa sala de exibição, passamos a tarde de domingo na piscina e jogamos cartas.

A noite de domingo chega, e temos que nos despedir.

— Não vai ser por muito tempo — Julia diz, tentando me animar.

— Essa semana tem feriado — Gil reforça.

— E Corais — Bianca se empolga.

— É tão mais fácil com vocês aqui. Eu me sinto mais perto da vida que tinha há duas semanas.

— Vamos nos encontrar em breve. — Julia me abraça. — E estaremos sempre com o celular na mão.

— Vou ficar triste sem meus conselheiros.

Eles me abraçam e partem, me deixando melancólica novamente.

Com a segunda-feira, a agenda cheia volta, compensando a tranquilidade do fim de semana e me ajudando a tirar Victor da cabeça.

A professora Mariah me conta a história da segunda rainha de Galdino, Gabriela, que implementou o serviço de luz elétrica nas ruas de Galdinópolis e começou o planejamento da primeira hidrelétrica do país. Ela também fala sobre o quinto rei, Leonardo II, que incentivou as pequenas indústrias e ajudou o país a superar uma crise mundial na época.

A matéria some da minha cabeça assim que a aula termina, pois sei que o próximo item da agenda é encontrar Antonio. Depois de nosso passeio de sexta, fico ainda mais nervosa, com o estômago embrulhado. E tudo piora quando abro a porta dos meus aposentos e dou de cara com Enzo, cujo cabelo começa a fugir do corte militar, meio bagunçado e molhado do banho. Ele desvia os olhos do celular ao escutar a porta e me olha, respirando fundo. Não é a reação que eu esperava ou precisava. Lembro de Bianca falando para esquecê--lo, então dou bom-dia para ser educada e sigo em frente.

Entro na sala de Antonio retraída. O encontro com ele tampouco é confortável.

— Como foi seu fim de semana? — ele pergunta, ignorando o que aconteceu entre a gente. Parte de mim fica aliviada.

— Calmo — respondo, pensativa. — Fiquei tentando me distrair das lembranças de Victor.

Ele assente e senta à mesa redonda, esperando por mim.

— Ansiosa pela viagem?

— Não tem como eu não estar. — Desta vez abro um sorriso, porque o assunto me tira de qualquer tristeza. — Você já foi a Corais?

— Ainda não. Estou animado para aumentar minha coleção — ele diz, olhando para a estante.

— Como você veio parar aqui? — solto, de repente.

— No palácio? — questiona ele, e confirmo com a cabeça. — Vim para Galdinópolis fazer faculdade. No segundo ano arrumei um estágio aqui com o antigo assessor político.

— Ezequiel... — penso, lembrando do senhor que trabalhou antes dele. — E você virou assessor quando?

— Assim que saí da faculdade. Acho que tinha uns vinte e dois anos, talvez vinte e um.

— Vinte e um e assessor político do palácio? — pergunto, achando tudo muito rápido. — Estava preparado para isso?

— Dezessete e regente? — ele zomba. Eu sorrio, sem graça.

— Não acho que esteja preparada. Se ao menos tivesse feito faculdade...

— Não se ponha para baixo — ele responde, me olhando com ternura.

— Só acho que ninguém de dezessete anos está pronto para governar o país.

— Você tem tempo para aprender. O mais importante já tem.

— Que é? — pergunto.

— Vontade — ele diz. Bufo em deboche. — Não acredito que ninguém que se torna rei ou rainha queira isso de fato para a vida — corrige Antonio. — Mas você parece bastante interessada, apesar de tudo.

— Se é meu dever... não posso largar nas mãos de qualquer um.

— Então sou qualquer um? — ele brinca.

— Bem... é — respondo, rindo para aliviar o clima.

— Não gostaria de ser — ele responde, com a voz mais grave, me pegando de surpresa.

O frio sobe da barriga para a garganta, deixando-a seca. Vou até o aparador perto da porta e me sirvo um copo d'água, sem saber o que responder. Bebo-o inteiro, antes de virar para Antonio novamente. Ele me analisa com os lábios contraídos e um olhar penetrante. Sinto o corpo todo formigar, e minha respiração fica curta.

Um garoto nunca deu em cima de mim dessa forma. Posso contar nos dedos os que tiveram coragem de me contar que gostavam de mim ou que gostariam de "me conhecer melhor", e nenhum deles teve sucesso.

Sento ao seu lado, olhando os papéis e procurando a matéria do dia. Sem falar nada, ele os coloca na minha frente.

— Já falamos em números, agora está na hora de você aprender quais são os impostos e como funcionam.

Ele finge que nada aconteceu, e eu não sei se fico feliz ou triste com isso. Resolvo prestar atenção no que diz, para me distrair. Antonio se mantém distante até o fim da aula, fazendo com que eu me pergunte se ficou chateado com minha reação.

Não sei o que dizer quando ele encerra a aula, então levanto de cabeça erguida e saio, tentando não parecer chateada.

— Zália — ele chama, e o som de meu nome saindo de sua boca me faz estremecer. Eu me viro sentindo a pulsação mais forte.

— Desculpe se ultrapassei o limite, não queria deixá-la desconfortável.

Ele é tão formal que aquiesço, sem saber o que responder. E nem dá tempo, já que logo ele fecha a porta entre nós. Fico um tempo ali parada, querendo voltar e dizer que não precisava pedir desculpas, que tenho sentido o mesmo, que quero conhecê-lo melhor, mas não faço nada, só me afasto.

Não sei lidar com esse tipo de situação, nunca me ensinaram como falar com garotos. A prova de que nada sei sobre romance está à minha espera do lado de fora da sala de reunião. Os sentimentos se misturam mais uma vez, e a chateação se transfere para Enzo. Não sei dizer quanto tempo mais vou aguentar tê-lo ao meu lado sem perguntar o que aconteceu na noite de sua despedida. Então passo o dia tentando não pensar em nenhum dos dois. O que não é difícil, já que visito um abrigo de animais.

Passo o início da tarde entre cachorros e gatos feridos, se recuperando ou prontos para a adoção. Preciso me segurar para não levar um comigo. Não tenho a permissão de meus pais, que ainda mandam no palácio, embora eu seja a regente.

Pela primeira vez nessas duas semanas, me sinto a Zália adolescente, ansiosa para falar com eles. Corro para nosso encontro no fim do dia, louca para pedir para levar um cachorro para casa.

— Nem pensar — diz minha mãe.

— Mas olha o tamanho desse lugar. A gente pode ter...

— Zália, nem começa. Você não vai cuidar do cachorro.

— Vou, sim — choramingo, e evito olhar para meu pai, que se mantém calado. Se minha mãe não é favorável, não quero nem imaginar a opinião dele.

— Você vai viajar mais do que ficar aqui, filha.

— Ele pode ir comigo. Arrumo um pequeno.

— Como você vai saber de que tamanho vai ficar?

— Olho as patinhas. Pequenas e magrinhas! — digo rápido. — Por favor, mãe.

— Não, Zália.

Meus ombros caem pesados e tristes por fracassar de novo.

— Não me venha com essa cara — ela diz. — Você já não tem muito com o que se preocupar?

— Por isso mesmo podíamos considerar. — Fico completamente surpresa ao escutar a voz de meu pai. Levanto o rosto e o encaro, boquiaberta.

— Humberto! — reclama minha mãe.

— O palácio tem um canil vazio. Só falta colocar um cachorro lá dentro. — Ele olha para mim e pisca, sem que minha mãe perceba. Preciso me segurar para não abrir o maior sorriso da minha vida. — Talvez eu também precise de uma companhia.

— Humberto! — reprime minha mãe novamente.

— Rosangela! — rebate ele.

Ela o olha com reprovação, depois vira para mim.

— Bem, faça o que quiser. Claramente não tenho voz aqui.

— Tem, sim — diz meu pai, olhando-a carinhosamente. — Só não vamos te escutar dessa vez — ele brinca. Minha mãe revira os olhos, mas não consegue se segurar e ri, nos liberando para rir também.

Saio de lá saltitante e ansiosa pelas visitas a outros abrigos para poder escolher meu companheiro.

As aulas da professora Mariah estão cada vez mais interessantes. Na terça, chegamos até a história do rei Érico e o princípio do reinado de Fernando, mas não consigo prestar atenção, já que estou inquieta, sem conseguir parar de pensar em como será o encontro com Antonio. Viajo para longe dali, imaginando todas as possibilidades, desde uma discussão terrível a uma cena de beijo inesquecível. Me prendo à última e fico agitada, com o corpo formigando, torcendo para que algo parecido aconteça.

— Você está bem, Zália? — pergunta Mariah, percebendo minha distração.

— Desculpa. Estou um pouco avoada hoje.

— Mais do que compreensível — ela diz, abrindo um sorriso. — Você tem até estado bastante atenta às aulas.

— Elas são sempre tão incríveis.

— Que bom que gosta. — Ela acaricia meu ombro. — Por isso mesmo vou te liberar mais cedo hoje, combinado? Julia está muito animada com a ida de vocês a Corais. Com tudo o que aconteceu com você e toda pressão que está sofrendo, merece um pouco de descanso.

— Você não vai com a gente? — pergunto, curiosa.

— Acho que também mereço um pouco de descanso, não?

— Claro. Vai voltar para Souza?

— Meu marido me espera. E minha mãe, que não para de me mandar mensagens, curiosa sobre a vida no palácio — diz ela, rindo.

— Nunca imaginaria — brinco e me despeço com um abraço apertado.

Sei que Rosa vai arrumar minha mala mais tarde, mas para tentar fazer o tempo passar vou até o closet e fico boquiaberta com a enorme quantidade de roupas novas. Olho uma a uma, fotografando-as e mandando para Bianca para que me ajude a escolher quais levar para a viagem. Me sinto em uma loja querendo comprar todas as peças. Vestidos, saias, blusas, calças sociais… Uma mais linda que a outra e todas a minha cara. Olho admirada, querendo correr até minha mãe para agradecer pelo que fez. Bianca responde prontamente e seleciona os looks para Corais enquanto coloco as roupas em uma arara no centro do closet, ansiosa para usá-las.

Enquanto olho os sapatos, chapéus e tiaras, alguém bate na porta da sala. Saio do closet e digo que entre.

— Bom dia, alteza — diz César, ao me ver do outro lado dos aposentos.

— Bom dia, César. Pode vir aqui — respondo, voltando para o closet.

Ele aparece na porta, segurando sua prancheta de sempre.

— Quais as novidades? — pergunto, já sabendo que não é comum encontrá-lo àquela hora.

— Antonio precisou desmarcar a aula de hoje — ele responde, me fazendo largar o sapato que segurava.

— Por quê?

— Com a viagem de amanhã, não terá tempo de cumprir sua agenda de reuniões com os governadores, então tentamos marcar o máximo delas para hoje.

— Hummm... Tudo bem. — Pego os sapatos no chão, fingindo não ligar. — Muito obrigada, César.

Olho para os sapatos na minha frente, mas não presto atenção neles de fato, só consigo pensar se o que aconteceu ontem teve alguma coisa a ver com a mudança na agenda.

— Posso ajudar em algo mais, alteza? — ele pergunta.

— Você tem a agenda de Corais?

— Tenho, sim. — Ele me entrega e eu passo rapidamente os olhos por ela, querendo descobrir que eventos me aguardam, para Bianca poder escolher melhor as minhas roupas.

— E o que tenho agora?

— Você está livre até os compromissos da tarde — diz ele, antes de fazer uma reverência e sair.

Termino de separar as roupas agradecendo efusivamente a ajuda de Bianca e vou até os aposentos dos meus pais. Para variar, meu pai não está e minha mãe está trancafiada na biblioteca. Ao me aproximar, eu a escuto gritar:

— Suma daqui, Suelen! Não quero ver sua cara neste palácio nunca mais!

— Calma, Rosangela. Você sabe muito bem que...

— Suma!!! Suma daqui! — minha mãe grita mais alto. Sou pega espiando quando Suelen abre a porta para sair. Ela me encara com uma expressão arrasada. Quando olho para minha mãe, envolta em milhares de envelopes, vejo que chora compulsivamente.

— Mãe? — Me aproximo, tentando amparar-la. — Você está bem?

Ela faz que sim com a cabeça, mas não acredito.

— O que aconteceu? Por que vocês estavam brigando?

Ela balança a cabeça, se recusando a falar.

— O que ela fez? O que aconteceu?

Minha mãe chora ainda mais, e eu decido não fazer perguntas. Deixo-a chorar tudo o que precisa, me mantendo ao seu lado para consolá-la.

— Não esperava te ver até a noite — diz ela finalmente, secando as lágrimas.

— Antonio precisou desmarcar nossa aula. Tenho um tempo livre.

Reparo numa cesta cheia de envelopes ao seu pé e resolvo tentar distraí-la.

— O que é isso? — pergunto, apontando para a cesta.

— Cartas enviadas ao palácio.

— Cartas? — pergunto, sem entender.

— Recebemos cartas, ué.

— De quem?

— Do povo.

— Falando o quê?

— De tudo — ela responde, me entregando uma.

Olho para o envelope, que está endereçado à minha mãe.

— São para você?

— E para seu pai, para você...

— Para mim?

— As suas até agora foram respondidas por mim. Quis esperar um pouco para entregar a você, mas acho que podem lhe fazer bem.

— E onde estão?

— Na sala de correspondências, lá embaixo. Mando entregarem ainda hoje a você.

— Combinado — digo, abrindo a carta dela e ficando pasma com o que encontro. Viro a folha para minha mãe, que força um sorriso.

— Recebemos muitas cartas de crianças.

Leio a carta atenta. A criança fala sobre seu ótimo comportamento no ano e diz ter pedido ao Papai Noel para conhecer a rainha. As palavras enchem meu coração de ternura. Olho para minha mãe, admirada.

— Como você responde uma coisa dessas?

— Com um convite para visitar o palácio — diz minha mãe, como se fosse a coisa mais óbvia do mundo.

— É possível? — pergunto, chocada.

— Sou ou não sou a rainha, Zália? — brinca ela, parecendo mais recuperada da briga. — Muitas crianças, jovens e adultos nos têm como modelo e fonte de inspiração. Como posso recusar um pedido desses? Precisamos dar muita atenção a isso, Zália. Com as escolhas que fazemos, com as coisas que dizemos. Precisamos dar bons exemplos, principalmente aos jovens.

Assinto, ainda admirada.

— E você responde todas? — Olho para a cesta repleta de cartas.

— Ultimamente, sim. Tenho ficado em casa por causa do seu pai. Ainda visito as instituições das quais sou madrinha e participo de raros eventos da Coroa, mas tenho bem mais tempo.

— E antes?

— Lia todas e respondia as mais importantes. As restantes pedia que Suelen respondesse. — Ela parece bastante desgostosa ao falar isso.

— Você vai me contar o que aconteceu?

— Nada importante, Zália. Não se preocupe.

— Como não vou me preocupar? Você praticamente expulsou Suelen do palácio. Achei que ela fosse sua melhor amiga.

Minha mãe me olha, cansada.

— Relações políticas, Zália. Lembra do que eu disse? Ficamos amigas com o tempo, mas não a chamei porque queria.

— Quem a chamou?

— Não vamos entrar nesse assunto, não quero aborrecimento agora.

— Está bem — respondo, pegando outra carta e decidindo não perturbá-la mais. — Como vou conseguir tempo para responder esse tanto de cartas? — Volto ao assunto anterior.

— Você não vai ter aulas para sempre. Sua agenda vai mudar

bastante. Pode pedir uma manhã por semana... Não é muito difícil.

— Ela pisca para mim. — Então... o que a traz aqui?

— Queria agradecer pelas roupas. Estava ansiosa para saber o que aconteceria com meu closet depois daquele desastre.

— Você não precisava ter se preocupado — ela responde, rindo.

— Não temos só um alfaiate em Galdino, não é mesmo?

— Você o demitiu? — pergunto, me sentindo culpada.

— Claro que não. Seu pai o adora, mas ele é um homem de mais de sessenta, enquanto seu pai já tem quarenta e cinco. O estilo dos dois não tem nada a ver com o seu. Não sei nem por que pensaram que poderia fazer suas roupas. Por mim compraríamos roupas nas lojas que você gosta...

— Foi isso que eu disse desde o início. Ninguém me escutou — eu a interrompo.

— É, mas todos acham que você precisa ter peças únicas, então fizemos uma proposta para uma das estilistas da Oceânica e ela topou trabalhar no palácio — diz minha mãe, com muita naturalidade, me deixando boquiaberta. Oceânica é uma das minhas lojas favoritas. Minha e de todas as mulheres de Galdino com um pouco de estilo.

Fico sem saber o que dizer.

— Mãe...

Ela sorri.

— De nada.

Pego sua mão e a aperto, agradecida.

— Estamos muito orgulhosos de você, Zália — minha mãe diz enquanto levanto. — Seu pai também, apesar de não demonstrar. Ele tem se surpreendido com sua determinação.

Eu a encaro, muda, mas com o coração pulando de felicidade. Não dura muito, porque meu pai aparece, acompanhado de alguns senhores que nunca vi na vida. Ele nos cumprimenta rapidamente antes de seguir para o escritório. Minha mãe nem responde, só encara o chão e respira acelerado. Eu a observo antes de sair. Um pensamento me vem à cabeça, mas hoje em dia parece surreal demais. Então me pergunto se não seria uma história antiga. Será que meu pai traía minha mãe com Suelen?

10

QUARTA CHEGA E O PALÁCIO ESTÁ A MIL COM A viagem. Acordo preocupada com minha mãe. Mesmo depois de passar horas lendo cartas e mais cartas carinhosas de cidadãos de Galdino, não consegui esquecer. A briga com Suelen e a maneira como ela ficou quando meu pai entrou despertaram minhas suspeitas. Fico ainda mais chateada quando sou chamada ao escritório de meu pai. Não sei se quero encará-lo, com todas essas dúvidas. Sem ter opção, subo, tentando me manter calma.

É difícil acreditar que ele seria capaz de machucar minha mãe dessa forma. Sinto um pouco de desprezo por ele e não fico tão nervosa quando faz todo um sermão dizendo como devo me comportar, que preciso seguir as instruções de Asthor e Antonio e que essa viagem é meu primeiro e verdadeiro teste como herdeira.

Desço irritada, com Enzo sempre atrás de mim. Saber que o terei por perto durante toda a viagem me deixa mais ansiosa. Sigo calada até o aeroporto da cidade, onde embarco no avião real e encontro Julia, Bianca e Gil, que se mantêm formais até não ter mais ninguém por perto. Então eles surtam, felizes em me ver e com o feriadão em Corais.

Nosso avião é bem diferente dos comerciais. É equipado com escritório, sala de reunião, dois quartos e sala de estar, com poltronas espaçosas, sofás, mesas e uma grande TV.

Corais fica a três horas de Galdinópolis, então nos acomodamos na sala de estar, onde as meninas pulam de assento em assento, tentando descobrir o melhor lugar.

— Vocês podem dividir o tempo de voo pela quantidade de cadeiras e passar cada momento da viagem em uma diferente — zombo, mas as duas adoram a ideia, me fazendo rir. A preocupação com minha mãe não demora a voltar, e logo não consigo mais sorrir.

— Aconteceu alguma coisa? — pergunta Julia.

— Não sei — digo, respirando fundo, sem saber se conto ou não para eles.

— Zália, você sabe que pode contar com a gente pra tudo. O que está te aborrecendo? — Ela se aproxima, e sinto que não posso guardar para mim. Conto o que aconteceu e os três ficam boquiabertos.

— Acha mesmo? — pergunta Gil.

— Por que não? Pode ser um caso antigo — respondo, enojada.

— E ela só descobriu agora? — Bianca parece confusa.

— Ué, isso é o de menos. Tem traições que nunca são descobertas — diz Julia.

— Mas sua mãe é tão linda, tão maravilhosa... — Gil parece arrasado.

— Suelen também — contrapõe Bianca.

— Não interessa a beleza delas, e sim a podridão dele — diz

Julia, me pegando de surpresa. — Desculpa, amiga. É que eu odeio traição. Se alguém tem interesse por outra pessoa, que se separe.

— Mas não é tão simples assim, né? — digo, e me surpreendo.

— Por que não?

— Porque ele é rei. Não pode simplesmente se separar e casar com uma dama de companhia. Já imaginou a reação do povo?

— Mas a vida é dele!

— Não, Ju. A vida não é nossa, você sabe muito bem.

Ficamos todos em silêncio, e eu me sinto mal por defender meu pai.

— Não estou do lado dele — digo de repente. — De jeito nenhum. Só estou dizendo que ele não poderia se separar só porque tem interesse por outra pessoa.

Voltamos a ficar calados. Asthor aparece me chamando para uma reunião no escritório.

Não estou com cabeça para política, mas talvez seja bom para me distrair.

Antonio está sentado em uma das cadeiras quando entro, sério como nunca o vi. Não consigo evitar me enrijecer, porque agora tenho certeza de que se chateou em nosso último encontro.

Dou uma boa olhada ao redor, admirando o lugar. Tirando as janelinhas, nem parece que estamos dentro de um avião. A sala é muito bem decorada e aconchegante, a cara do meu pai. Ao pensar nele, meu estômago embrulha, então paro de olhar ao redor.

— Muito bem. — Viro para os dois, sentando e lançando um olhar para Antonio, que me ignora.

— O tempo de viagem é de três horas. Seremos recebidos no aeroporto pelo governador Wellington, e vocês dois farão uma breve aparição para os jornalistas — diz Asthor, e Antonio estende para mim um papel, que pego e noto ser meu discurso. — Haverá um almoço na sede do governo e depois Antonio vai se reunir com ele. — Ao falar isso, sinto o sorriso ir embora. — Seu pai não participava dessas reuniões, nem Victor — ele acrescenta, percebendo minha reação. Não sei dizer se está ou não mentindo. De uma forma ou de outra, sinto como se quisessem me manter fora desses compromissos. Eles não conseguem esconder a falta de fé em mim.

Olho para Antonio, que continua a me ignorar. Mais uma vez me sinto diminuída em sua presença. Isso me deixa nervosa — não com ele, mas com a situação.

— Acredito que meu pai tenha parado de comparecer depois de anos no trono... — penso em voz alta. — Duvido muito que nunca tenha participado desse tipo de reunião. Quanto a Victor, ele sabia como tudo funcionava, sabia quem era cada governador, entendia as necessidades de cada estado. — Busco a força dentro de mim para enfrentá-los. — Não sei de nada disso, e acho importante saber. — Asthor se ajeita na cadeira, parecendo desconfortável. — Antonio pode lidar com o governador da forma como sempre fez, mas estarei junto. Preciso saber mais sobre meu país, se um dia serei rainha.

Asthor assente e mexe em seus papéis, nervoso.

— Bem... — começa ele. — Marcamos um chá com a primeira-dama no mesmo horário...

— Adie — digo, dura, para que não haja mais nenhum empecilho. Ele concorda.

— À noite — Asthor volta a falar —, Wellington preparou um baile em sua homenagem na casa real.

— Ótimo. — Finjo animação, mas a última coisa que quero é ir a um baile.

— Muito bem — ele diz. — Vou deixar vocês a sós para que revejam os detalhes do encontro com Wellington.

Quando ele sai da sala, ficamos em silêncio por alguns momentos. Os pensamentos sobre meus pais voltam a me invadir, mas não quero essa preocupação agora. Sem saber o que fazer, pego o discurso que ele escreveu para analisá-lo. Antonio tem o dom da palavra. É impressionante como elas se encaixam de forma harmoniosa em seus textos. Olho para ele, admirada.

— Por que resolveu trabalhar com política? Deveria ser escritor — digo, tentando me distrair. Posso ver um esboço de sorriso em seu rosto.

— Sou bom com discursos, mas não sou nada criativo — ele diz, um pouco sem graça.

Acho fofo como fica desconcertado. Nossos olhos se encontram, ficando presos um no outro por um instante.

— Não queria que nossa relação ficasse estranha, Antonio — digo, finalmente. — Desculpe se causei isso.

— Alteza, prefiro não falar sobre isso.

— Já pedi para não me chamar assim — digo, sentindo o coração dolorido.

— Zália — ele corrige.

— Por que não quer falar?

— Porque já estou bastante envergonhado. — Ele desvia o olhar.

Por impulso, me estico por cima da mesa, segurando a mão dele.

— Não precisa — digo, e ele volta a me examinar, surpreso. — Eu só não soube como reagir. Você não pode esperar que eu esteja acostumada a isso — brinco. — Sabe quantos garotos já tiveram a coragem de falar comigo como você fez?

— Muitos?

— Claro que não, Antonio. Ninguém nem chega perto de mim — falo, sentida.

— Pois são todos burros — responde ele, me fazendo rir.

Novamente, ficamos em silêncio nos olhando, sabendo do interesse de um pelo outro, o que faz meu coração bater agitado. Não estou pronta para dar o próximo passo, e acho que não é o momento, então desvio o olhar para o discurso na mesa.

— Posso ficar com ele? — pergunto, querendo estudá-lo para não cometer nenhum deslize como da última vez.

— Claro. — Ele sorri e inicia seu trabalho como meu assessor. — O que sabe sobre Corais?

— Bem… — Paro para pensar nas aulas de geografia e história, e em toda a minha pesquisa antes de pedir para fazer a viagem. — Fica em Além-Mar, o estado mais distante do país. É a capital com menos habitantes, acho que em torno de… cem mil?

— Duzentos — corrige ele.

— O clima é o mesmo do restante de Galdino. Acho que somos pequenos demais para ter uma variação climática radical — brinco. Ele me observa atento, me deixando um pouco nervosa, como se fosse uma prova. — Wellington está no poder em Além-Mar há mais tempo que meu pai está no trono. Não sei quem é o atual prefeito de Corais... — digo, um pouco envergonhada.

— Rubens Feitosa. Há seis anos no comando. Foi reeleito no primeiro turno, com mais de sessenta por cento dos votos.

— Uau — solto, admirada. — Ele deve ser muito querido.

— Com certeza. Não é à toa que você escolheu ir para Corais. Antes dele, ninguém sabia desse lugar. Rubens conseguiu promover uma revitalização, investindo gradualmente no turismo e principalmente em mídias sociais, coisa que reparei que você está começando a fazer também. — Ele me observa com olhos doces e eu sorrio, sem graça.

— Ideia do Gil, nunca liguei muito para isso — falo, sincera.

— Uma excelente ideia. Além-Mar é também o estado que mais cresce economicamente nos últimos anos. Não está entre os primeiros, mas conseguiu sair de sua posição, que era uma das últimas, e avançar rapidamente no ranking. Tenho certeza de que, com a sua visita, crescerá mais ainda.

— Se Wellington está há mais de vinte anos no poder e esse crescimento todo só aconteceu depois da posse de Rubens, o que Wellington fez pelo estado? — pergunto, e Antonio parece desconfortável.

— Fez alguns investimentos malsucedidos, mas é um bom administrador. O estado não possui dívidas e, apesar de ter demorado, começou a prosperar. Ele vai lhe contar tudo isso com muito orgulho.

Antonio continua a falar sobre Corais e outras cidades ao redor que estão começando a crescer com o impulso da capital. Também menciona os principais produtos negociados pelo estado, entre eles a tarcaçuruca, fruta que dá origem ao tarcá.

Nossa reunião termina com o comandante avisando que estamos prestes a pousar. Fico aliviada com a volta do Antonio informal e sorridente. Nos despedimos temporariamente e me junto aos meus amigos.

Julia e Bianca conversam, tagarelas, enquanto Gil não parece estar no clima. O que é muito estranho, porque ele é sempre o mais empolgado. Está sentado em uma das poltronas na janela, recostado na parede, olhando para fora com uma expressão vazia. Fico imaginando o que pode ter acontecido e penso em questioná-lo. Desisto ao ponderar que, se está tão quieto assim, talvez não queira conversar agora. Decido tocar no assunto a sós, mais tarde.

— Quer retomar o assunto de antes? — pergunta Julia quando sento perto delas.

— Acho que não. Queria esquecer essa história.

— Você sabe que isso não vai acontecer, né?

— Sei — digo, desanimada. — Mas não posso fazer nada a respeito, não é mesmo? Só posso esperar minha mãe me contar tudo.

— O que acha que vai acontecer? — pergunta Bianca.

— Não sei. Não acho que um divórcio seja simples e duvido muito que minha mãe faça isso agora, depois da morte de Victor.

Todos ficamos cabisbaixos e tento me distrair olhando pela janela. A imensidão do mar me surpreende, e eu me entristeço ainda mais por não ter aproveitado a viagem com eles e essa vista. A área que sobrevoamos é completamente selvagem. Tudo o que se vê é uma enorme floresta densa e verde e a água do mar turquesa e transparente.

Galdinópolis fica a uma hora de Sardinha, a cidade praiana mais próxima, mas é claro que eu nunca fui para lá. Sardinha tem mais de seiscentos mil habitantes, e meu pai não gosta de locais muito tumultuados. As praias que frequentava ficavam em Miragem, nossa Ilha Real, para onde viajávamos no fim do ano, mas não era nada comparado ao mar que vejo agora.

Quanto mais olho para fora, admirada, mais o avião desce, dando a sensação de que vamos pousar na água. Sinto um frio na barriga que não sentia há muito tempo, e não sei dizer se é pelo medo da descida ou do que a viagem e todos os seus compromissos representam.

O aeroporto traça um grande contraste com a parte primitiva por que acabamos de passar. A instalação é imponente e moderna, quase tão bonita quanto a de Galdinópolis.

A chegada é exatamente como planejada. Sou recebida por Wellington, sua esposa Ruth, o general do Exército de Além-Mar e alguns de seus soldados, todos muito receptivos. Vamos até um palanque, onde Wellington discursa animadamente sobre como Além-Mar está feliz com a visita da Coroa.

— É a prova de que nosso estado está ascendendo, e isso nos deixa extremamente orgulhosos — diz ele, e olha para mim. — Não posso descrever a felicidade de ter vossa alteza conosco. — Ele é aplaudido por alguns repórteres presentes. Outros avançam, querendo fazer perguntas.

Wellington se recusa a respondê-las e me dá lugar no palanque. Me aproximo do microfone, um pouco nervosa, e vejo o discurso à minha frente, esperando que eu o leia.

— Estamos todos ainda muito frágeis com os eventos de semana retrasada — começo. — É difícil se reerguer depois de uma queda tão inesperada e significante, mas faremos isso com força e determinação. Como Corais fez nos últimos anos, se tornando uma das vinte cidades que mais crescem em Galdino. — Faço uma pausa, sentindo as palavras. — Corais é motivo de orgulho para o país, não só pela paisagem, mas também pelo esforço, pela determinação e pela excelente administração. Estou animada para os próximos dias, quando poderei conhecer as belezas de Além-Mar e as maravilhas que nosso país tem a oferecer ao mundo.

Sou aplaudida com mais entusiasmo, e mais mãos se levantam para fazer perguntas. Nunca estive tão perto de repórteres, e isso me deixa receosa. Não sei se saberia responder as perguntas, então evito contato visual. Apenas sorrio para as câmeras, tentando não parecer nervosa. Asthor e Enzo me tiram de lá, me levando direto para um dos carros que nos aguardam para nos conduzir até a sede do governo.

Seguimos todos direto para a sala de jantar, onde uma enorme e farta mesa nos aguarda. Julia, Bianca e Gil acabam ficando mais distantes de mim, que sou obrigada a sentar de frente para Wellington e sua mulher, entre Antonio e um dos generais. O almoço todo é um grande constrangimento — ora eles ficam sem saber o que falar comigo, ora ficam se exibindo, dizendo todas as coisas incríveis que fazem.

— Ficamos muito felizes por você ter decidido permanecer no

fim de semana para aproveitar a cidade — diz Wellington, desistindo de falar sobre a fabulosa obra do aeroporto. — Soube que vão ficar na Pousada do Salhab. Escolha perfeita. Tem uma praia privada, ninguém vai incomodá-los. Se tiver tempo, precisa conhecer a Cachoeira da Patrícia. É só seguir uma trilha muito tranquila. O lugar é incrível.

— Uma cachoeira, que maravilha — respondo, aliviada com a mudança de assunto. — Mais alguma dica? — digo, tentando manter a conversa.

— Eu pegaria uma lancha e tentaria conhecer o máximo que puder das praias e corais ao redor. É tudo muito lindo — diz ele, animado.

— Que bom. Estou ansiosa.

— Me disseram que a lagosta da pousada é fenomenal — Antonio comenta.

— A melhor de Além-Mar. Às vezes Ruth e eu vamos lá só para comer. Não tem igual.

— Anotadíssimo. Queremos lagosta — brinco, sorrindo. Ficamos novamente em silêncio, até Ruth tentar reiniciar a conversa.

— Temos também um shopping excelente, se precisar fazer compras — ela diz animada, mas é cortada pelo marido.

— Ruth, a princesa Zália não vai a lugares assim sem preparação prévia. Não pode simplesmente dar uma voltinha no shopping.

Ela sorri, constrangida.

Todos se calam, e é a vez do general ao meu lado puxar assunto. Ele presta suas condolências e conta que conheceu Victor, então compartilha algumas histórias de seu tempo juntos.

Sem querer deixar o clima pesar, Antonio puxa uma conversa com Wellington sobre pescaria, o que anima o general. Os três me incluem no assunto, contando suas experiências e defendendo suas próprias qualidades. Finjo estar interessada, mas agradeço quando o almoço chega ao fim e não preciso mais socializar.

Antonio, Wellington e eu fazemos um tour pela casa, sempre acompanhados por Enzo, que só descola de mim quando entro em algum cômodo. O governador nos mostra tudo, desde os quadros e esculturas até os escritórios. Ao terminarmos, ele repete pela milésima vez, cheio de si:

— É muito bom tê-los aqui.

— É muito bom vir, finalmente — respondo, simpática.

— A princesa quer se inteirar dos assuntos da Coroa — Antonio diz, parecendo assumir outra postura. Ele encara Wellington, que o olha surpreso e aponta o caminho de volta para o corredor. Me impressiono com o ar de seriedade súbito, como se o Antonio social tivesse sido substituído pelo profissional. Wellington volta a falar.

— Acredito que estejam acompanhando as notícias recentes. Corais está virando um caos — ele diz, muito sincero, e tento não demonstrar surpresa. — Os protestos chegaram à cidade e está difícil demais conter a população. Precisamos de reforços imediatamente, antes que façam algo perigoso.

— E o que sugere? — pergunta Antonio.

— Apoio da PEG. Precisamos cortar o mal pela raiz.

— PEG? — pergunto, chocada com o pedido. Eu não sabia sobre os protestos em Corais, mas sei que os governadores do país inteiro estão tendo que lidar com a população insatisfeita e ninguém apelou para a Polícia Especial de Galdino. Entendo que devemos conter os protestos, mas, como Suelen disse, é preciso escutar o povo para tentar resolver os problemas levantados. A polícia especial é treinada para participar de operações de risco, muitas vezes violentas, e não há razão alguma para usá-la para conter civis.

— Claro — responde Wellington, muito seguro de si. — Precisamos mostrar nossa força. Não podem pensar que têm poder sobre nós.

— Mas você não acabou de dizer que não estão fazendo nada de perigoso? — protesto, achando o pedido absurdo.

— Ainda. Prefiro prevenir a remediar.

Olho para Antonio, sem saber o que fazer. Para mim é óbvio que não há necessidade de uma intervenção desse nível.

— Vamos analisar seu pedido, Wellington. Faremos o possível — ele responde, me deixando boquiaberta e Wellington muito satisfeito.

Fecho a cara durante o resto da reunião. Sigo atenta a toda a conversa, mas o primeiro pedido de Wellington me deixou embasbacada. E a resposta de Antonio, mais ainda.

— Espero que o chá com a Ruth seja agradável, alteza — deseja Wellington ao sairmos da sala de reunião. — Nos vemos mais tarde.

Asthor se aproxima para me levar ao encontro com Ruth.

— Até mais tarde, alteza — diz Antonio.

— Até mais tarde? — pergunto intrigada e irritada. — Você não vai ao chá comigo?

— Chá? — ele pergunta, atordoado. — Não é minha função tomar chá.

— E é a minha? — Mantenho a expressão neutra para esconder minha irritação.

— Não, mas acharam que...

— Que o quê? — Finjo-me de desentendida, mas sei exatamente por que me colocaram para tomar chá com a primeira-dama.

— Que você gostaria de tomar um chá com ela — Antonio diz, e tenho vontade de revirar os olhos.

— Porque sou mulher?

— Porque é importante para a relação entre a Coroa e o governo de Além-Mar.

— Então é um encontro político, mesmo que não discutamos política? — analiso a situação.

— Com certeza — diz ele, veemente.

— Então não vejo motivo para você não ir. Não é meu assessor político?

Não espero resposta. Ando em direção à sala de visitas, me sentindo vitoriosa, esperando que ele me siga, o que de fato faz.

O chá é tão entediante como imagino, mas não consigo deixar de me divertir com as caras de Antonio, que preferia, como eu, estar muito longe dali. Ruth tenta de todos os modos falar sobre assuntos importantes. Até se arrisca numa conversa sobre os protestos.

— Uma grande bobagem, se quer saber minha opinião. Esse povo não tem mais o que fazer? Em vez de ficar reclamando, devia trabalhar. Tanta gente batalhando dia e noite, e esses preguiçosos não querem saber de trabalhar alguns anos a mais? É para o bem deles, cinco anos a mais de salário e ainda ajudam Galdino a pagar parte de sua dívida.

O jeito como ela fala é tão nojento que me levanto, cansada da conversa.

Não sei muito a respeito da Lei da Aposentadoria, porque sempre me mantive distante dos assuntos governamentais. Eu imaginava que fosse algo bom para a população e para o país, mas depois do discurso dela, fico com a pulga atrás da orelha.

— Muito obrigada pelo chá, Ruth, mas acho que precisamos ir para a residência real. Queremos estar inteiros para o baile de hoje — brinco.

— Claro, alteza. — Ela se levanta e faz uma reverência.

Marcho para fora da sala e, ao ver que Asthor não está por perto e Enzo está mais afastado, me viro, irada, para Antonio.

— Como pode dar esperanças a ele?

— Quê? — Ele parece perdido.

— Mandar a PEG para cá? Está louco?

— Eu não disse que ia mandar.

— Você disse que ia pensar. Não tem o que pensar, Antonio. A PEG não é para isso.

— Pode ser, dependendo da situação.

— Jamais será. Não importa o que eles façam. O que Wellington acha que os manifestantes podem fazer?

— Acho que ele não quer descobrir — diz Antonio, me deixando ainda mais irritada. Ele é salvo pela chegada de Asthor, que nos leva para o carro. Julia, Bianca e Gil foram para a residência real depois do almoço, então passo o trajeto em silêncio. Preciso pensar.

Quando finalmente chegamos à residência real, me impressiono com a construção antiga e muito bem conservada. Não é nada comparada ao palácio, mas é grande o bastante para abrigar todos nós, incluindo a equipe, que se hospeda no anexo.

Milena, minha camareira temporária, me leva até a suíte máster. Tem o mesmo estilo antigo da casa e as paredes são de um verde-pastel, que combina com os quadros galdinenses pendurados.

Estou louca para entrar na banheira. Enquanto ela enche, penso nos meus pais. Então Enzo toma o lugar deles, me pegando desprevenida. Tento afastá-lo dos meus pensamentos, mas é inútil. Suspiro, desanimada. Às vezes torço para que ele fale comigo, mas isso nunca acontece.

Me deito para um cochilo antes do baile e acordo horas depois com meu quarto sendo invadido por Julia, Bianca e Gil, já arrumados para a festa. Reparo que Gil está mais animado e me repreendo por ter esquecido dele. Então entro na pilha, deixando que Bianca me arrume com o look escolhido por ela.

O vestido longo é lindíssimo, vinho, bem acinturado e com saia plissada. O decote é ombro a ombro, com uma delicada entrada em semicoração.

Me olho no espelho e me sinto incrivelmente bonita, como se fosse outra pessoa no reflexo. Não pareço mais a menina de alguns dias atrás, e sim uma mulher, o que é muito curioso já que, apesar de toda a pressão, não me sinto nada adulta.

Bianca ainda me ajuda a prender o cabelo, ajeita minha tiara e meu colar, ambos cravejados em opala. Os três me olham, admirados, e seguimos pelo corredor até o hall de entrada, onde encontramos Wellington me aguardando.

Entramos juntos, sendo imediatamente aplaudidos pelos convidados. Todos me reverenciam quando passo. Wellington me leva até o meio do salão, onde abrimos a pista com uma valsa. Sempre gostei de bailes, mesmo os extremamente formais. O evento serve como distração, e posso até me divertir um pouco. Porém, para minha surpresa, só há um ou dois jovens no salão — todos os outros são bem mais velhos do que eu, o que me desanima bastante. Minha mãe sempre faz questão de convidar as filhas dos seus amigos para os bailes no palácio. Tenho uma boa relação com várias delas, e nossos encontros sempre são divertidos. Pensei que veria alguns rostos da minha idade ali, mas estava enganada.

Terminamos a dança e somos aplaudidos por todos. Sigo então para uma mesa especial, mais afastada. Julia, Bianca e Gil já me aguardam lá. Antonio levanta ao me ver chegar.

— Reservaria uma dança para mim? — ele pergunta, me fazendo rir.

— "Reservaria uma dança para mim"? — zombo. — Em que século estamos, Antonio?

Ele ri, me oferecendo a mão para me levar até meu lugar, mas eu recuso. Ainda não esqueci a tarde de hoje. Vou para junto dos meus amigos, ansiosa por uma boa noite de conversa e comida, mas não consigo sentar e aproveitar, com todo mundo vindo prestar suas condolências. Um grupo de senhores me cumprimenta e passa a tagarelar sem parar, me deixando de espectadora.

— Uma crueldade — diz uma mulher. — Um rapaz tão novo. Não merecia um fim desse.

— Mas a Resistência não pensa nisso. Só em si mesma — complementa outra. — Depois dizem que são a salvação do país. Como? Ninguém que preza por melhorias age dessa forma.

— São extremistas, um bando de ignorantes. Acham que têm razão e que vão ganhar alguma coisa com isso — resmunga um senhor. — O que não entendo é: como conseguiram passar pela segurança real?

— Sinto muito, alteza — outro diz, finalmente se virando para mim. Então o grupo se retira, me deixando atordoada.

Como conseguiram passar pela segurança real? A pergunta ecoa na minha cabeça. Todos os nossos movimentos são tão controlados. Muitas vezes há duas equipes diferentes envolvidas, ou até mais. Como foi que deixaram passar uma bomba?

Fico pensando nisso na meia hora em que cumprimento pessoas desconhecidas, compenetrada em meus pensamentos, até que Asthor e Enzo bloqueiam o acesso à mesa para que eu possa sentar por um tempo. Se não fosse por Julia, Bianca e Gil ali comigo, eu teria ficado presa num ciclo de pensamentos negativos, mas eles me distraem e, enquanto comemos, nos divertimos analisando os convidados extremamente bem-vestidos, tentando adivinhar o que fazem da vida e sobre o que conversam.

Uma valsa que toca em todas as festas que vou ressoa pelo salão. Animada, levanto puxando Gil, que me olha envergonhado.

— O que está fazendo, Zália? — pergunta ele, entre dentes.

— Só uma música — respondo, achando graça de seu desconforto.

— Para onde está me levando?

— Para a pista. — Sorrio e indico que ele precisa sorrir também, afinal estão todos nos olhando atravessar o salão.

— Eu não sei dançar.

— Vai aprender agora.

Me coloco na sua frente e a pista se esvazia, uma roda se formando ao nosso redor para observar.

— Coloca a mão na minha cintura — sussurro. Ele obedece, ainda desconfortável. — Com a outra você segura minha mão.

— Isso é muito antiquado — ele diz, me fazendo rir.

— Reis e rainhas são antiquados — respondo, iniciando a dança.

— Não precisam ser.

Dançamos de maneira simples, para Gil não fazer feio. Ele acaba se divertindo.

— Você está bem? — pergunto, finalmente.

— Estou — diz, desviando o olhar.

— Gil! — eu o repreendo. — O que está acontecendo?

— Nada, Zália.

— Já vivo diante de segredos e mistérios demais. Não pode ser assim com vocês também.

— É que... — Ele parece sem graça em dizer. — Estou com um pouco de medo.

— Do quê?

— Ah, Zália. Você me deu uma equipe de mídias sociais, né? Como vou coordenar pessoas já formadas, que entendem do assunto, se nem comecei a faculdade?

— Supervisionando, trabalhando em grupo, aceitando a ideia dos outros ou não, seguindo seu instinto.

— Qualquer jovem sabe mexer em rede social.

— Eu não sei.

— Acabamos de chegar à conclusão de que você é antiquada — brinca ele, e rimos de novo.

— Confio totalmente em você, Gil. Você sabe do que preciso e o que eu faria, porque me conhece. Se colocarmos outra pessoa como coordenadora, o tom vai ser formal e distante, e esse não é o objetivo. Você é o coordenador não só porque acho que seja capaz de administrar a equipe, mas porque certamente é capaz de me representar. Agora pode relaxar um pouco?

— Vou tentar. É que essa semana entrevistamos tanta gente que fiquei arrasado. Pessoas com currículos bons de verdade e...

— Já estão fazendo isso? — pergunto, surpresa. — Por que não me contou?

— Ah, Zália, você está com tanta coisa na cabeça. Tem tantos compromissos. Não queria vir com mais dor de cabeça.

— Não é dor de cabeça se afeta você, Gil. Nunca vai ser. Como está indo?

— César tem me ajudado. Ele é muito legal. Marcou entrevistas por videoconferência para as tardes em que não tenho aula.

— Ótimo — digo, animada. — Espero que você se divirta com tudo isso.

— Como é que eu vou poder retribuir um dia?

— Trabalhando. Me ajudando a tornar a Coroa menos antiquada — brinco.

Dançamos até a música terminar. Então Antonio se aproxima e me oferece a mão. Meu estômago dá uma cambalhota. Não poderia negar, não na frente dos convidados.

Iniciamos a dança em silêncio. Tento ignorá-lo enquanto deslizamos pelo salão. Ao contrário de Gil, Antonio sabe muito bem o que está fazendo, e o frio na minha barriga só aumenta com os rodopios na pista. Nossos corpos estão próximos demais, e posso sentir seu perfume. Tenho vontade de fechar os olhos e encostar minha cabeça na dele, mas não o faço.

— Você dança muito bem, alteza — diz Antonio, quebrando o gelo.

— Posso dizer o mesmo — respondo, sem olhá-lo, para não perder o controle. Pergunto a primeira coisa que me vem à cabeça, para nos distrair. — O que acha da Resistência?

Sinto o corpo dele se contrair, desconfortável.

— Acho que é um grupo de fanáticos contrários à Coroa.

— E por que acha que mataram Victor?

Dessa vez ele busca meu olhar, preocupado.

— Quem te falou isso?

— Saiu em todos os jornais.

Ele assente, sem graça.

— Porque não concordam com as leis que seu irmão estava prestes a alterar. Porque querem se livrar da Coroa. Porque acham que o país está sendo mal administrado.

— E está? — Sou eu quem procura seu olhar agora. Nos encaramos, sérios.

— Há espaço para melhora.

— Obrigada pela sinceridade — digo, satisfeita com nossa conversa e feliz que ele não tenha fugido das poucas perguntas que fiz.

Antonio muda de assunto:

— Você se saiu muito bem hoje, alteza.

— Saí? — pergunto, duvidando. — Mesmo quando te obriguei a participar do chá e perdi a paciência por causa da PEG?

— Bem... você realmente superou todas as minhas expectativas com o chá.

— Que expectativas?

— De uma rainha de mão firme — diz ele, me fazendo rir. — Quanto à PEG, você tem razão — admite ele, fazendo uma onda de alívio perpassar meu corpo. — Sua revolta mostra que se importa com o povo.

Ele me olha nos olhos e minhas bochechas coram.

A música termina e eu xingo em silêncio. *Agora que estava bom...* Envergonhada por esse pensamento, volto à mesa acompanhada de Antonio, cumprimentando aqueles que surgem no meu caminho.

— Acho que por hoje chega — digo a Asthor, que concorda e chama Enzo para me escoltar.

— Posso fazer isso — diz Antonio para Enzo quando ele chega.

Sinto todos os olhares voltados para mim. Gil, Bianca e Julia me olham surpresos. Enzo permanece sério, mas posso ver seu maxilar se contraindo. Ele assente para Antonio, nos dando passagem. Saímos do salão e sinto minha barriga gelar.

Caminhamos em silêncio até passarmos pela porta que separa a área comum da área residencial. O corredor está cheio de guardas, então continuamos em silêncio, mas Antonio passa a caminhar ao meu lado, e vamos assim até a porta do quarto.

Para minha surpresa, no último momento, ele pega minha mão, como fez no jardim, entrelaçando nossos dedos. Ao sentir seu toque, um choque elétrico percorre todo o meu corpo. Sem conseguir esconder o susto momentâneo, olho para nossas mãos e depois para ele, que não sorri, me observando com um olhar penetrante, fazendo com que eu quase me desequilibre. Como se tivesse percebido, Antonio me segura mais firme, puxando minha mão para perto de si. Ele me envolve com o outro braço e, sem esperar qualquer reação minha, me beija gentilmente.

Perco o fôlego.

Por ser princesa, todos sempre me tratam cheios de dedos. Quando Antonio toma a iniciativa de me beijar, me sinto menos delicada e mais desejada, como se despertasse uma parte adormecida de mim. Eu me afasto, olhando para os lados.

— Antonio, os guardas — digo, constrangida, mas arrependida por ter interrompido o beijo.

— Eles não podem fazer nada, Zália. São proibidos de compartilhar qualquer informação sobre você. Fique tranquila. — Ele me puxa mais para perto, e eu deixo. O beijo dessa vez é mais quente. Ele solta minha mão e pega minha nuca. Meu corpo todo estremece, pedindo mais, mas Antonio recua, me dando um selinho, e volta a me olhar nos olhos, sorrindo.

— Boa noite, alteza. — Ele se afasta, me deixando entorpecida.

Olho ao redor, sem graça, mas os guardas estão todos em seus postos, parecendo ignorar minha existência. Entro correndo no quarto, querendo me esconder e gritar ao mesmo tempo.

Me jogo na cama e passo os dedos nos lábios, pensando no beijo de Antonio, irritada por ele ter ido embora e me deixado ali querendo mais.

O momento de êxtase termina quando Milena entra no quarto para me ajudar com o vestido. Levanto ainda sentindo o corpo leve e sem conseguir parar de sorrir. É a primeira vez em muito tempo que me desligo dos problemas e tenho um momento feliz, só meu.

11

ACORDO NA MANHÃ SEGUINTE COM MILENA ABRINDO as cortinas. Ainda estou entorpecida pela noite de ontem, mas também quero descobrir mais sobre o atentado contra Victor e sobre a Resistência, de modo que levanto da cama sem reclamar e peço para Milena chamar Asthor. Quando saio do banho, vestindo um roupão, ele já está me esperando.

— Bom dia, Asthor.

— Bom dia, alteza. — Ele faz uma reverência, mas evita me olhar.

— Qual é a probabilidade de termos a professora Mariah aqui ainda hoje? — pergunto, esperançosa.

— Ela foi liberada, então imagino que esteja em Souza — ele diz. — Talvez possamos encaixá-la no último voo para cá. Ou, se achar necessário, podemos enviar o avião real.

— Não, não — respondo. Não quero causar nenhum tipo de transtorno a Mariah, que deve estar curtindo a folga com o marido e a mãe. — Acha que conseguimos programar uma videoconferência com ela?

— Acredito que sim. — Ele olha para o caderno em sua mão.

— Há um intervalo na sua agenda, logo depois do almoço. Uma hora é suficiente?

— Me viro com o que tiver.

— Isso é tudo, alteza?

— Sim. Muito obrigada, Asthor.

Quando ele sai, vou até o biombo pegar o vestido do dia.

Mais uma vez, fico admirada com a mudança radical nas minhas roupas. O vestido é simples e lindo, muito diferente daquele que me enviaram no dia do discurso. Enquanto Milena ajeita meu cabelo, ligo o celular e percorro os posts de Gil sem de fato ler. Por impulso, escrevo uma frase e a publico, voltando a sentir um friozinho na barriga.

Quando o coração está feliz, fica difícil esconder o sorriso.

Deixo o celular de lado, com medo de me arrepender e apagar. Milena termina meu cabelo e me libera para o café da manhã.

A visão de Enzo ao sair do quarto não me desestabiliza tanto. Me sinto forte, não como se o tivesse superado, mas decidida a fazê-lo. Vou apressada até a sala de jantar e encontro meus amigos com expressões curiosas e acusatórias, imaginando o que aconteceu ontem.

— Parem de me olhar assim — ordeno, mas não consigo esconder o sorriso.

— Assim como? — brinca Gil, se fingindo de inocente.

— Como se... — Nem consigo completar a frase.

— Como se tivesse pegado seu professor lindo? — provoca Gil.

— Como se tivesse beijado o assessor político do palácio? — diz Julia.

— Como se tivesse levado o gato para o quarto? — Bianca se empolga, e me sinto ruborizar.

— Jamais! — respondo, envergonhada. — Querem parar com isso?

— Vai dizer que nada aconteceu depois daquela dança? — insiste Gil. Desvio o olhar, sem graça. — Pode parar com isso, hein? Vamos assumir nossos gatos! Quer dizer, nossos *atos* — brinca ele, me fazendo rir.

— Fala logo, Zália! — pede Bianca.

É engraçado descobrir, de repente, uma timidez que eu não conhecia. Vê-los interessados em saber sobre um momento tão íntimo, com tantos sentimentos envolvidos, me deixa constrangida. Sinto como se estivesse vulnerável. É claro que confio neles, mas tenho dificuldade de colocar tudo para fora.

— Ele me beijou — digo, mais para mim do que para meus amigos. Quero vencer a batalha interna, mas sinto uma vontade imensa de me enterrar viva. Gil e Bianca comemoram, cada um do seu jeito. Julia sorri. Sei o que pensa disso tudo, e agradeço por não estragar um momento tão feliz.

— Foi só um beijo — protesto, achando graça.

— Ele beija bem? Deve beijar... Tem bastante tempo de experiência — diz Bianca, sonhadora.

— Muito bem.

— Ele tem cara de quem pega de jeito — brinca Gil. — Confere? Todos rimos.

— Tá difícil esquecer — digo, sincera. Eles vibram, batendo animados na mesa.

— Shhhh... Seus loucos — brigo, mas eles não parecem se importar, batendo ainda mais alto. Escondo minha cara, como se estivéssemos sendo observados, mas não tem mais ninguém ali. Quando eles sossegam, volto a olhá-los, balançando a cabeça em reprovação.

— Não reclamem se não trouxer vocês da próxima vez — brinco. Eles me vaiam, e todos caímos em mais uma onda de gargalhadas.

Mais tarde, vou da residência real para um hospital público no centro da cidade, sentada ao lado de Antonio no carro. Quando ele me viu no saguão de entrada, não conseguiu esconder um sorriso bobo, me fazendo derreter por dentro.

Olho pela janela, mais por vergonha, só que acabo me encantando pela cidade. Ontem não dei a atenção devida a ela, mas agora absorvo cada detalhe.

Corais é grande e moderna, muito organizada e bonita. As quadras de predinhos brancos com telhados azuis se intercalam com outras de arranha-céus empresariais espelhados bastante chamativos. Também há verdadeiras relíquias arquitetônicas, preservando a história do lugar.

Antonio me tira do meu devaneio, tocando meu joelho de leve. Meu coração acelera, e eu sinto a adrenalina correr pelo corpo. Não é lugar de fazer isso, muito menos com ele, que deveria manter uma relação profissional comigo, o que me deixa ainda mais agitada.

Lanço um olhar para ele, que permanece sério, como se não estivesse fazendo nada. Então desejo outro momento só nosso.

Quando chegamos ao hospital, saio do carro aliviada por dar um tempo na tensão entre nós. É agoniante querer segurar a mão dele e não poder. O hospital que visitamos tem mais de cem anos e é a maior construção da cidade, tendo servido como sede do governo no passado. Julia, Gil e Bianca olham tudo impressionados.

Sou recebida pela equipe, que é atenciosa e acolhedora. O diretor me mostra as instalações supertecnológicas, fruto de investimento do governo de Wellington, e visito alguns pacientes, que ele diz que estavam ansiosos para me conhecer. Não consigo me segurar e saco minha câmera da bolsa. Peço a alguns deles para fotografá-los e, para minha surpresa, muitos se animam em ser meus modelos. Para evitar fotos posadas e tirar reações mais espontâneas, peço que meus amigos os distraiam e perguntem sobre suas vidas, enquanto tento pegá-los desprevenidos.

Saio de lá admirada com as histórias e encontro a rua lotada de gente querendo me ver, gritando meu nome e acenando. Nunca tive tanto contato com a população, já que as pessoas eram sempre mantidas à distância nas minhas visitas em Galdinópolis. Fico tão encantada em vê-los interessados em mim que abaixo o vidro para cumprimentá-los. Asthor se contorce ao me ver fazendo isso, receoso com minha segurança.

— Deixe. É o povo dela — pede Antonio. Fico agradecida, mas Asthor parece contrariado.

Em seguida, almoçamos com Manuel, um dos maiores empresários de Além-Mar, dono de metade da cidade e das maiores plantações de tarcaçuruca. Ele nos conta sobre todas as coisas incríveis que faz, mas de uma maneira diferente de Wellington, que se gabava de seus feitos e chegava a ser petulante. Em seguida, Manuel nos leva para um passeio em seu jardim, onde cultiva a fruta. É simplesmente lindo, e tenho permissão para colher uma e comer ali mesmo. Julia, Bianca e Gil não conseguem se conter de alegria, correndo pela plantação e me fazendo passar vergonha, mas mesmo assim me divirto com eles. A fruta é ainda mais deliciosa do que as que chegam ao palácio, e recebo uma cesta cheia delas de presente.

Volto para a residência real despreocupada e sentindo que tudo vai muito bem. Infelizmente, a sensação não dura muito, já que lembro da videoconferência com a professora Mariah e de todas as perguntas que pretendo fazer. Asthor preparou um grande telão na sala de reunião. Apesar de tudo, fico feliz em vê-la.

— Não achei que sentiria tanta saudade das minhas aulas no feriado — ela brinca.

Puxo uma cadeira para mais perto do telão e sento.

— Queria entender mais sobre a Resistência — digo de uma vez, e vejo que ela se surpreende com meu pedido. — Julia me contou um pouco sobre eles, mas ainda estou confusa. Deveria ter te perguntado antes, em nossas primeiras aulas, mas me deixei levar pela história da minha família...

— O que você já sabe?

— Nada de concreto. Sempre achei que era um grupo radical que só queria causar problemas, colocando o povo contra a Coroa, fazendo baderna... Então Julia disse todas aquelas coisas...

— Que coisas?

— Que os radicais são poucos, que o objetivo do grupo é tornar Galdino melhor, com serviços públicos dignos... Não sei o que pensar. Nunca me falaram nada do tipo. Só sei o que os jornais noticiam, e nunca é nada bom.

— É manipulação da mídia. Eles querem que as pessoas acreditem que a Resistência não passa de bandidos egoístas.

— E por que os jornais fariam isso?

— Porque se o povo soubesse a verdade, provavelmente ia se juntar à causa, e o movimento se tornaria maior do que o governo pode aguentar.

— Então você acha que a Resistência não é do mal? — pergunto, e ela ri.

— Não, Zália. A Resistência não é do mal, mas como em todo grupo, existem pessoas extremistas no meio, que podem ser responsáveis pela morte do seu irmão.

— Como ninguém sabe quem são os culpados até agora?

— Não faço ideia. Talvez já saibam mas o palácio esteja escondendo a verdade por algum motivo. A Resistência não é necessariamente contrária à Coroa em si, mas à administração atual.

— Mas ela vem sabotando a Coroa desde a época do meu bisavô.

— É verdade.

— E desde quando ela existe?

— Você sabe alguma coisa sobre seu bisavô Euclides? Íamos falar sobre ele na próxima aula.

— Sei que Fernando, irmão dele, governou antes. Ele desviou tanto dinheiro que quase levou o país à falência. Então meu bisavô

Euclides conseguiu reunir provas contra ele e o tirou do poder, com apoio de outros representantes da Coroa.

— Ele também o executou — completa a professora.

Nunca gostei dessa parte da história.

— Isso — concordo. — Depois da morte dele o país aboliu a execução de criminosos, por causa dos protestos. Era realmente abominável.

— A Resistência surgiu durante esses protestos, que foram terrivelmente reprimidos pelo seu bisavô. Ele colocou a PEG para controlar a população. Muitas pessoas foram presas e torturadas... Ninguém podia ser contrário à Coroa, mas um grupo de pessoas continuou trabalhando silenciosamente em favor do povo, querendo um dia derrubar Euclides.

— Mas faz anos que o reinado dele acabou. Por que a Resistência continuou existindo?

— Porque seus membros ainda não concordam com a administração do país. Porque as coisas continuam as mesmas. Porque muitos que viveram naquela época ainda estão vivos e querem punição aos torturadores, compensação por tudo o que aconteceu. E a Coroa não parece ter interesse em fazer isso.

Baixo a cabeça, tentando digerir tudo aquilo.

— As provas contra o irmão do meu bisavô eram verdadeiras?

Ela me olha, surpresa que eu tenha desconfiado sozinha, e demora para responder.

— Ninguém sabe. Talvez seja possível descobrir pelos registros do palácio, mas muita gente acreditava que Fernando era inocente. Que o desvio de dinheiro era de reinados anteriores. Quando Fernando assumiu o trono, o país já estava de pernas para o ar, e a pobreza em Galdino era uma das maiores do mundo. Ele tinha ideias que eram consideradas revolucionárias. Implementou um sistema público de saúde, por exemplo, criou projetos de inclusão, de auxílio aos desempregados, programas de apoio a famílias carentes... Queria distribuir a renda, tirar o país da miséria e dar uma oportunidade digna a todos. Isso encheu o povo de esperança. Mas também revoltou muita gente da elite, e a família real foi pressionada. Euclides e a aristocracia da época podem ter resolvido derrubar Fernando por isso. Talvez tenham criado boatos prejudicando sua imagem e forjado provas — ela diz, dando de ombros. Fico boquiaberta.

— Mas Euclides teria feito algo tão baixo? Executar o próprio irmão sem motivo?

— Dinheiro e a coroa podem ter sido os motivos.

Eu me ajeito na cadeira, desconfortável, sem saber se acredito.

— Mas Euclides conseguiu estabilizar o país — defendo, tentando achar buracos na história.

— Mais ou menos. Ele criou mais impostos, subiu os já existentes, investiu em empresas privadas, vendeu nossas terras para estrangeiros... O que de certa forma resolveu parte do problema. A população correu para as grandes cidades em busca de trabalho. Elas cresceram, fazendo o dinheiro rodar, mas isso não acabou com a pobreza. As favelas são a prova disso. As metrópoles não tinham espaço para crescer, e quem não tinha dinheiro subiu para os morros. Mas é no interior que podemos ver a miséria de fato.

— E você acredita em qual lado da história? — pergunto, deixando-a desconfortável.

218

— Não acho que minha opinião deva importar em nossas aulas, Zália. Você só precisa dos fatos. Conhecendo os dois lados da história, vai ter que decidir em qual acreditar — responde ela, muito firme.

— E os protestos? — pergunto em seguida.

— A Coroa os encobriu dizendo que eram apenas sobre execuções e aboliu a prática. A verdade é que iam muito além. O povo queria mudanças. E não confiava em quem estava no poder.

Mas não era dos protestos dessa época que eu queria saber.

— E os de hoje? — pergunto.

— Seu bisavô melhorou as coisas de certa forma, mas não completamente. Os pobres continuaram na miséria, os ricos ficaram mais ricos. Houve geração de empregos, e isso aquietou parte da população por um período. Mas os principais problemas permanecem. As escolas e universidades, os hospitais... O serviço público é muito precário em Galdino, e a população está revoltada. Os impostos que pagamos para o governo são suficientes para transformar o país. Deveríamos ter tudo de primeira qualidade, mas não é o que acontece. Por isso a população suspeita que o desvio de dinheiro continua, não só nas prefeituras investigadas, mas nos governos estaduais também. O povo exige uma investigação geral, uma limpeza entre os representantes da Coroa, não só entre os do povo.

— Mas fomos a um hospital hoje e... era excelente.

— É claro que vão mostrar o melhor do país a você, Zália. Existem hospitais maravilhosos, sem dúvida, talvez um em cada estado. Dezoito bons hospitais para oitenta milhões de pessoas?

— Ela parece se revoltar, então baixa a cabeça, sem graça. — Desculpe. Eu não deveria estar falando com você sobre essas coisas.

— Não precisa se desculpar — digo rápido. — Quero saber. Tenho que entender como tudo funciona.

Mas meu tempo está acabando e já tenho muito em que pensar pelo momento, então agradeço e me despeço, com a cabeça a mil.

Quando saio da sala de reunião, Asthor já está me esperando para o próximo compromisso do dia: a cerimônia de formatura da Universidade Federal de Além-Mar. Antonio não nos acompanha, e eu agradeço por não ter essa distração no momento. Vou com Asthor, Enzo e meus amigos.

Não consigo prestar atenção na cerimônia, refletindo sobre todas as coisas que a professora Mariah me disse. Meus pensamentos são interrompidos quando me chamam ao palco para um breve discurso. Falo sobre a importância da educação, o que parece ridículo, porque todos ali são mais velhos do que eu e estão completando o ensino superior, enquanto ainda nem terminei a escola. Mesmo assim, sou aplaudida de pé. Meu mau humor vai embora e um sorriso se abre no meu rosto, ainda que temporariamente.

Seguimos para o próximo compromisso: visitar um dos asilos públicos de Corais. Passo algumas horas por lá, conhecendo todas as instalações, tirando fotos e fazendo companhia para os idosos. A hospitalidade é sempre a mesma: parecem todos animados em me receber, desde os enfermos aos viciados em bingo. As horas no asilo fazem com que eu me sinta querida, mas não consigo parar de

pensar que estão me mostrando o único em bom estado de Além-
-Mar. Me pergunto como são os outros.

Chego à residência real exausta. Apesar de querer falar com Gil,
Bianca e Julia sobre minha conversa com a professora Mariah, não
tenho forças. Me arrasto até o quarto sem nem jantar, mas logo
Milena aparece e arruma uma mesa no quarto para que eu possa
comer alguma coisa antes de dormir. Apesar do cheiro maravilhoso,
as incertezas me tiram o apetite.

Não sei o que pensar sobre a Resistência. Parte de mim concorda
com seus ideais, mas não me sinto bem assumindo isso. É como se
estivesse apoiando os assassinos de Victor, o que me deixa enojada
e furiosa. Tento dormir, mas milhões de perguntas invadem minha
mente. Ontem, dormi como um anjo, relaxada e feliz; hoje, pego no
sono preocupada, ansiosa para entender o que se passa em Galdino.

12

JULIA, BIANCA E GIL APARECEM NO MEU QUARTO quando estou tentando colocar alguma comida para dentro na manhã seguinte.

— Zália, sua louca. Você postou ontem e não me falou nada? — pergunta Gil. Eu o encaro, sem entender. — "Quando o coração está feliz, fica difícil esconder o sorriso" — ele lê.

— Escrevi — respondo, dando de ombros, mas receosa.

— Os sites de fofoca só falam disso. Estão tentando descobrir se está saindo com um dos rapazes com quem dançou no baile de quarta — diz Bianca.

— Um dos rapazes?

— Sou um rapaz também, não sei se notou — diz Gil, um pouco ofendido.

— Desculpa — respondo, sem graça. — O que estão falando?

— Estão investigando nossas vidas. Fui promovido de amigo a amante. Fizeram um comparativo para avaliar com quem é mais provável que você case. — Gil revira os olhos. — Já tem nome de casal e tudo! Zalberto e Antália. — Ele parece irritado. — E a maioria está torcendo por Antália, que mais parece uma mistura de "anta" com "otária". Ridículo. Sou muito mais Zalberto.

Não consigo evitar rir, e ele me acompanha.

— Achei que você estava chateado mesmo — admito.

— Fala sério, você tem que ver minhas redes sociais, estão bombando. Como amigo, as pessoas não tinham muito interesse em mim, mas como possível futuro príncipe consorte...

— Talvez você devesse mesmo namorar comigo — brinco, então me afasto com Bianca para me arrumar. — Você sabe que vou ficar mal-acostumada com você cuidando de mim assim, né?!

Paramos de frente para a arara cheia de roupas.

— Como vocês estão? — pergunto enquanto ela escolhe meu look do dia. — Às vezes me sinto culpada de deixá-los aqui sozinhos, mas também não gosto de obrigá-los a me acompanhar nos meus compromissos...

— Que bobagem, Zália. Primeiro... — Ela se coloca na minha frente como se fosse dizer algo muito importante. — Eu vou AMAR trabalhar como sua consultora. Acho que tenho dois caminhos a seguir na faculdade. Ser estilista da minha própria marca, ou trabalhar ajudando quem não tem jeito nenhum para isso. Como você. — Ela zoa e eu a empurro de leve. — Segundo: a gente adora ficar contigo. Nunca teríamos acesso aos lugares que estamos visitando se não fosse por você. É tão bom ver como nosso país funciona bem — ela diz, e sem querer me coloca para baixo. Vejo em Bianca mais uma pessoa enganada pela mídia, assim como eu.

— Não sei se funcionamos tão bem assim — respondo, enquanto ela me ajuda a vestir a roupa.

— Como não? Achei tudo incrível.

Chamo Julia e Gil para dentro do closet, para que eu possa

contar a eles sobre a videoconferência com a professora Mariah. Gil e Bianca se mostram tão confusos quanto eu, mas Julia permanece em silêncio.

— Então como são os outros hospitais? Faculdades? Asilos? — Bianca está estarrecida.

— Essa é a pergunta que tenho feito desde que conversei com Mariah. Em que estado estão as outras unidades. Se estão protestando contra as condições dos serviços públicos é porque não parecem em nada com os locais que já visitamos — concluo cabisbaixa.

Ainda estamos falando sobre o assunto quando saímos do quarto, mas encerramos a conversa ao chegar no saguão de entrada, onde Antonio me espera. Por mais que eu sinta um friozinho na barriga ao vê-lo e tenha vontade de segurar sua mão no carro, sento à janela e deixo Asthor entre a gente. Não preciso de mais emoções ao longo do trajeto. Me manter distante é melhor para nós dois, quando preciso de toda a minha atenção para lidar com o público.

Seguimos para uma escola pública no centro de Corais. É magnífica, claro. A diretora nos mostra todas as salas, o ginásio e a biblioteca. A todo instante lanço olhares para meus amigos, desconfiada do que vemos. Terminamos o passeio no teatro, onde um coral de alunos se apresenta em minha homenagem. Me emociono com o carinho, mas não consigo parar de imaginar as outras escolas da região.

Seguimos para o segundo compromisso da manhã: conhecer o Museu Cultural de Corais, onde artistas locais expõem seus trabalhos. No carro, Asthor repassa a agenda do resto do dia, mas não o escuto, focada demais em meus pensamentos. Olho para fora, admirando a cidade, então vejo o que secretamente estava torcendo para encontrar: uma escola pública. Sem pensar, ordeno que parem o carro.

— Alteza? — Asthor fica completamente atordoado com minha decisão. Eu o ignoro, abrindo a porta e indo em direção à escola. Enzo, Antonio e todos os seguranças saem dos carros e me seguem, preocupados. O carro de trás para junto com o nosso e Julia, Bianca e Gil me alcançam, entendendo exatamente o que quero fazer.

— Alteza? — escuto Enzo me chamar, mas não viro para trás. Ninguém vai me impedir.

O portão está fechado. Avisto um homem sentado em uma cadeira do lado de dentro.

— Bom dia — digo, abrindo o maior sorriso. — Se importa de abrir? Gostaria de conhecer a escola.

— Seu filho estuda aqui? — ele pergunta, humildemente, mas logo se surpreende ao ver o batalhão de seguranças ao meu redor, todos com a insígnia da Coroa no terno. O homem faz uma reverência rápida e corre para a porta, me pedindo mil desculpas.

— Não se preocupe. Qual é seu nome?

— Wagner.

— Você só estava fazendo seu trabalho. De maneira excelente, devo dizer.

Wagner abre a porta e faz mais uma reverência.

— Como posso ajudar vossa alteza?

— Pode chamar o responsável pela escola?

— Claro, alteza. — Ele sai rapidamente, sem me dar as costas, fazendo tantas reverências que tenho vontade de rir.

Olho a construção por fora. Não é tão bonita quanto a outra, mas ainda assim é bem cuidada.

— Zália... — Antonio me chama, mas é interrompido por Asthor, que finalmente nos alcança.

— O que está fazendo, alteza?

— Quero conhecer esta escola.

— Mas, alteza... A agenda...

— Pode esperar, Asthor.

— Não deveríamos estar...

Um senhor baixinho e corpulento chega ao portão e mal acredita no que vê.

— Vossa alteza! — diz ele, me reverenciando.

— Olá. Seu nome é?

— Carlos Eduardo.

— Se importa em me mostrar a escola? — pergunto, ansiosa para entrar.

— Agora? — Ele parece atordoado. — Não estamos preparados.

— Não se preocupe — digo. — Não quero que se preparem para me receber. Só gostaria de ver as condições em que de fato trabalham.

Ele arregala os olhos para mim e estende a mão, mostrando o caminho. Meus amigos me seguem, e logo atrás Antonio, Asthor e Enzo vêm junto, enquanto os outros seguranças sondam o terreno, à procura de problemas. O diretor nos mostra toda a escola, parecendo nervoso. As crianças ficam surpresas com minha visita. Algumas se levantam, querendo me abraçar. Enzo não permite a aproximação, o que acho um absurdo. Eu o repreendo com um olhar e deixo que uma menina se aproxime.

226

— Nunca vi uma princesa — ela diz, admirada.

— É só se olhar no espelho — digo, e ela me olha, envergonhada.

— Você é tão linda — a menina diz, e me abraça.

— Você também é. Tão linda que eu queria tirar uma foto com você, posso?

Ela mal acredita no meu pedido e já prepara a pose enquanto pego a minha câmera. A criançada me olha, maravilhada. Deixo que se aproximem e abraço todo eles, tirando fotos com cada um, encantada com a admiração que têm por aquilo que represento.

Não encontro nenhum problema gritante com a escola, o que me deixa momentaneamente aliviada. Talvez não seja verdade, talvez as pessoas só tenham inventado um motivo para brigar com a Coroa. Mesmo querendo acreditar nisso, peço um momento a sós com o diretor, o que deixa Asthor extremamente desconfortável.

— Alguém da equipe precisa ficar com vossa alteza — ele diz pela décima vez.

Desisto de protestar.

— Muito bem. Enzo! — chamo. — Venha comigo.

Não quero Asthor tentando controlar cada fala minha, e não quero Antonio, que talvez assuma o papel de falar por mim. Enzo é a melhor pessoa para me acompanhar.

Antes de entrarmos numa sala, olho para os meus amigos, que assentem apoiando minha atitude. Enzo permanece de pé à porta enquanto sento. Carlos Eduardo me oferece um café, que eu aceito, para não fazer desfeita. Ele me olha nos olhos ao servir, ainda impressionado com a visita.

— O que posso fazer por vossa alteza? — ele pergunta, sentando à minha frente.

— Gostaria de saber como está a escola — digo.

— Muito bem, como pode ver. As crianças adoram estudar aqui.

— Sim, mas vocês estão bem assistidos? — pergunto, mais firme.

— Bem, recebemos tudo de que precisamos — ele titubeia.

— Sei que os protestos chegaram a Corais, o que significa que a cidade não está tão bem quanto dizem estar.

Ele me olha, surpreso.

— Vejo que a estrutura da escola é ótima — continuo. — Nessa visita rápida, não encontrei nada preocupante, mas preciso perguntar: vocês passam por algum tipo de dificuldade?

O diretor olha para Enzo, preocupado, como se ele pudesse feri-lo. Pego sua mão por cima da mesa.

— Preciso saber para poder mudar as coisas.

— Bem... — Ele parece pensativo. — A merenda das crianças... — Sua voz some. Ele olha para baixo, triste.

— O que tem a merenda?

— A cada ano a qualidade piora. Antes também vinha café da manhã e lanche, mas agora é só almoço. É claro que elas aceitam de bom grado, algumas nem têm comida em casa, mas não é de boa qualidade. — Como se colocar isso para fora lhe desse força, ele continua a falar. — E isso em Corais, uma cidade grande, então vossa alteza pode imaginar como é no interior... E os professores... — Vejo uma sombra de revolta perpassando seus olhos. — Eles não recebem há meses. Muitos só estão aqui porque sabem que as crianças dependem deles. Elas e os pais, que precisam deixá-las em algum lugar para que possam trabalhar.

— Os professores não recebem? — pergunto, atordoada. — Como assim?

— O governador diz que não tem dinheiro.

Me enrijeço na cadeira. Não sei mais o que falar, então apenas agradeço.

— Prometo que farei o possível para mudar isso — digo, mas me sinto completamente inútil.

Como posso ajudá-lo? Como posso mudar qualquer coisa dentro do palácio?

— Eu que agradeço. Foi um dia muito especial para nossas crianças — diz ele, levantando para me acompanhar até a porta.

No tempo em que fiquei dentro da escola, a rua se encheu de curiosos. Aceno e tento sorrir, mas é difícil demais esconder a tristeza dentro de mim. Alguns repórteres tentam se aproximar, mas são bloqueados pelos seguranças. Asthor abre a porta do carro para que eu entre.

Todos são extremamente formais o resto da tarde, como se eu tivesse feito a pior coisa do mundo. Me acompanham pelo museu sem dizer nada. Não podem estar bravos apenas porque me atrasei para um compromisso. Afinal, a agenda é minha.

Será que realmente estão tentando esconder a verdade? Quantas escolas têm os mesmos problemas daquela? E em que outras áreas há carências desse tipo?

Estou tão atordoada que paro de frente para os repórteres na saída do museu, piorando a situação. Asthor tenta me puxar, mas sinto que preciso responder suas perguntas. Não posso ficar me escondendo. Dou permissão para que um deles fale.

— O que vossa alteza pode nos dizer sobre a Lei da Aposentadoria? Vai seguir com os planos do príncipe Victor e assiná-la?

Já sou nocauteada na primeira pergunta. Fico buscando uma resposta adequada, mas não sei nada sobre o assunto.

— Bem, acho que dá para notar que o príncipe Victor e eu somos pessoas diferentes — brinco, fazendo alguns rirem. — Vou precisar analisar a lei e as propostas de alteração, não posso assinar nada sem saber exatamente quais são os prós e os contras. O que quis dizer quando declarei no meu primeiro discurso que seguiria os planos de Victor era que consideraria tudo com muita atenção, dando sequência ao que de fato vai melhorar a vida da população de Galdino.

— Alteza — grita uma mulher no fundo, e eu volto minha atenção para ela. — E quanto aos protestos? Houve repressão violenta em uma cidade em Barenco.

Mais uma rasteira. Não fui informada disso.

— Sou contra violência, e medidas estão sendo tomadas para saber quem permitiu tal coisa — minto, lançando um olhar acusatório para Antonio, que deve saber disso. — Quanto às reivindicações, o povo está mais do que certo de lutar pelos seus direitos. Infelizmente, estou há poucos dias na regência e ainda não consegui olhar com profundidade para esse assunto, mas tenham certeza de que vou investigar o que está acontecendo para que tenhamos serviços públicos de qualidade em nosso país.

— Alteza, alteza… — vários deles gritam, tentando fazer perguntas. Olho para um senhor do meu lado esquerdo.

— E o que pode nos contar sobre o rapaz misterioso que parece ter roubado seu coração?

Fico confusa com a pergunta. Parte de mim sente vergonha por ter aberto minha vida ao público com uma única postagem, mas outra parte fica irritada com a invasão de privacidade desnecessária.

— Não comento sobre minha vida pessoal.

Eu me afasto dos repórteres e entro no carro, enquanto continuam gritando por mim.

O celular de Antonio toca freneticamente no caminho de volta para a residência real, e sei que a culpa é minha. A curta entrevista vai causar um reboliço no palácio, mas tento não me sentir culpada. Não falei nada que comprometesse a Coroa nem ameacei ninguém — ou pelo menos ninguém inocente.

Finalmente consigo um tempo com Julia, Bianca e Gil, que jantam comigo. Conto a eles sobre a conversa com o diretor e mais uma vez Julia não parece surpresa com a notícia.

— Os professores não estão recebendo? — Gil não acredita.

— Mas como Wellington consegue fingir que está tudo bem? O discurso dele, nosso almoço no primeiro dia... — Bianca analisa. — Como pode estar tão tranquilo?

— Porque não é com ele — Julia se mete, brava. — Não é o salário dele que está atrasado ou o filho dele que está sem comida na escola.

— E ele consegue viver assim? Sabendo disso e podendo mudar? — Bianca não se conforma.

— Vocês entendem agora os protestos? — pergunta Julia, e não respondemos, ainda estarrecidos.

Depois do jantar volto ao meu quarto, querendo descansar um pouco, mas com a cabeça cheia de preocupações. Peço então para conversar com Enzo.

Respiro fundo quando ele entra, tentando eliminar qualquer pensamento apaixonado, mas não consigo evitar sentir saudade dele ou das cenas que imaginei que viveríamos juntos.

— Queria falar com você sobre Victor — digo a ele, tentando não encará-lo. Enzo parece surpreso.

— Sobre o que quer falar?

— Você estava lá, não estava?

Ele demora a responder.

— Estava.

— Como tudo aconteceu? — pergunto, com um misto de tristeza e preocupação.

— Zália... — Enzo parece pensar. — Não acho que...

— Preciso saber — suplico.

— Não vi muito bem. Ele estava muito longe. Então alguma coisa explodiu dentro do avião.

Dessa vez é ele quem tenta não me encarar, desviando o olhar.

— Disso eu já sei. Quero entender como o explosivo foi parar lá dentro.

Ao falar isso, vejo seu maxilar se contrair e Enzo abaixa a cabeça, arrasado. Me arrependo na mesma hora.

— Desculpa — digo, me aproximando. — Não foi culpa sua, você precisa parar de se sentir mal por isso.

— Não é tão fácil assim, Zália. Eu estava lá, eu preparei todo o terreno, minha equipe verificou os carros, o caça, todo o nosso trajeto... A responsabilidade era minha. Não sei como seu pai não me dispensou.

— Ele sabe que você fez tudo o que estava ao seu alcance. Com certeza o plano do atentado foi muito bem pensado, Enzo. Quem quer que esteja por trás disso deve ter estudado todo o protocolo de vocês, sabia o que estava fazendo. Nem você, nem nenhum outro segurança teria encontrado a bomba.

Eu não queria chegar perto dele, mas vê-lo sofrer daquela forma me faz ignorar qualquer medo da nossa proximidade. Pego sua mão com cuidado e ele me olha triste.

— Não devia estar discutindo isso com você.

Fico surpresa.

— Por que não?

— É confidencial.

— Confidencial? Sou a irmã dele. Quem disse que não posso saber?

— Seu pai.

Largo sua mão, chateada.

— Você precisa ter cuidado — Enzo diz.

Olho para ele, sem entender.

— Do que está falando?

— Do que disse aos jornalistas hoje. Você não sabe no que está se metendo.

— Não posso querer resolver os problemas do povo? Tornar Galdino um lugar melhor?

— Pode, mas não precisa espalhar por aí, não quando pretende limpar a sujeira escondida debaixo do tapete.

— Como assim?

— Temos problemas em quase todos os estados, que precisam ser investigados. Mas qualquer insinuação de que pretende investigar vai causar rebuliço entre os governadores.

Penso e concluo que ele tem razão. Se há alguma coisa errada sendo feita, é melhor que os envolvidos não saibam de qualquer investigação antes que tenha início.

— Obrigada. — É tudo o que consigo dizer, e ele sai do quarto sem dizer mais nada.

Mais tarde, minha mãe me liga. Meu peito se aperta quando penso na situação dela, que acabei esquecendo em meio a toda a história da Resistência e da morte de Victor.

— Oi, mãe. Tudo bem? — digo ao atender.

— Tudo. E por aí, como andam as coisas? Vi sua entrevista ao vivo...

Meu coração acelera. Fico muda.

— Você foi um pouco mais impulsiva do que eu esperava, devo admitir — ela continua.

— Você queria que eu fizesse o quê? Não posso ficar ignorando os jornalistas para sempre. Eles me seguem aonde vou.

— Você agiu bem. — Ela mantém a voz calma, o que me tranquiliza por hora. — Só não esperava que fosse tomar as rédeas tão rápido.

— Não tomei as rédeas, só respondi o que achei sensato. Continuo sendo o fantoche do papai — debocho.

— Calma, Zália. Um passo de cada vez.

— Certo... — Hesito um pouco, mas sinto que preciso tocar no assunto. — Você está bem?

— Estou. Já disse isso, não? — ela pergunta.

— Estou perguntando de verdade. Você e papai estão bem?

Ela acha graça.

— Claro, Zália. O que foi?

— Não sei... Achei vocês meio distantes na terça.

Ela pensa um pouco antes de responder.

— Acho que é assim com todo casal, filha. E você sabe como é, seu pai está focado em outras coisas agora.

— Tipo o quê?

— Não acha que está fazendo perguntas demais?

— Não. Acho que eu deveria saber o que ele anda fazendo, ainda mais se estiver relacionado à Coroa.

— Seu pai está investigando o atentado do seu irmão. Ele não faz outra coisa.

— Mas entre vocês dois tudo bem, então? — insisto.

— Sim, Zália — ela responde, parecendo ter perdido a paciência.

— E Suelen?

— O que tem ela? — minha mãe fica surpresa com a pergunta.

— Vocês estão bem?

— Não quero falar sobre Suelen. Melhor você ir. Ou vai se atrasar para o jantar.

Com essa dispensa, nos despedimos e desligamos.

Não sei o que pensar. Se minha mãe está falando a verdade, então a briga com Suelen teve outro motivo. Decido tentar não pensar mais no assunto. Minha mãe vai falar a respeito quando se sentir pronta. Já tenho coisas demais na cabeça.

O jantar à noite é com Wellington, Manuel, alguns empresários importantes e o prefeito, Rubens Feitosa. É também minha despedida de Corais, já que amanhã cedo vamos para a Pousada do Salhab, fora da cidade. Meu compromisso no sábado à noite é com o próprio Salhab e sua mulher, e deve ser um pouco menos formal.

Ao chegar ao salão de festas, cumprimento cada um dos convidados, então sentamos. Como é um jantar político, Julia, Bianca e Gil ficaram de fora. Me sinto jogada aos leões. Sou a única mulher com poder na mesa — todas as outras estão acompanhando os respectivos maridos —, e fico incomodada com isso. De um lado, Wellington e Ruth conversam com o dono da maior fazenda de gado da ilha. Do outro, Antonio fala sobre nossa viagem para o diretor do canal de televisão local.

Eu me sinto completamente deslocada, sem ter nada para conversar com todos aqueles adultos sentados ao meu redor. Antonio segura meu joelho agitado por baixo da mesa. Depois de tanto fugir dele, tenho um sobressalto com o toque.

— Tudo bem, alteza? — pergunta o próprio Antonio, enquanto os outros me olham preocupados.

— Desculpem, só engasguei — minto.

Vejo um esboço de sorriso em seu rosto. Ele tira a mão do meu joelho e imediatamente sinto falta do toque. Minha cabeça fica confusa, sem saber estabelecer limites, já que o contato às escondidas é mil vezes mais emocionante.

Como se trata de um jantar político, ele não se prolonga, servindo apenas para estreitar as relações. Aliviada, quando acaba me despeço de todos os convidados conforme se retiram.

Rubens Feitosa se aproxima de mim quando estou sozinha perto da porta.

— Não achei que teria a honra de falar a sós com vossa alteza — ele diz com uma reverência, todo formal.

— Ouvi muito a seu respeito. Fico feliz com tudo o que tem feito na cidade.

Ele me olha, surpreso.

— Não achei que me dessem os créditos — diz ele.

— Todos no palácio sabemos do seu esforço.

— Que bom, alteza. Fico feliz em saber disso. — Ele olha ao redor e eu faço o mesmo, reparando que várias pessoas nos observam. Ele abaixa a voz antes de continuar: — Não achei que vossa alteza fosse diferente dos outros, mas depois do que aconteceu hoje e da sua entrevista...

Procuro entender o que está tentando me dizer, curiosa.

— Peço que vossa alteza olhe as contas de Além-Mar — ele sussurra. — Há muito...

Antes que possa terminar, Wellington aparece e passa o braço em volta do prefeito, que fica desconfortável.

— Rubens está pedindo alguma coisa a vossa alteza? Ele não consegue evitar.

Fecho a cara, sem achar graça.

Me despeço, encucada, sabendo que não teremos mais como conversar a sós. Vou para o quarto e fico andando de um lado para o outro.

Preciso falar com alguém, então abro a porta em busca de Enzo, mas é Antonio que encontro, prestes a bater.

— Que bom que está aqui — digo sem pensar, então deixo que entre.

Fecho a porta e me viro para conversar com ele sobre o que Rubens me disse, mas não tenho tempo. Ele me pega despreparada com outro beijo apaixonante.

Esqueço o resto momentaneamente e sinto uma energia circular pelo corpo inteiro.

— Você não pode fazer isso — digo, recuando e tentando recuperar o fôlego.

— Isso o quê? Te beijar? Mas já faz dois dias desde o último — brinca ele, e eu sorrio, boba.

— Você não pode simplesmente vir me beijando assim, como se... — Perco o fio da meada.

— Como se eu quisesse muito? — ele pergunta, voltando a me beijar.

Não lembro mais do que estava reclamando ou no que pensava. Ele me encosta contra a porta, pressionando seu corpo contra o meu. Estou completamente sem fôlego. Fico mais agitada a cada toque, mais ansiosa.

Estou empolgada com todas as sensações que percorrem meu corpo, mas me preocupo que estejamos sozinhos no meu quarto. Tenho receio de onde pode terminar.

Sou salva por alguém que bate à porta. Nos afastamos num pulo, nos arrumando para tentar disfarçar.

Abro a porta e vejo Asthor. Ao perceber a presença de Antonio, a expressão em seu rosto muda totalmente. Ele parece confuso e não consegue esconder o ar de reprovação.

— Voltamos a conversar na segunda, alteza — diz Antonio, saindo do quarto com uma reverência.

O jeito como Asthor me analisa faz com que eu queira morrer. Ele compreende tudo de imediato.

— Sim, Asthor? — É tudo o que consigo dizer, mas ele parece perdido e demora a falar.

— Vim... Vim apenas dizer que parte da equipe segue de volta para Galdinópolis amanhã no primeiro horário. Serei substituído por César, que acompanhará vossa alteza na pousada.

— Tudo bem — digo, querendo encerrar logo o assunto. — Obrigada por me avisar.

Ele se afasta e eu fecho a porta, mortificada.

E se Asthor contar para meu pai? E se ele souber que um dos boatos é verdade? Que estou aos beijos com o assessor político do palácio?

Deito mais uma vez angustiada, torcendo para que a manhã me traga um pouco de descanso.

13

PARTIMOS COM NOSSA FROTA DE CARROS PARA A Pousada do Salhab. A maioria dos seguranças foi trocada, mas Enzo permaneceu. Antonio voltou para Galdinópolis, o que me deixa um pouco para baixo, já que havia imaginado todo tipo de cena romântica às escondidas nos meus dias de descanso.

A pousada fica a mais ou menos uma hora de Corais, na direção norte. Ao chegar lá, sinto que fomos transportados para outra realidade. Salhab e Patrícia nos recebem com coquetéis de camarões deliciosos, uma das especialidades da casa. A construção é toda em madeira, e há tantas plantas que parece mais um jardim botânico do que uma hospedagem. O canto dos pássaros é inebriante, e sinto que não há lugar mais pacífico no mundo. Não há restaurante, já que todos os hóspedes recebem a comida no quarto. Nossos anfitriões nos contam como construíram o imóvel, e o carinho deles é tanto que me apaixono pelo lugar. Gil, Julia e Bianca são encaminhados para os três quartos no primeiro piso, enquanto vou para o terceiro andar, onde fica uma suíte especial, com sala, antessala, sala de jantar, cozinha, quarto e banheiro com hidromassagem. O terceiro andar é inteiro de vidro, com vista para as árvores maravilhosas e para o mar turquesa, que se estende até uma ilha distante à frente.

Da varanda do quarto é possível ver tucanos, micos e outros bichos curiosos.

Deito na cama assim que o casal me deixa sozinha. É o paraíso. Esses poucos minutos já fizeram a viagem valer a pena. Apesar de ser uma das melhores camas em que já deitei, levanto rápido sem querer perder nenhum momento do dia. Coloco meu biquíni preto de cintura alta com lunares delicadas desenhadas nas laterais, ansiosa para finalmente recuperar o bronzeado. Ponho um vestido azul leve por cima, calço sandálias de dedo e deixo meu cabelo solto, cansada do coque formal que vinha usando.

Encontro meus amigos no jardim e seguimos para o deque, onde uma lancha nos aguarda. É impossível reprimir o sorriso com toda a beleza ao nosso redor. Sento no fundo da lancha, fecho os olhos e respiro o ar puro, tentando memorizar o cheiro e a sensação de estar ali.

A única pessoa da equipe real que nos acompanha é Enzo, que fica com o piloto, nos deixando livres para aproveitar o passeio.

— Lembra o que você me falou quando fez o convite para sermos seus conselheiros? — Julia pergunta, animada.

Encaro-a perdida.

— Você disse que eu encontraria inspiração, e não dei muita bola — ela continua.

— Ah, sim. — Rio, tentando entender aonde ela quer chegar.

— Você tinha toda razão.

— É?! — Fico surpresa.

— Eu achei que te acompanhar se resumiria a fazer social com políticos e empresários, mas depois de Corais... — Ela suspira, admirada. — Já tive um milhão de ideias.

— Que ótimo! O contato com as pessoas tem sido muito importante pra mim. Fico feliz que eu não seja a única a tirar proveito da viagem.

— Com certeza. Por mais que eu conversasse com a minha mãe sobre os problemas no país, eu vivia dentro da bolha do internato. Ver tudo de perto é totalmente diferente. Conversar com os idosos no asilo, com os funcionários e os pacientes do hospital, ver os professores naquela escola pública fazendo de tudo pelos alunos... São tantas histórias de vida impressionantes. São pessoas anônimas, que não estão sob os holofotes, mas que também têm muito para contar e ensinar. Quero entrevistá-las, dar voz a elas.

Finalmente entendo o que ela quer dizer e sorrio com sua empolgação, concordando. Aproveito e conto a eles sobre a rápida conversa que tive com o prefeito Rubens.

— Uau. Agora você já sabe por onde começar a investigar — Gil comenta.

— Pois é. Por falar em investigar, ainda não acredito que meu pai está me deixando de fora da investigação do atentado do meu irmão. Preciso saber como conseguiram plantar uma bomba, e quem está por trás de tudo.

— Ainda há dúvidas de que foi a Resistência? — Bianca pergunta convicta, mas se arrepende ao ver a cara de Julia.

— Ah, Julia. Que é, hein? Sempre que alguém menciona a Resistência você fica arredia. Qual é o problema? Você faz parte do grupo? — Rio debochadamente. — Vou te falar o mesmo que disse para Gil: preciso de vocês ao meu lado cem por cento. Estou com isso na cabeça desde que você brigou com a Bianca. Tem alguma coisa que você não está contando pra gente. Não é que vocês não possam ter segredos, mas tem que existir uma confiança mútua. Um segredo que te deixa assim, e relacionado a um assunto tão sério, me preocupa.

— Você pode confiar em mim — ela diz, firme, me olhando nos olhos.

— Que bom — respondo. — E você pode confiar em mim.

Aperto suas mãos nas minhas, mas ela desvia o olhar.

— Tem alguma coisa que gostaria de falar?

Julia abaixa a cabeça e permanece calada. Olho para Gil e Bianca e não consigo esconder a decepção.

O clima fica estranho no restante do dia. Apesar de amar o passeio, fico aliviada quando voltamos à pousada e posso me trancar no quarto. Só saio de lá para o jantar com Salhab e Patrícia, ao qual meus amigos não vão. Não falamos sobre nada relacionado à Coroa, nos concentrando na vida sustentável que levam, plantando seus próprios legumes, verduras e frutas, usando energia solar das placas espalhadas pelo terreno, consumindo carne de gado criado de forma consciente. Se eu estava admirada antes, fico ainda mais depois de provar a lagosta que Salhab preparou com perfeição.

Na manhã seguinte, depois de tomar café, decido seguir para um passeio sozinha. Peço que César arrume uma atividade para meus amigos enquanto dou mais uma volta de lancha pela ilha. Enzo me acompanha novamente e parece perceber meu desânimo, pois sinto que me olha mais do que no dia anterior, como se quisesse falar alguma coisa. Ele se mantém afastado, no entanto, respeitando meu espaço.

Vamos mais longe dessa vez, e vejo o lindo litoral de Além-Mar. Nado em diferentes corais e, depois, paramos em uma praia deserta que só é acessível por trilha ou pelo mar. O piloto fica na lancha e Enzo me segue, mantendo uma distância razoável para que eu não me sinta perseguida.

Meus pensamentos voltam para Julia e para o que pode estar escondendo. Nunca tivemos nenhum tipo de segredo, e jamais a vi tão afastada. Ando pela extensão da praia sem conseguir controlar os mil questionamentos que invadem minha mente. Sobre ela, a Resistência, o que Rubens queria falar, a reclamação do diretor da escola, as perguntas dos repórteres, o mistério cercando a morte de Victor... Estou tão compenetrada em todos esses assuntos que só percebo o cachorro deitado na areia quando tropeço nele e caio. Enzo corre para ver se estou bem e me ajudar a levantar, mas não aceito sua ajuda. Minha atenção se volta toda para o bichinho, que parece machucado demais para fugir.

— Ei, menino... Você está bem? O que aconteceu? Por que está aqui sozinho? — pergunto, fazendo uma vozinha mais fina sem perceber. Reparo na pata ferida e tento mexer para avaliar a situação, mas o cachorro recua e choraminga. Olhando com mais atenção percebo que é uma fêmea, e me sinto ainda mais apegada a ela. — Precisamos tirar essa cadela daqui — digo a Enzo.

— O que pretende fazer? — ele pergunta, confuso.

— Levar ao veterinário para ver o que pode ser feito com a pata. Parece que ela não consegue levantar.

Enzo não pensa duas vezes: se agacha e pega a cadela delicadamente. Ela é de porte médio e muito magrinha. Não de fome, parece ser coisa da raça. É tão branquinha que parece albina, com focinho rosa e tudo. Invento mil e uma histórias de vida para ela, cada uma mais triste que a outra. Ao chegar na lancha, já decidi que vai conosco para o palácio.

A volta para a pousada é completamente diferente da ida. Enzo fica ao meu lado segurando a cadela enquanto faço carinho na cabeça dela, que fecha os olhos, em parte por causa do cafuné, em parte pelo vento.

— Acha que ela vai ficar bem? — pergunto, preocupada.

— Tenho certeza que vai. — Ele a acaricia, e eu admiro a cena, um pouco boba. — Que nome você quer dar para ela?

— O que acha?

— Fantasma.

— Fantasma? — repito, achando que não combina.

— Branquinha.

— Quantas ideias boas — zombo.

— Pipoca! — diz ele, animado.

— Por que não me avisou que tinha essa criatividade ímpar? — brinco. — Se soubesse antes não teria me apaixonado — deixo escapar sem querer. Enzo se endireita, desconfortável.

Ficamos em silêncio, sem saber o que falar depois da minha declaração.

— Justiça! — grito, mais para aliviar o clima.

— Justiça? — ele pergunta, confuso.

— O nome dela.

— Ah. E sou eu que não tenho criatividade... — brinca ele, me surpreendendo. Boquiaberta, dou um tapa de leve em seu ombro. Rimos juntos, admirando Justiça, que se encolhe em seu colo.

Assim que chegamos à pousada, corro para dentro para pedir ajuda a Salhab e Patrícia, que são muito solícitos e chamam o veterinário da região. Meus amigos ainda não voltaram do passeio, então almoço sozinha. Não quero passar minhas últimas horas em Além--Mar trancafiada no quarto, então resolvo conhecer a cachoeira.

— Você sabe chegar lá? — pergunto a Enzo.

— Salhab disse que tem placas por todo o caminho — ele responde.

— Se importa de ir comigo?

— Claro que não, Zália.

Ele me surpreende me chamando pelo nome. Sinto um friozinho na barriga, que logo reprimo. Mas é difícil não me deixar levar pela sensação depois da volta na lancha.

Enzo me guia por uma trilha sem fim na floresta. Depois de quase uma hora andando pelo meio do mato, me arrependo de ter ido.

— Ele não disse que era pertinho? — pergunto, exausta.

— Disse, mas pelo visto não é. — Enzo olha para cima. — Não é melhor voltarmos? O tempo está fechando.

— Nem pensar. Depois dessa subida toda? Quero ver essa cachoeira.

Pouco depois, chegamos a uma clareira que revela uma enorme pedra na montanha. Há um rio de águas rasas que corta a trilha e deságua em uma série de cachoeirinhas. Precisamos atravessá-lo para chegar do outro lado, onde uma enorme queda-d'água corre pela lateral da rocha, ora calma, ora selvagem. Só pode ser a Cachoeira da Patrícia. Corro animada pelo terreno, então o céu parece tremer com um trovão barulhento. Paro assustada, me sentindo uma criança medrosa, mas Enzo também parece preocupado.

— Precisamos ir logo — ele diz, mas eu o ignoro e crio coragem para ir até a água. Tiro o vestido e mergulho.

É revigorante. Assim que volto à superfície, nado até a enorme cachoeira. Sento em uma pedra embaixo dela e deixo a água bater nas minhas costas, fazendo massagem. Eu não poderia ter pedido por nada melhor. Não sei quanto tempo fico viajando ali, mas, quando volto a abrir os olhos, a chuva começou a cair e Enzo está na beirada, me chamando para voltar. Chateada por não poder aproveitar mais, nado até ele, que me entrega uma toalha.

— Vou secar pra quê? Está chovendo — comento, achando graça. Coloco o vestido de qualquer jeito e resolvo saltitar pelas pedras, feliz de estar ali. Não sei por quê, mas não tenho vergonha de Enzo, mesmo que eu pareça a pessoa mais boba do mundo.

— Precisamos voltar antes que a chuva engrosse. — Ele aponta para a trilha e anda na frente, me mostrando o caminho certo. Eu o sigo, ainda animada pelo rápido momento no paraíso.

Antes de chegar muito longe, escorrego numa pedra e caio, deslizando alguns metros para baixo e sentindo uma dor forte na coxa direita. Quando Enzo me levanta, vejo um enorme ralado do quadril até o joelho. Tento esconder a dor, mas não consigo apoiar o pé no chão. Sem me perguntar nada, ele me pega no colo e me leva em direção à trilha.

— Posso muito bem andar, Enzo — digo, condenando seu ato de heroísmo. Ele me coloca no chão, sabendo que vou me provar errada. Assim que tento, a dor percorre toda a minha coxa e quase caio de novo. Ele me segura e me coloca sentada em uma das pedras na beirada do rio. Pega a toalha e a mergulha na água para limpar meu ferimento.

Assim que termina, Enzo volta a me pegar no colo e caminha lentamente pela trilha, de volta para a pousada.

— Obrigada — digo, envergonhada com o trabalho que estou dando. Ele nem me olha, preocupado com o caminho. — Está tudo bem. Foi só um tombo bobo.

— Não é o que vão falar — ele responde.

— E o que vão falar?

— Que eu devia ter evitado.

— Você sabe que não foi culpa sua. Quem liga para o que os outros pensam?

— É diferente quando meu emprego está em jogo — diz ele, seco, e é como um tapa na cara. — Já perdi seu irmão, Zália. Não posso perder você também. — Não sei se ele está pensando no lado profissional ou pessoal da coisa, mas sinto um friozinho na barriga me invadir.

— Foi só um arranhão, Enzo. Não vou morrer.

— *Arranhão...* — ele debocha. Ficamos em silêncio, escutando a chuva aumentar aos poucos.

Enzo diminui o ritmo, com medo de escorregar na mata. Ele me aperta mais em seu colo, fazendo com que nossos peitos se encostem e eu possa sentir seu batimento acelerado. Enrosco os braços em seu pescoço, tentando ajudá-lo a me segurar. Ficamos em silêncio até a chuva diminuir.

— Pode me colocar no chão, Enzo. Não quero dar trabalho.

— Você é meu trabalho, Zália.

— Mas não faz parte dele me carregar no colo.

— Se for necessário...

Desisto de argumentar e bufo.

— Desculpa pela nossa última conversa — ele diz, e eu o encaro, surpresa. — Estou com isso na cabeça desde então. Não sei o que fazer, mas você está certa. Não podem esconder as informações sobre a morte de Victor de você.

Retraio o corpo, incerta se estou pronta para o que vem pela frente.

— Vai me contar então?

Ele me lança um olhar, então volta a ficar atento ao caminho.

— A perícia revelou que o caça do seu irmão ainda estava em boas condições quando caiu na água — diz Enzo. — Poderia ter sido pilotado até a base aérea mais próxima.

— Mas não houve uma explosão?

Eu o observo, atenta.

— Sim. O explosivo estava na roupa de Victor.

Enzo parece atordoado, e não é para menos. Sinto que evita me olhar, apesar de eu confrontá-lo.

— Na *roupa* dele? — repito, tentando juntar os pontos. —Você acha que... que ele se matou? — pergunto, incrédula.

— Duvido muito. Considerando a posição que Victor ocupava, a hipótese mais provável é que tenham escolhido colocar explosivos perto do corpo dele para garantir que não sobreviveria.

— Então foi mesmo a Resistência? — Tento imaginar como teriam conseguido acesso às vestes de Victor.

— É a resposta mais óbvia. Seu pai está acompanhando a investigação de perto. Não descansa nem por um segundo, participa de todas as reuniões e dos interrogatórios.

— Mas que interrogatórios?

— A Inteligência acredita que foi alguém de dentro do palácio que plantou os explosivos. Estão atrás de todos que trabalhavam com ele.

— Acham que tem alguém da Resistência dentro do palácio? — pergunto, abismada.

— Eles estão espalhados por todos os cantos, muitos trabalham na surdina. Vai ser muito difícil descobrir algum infiltrado.

— E sabendo disso tudo você ainda se sente culpado?

— Eu era responsável pela segurança de Victor, devia ter checado tudo.

— Como você ia imaginar que teria algo na roupa dele? Não faz parte do seu trabalho conferir nossas roupas, faz?

— Agora faz.

— É?! — pergunto surpresa.

— A segurança foi redobrada e todos os objetos e roupas são duplamente checados antes de chegar aos aposentos... Há uma série de novos procedimentos para impedir que aconteça de novo.

É impossível não ficar abatida.

— Por que fizeram isso? Ele não merecia.

— É o que ele representa, o que vinha dizendo em seus discursos. Estagnação. Acho que o povo não via mudança com Victor. Era mais do mesmo. Estão todos cansados.

Fico quieta, pensando a respeito, então crio coragem para perguntar:

— Você acha que o governo é corrupto?

Ele reflete um pouco. Quando responde, é cauteloso.

— É difícil pensar o contrário com tudo o que tem acontecido no país.

Uma pergunta surge na minha mente, mas fica presa na garganta, me sufocando por um tempo. Prefiro não fazê-la. Me calo e ficamos assim por um tempo. Apoio a cabeça em seu ombro, cansada de mantê-la erguida.

Tenho a sensação de que Enzo aproxima o rosto do meu cabelo, mas pode ser só impressão. Eu o aperto mais forte, querendo que seja verdade.

— Tome cuidado com Antonio — ele diz de repente, e volto a me afastar.

— Quê?

— Não sei em quem você pode confiar lá dentro — Enzo acrescenta, mas já estou irritada.

— Eu confio nele — rebato, sem querer prolongar a conversa e já querendo voltar ao chão.

— Só não quero que se machuque outra vez.

— Outra vez? — ironizo, me movimentando para que me

solte, mas ele me segura mais firme. — Depois de *você* ter me machucado, né?

— Não foi minha intenção.

— Me põe no chão, Enzo.

Ele me obedece e eu o encaro, ignorando a dor que sinto na coxa.

— Não quero ouvir suas desculpas — falo, sentindo novamente a dor de sua partida. Enzo começa a se afastar, mas eu o sigo, mancando apressada. Quando o alcanço, puxo seu braço para que me enfrente. Ele vira, mas desvia o olhar.

— E como está sua namorada? — pergunto, e ele me olha com o que imagino ser desprezo. — Ah, não posso perguntar sobre ela?

— É como se ele tivesse aberto a torneira dentro de mim e não conseguisse fechar mais. — Você pode falar de Antonio, mas não posso perguntar sobre ela? — ironizo. — Por que você fez aquilo, Enzo? Para quê?

Seu peito sobe e desce, nervoso. Sei que ele quer gritar comigo, mas não o faz. Enzo marcha para longe de mim. Quando vejo, já estamos de volta à pousada, e todos nos aguardam do lado de fora.

Mil sensações brigam dentro de mim: o frio na barriga, o coração machucado, a garganta apertada. É incrivelmente difícil fingir que está tudo bem quando meus amigos, César e os donos da pousada vêm me receber, preocupados.

Bianca, Julia e Gil me abraçam como se eu tivesse sumido por dias. César anda de um lado para o outro, aliviado, fazendo mil ligações. Justiça está deitada na porta, de banho tomado e com a pata enfaixada. Ela não levanta para me receber, mas abana o rabo e me aproximo para fazer carinho.

Nossas malas já estão todas no saguão, prontas para ser colocadas no carro. Olho o relógio e vejo que estamos superatrasados para voltar para casa, mas acabamos perdendo mais tempo, porque César chama um médico para ver minha perna. Ele cuida do ferimento, passando uma pomada cicatrizante e receitando um remédio para dor. Um dos seguranças me ajuda a entrar no carro para seguirmos viagem.

César me acompanha no banco de trás, silencioso, enquanto trabalha freneticamente em seu tablet. Carrego Justiça no colo depois de muito protestar para que viesse comigo. Apesar da sensação gostosa que me passa, deitada em mim, não consigo conter a irritação que sinto por Enzo, que está no assento da frente, compenetrado na paisagem.

Entramos todos no avião em silêncio. Justiça não é muito leve, mas faço questão de levá-la, porque não quero que Enzo a carregue por mim. Sento com ela no colo e com meus amigos ao meu redor. Nenhum deles diz nada, com toda a confusão do dia anterior ainda pairando entre nós. Estou tão exausta física e psicologicamente que não consigo pensar em uma forma de amenizar a situação.

— Minha avó é da Resistência — Julia solta de repente, nos deixando boquiabertos.

Recuo assustada, encarando-a. Apesar de não querer acreditar, um filme passa na minha cabeça, repleto de momentos em que d. Chica se opôs à Coroa ao longo dos meus anos de internato.

— D. Chica? — pergunto, perdida em meus pensamentos e me sentindo um pouco tola por nunca ter pensado na possibilidade.

— Não sei de muita coisa, Zália — fala Julia, apressada. — Até te conhecer, nunca liguei muito para a Coroa. Foi confuso para mim. Você lembra como demoramos para ficar amigas, apesar de sempre nos colocarem para fazer os trabalhos juntas?

Olho para ela, escutando o que diz, mas sem processar direito.

— Sua avó sabia da morte de Victor? — pergunto, chocada.

— Não, Zália. Ela se sentiu tão culpada naquele dia... Ela não imaginou que alguém fosse capaz disso.

— Então qual é a ligação dela com a Resistência?

— Ela já foi mais engajada. Minha mãe disse que cresceu em meio a reuniões na casa onde moravam. Minha avó era uma das líderes de Souza, mas com o passar do tempo acho que foi se distanciando do comando.

Não sei por quê, mas me sinto traída. Julia não tem culpa, e entendo seu medo de compartilhar a informação, mas não consigo nem olhar para sua cara.

— Nunca achou que devia me contar?

— O quê? — ela pergunta, confusa. — Sobre minha avó? Não. Eu e você sempre evitamos conversar sobre a Coroa ou política. Estávamos sempre tentando fugir dos assuntos ligados à sua família. Não havia por que contar. E eu tinha medo de que se afastasse se soubesse.

Respiro fundo, tentando acalmar meu coração. Não posso ficar assim com Julia. De fato, sempre evitamos ao máximo os assuntos que envolviam a Coroa. Mesmo nas tardes de estudo de história, tratávamos tudo como algo distante, como se nada tivesse a ver comigo. E eu adorava aquilo nela.

— E sua mãe? — Volto a ficar receosa.

— Acho difícil alguém não se envolver tendo minha vó como mãe, mas ela nunca levantou bandeira exatamente. Mas me ensinou história sem as mentiras da versão oficial.

— Então você acredita que o rei Euclides foi um golpista.

— Claro! — ela solta, e imediatamente se arrepende. Não me olha, sem graça por dizer a verdade. — Desculpa, Zália. Não queria falar mal da sua família.

— Eu nem o conheci, Julia. Não ligo para o que você acha dele, mas... se for verdade, por que continuam mentindo?

— Talvez para proteger quem ainda está vivo — analisa Gil. — Muitas pessoas participaram do julgamento dele, certo? Não faz nem cinquenta anos. Se descobrirem que foi tudo mentira, já pensou o que aconteceria com essas pessoas?

— Elas seriam presas, como deviam ter sido. Para pagar por seus crimes.

— Mas é muita gente importante, Zália. Se procurarmos os familiares das pessoas que testemunharam contra o rei Fernando, provavelmente vamos encontrar empresários bem-sucedidos, pessoas do alto escalão... — fala Julia.

— Vocês estão ignorando o mais básico: eu sou a princesa regente.

Todos eles me observam por um tempo, pensando no que isso significa.

Bianca quebra o silêncio.

— Você não pode prender todos eles.

— Não, mas posso encontrar as provas, e o resto fica na mão da Justiça.

— Para quem não conseguia nem pedir uma viagem para o pai... — brinca Gil.

— Estamos falando de algo muito maior que eu. Não posso ter medo de fazer a coisa certa.

— E você quer correr atrás disso? — Bianca pergunta.

— Agora não. Primeiro quero descobrir o que está acontecendo em Além-Mar.

Decido isso no mesmo momento em que falo. A perspectiva de nadar contra a correnteza me assusta demais.

— Te ajudo, se você quiser.

Julia pega minhas mãos. Sorrio, agradecida.

— É claro que quero. Preciso de todos vocês. Não vou conseguir fazer isso sozinha.

— Vai entrar para a Resistência, então? — zomba Bianca, mas logo se arrepende ao receber meu olhar de reprovação.

— Não. Vou ser rainha.

14

GALDINÓPOLIS ESTÁ COMPLETAMENTE TRANSFORMADA quando chegamos ao aeroporto. A cidade foi toda decorada para o Natal, cheia de luzes e com árvores enfeitadas nas praças. Apesar de todas as preocupações, fico encantada com o clima e observo pela janela do carro a magia do final do ano. Mostro tudo para Justiça, como se ela pudesse entender o que digo.

Voltar ao palácio significaria retornar à rotina da semana anterior, com aulas de manhã e visitas à tarde, mas não posso fazer isso depois de tudo o que aconteceu em Corais. Não posso fingir que a viagem não me mudou. Desde entender as diferenças entre os governos de Rubens e de Wellington até a visita que fiz à segunda escola pública. O encontro com o diretor foi o que mais mexeu comigo. Saber que as crianças não estão sendo bem cuidadas, que não pagam os professores, pessoas de quem depende a educação do país... Como eu poderia ignorar tudo isso, sabendo que tenho o poder de mudar?

Me despeço de meus amigos bastante contrariada. Sei que precisam retornar ao internato, mas preciso tê-los ao meu lado. Abraço-os como se não fosse vê-los mais, e tento me acalmar pensando que em breve virão morar comigo. Subo as escadas do palácio enviando mil mensagens para eles. Deixo Justiça no quarto e subo para encarar meu pai, que está no escritório. Ele começa a reclamar de tudo o que supostamente fiz de errado na viagem.

— Sair do carro no meio do trajeto? Atender os jornalistas? — Ele olha para minha mãe, tentando se acalmar. Não parece haver nenhuma tensão entre eles, porém ela não o encara como antes, quando o peitava e ficava do meu lado. — Voltar atrás nas minhas decisões? Está louca? Vamos assinar todas as emendas feitas antes de Victor morrer. Já bati o martelo, não é você que vai me fazer mudar de ideia.

Eu recuo, mas tento me defender.

— Mas pai...

— Mas nada. Você está há três semanas no governo e acha que sabe mais que eu, que estou há catorze anos? Não acha que já procurei soluções, que não pensei em maneiras mais simples de resolver a crise? Está duvidando de seu pai?

Me sinto a pior pessoa do mundo quando o escuto falar isso. Não quero que pense que não acredito nele, que não respeito suas decisões. Ao mesmo tempo, acho que preciso entender o processo. Ler e avaliar as coisas, não só assinar porque mandaram.

— Não quis dizer...

— E que história é essa de investigar a administração de Barenco? Dessa vez não me aguento, mas falo com cautela.

— Eles usaram a PEG para conter os manifestantes.

— Que usem o Exército — grita meu pai e tosse, perdendo a força. Viro para minha mãe, horrorizada com o que escuto, mas ela não me encara.

— Você não está falando sério — digo, sem querer acreditar que meu pai compartilha dessa opinião.

— Não estou, Zália, mas o governador de Barenco pode fazer o que bem entender com suas cidades.

— Mas não é o nosso...

— Chega, Zália. Basta.

Ele aciona a cadeira e se retira do escritório. Observo, incrédula, enquanto se afasta.

Minha mãe finalmente fala:

— Fique tranquila, Zália. Ele só está com a cabeça quente, logo se acalma e poderemos resolver tudo isso. — Ela faz menção de segui-lo, mas então para e vira para mim. — E você *tinha* que arrumar um cachorro, né?

Estou confusa demais para responder. Dou de ombros, pensando que Justiça é a única memória boa que tenho de Além-Mar.

Saio de lá sem saber como me sentir. Deito na cama, atônita, e puxo Justiça para mais perto. Meu estômago se remexe. Ora quero continuar com os novos planos para a semana, ora acho melhor não contrariar meu pai e ficar na minha. Sei que ele se preocupa com o país como ninguém, e não quero desrespeitá-lo.

Assim que acordo na manhã seguinte, a enfermeira do palácio vem trocar o curativo da minha perna e me medicar.

Um envelope com o selo real na mesa da sala chama minha atenção. Fico com medo de que seja um documento dissolvendo minha regência.

Na verdade, são as duas leis que estão sendo alteradas, a da aposentadoria e a 771, que determina o imposto a ser pago pelo trabalhador empregado. Estão ali a versão original e a com modificações, e um bilhete de Antonio para que eu olhe os documentos com atenção.

Abraço o bilhete, lembrando do nosso último encontro tão quente e emocionante em Corais.

Sei que o envelope não foi enviado por acaso, e sim a mando de meu pai, como se estivesse me dando uma ordem. Fico elétrica, com vontade de andar, para gastar a energia e pensar melhor. Como não é possível por causa do machucado, sento na sala e sacudo freneticamente a perna boa, como se fosse resolver minha ansiedade.

Para agravar a situação, não sei como reagir no próximo encontro com a professora Mariah depois de tudo o que Julia me contou, mas ao vê-la entrar nos meus aposentos, tudo o que consigo fazer é chorar e abraçá-la, carente por contato maternal depois de toda a confusão de ontem.

— Está tudo bem? — ela pergunta, colocando meu cabelo atrás da orelha. Explico tudo o que aconteceu em Corais, desde a visita surpresa à escola pública ao breve momento com o prefeito, mas por sua reação me parece que Julia o fez antes de mim. — Não posso mais esconder minha opinião de você, não é? — ela analisa.

— Não — respondo, fazendo-a pensar.

— Acho que você foi muito corajosa. Enfrentar os jornalistas não é comum para a Coroa. Seu irmão e seu pai só deram entrevistas marcadas, com perguntas selecionadas. Responder na lata, sem medo do que viria...

— Mas eu estava morrendo de medo — corrijo, e ela sorri.

— Você foi aberta e respondeu da melhor forma possível, dando esperança ao povo. As pessoas acreditaram em você, não viu os jornais? — Balanço a cabeça negativamente. — Você fez com que pensassem que é diferente, que vai promover mudanças, que se importa.

— Mas eu não falei nada de mais.

— Falou que vai avaliar as leis, que vai investigar a violência e que quer o melhor para o povo. Isso já é muito. Nenhum rei conversa com o povo desde Fernando.

— Acha mesmo que ele era inocente? — pergunto, e Mariah assente, me deixando temerosa. — É perigoso seguir em frente?

— Com certeza. — Ela me encara com preocupação. — Mas extremamente necessário.

Meu olhar vaga pela sala sem se concentrar em nada específico. Sei o que é certo fazer, mas parte de mim tem medo de seguir em frente e perder meu pai para sempre.

— Pode me ajudar com isso? — pergunto, ainda receosa, com o envelope na mão. Ela me olha surpresa.

— Ajudar como?

— Quero entender mais sobre essas leis, principalmente a da aposentadoria.

— Tenho um vínculo forte com a Resistência, Zália — ela responde, incomodada.

— Já sei qual é sua opinião. Faça exatamente como no internato. Me mostre os pontos positivos e os negativos, só isso.

Mariah concorda e pega os papéis da minha mão, analisando-os com atenção.

— E tem outra coisa... Agindo contra meu pai, dificilmente vou conseguir alguém no palácio para me ajudar com a papelada de Além-Mar.

— De Além-Mar? — ela pergunta, e eu explico minha decisão.

Minha cabeça grita em alerta, por conta de sua ligação com a Resistência, mas meu coração sabe que Mariah jamais me trairia.

— Precisamos de mais pessoas, Zália. Não vamos dar conta sozinhas.

— Temos Julia, Bianca e Gil, mesmo que distantes.

— Mas eles estão em semana de provas. E você também!

— Eu?

— Acha que se livrou completamente da escola? — ela brinca.

— Vou aplicar suas provas ao longo da semana.

— Sério? — pergunto, amedrontada. — Mas eu não estudei.

— Tenho certeza de que vai se sair bem. E, com as notas que já tem, eu não me preocupo.

— Certo... Mas, mesmo com as provas, eles têm a tarde e a noite livres. Posso mandar parte do material para que ajudem à distância. As notas deles são tão boas quanto as minhas.

Ela ainda parece receosa.

— Zália...

— Temos pistas, Mariah! Sabemos que há problemas com as escolas. Sei por onde começar. Além do mais, se não fizermos nada... — Deixo a frase morrer, sem querer pensar na opção.

— Muito bem — ela concorda, enchendo meu peito de esperanças.

— Na verdade... — Uma ideia surge na minha cabeça. Sei que

Mariah é a pessoa perfeita para isso. — Tem mais uma coisa — digo, na dúvida se ela vai topar, já que envolve mentir para o rei. — Você acha que consegue me colocar em contato com ativistas? Pessoas que lutam por melhorias, pela refeição das crianças, pelo salário dos professores? — peço. — E o que mais tiver.

Ela me olha, surpresa.

— Como vou fazer isso, Zália? Nenhum deles jamais conseguiria entrar no palácio.

Desanimo, sabendo que é verdade. Outra ideia logo vem me salvar.

— Será que não conseguimos encaixar nos meus passeios diários? Sem ninguém saber? E se a pessoa for visitar o mesmo lugar que eu?

— E como faríamos isso? A pessoa precisaria ter uma ótima relação com a instituição que você for visitar.

— Posso passar minha agenda a você. Sabendo de todas as visitas, pode descobrir a quais terão fácil acesso. — Ela me olha, admirada. Continuo falando: — Quero conhecer todos os problemas de Galdino, quero saber o que está faltando, o que o governo tem feito de errado.

— Falou como uma rainha. — Mariah sorri e concorda em me ajudar. Em seguida, inicia uma explicação sobre a Lei da Aposentadoria.

Enzo está de folga por ter trabalhado no fim de semana, então dou de cara com David quando saio para encontrar Antonio. Ele e Justiça são os únicos assuntos que conseguem me tirar do meu limbo de ansiedade. Atravesso o corredor pensando em como será revê-lo depois da noite de sexta. O friozinho na barriga gostoso volta.

Quando abro a porta, Antonio levanta rapidamente, faz uma reverência e aponta para a cadeira à sua frente.

— Vossa alteza está bem? — ele pergunta, parecendo preocupado. — Soube do acidente de ontem.

— Estou ótima, Antonio. Não foi nada de mais.

— Não foi nada de mais... — repete ele, notando que manco. — Soube que está de namoradinho novo — continua, me deixando confusa.

— Namoradinho?

Antonio pega o celular e lê algumas manchetes.

— "Será que o relacionamento da princesa com seu segurança vai além do profissional?", "Segurança ou amante? Princesa Zália passeia de lancha ao lado de Enzo", "A princesa e o plebeu: pode Zália se casar com um cidadão comum?".

Ele me entrega o celular, mostrando milhares de fotos nossas na lancha.

— Enzo estava me ajudando com Justiça.

— Justiça? — ele pergunta.

— A cadelinha que está na foto.

Ele observa e me olha desconfiado.

— Você fica uma graça com ciúmes — zombo.

— Não estou com ciúmes.

— E eu não me chamo Zália.

Antonio estreita os olhos, reprovando minha brincadeira, mas sorri.

— Está querendo enlouquecer seu pai, é? — ele brinca, mudando de assunto, mas isso só me deixa para baixo, o que não consigo disfarçar. — Ei, está tudo bem?

— Dentro do possível — digo, sem querer mentir.

— Posso ajudar em alguma coisa?

— Com certeza — respondo, sem saber se ele vai topar. — Preciso dos arquivos de Além-Mar. Todas as contas do governo.

Antonio recua, pasmo.

— Você não está falando sério.

— Claro que estou. Por que não estaria?

— Zália... — Ele para um instante. — Seu pai sabe disso?

— Não. — Se soubesse, tenho certeza de que ia me trancar no calabouço. — Só sabe que quero investigar Barenco, o que você vai fazer por mim. — Antonio se ajeita na cadeira. — Precisamos entender o que está acontecendo lá e impedir que voltem a usar a PEG. Não quero mais saber desse tipo de notícia, Antonio.

Sinto que sou dura demais, então desvio o olhar, desconfortável ao exercer minha autoridade.

— Vou conversar com o governador — ele garante, sério, e me sinto mal, como se o estivesse enganando. Não contei a ele que meu pai discorda dessa decisão, mas agora não é hora de voltar atrás.

— E os documentos... Por favor, Antonio, preciso deles o mais rápido possível.

— Zália, preciso confirmar com seu pai — ele diz, tentando ser delicado, mas sinto o tapa na cara da mesma forma.

— Por quê? — pergunto, na defensiva. — Preciso da autorização dele para tudo? Não sou a regente?

— É, mas ele ainda é o rei.

Eu o encaro, decepcionada com a resposta. Achei que ficaria do meu lado, mas escolheu meu pai. Chateada demais para continuar, levanto para sair da sala.

— Zália! — ele chama, mas não respondo.

O friozinho na barriga se transforma em um nó. Me sinto duplamente fracassada, primeiro por causa da missão que nem consegui começar, mesmo depositando tanta energia, segundo porque estou vendo mais um relacionamento naufragar por causa da Coroa.

Antonio tenta vir atrás de mim, mas lanço um olhar para que David não o deixe me seguir. Estou chateada demais para permitir que me amoleça com seu charme.

Sinto falta dos meus amigos no almoço. Se não podem estar comigo ao vivo, o celular vai ter que resolver. Mando uma mensagem de voz pedindo ajuda deles com a investigação e contando o que aconteceu.

Bianca
Não acredito que ele negou os documentos

Achei que estava na sua

Gil
Isso não quer dizer nada

> Só que ele é profissional

> É o trabalho dele, gente

> **Julia**
> É, mas Zália é a regente

> Antonio deveria ter feito o que ela pediu

> É como se ele não confiasse em mim

> **Julia**
> Se for verdade, vc não deveria ficar assim, pq ele não merece sua tristeza

> Vamos arrumar um jeito de conseguir esses arquivos com ou sem ele

Mudamos de assunto. Julia tagarela sobre as provas de matemática e inglês que tiveram pela manhã e Gil me conta que está em contato com César, que ficou de contratar o novo membro da equipe de mídias sociais.

> **Julia**
> E como está tudo aí?

> Bem, eu acho

Julia
Seus pais?

Estranhos

Minha mãe me disse que está tudo bem,
mas não parece

Bianca
Pode ser só uma briga

Meus pais ficam dias sem se falar

Depois volta tudo ao normal

Mas e a Suelen?

Onde entra nisso?

Por que minha mãe está com tanta raiva dela?

Gil
Acho que você se preocupa demais com coisas
sem importância

Elas são amigas, vão se entender

Vai ver sua mãe não quis te falar porque
não é nada sério

> Não sei...

> Nunca tinha visto minha mãe daquele jeito

Bianca
É, mas você morou longe nos últimos dez anos da sua vida, né?

Julia
É verdade, Zália

Vc já tem preocupações demais

Pode ser só uma briguinha

> É... Melhor pensar dessa forma

Meus amigos são meu maior apoio. E Justiça, que não sai do meu lado durante toda a refeição, provavelmente interessada na comida. Mesmo assim, fico feliz com sua companhia.

Mais tarde, sigo para o estádio de futebol de Galdinópolis. Apesar de ter tido vontade de entrar ali e ver um jogo ao vivo a vida inteira, não aproveito a visita como gostaria. Volto ao palácio no fim do dia e descubro que não terei reuniões com meus pais esta semana por causa das provas. Sou levada por Asthor para uma sala de reunião, onde Mariah me aguarda para aplicar as primeiras avaliações.

Pelo que Julia falou nas mensagens, minhas provas são diferentes, mas respondo todas as perguntas sem muita dificuldade. Mesmo com a reunião cancelada, vou até os aposentos de meus pais, querendo amansar a situação. Yohan me detém na porta, afirmando que meu pai está em uma reunião importante com o gerente financeiro do palácio e que minha mãe não se encontra.

Volto para o quarto com medo de meu pai ter descoberto sobre a minha tentativa de obter os arquivos de Além-Mar. Estalo todos os dedos para me acalmar, mas é inútil. Para piorar, encontro duas almofadas da sala completamente destruídas quando entro.

— Quem fez isso? — brigo, procurando Justiça. Eu a encontro dentro do closet, mastigando um dos meus sapatos. — Está doida? Acha que é só chegar e acabar com tudo?

Justiça abana o rabo, sem entender, mas quando tiro o sapato dela e dou uma bronca mais firme, fica amuada, virando o rosto para não me encarar. Preciso me segurar para não rir da cara de vergonha que a cadela faz, e é claro que não consigo manter a pose por muito tempo. Vê-la animada pelos aposentos, depois do estado em que a encontrei na praia, é mais do que uma recompensa. Ligo para Shirley e peço um estoque de brinquedos e ossos para Justiça, então vou para o banho relaxar, mesmo que só um pouco.

Acordo no dia seguinte com Rosa gritando com Justiça dentro do closet e outro envelope na mesa de centro. Pensar que estou sendo cobrada me deixa frustrada. Ao pegar o envelope, no entanto, sinto um pesinho no fundo, e viro para que o conteúdo caia na minha mão. Junto com o pen drive, vejo um bilhetinho:

Tudo o que você precisa sobre Além-Mar.

Posso te ver hoje?

Rio, boba, olhando para a letra de Antonio no papel. Ele escolheu me ajudar. Assim que a professora Mariah chega, sentamos lado a lado no escritório, ela em seu laptop e eu no meu velho computador. Antes de iniciarmos a busca, ela me explica mais sobre os protestos que acontecem por todo o país, dando exemplos claros de onde as verbas recebidas não batem com o serviço fornecido.

Os valores que ela compartilha comigo são bem próximos dos que Antonio me mostrou em nossas aulas, o que me leva a pensar que Mariah está certa. Alguma coisa acontece no meio do caminho para que o dinheiro não chegue ao seu destino. Ela me explica as diversas formas como o dinheiro pode ser desviado, e fico embasbacada com a cara de pau dos governadores.

Passamos a aula tentando desvendar os milhares de pastas do pen drive, sem começar o trabalho importante de fato.

Quando a aula termina, sigo sonhadora para o escritório de Antonio, que se finge de desentendido quando chego, sorridente, agradecendo por confiar em mim.

— Não te mandei nada — ele diz, mas logo sorri, me dando um selinho. — Como posso resistir a você? — Ele me puxa para seu colo, então fica sério. — Você precisa ter cuidado com o que está fazendo — diz, olhando nos meus olhos. — Isso não é brincadeira.

— Quem disse que é?

— Ninguém, mas você está se metendo com gente muito grande.

— Maior que eu?

— Ninguém é maior que você — ele afirma, mas ainda assim não sorri. — Isso não impede que você se torne um alvo. Pense em seu irmão.

Levanto, incomodada com a menção a Victor, e me dirijo à cadeira ao seu lado, reparando que ele não para de me olhar.

— Senti sua falta — diz, fazendo com que eu me derreta por dentro.

Finjo dureza.

— Não é hora para isso.

— E quando é, então? — ele pergunta. — Vai sair comigo para jantar?

— Quer assumir um relacionamento publicamente? — zombo, sabendo que a única maneira de sairmos seria assumir um namoro, o que seria assinar a carta de demissão dele.

— Por que não? — Antonio pergunta, me pegando de surpresa.

— Você não está falando sério! — digo, sem acreditar. — Não vai abandonar tudo o que tem por minha causa, ainda mais sem saber se a gente vai dar certo.

— E como vou saber se a gente vai dar certo se não tentarmos?

Esse é um dos momentos em que é difícil não me entristecer por ser da monarquia. Eu poderia simplesmente sair com o menino de quem gosto, ir a qualquer lugar, e ninguém estaria nem aí. Poderia sair com ele em um dia e com outro no seguinte, e ninguém falaria nada. Mas, como princesa, jamais poderei fazer isso. Não posso nem aparecer ao lado de alguém que os jornais já falam em casamento...

— Vamos ao cinema? — ele brinca, me tirando do meu devaneio.

— Só se for aqui no palácio — provoco.

— Seu pai vai adorar isso.

Rimos os dois, ainda que tristes por querer ficar juntos e não poder.

Ele acaricia meu rosto e seu toque me acalma, me fazendo fechar os olhos.

— Quando vamos poder ter outro momento só nosso?

— Não podemos sair sem você perder seu emprego, Antonio.

— É por isso mesmo que estou perguntando.

Ele deixa os ombros caírem, desanimado, mas sem tirar os olhos de mim.

— Asthor percebeu o que estávamos fazendo — digo, envergonhada, pensando em sua cara ao ver Antonio no meu quarto.

— Eu sei. Levei uma bronca e tanto — diz ele.

— Acha que ele vai falar com meu pai?

— Claro que não, mas faz parte do trabalho dele avaliar seus pretendentes.

— *Avaliar meus pretendentes?* — repito, incrédula.

— Claro. Eles precisam saber quem está se aproximando. E... bem, eu não poderia me envolver com você, já que trabalho aqui.

— É uma regra? — pergunto, querendo entender mais.

— É — ele responde sério, me surpreendendo.

Fico incrédula. Sei que existem impedimentos, mas não achei que fosse algo tão formal.

— Está no nosso contrato que não podemos ter nenhum tipo de relação além da profissional com qualquer membro da família real.

— Que absurdo! Não posso ser amiga de quem trabalha aqui?

— Teoricamente, não.

Reviro os olhos, cansada de tantas restrições. Ele ri, então pega minha mão e olha para ela de forma apaixonante. É como se estivesse tão bobo por mim quanto eu por ele, o que me deixa eletrizada. Depois de tanto sofrimento com Enzo, poder sentir isso de novo é revigorante.

Conversamos sobre os dias na Pousada do Salhab, a incrível lagosta e os corais que visitei. Conto como encontrei Justiça e a levei para a pousada, e Antonio diz que quer conhecê-la. Ele me escuta, encantado, sem me interromper ou tirar os olhos de mim. Me sinto a menina mais linda do mundo com todo aquele interesse. Envergonhada, peço que me conte sobre seu fim de semana.

Antes de partir, ele me leva até a porta, segurando a maçaneta para que eu não a abra precipitadamente. Então me dá um beijo leve, que faz minhas pernas bambearem. Não resisto e avanço, tornando o beijo mais interessante. Antonio solta a porta e me segura pela cintura. Resolvo fazer o que ele fez comigo em Corais, me afastando para deixá-lo com vontade de mais.

— Você não está falando sério...

Ele tenta me puxar de volta.

— Preciso seguir com a minha agenda. — Finjo seriedade e abro a porta. Ao contrário dele, olho para trás enquanto atravesso a sala de reunião, e o encontro atordoado, passando a mão nos cabelos.

Sorrio de orelha a orelha e passo o resto do dia sem conseguir pensar em outra coisa.

Na manhã seguinte, a professora Mariah e eu começamos a procura pelo furo nos documentos que temos, olhando mês a mês, pelos últimos quatro anos, o valor recebido e gasto com as escolas públicas de Além-Mar, sem encontrar nada de útil.

Quando saio do quarto para encontrar Antonio, percebo que nenhum segurança me espera do lado de fora. Procuro curiosa por alguém e volto para o quarto atrás de Rosa, que está arrumando meu closet.

— Sabe onde está Enzo? Ou o segurança da vez? — pergunto. Ela me olha confusa.

— Não tem ninguém na porta?

— Não — respondo, intrigada.

Sigo encucada até o hall norte e encontro Enzo me esperando no primeiro andar.

— O que está fazendo aqui embaixo? — pergunto.

— São as novas ordens — ele responde.

— Novas ordens?

— Não posso mais entrar na área residencial.

Fico surpresa. Quis isso por tanto tempo, mas agora me sinto até vazia sabendo que não estará o tempo inteiro atrás de mim. Assinto, tentando esconder minha confusão, e sigo para a reunião com Antonio, pensando se isso vai me ajudar a finalmente esquecer Enzo.

Trabalhamos incansavelmente atrás de algum problema no orçamento de Além-Mar. Eu e Mariah pela manhã, Julia, Bianca e Gil à tarde, enquanto cumpro meus compromissos. Verificamos todo tipo de conta, mas tudo parece normal. Existem gastos que poderiam ser reduzidos ou aumentados, mas nada que levante suspeita. Com o passar do tempo, ficamos desmotivados e sem esperança, achando que ou não há nada de errado ou estão escondendo muito bem. Escolho acreditar na segunda opção, tentando recuperar o fôlego para continuar as buscas.

Na sexta, encontro Antonio para nossa última reunião da semana, o que já me deixa saudosa, desejando que trabalhe em seus dias de folga só para poder ficar perto dele. Antonio é tudo de que preciso no momento. Companheiro, gentil... e quente, quando necessário. É até difícil sentar ao lado dele e sentir seu perfume, quando só quero me enterrar em seu pescoço e ficar ali para sempre, ou sentir seu toque e não parar tudo para receber seus beijos envolventes. Porém, nos mantemos focados, apesar de vez ou outra ele se inclinar na minha direção para beijar minha nuca exposta, fazendo com que eu me arrepie toda.

Sinto cada vez mais que estou me apaixonando, o que é ao mesmo tempo eletrizante e aterrorizador. A distância de Enzo tem, de fato, ajudado. Não encontrá-lo toda vez que saio do quarto me deixa menos tensa. Mas tenho medo de me entregar aos sentimentos por Antonio e sofrer como da última vez. Por isso me concentro nos assuntos reais, obedecendo ao cronograma.

Antes de partir, Antonio parece um pouco desconfortável, mas fala mesmo assim:

— Deu uma olhada nas leis?

— Dei — respondo, me encolhendo.

— E?

— Ainda não decidi.

Ele assente e me dá um último selinho, então saio dali, voltando a ficar inquieta com a assinatura das leis. Ando tão focada em Além-Mar que esqueci de pensar nelas, então decido me dedicar a isso durante a tarde.

Leio e releio os documentos para tentar entender os pontos positivos das mudanças, sem conseguir enxergar nada de concreto. Ao final do dia, depois de fazer as últimas provas do internato, vou para meus aposentos e me jogo em um dos sofás da sala, cansada demais para levantar. Me sinto aliviada de não precisar subir para encontrar meus pais.

Rosa tagarela sobre a bagunça de Justiça, mas estou tão desligada que não presto muita atenção. Alguém bate na porta e, quando permito a entrada, me surpreendo com Suelen, que não encontro desde que presenciei a briga com minha mãe.

— Você ainda está aqui — falo, surpresa e esperançosa. Talvez a briga não tenha sido tão horrível assim.

— Estou — ela responde, rindo. — Onde mais estaria?

— Sei lá. Você e minha mãe brigaram tão feio naquele dia.

— Nada que não possa ser resolvido.

Ela se aproxima para me dar um abraço.

— Como estão as coisas? — pergunta, interessada.

— Exaustivas — respondo, sincera.

— Imagino que sim — diz, sorrindo.

— E você e minha mãe? Como estão? — pergunto.

— Indo... — Ela dá de ombros. — Uma hora a gente se entende.

Não se preocupe com isso. São muitos anos de amizade para serem jogados fora dessa maneira. Se concentre no que é importante. Já conseguiu analisar as leis?

— Meu pai te mandou aqui? — pergunto, arredia, mas ela ri.

— Claro que não, Zália. Seu pai não me mandaria fazer o trabalho sujo. E, se mandasse, eu jamais aceitaria. — Ela pisca pra mim.

— Não sei o que fazer — digo, ainda sem saber se posso confiar nela.

— O que acha das leis? — pergunta Suelen.

— Bem... A da aposentadoria me parece um pouco egoísta e abusiva — respondo, ainda cautelosa.

— Egoísta? — Ela ri do meu comentário.

— É. Por que precisa mudar a lei para o trabalhador normal, mas não para os políticos? — pergunto, incrédula. — Eles já têm mais férias que o resto da população — acrescento.

— Eles têm mais responsabilidades — diz ela, calma, e não sei se essa é sua opinião ou se está me testando.

— Mas não parecem estar dando conta delas, já que há protestos e greves por todo o país. Não acho justo que tenham o dobro de tempo para descansar, enquanto planejam dobrar o tempo de contribuição dos outros.

— Não exagera, Zália.

— Não é exagero. Mariah me explicou. Atualmente a população precisa contribuir por no mínimo trinta e cinco anos para receber pensão integral, independente da idade. E eles não só querem passar para quarenta como colocar uma idade mínima de sessenta e cinco anos para começar a receber. Ao longo da carreira, a pessoa não pode ser demitida, ficar muito tempo desempregada nem tentar outras opções. Se for empregada aos trinta, por exemplo, só vai conseguir se aposentar aos setenta. Isso não é abusivo?

— Mas qual seria a solução? O modelo atual é insustentável. Há muitos idosos e pessoas se aproximando da meia-idade, e a cada dia menos jovens. Como vamos sustentar tantos aposentados? — ela pergunta, me fazendo pensar, pela primeira vez, que a proposta tem algum sentido.

— Não é justo. — É tudo o que consigo dizer. — Não seria mais fácil não haver corrupção e usar o dinheiro para esse tipo de problema?

— Seria, mas de quanto dinheiro estamos falando? O desvio das prefeituras investigadas na época de Victor não paga nem dez por cento do que precisamos.

— Então não deveríamos esperar?

— Para quê?

— Para entender melhor o que está acontecendo e para onde o dinheiro está indo. Não deveríamos investigar se há desvio ou má administração antes de aumentar os impostos e sair mudando radicalmente a vida do trabalhador? O objetivo não é fazer o país funcionar e crescer, melhorar a qualidade de vida da população? — comento, triste. — Com quantos anos meus avós morreram? — pergunto a Suelen, que compreende. O pai do meu pai faleceu com sessenta e dois anos, enquanto meu avô materno se foi com quarenta e três. Eles nem teriam completado os anos necessários. — É justo tirar dinheiro do povo sem fornecer a estrutura que merecem? Se estivesse tudo lindo, funcionando em condições maravilhosas, e aumentássemos o tempo de contribuição para fazer melhorias, não acho que protestariam tanto, mas não é o caso.

— Mas precisamos resolver a dívida logo, precisamos tapar o buraco para depois cuidar da população — ela diz.

— Mas... se houver desvio de dinheiro, como cuidaremos das pessoas? Quem disse que não vão desviar mais?

— O que você acha que deve ser feito então? Nada? — pergunta ela.

— Acho que *o governo* deve ser mudado, não as leis. Precisamos descobrir se é verdade o que falam sobre corrupção e eliminar as laranjas podres. Precisamos avaliar o país sem roubos para então decidir se é necessário ou não aumentar os impostos.

— Bem... — Ela sorri para mim. — Então acho que você já se decidiu.

Não sei por quê, mas me surpreendo com sua conclusão. Estou tão chateada com a reação de meu pai que cogitei seriamente assinar os documentos só para não brigar mais com ele. Fico ainda mais embasbacada com o jeito como Suelen levou a conversa, me instigando e deixando que eu pensasse em voz alta. Parece me dar mais certeza do que tenho que fazer.

— Onde você está na investigação?

— Como sabe...

— Agora tenho certeza. — Ela sorri docemente, e me sinto enganada. — Depois de sua coletiva em Corais não achei que fosse deixar pra lá.

— Jamais deixaria — digo, sem saber o quanto posso revelar.

— Começou por onde? Corais mesmo?

Balanço a cabeça positivamente, com medo de revelar demais e ela ir correndo contar ao meu pai.

— Eu verificaria as contas da empresa que fornece as merendas — diz Suelen, apertando minha mão e piscando pra mim. Ao ver minha cara de confusão, ela acrescenta: — É uma das reclamações, não é?

Suelen vai embora, e eu me sinto completamente tapada por não ter começado a busca ali. A nova meta me dá um ânimo novo, uma vontade de voltar às pesquisas, certa de que vou conseguir enxergar a luz no fim do túnel.

15

DEPOIS DE UMA SEMANA INTEIRA SEM VER MEUS PAIS, subo para tomar café da manhã com eles antes de nossa visita ao túmulo de Victor. Quando entro na sala, os dois estão quietos. Minha mãe sorri ao me ver, levantando para me abraçar, enquanto meu pai ignora completamente minha presença, o que dói. Olho para ela para pedir socorro, mas minha mãe só balança a cabeça negativamente e revira os olhos, deixando claro que não concorda com ele.

Sento de frente para ela e ao lado dele, que está na cabeceira da mesa.

— Por onde você andou a semana inteira? — pergunto à minha mãe, que respira fundo antes de responder.

— Precisei ir a Rabelo visitar seu tio.

— Tio Marlos? Por quê? Vocês não estavam brigados? — solto sem querer, e ela me olha surpresa. Meu pai levanta o rosto para participar da conversa.

— Você brigou com Marlos? — Ele observa minha mãe, curioso.

— Coisa de irmãos — ela faz um gesto para indicar que não é nada de mais.

— E como ele está? — pergunto, tentando ignorar sua mentira.

— Bem... bem — ela diz pensativa, mas parece esconder alguma coisa. Deixo pra lá, ignorando minha curiosidade. Não quero insistir no assunto na frente do meu pai.

Seguimos em silêncio até o túmulo de Victor, em parte pelo que a situação representa e em parte pela teimosia de meu pai, que se recusa a falar comigo. Na volta, cansada de ser ignorada, bloqueio a passagem dele.

— O que pretende fazer? — pergunto, tentando não demonstrar irritação. — Só continuar me ignorando?

— Zália! — minha mãe me repreende.

— Não aguento mais, mãe. O que fiz de tão errado assim? A repercussão da viagem a Corais não foi tão ruim — protesto.

— *Não foi tão ruim?* — meu pai vocifera, então lança um olhar para minha mãe, como se estivesse se segurando para não perder a paciência. — Sabe quantos governadores Antonio e eu recebemos esta semana?

— Se vieram reclamar do que falei é porque estão fazendo alguma coisa errada. Quem não deve não teme — respondo, impaciente.

— Zália... — minha mãe me repreende de novo.

— Não estou certa? Por que eles estariam tão nervosos se não tivessem feito nada?

— Não é da sua conta o que eles fazem ou deixam de fazer — responde meu pai. — Quem manda aqui sou eu.

— O que quer dizer com isso? Que se estiverem roubando o problema é deles? Que você vai deixar?

— Não vou deixar nada, mas você não tem que se meter com os governadores de Galdino.

— Como não vou me meter se um dia vou assumir o trono?

— Um dia, Zália, não agora. Não enquanto eu estiver vivo. E pode parar de gracinha, porque se me aprontar mais uma... acabou a brincadeirinha como regente. — Fico tão atordoada que o deixo passar. Ele percorre alguns metros com a cadeira, mas posso ver a raiva em seu olhar quando vira para mim. — E trate de assinar as leis. Estou cansado de esperar. — Meu pai vai embora, escoltado por Yohan, enquanto eu fico para trás com minha mãe e David.

— Você está louca, Zália? — ela pergunta, e eu não sei nem o que falar. Estou arrasada com o rumo que a conversa tomou. — Esperava o quê? Que ele te desse flores?

— Só queria entender por que me ignora.

— Já te disse que seu pai não é fácil. Você precisava dar tempo ao tempo.

— Uma semana já é tempo o bastante.

— Não para seu pai. E precisava falar daquele jeito? Eu disse para você fazer o que tem vontade sem desrespeitá-lo, Zália. Assim você perde toda a razão e fica difícil te apoiar.

— Vai dizer que ele está certo? Que não podemos fazer nada contra os governadores enquanto ele estiver vivo?

— Claro que não, mas você precisa entender que seu pai colocou muitos deles onde estão. Ele pode já saber da verdade. E pode não querer acreditar nela.

— Se souber, ele está sendo conivente, o que é um absurdo. O rei precisa cuidar do povo, e não de meia dúzia de amigos — digo, perdendo o fôlego. Nunca pensei que meu pai fosse capaz de tal absurdo.

— Pare com isso — diz minha mãe, me puxando para longe de David. — Cuidado com o que fala e na presença de quem.

— O que eu faço então? Paro as investigações que já comecei? Minha mãe respira fundo.

— Não, mas precisa ser discreta. Seu pai não pode saber de nada disso. Você escutou o que ele disse.

Ela segura minha mão, me conduzindo de volta ao palácio. Fico confusa com seu apoio, depois de tudo o que rolou com o meu pai.

— "O sol brilhará para todos" — diz minha mãe, como se lesse meus pensamentos. — É o nome de um poema de Jadir Ricci, um poeta do século XIX. Ele fala de um mundo melhor para todos, sem fome ou miséria. Acredito nisso também, acreditava que essa era minha missão como rainha: melhorar a vida do povo. Mas nunca consegui, com seu pai sempre fechado a ideias novas e sem permitir que eu participasse das reuniões políticas. Você tem mais poder, e eu sei que também acredita nisso. Sei que quer melhorar a vida dos cidadãos. Então, enquanto puder te ajudar a fazer o que precisa ser feito, farei isso.

Ela aperta a minha mão e eu assinto, agradecida.

Mesmo com o incentivo da minha mãe e a dica de Suelen, prossigo com a busca timidamente. Quero muito fazer a coisa certa e encontrar o que houver de errado nas contas de Além-Mar. Porém, não consigo focar toda a minha atenção nisso, porque minha mente fica voltando para a briga com meu pai, e suas palavras duras reverberam cada vez mais alto dentro de mim.

O dia não é nem um pouco produtivo. Quando Julia, Bianca e Gil, que vieram passar o fim de semana no palácio, me propõem uma sessão de cinema, topo na mesma hora, querendo me distrair um pouco.

Gil tagarela sobre o novo membro da equipe de mídias sociais, que conheceu pessoalmente ontem, sobre as complicações de coordenar uma equipe (de duas pessoas) à distância e sobre como está ansioso para iniciar o trabalho quando vier morar definitivamente no palácio.

— E preciso te dizer que Asthor é um pentelho. Que velho chato — diz ele, revirando os olhos. — Arrumou defeito em todos os candidatos que escolhi.

— Asthor é um dos funcionários mais antigos do palácio, Gil. Trabalhou para meu avô. Ele tende a ser bastante criterioso — defendo.

— Ah, mas estou louco para o César virar o novo Asthor, porque, além de lindo, ele é superprestativo — ele diz, e damos risada.

Andar pelo palácio conversando sobre paquera e assuntos bobos me leva de volta a um tempo mais tranquilo, quando as únicas preocupações eram as provas e que vestido usar na formatura. É bom demais ficar com os três, porque me tiram um pouco do clima pesado e sério e me transportam para lugares e épocas diferentes, onde posso ser só Zália, sem coroa ou título.

A sala de exibição se localiza depois da biblioteca. Assim que chegamos, Gil resolve fazer xixi. Julia decide ir junto, então Bianca percebe que está com vontade também.

— Acabamos de passar pelo banheiro. É sério isso? — pergunto, sem entender.

— Ah, é rapidinho, Zália. Não gosto de interromper o filme. Vai entrando. Liga tudo e prepara a pipoca — ele diz.

— Quer tudo prontinho pra quando você chegar, sr. Gilberto? — zombo.

— Tipo isso — ele brinca, voltando para o corredor e puxando Julia. Bianca me olha, dando de ombros, antes de ir atrás.

Acho toda a movimentação muito estranha, mas caminho até a porta do outro lado da biblioteca e a abro, lembrando da última vez que estive ali, com Victor e seus amigos. A sala está completamente escura, mas o cheiro de pipoca me chama atenção. Não sei se é um truque da minha memória ou se estou ficando doida. Tateio a parede à procura do interruptor. Quando o encontro e acendo, não acredito no que vejo.

— O que está fazendo aqui? — pergunto, abismada.

— Eu disse que queria ir ao cinema com você — diz Antonio, enchendo a mão de pipoca.

— Como você conseguiu...

— Marquei uma reunião com o Gil, tínhamos assuntos importantíssimos para tratar — ele afirma, e meu coração derrete.

— Alguém caiu nessa?

— Tenho meu charme. — Ele pisca pra mim, me fazendo rir.

Olho na direção da porta, como se estivesse esperando meus

amigos aparecerem para gritar surpresa, mas Antonio me puxa para o enorme sofá e eu caio em seus braços.

— Eles não vão voltar.

— Mas...

— Foi tudo armação para te trazer aqui.

— Não acredito! — Finjo achar um absurdo.

— Se eu fosse você, teria minhas dúvidas se seus conselheiros são confiáveis mesmo.

— E meu assessor político então?

Rimos, felizes com um encontro só nosso, sem política, investigações ou compromissos.

Me ajeito, encostando em seu peito, enquanto ele me envolve com seu braço esquerdo, me puxando para mais perto. A sensação de estar ali é tão boa que me esqueço mais uma vez de todos os problemas que me aguardam do lado de fora. Assistimos a um filme nacional de comédia, entre beijos e risadas.

É difícil me despedir quando o filme termina. Não quero deixar seus braços nem parar de beijá-lo.

— Não quero que vá embora — assumo, fazendo bico. Antonio puxa meu queixo para cima, me beijando gentilmente.

— Não quero ir — ele diz, entre beijinhos.

— Fica — peço, entristecida.

Ele acaricia meu rosto e mexe nos meus cabelos soltos.

— Nunca te vi sem o coque. — Antonio me olha, admirado. — Por que isso?

— Minha mãe diz que passa mais seriedade. Desde pequena prendem meu cabelo sempre que estou no palácio. Acho que já estou acostumada. No internato costumava deixar mais solto, então hoje resolvi soltar também, mas pra falar a verdade me sinto estranha com ele assim.

— Estranha? — Ele faz uma careta. — Você está linda.

— Mas já pensou? Uma rainha descabelada desse jeito?

— Estou pensando agora — ele diz, me beijando novamente, de maneira mais intensa.

Seus beijos são tão maravilhosos que meu corpo se arrepia todo, pedindo mais. Ele segura meu pescoço com uma das mãos, enquanto seu outro braço me envolve, me puxando para seu colo. Me sinto a pessoa mais feliz do mundo, mas tenho medo daquele beijo quente. Até então, meus beijos eram normais, apaixonados talvez, mas nada como esse. Antonio me beija como se fosse a última vez, como se precisasse de mim. Também é assustador, porque me provoca pensamentos que nunca tive.

Quando sua mão escorrega pela minha coxa em direção ao meu quadril, levanto de imediato, confusa e envergonhada com minha própria reação.

— Ei... — Ele tenta me puxar de volta. — Desculpa. Não quis te assustar. Vem cá.

— Acho que é melhor pararmos por aqui. — Quero ficar com ele, mas tenho medo do que pode acontecer se continuarmos assim. Não estou pronta para ir além. Recuo mais um pouco.

— Desculpa — Antonio repete. — Eu não faria nada que você não quisesse. — Ele balança a cabeça e se aproxima de mim. Como agora estamos de pé, eu deixo. — É que você é tão... — Antonio não consegue terminar a frase, deitando seu rosto em meu pescoço e respirando fundo, fazendo com que eu trema todinha.

Minha cabeça tomba para o lado, fraca, enquanto ele beija minha nuca, segurando meus cabelos delicadamente, vindo em direção ao meu ouvido e meu rosto. Antonio beija cada pedacinho dele.

— É muito difícil ficar perto de você sem poder fazer nada. — Ele encosta a testa na minha e sinto sua tensão, o que me faz estremecer. Voltamos a nos beijar, e é incrível como nos encaixamos, como tudo é mágico. — Desisto de ser seu assessor — ele diz, me fazendo rir.

— Não seja bobo.

— Não quero mais. Arrumo outro emprego. — Antonio segura meu rosto e olha nos meus olhos.

— Você não quer isso de verdade. E não quero que você desista da sua carreira por mim.

Seguro suas mãos.

— Quando posso te ver de novo?

— Segunda — respondo, achando graça.

— Não na aula. Quero assim, só eu e você — ele diz, fazendo meu coração bater mais rápido. — Janta comigo depois, por favor.

— Onde? O palácio é todo vigiado. Não sei nem como você chegou até aqui.

— Vou dar um jeito — ele diz, me abraçando carinhosamente. Ficamos assim por algum tempo, antes de eu sair do cinema, deixando-o para trás.

Encontro David me esperando do lado de fora da biblioteca. Ele me leva até a escadaria norte, e de lá subo sozinha, mais uma vez impressionada com a mudança na segurança. Sigo para o quarto saltitando. Encontro Bianca, Julia e Gil lá, prontos para fofocar.

Passamos a noite nos divertindo e falando sobre meninos, beijos e namoro. Eles acabam acampando no meu quarto. Puxamos todas as almofadas da sala, juntamos com as da minha cama e o tapete, e fazemos uma cama grande no chão. Gil e Bianca deitam empolgados, enquanto Julia, Justiça e eu ficamos na minha cama. Não sei que horas fomos dormir, mas foi a noite mais divertida que já tive no palácio.

Depois de não ter trabalhado nada no sábado, decido passar o domingo inteiro concentrada na planilha de gastos, fazendo mil anotações, ao lado dos meus amigos. Quando chega o fim da tarde, fico cabisbaixa pensando na partida deles.

— Não acredito que vocês vão embora de novo.

— Embora pra onde? — Julia pergunta, confusa.

— Para o internato, ué!

— Claro que não, Zália. As aulas acabaram sexta! — Gil me olha achando graça.

— Vocês não vão voltar para a correção das provas?

— Não precisa, eles mandam as notas. Só vamos voltar se ficarmos de recuperação.

— O que é pouco provável — completa Bianca.

Olho para os três, aliviada, e seguimos analisando a planilha. Depois do jantar começamos a enxergar uma movimentação estranha. Como já é tarde, decidimos parar a busca, mas estamos todos ansiosos pela ajuda de Mariah no dia seguinte.

Julia, Bianca e Gil ficam comigo mais um tempo, tentando me

distrair. Conversamos sobre tudo. Julia lê para a gente o primeiro texto que escreveu depois da nossa visita a Corais, e ficamos todos impressionados não só com seu talento com as palavras mas também com sua habilidade de prender nossa atenção do início ao fim. Ela decidiu escrever sobre duas pacientes do hospital com quem conversou na nossa visita, que estão passando pelo mesmo tratamento, mas têm histórias de vida muito diferentes. A maneira como entrelaça as histórias, a pesquisa que fez sobre o lugar, tudo é muito cuidadoso e envolvente.

— Nossa, Julia! Eu sempre soube que você escrevia bem, mas nunca imaginei que era tão incrível assim — digo, admirada.

— Verdade. Se eu fosse você nem fazia faculdade — Gil brinca.

— Até parece! — Julia ri.

Já Bianca tagarela sobre a formatura.

— Ah, Zália. Você se importa se dermos uma saidinha do palácio durante a semana?

— Claro que não. Quais são os planos?

— Preciso ir em algum lugar comprar o tecido para o meu vestido.

— E você já sabe aonde ir? — pergunto.

— Não faço nem ideia.

— Bom, converse com o Asthor amanhã. Ele vai saber te dizer as melhores lojas, e pode arrumar o carro para levá-los.

— Pede para o César, Bianca. Asthor não está com nada — diz Gil, com brilho nos olhos, me deixando curiosa.

— Tem alguma coisa aí que eu não estou sabendo?

— O quê? — Ele se faz de desentendido.

— Gil! O César é gay? — pergunto.

— Claro que é, Zália. Você não tinha percebido?

— Não! — comento. — Vocês estão...

— Quem dera! Mas quem sabe um dia.

Ele nos encara com cara de sonhador, nos fazendo rir.

Enquanto meus amigos me fazem companhia, consigo ignorar a ansiedade, mas demoro para dormir quando eles vão embora. Parte de mim está animada com o avanço na investigação, mas a outra está morrendo de medo do que pode acontecer depois que dermos o próximo passo.

Vou perder meu pai para sempre? Minha regência será encerrada? Vão me mandar embora do país?

Rosa me faz companhia, me distraindo até que Mariah chega para a aula. Repasso tudo o que descobrimos e ela analisa a diferença entre os valores mais antigos e os mais atuais da empresa fornecedora de alimentos. Assim como eu, acha os números discrepantes, além de observar que o valor final é ridiculamente alto, a ponto de poder servir um banquete para cada uma das escolas de Além-Mar.

Mariah faz questão de verificar os principais valores duas vezes antes de me liberar para pedir socorro a Antonio.

— Tem alguma coisa estranha aqui. Não tenho dúvida — ele diz, analisando os valores que mostro. — Não faz o menor sentido esse aumento absurdo ao longo dos anos.

Ele volta a olhar os arquivos, assombrado com a descoberta.

— O problema é que não vamos encontrar nada aqui. Precisamos do registro da empresa para saber pra onde esse dinheiro está indo.

— Acha que pode ser desvio? — pergunto, preocupada.

— É a hipótese mais plausível. Por que haveria essa escalada nos gastos? — Ele me olha, intrigado, e eu fico ainda mais encantada por tê-lo ao meu lado, me ajudando e me apoiando.

— Podemos ter acesso às contas da empresa?

— Não de forma discreta — ele diz. — Eles poderiam negar um pedido informal. Só seria possível com uma intimação, o que tornaria pública sua investigação. Se você estiver errada, teria que lidar com uma série de complicações.

— E agora? — pergunto, me sentindo mais uma vez desmotivada.

— Vamos procurar outro furo.

— Outro furo?

Ele acaricia meu rosto.

— Você precisa de descanso.

— Como posso descansar sabendo disso?

Ele sorri, segurando meu queixo.

— Você não existe.

Ele se aproxima e beija meu rosto várias vezes, me fazendo enrubescer.

— Não sei se deveria estar fazendo isso — digo.

— Por quê?

— Meu pai nem fala mais comigo — conto, chateada.

— Como assim?

— Ele está me ignorando porque não assinei as leis ainda.

— E por que você não assina logo?

— Porque não concordo. Não acho que seja o melhor para Galdino.

— Acha que seu pai falaria para você assinar algo que não pesquisou antes? Trabalhamos mais de um ano antes de tomar essa decisão. Quando você vai contra o trabalho dele é como se duvidasse de sua capacidade.

— Nunca — respondo de imediato. — Sei que ele foi um rei excelente.

— Ainda é.

— Sim. — Baixo a cabeça, envergonhada. — Sei que ele é um excelente rei, mas não consigo fazer algo com que não concordo.

— Então não faça.

— Não é simples assim.

Antonio dá de ombros e volta a passar a mão no meu cabelo, se aproximando para um beijo em meu pescoço.

— Você não sai da minha cabeça — ele diz em meu ouvido, e um calafrio percorre meu corpo ao escutar sua voz séria e grave. Então beija minha orelha e eu fecho os olhos, desejando mais uma vez estar sozinha com ele.

Olho o relógio e vejo que já passou da minha hora. Não sei de onde tiro a força para isso, mas lhe dou um beijo rápido e me afasto, para não cair em tentação.

A tarde promete ser emocionante, compensando a frustração da manhã. Vou a um dos maiores abrigos para pessoas de rua de Galdinópolis, mas na verdade meu encontro é com a fundadora da ONG Estou Com Fome. Mariah marcou minha primeira reunião com uma ativista e fico animada para saber o que ela tem para me dizer. O problema é que, para minha surpresa, minha mãe aparece toda arrumada para ir junto.

— Depois do meu sumiço semana passada, achei que seria legal acompanhar você em seus passeios esta semana. — Ela sorri e eu me encolho, sem saber o que fazer ou como falar a verdade pra ela.

Com tantas pessoas no hall, invento que preciso ir ao banheiro e a puxo comigo. Andamos em silêncio, com Enzo atrás de nós. Só falamos quando fecho a porta do lavabo.

— O que é isso, Zália? Os outros estão esperando.

— Você disse pra eu fazer meu trabalho na surdina...

— O que você andou fazendo? — pergunta ela, receosa.

— Sei que alguém da Resistência matou Victor — falo, sem ter certeza de que são as palavras certas. Minha mãe parece levar um tapa na cara, então prossigo sem encará-la. — Mas acho que nem todos são maus, nem todos são...

— Radicais — completa minha mãe, seca, e eu agradeço, apesar do seu tom de voz. — Como sabe disso?

— Bem... a família da Julia está ligada à Resistência, tanto a professora Mariah quanto a mãe dela... E as duas são maravilhosas, vivi dez anos ao lado delas, duvido muito que fizessem mal a qualquer pessoa.

— E?

— E... pedi que Mariah marcasse encontros com ativistas para tentar chegar aos verdadeiros problemas do país, sem o filtro do palácio. — Ela me analisa, parecendo se acalmar. — Hoje é o primeiro encontro. — Forço um sorriso. — Tem certeza de que quer ir comigo? Você ouviu papai no sábado, ele já quer me deserdar.

— Ele jamais faria isso. — Ela bufa. — E sim, tenho certeza. Se você tem coragem para seguir em frente, eu também tenho. Estarei sempre ao seu lado.

Olho para ela, encantada. Enquanto voltamos para o hall norte, conto a ela sobre a descoberta de ontem e o balde de água fria da manhã.

— Não se deixe abater, filha. É normal encontrar dificuldades, mas precisamos seguir em frente. Foque no objetivo e corra atrás — diz ela, me animando.

Não esperava que Raquel, a diretora da ONG, ficaria tão arredia ao ver minha mãe, ainda que eu dissesse que podia confiar nela.

— Não sei se você conhece o poeta Jadir Ricci — minha mãe diz a ela —, mas cresci lendo seus livros e sempre amei *O sol brilhará para todos*. — Minha mãe volta a mencioná-lo, me deixando curiosa, ainda mais depois da reação de Raquel, que arregala os olhos, estupefata, e faz uma reverência, como se finalmente aceitasse a presença dela ali.

— Sempre fui muito fã dele — diz Raquel, admirada. — Fico feliz em saber que aprecia seus escritos. Jadir foi um grande artista.

Observo as duas, pasma. Em seguida Raquel se abre e nos conta sobre a vida de quem não tem onde morar. Ela me explica que os abrigos não suportam o vasto número de pessoas que precisam de ajuda e muita gente termina na rua, onde não há comida, banho e acesso aos direitos básicos. Apesar do nome, a ONG não se concentra apenas na comida. O trabalho é mais abrangente e tem como objetivo ajudar as pessoas a conseguir um emprego, auxiliando com documentos, roupas apropriadas e o que mais for necessário.

Parte de mim sai do encontro feliz por saber que existe gente que se importa, que tenta fazer a diferença. Por outro lado, parte sai arrasada. Não deveria haver ninguém morando nas ruas ou passando fome, mas, se é assim, o governo deveria ao menos fornecer o básico para que essas pessoas revertam sua situação.

Volto para casa ainda mais focada na busca sobre Além-Mar. Decido investigar as obras do estado, já que os gastos são extremamente altos. Não demoro a escolher o aeroporto como ponto de partida, a primeira construção que me surpreendeu lá.

— Seu amigo Gil está fazendo um excelente trabalho — diz minha mãe, quando saímos para o passeio de terça. É meu primeiro dia com alguém da equipe de mídias sociais me acompanhando. Uma menina um pouco mais velha que eu e muito solícita. Além de postar falas minhas e fazer alguns cliques diferentes, ela leva seu notebook para descarregar as minhas imagens e postar no meu perfil de fotografia. — Ele está conseguindo movimentar a internet a seu favor, e isso é incrível. Já recebeu uma porção de cartas desde que foi a Corais, e agora... — Ela observa a menina compenetrada em seu celular. Eu me encolho, envergonhada por não ter dado a devida atenção às redes sociais desde o começo, e minha mãe percebe.

— Não se cobre tanto, Zália. Tenho certeza de que terá tempo para isso. Agora está focada em outras coisas, mas o povo está se apaixonando por você por meio dos seus perfis, e seu amigo tem todo o crédito. — Então ela muda de assunto, passando a sussurrar.

— Sei que está abalada por causa de seu pai e sei que o ama muito, mas não pode ceder às chantagens dele.

— Então devo ficar sem falar com ele para sempre?

— Uma hora ele vai parar com essa bobeira. É um absurdo o que está fazendo. Seu pai sabe o quanto você o ama, e está contando com isso para que você ceda. Mas você tem que se manter firme.

Respiro fundo, ainda perdida, sem saber o que fazer. Decido tentar deixar esse assunto de lado e continuar com a missão de procurar uma nova prova contra o governo de Wellington.

Passo a semana inteira compenetrada nos documentos, dia e noite. Ora com Mariah, que chega pontualmente e só para quando o horário termina; ora com Antonio, que consegue manter certa concentração no trabalho apesar do romance entre nós; ora com meus amigos, que passam a noite comigo trabalhando.

Nem consigo me conter quando, na sexta, descobrimos um ponto óbvio que ignoramos a semana toda. Uma das empresas de consultoria contratadas após licitação durante a construção do aeroporto não tem site. Não há nada sobre ela além do seu registro no governo. Ficamos espantados ao ver a quem pertence: à mãe de Wellington.

Esqueço completamente o medo quanto ao que pode acontecer entre mim e meu pai. Fico na dúvida entre correr até minha mãe e encontrar Antonio. O coração fala mais alto, me mandando até ele. Ando apressada até seu escritório, cumprimentando todos por quem passo, inclusive Enzo, que tenho ignorado desde nossa volta de Corais. Ele me segue, perdido com minha súbita simpatia. Sei que não deveria estar tão contente em descobrir algo horrível, mas não consigo evitar. É a prova de que eu estou no caminho certo.

Entro na sala de reunião tão empolgada que deixo todas as portas abertas e, sem me preocupar, pulo no colo de Antonio, beijando-o apaixonadamente. Ele ri, sem graça, então olha para fora, para o corredor além da sala de reunião. Me viro e percebo que Enzo nos observa, atordoado. Saio dos braços de Antonio, envergonhada, enquanto ele vai fechar a porta.

— Você precisa tomar cuidado — diz, sério, mas ao se aproximar abre o maior sorriso do mundo e me beija com carinho. — Posso saber o que fiz para merecer isso?

— Achamos! — Ele continua me encarando, sem entender. — A empresa que prestou consultoria durante as obras do aeroporto é da mãe de Wellington.

Ele recua, me olhando boquiaberto e sentando em sua cadeira.

— Ótimo! — diz de repente, ainda parecendo chocado com a descoberta. — Vamos até a equipe jurídica do palácio, eles vão encaminhar tudo ao delegado que está cuidando das investigações iniciadas pelo seu irmão.

— Maravilha. — Corro até a porta, mas ele não sai do lugar. — O que está esperando?

— Tem certeza disso, Zália? Uma vez que entregarmos essas informações para a polícia, não haverá volta.

— O que acha que pode acontecer de tão terrível?

— Você mesma disse. Sua relação com seu pai pode se complicar. Além disso, você pode descobrir coisas que não espera. Há corrupção por todos os lados, de diferentes tamanhos, por todo o Galdino.

— Mais um motivo para acabar com isso. — Abro a porta, apesar de hesitar quando penso em meu pai. Antonio levanta, receoso, então vem comigo.

Para nossa surpresa, encontramos Suelen no corredor, que se mostra curiosa com minha animação.

— Está tudo bem? — ela pergunta, abrindo um sorriso.

— Tudo ótimo — respondo, tentando esconder a alegria.

Ela olha de mim para Antonio e depois volta a me examinar.

— Estava com sua mãe agora — diz Suelen, o que me deixa reticente. Me pergunto se finalmente se acertaram. — Ela quer falar com você — completa, e me viro para Antonio, sem saber o que fazer. — É urgente.

— Urgente? — pergunto, sem saber se acredito, já que elas estão há tanto tempo sem contato. De qualquer forma, me despeço de Antonio e sigo com Suelen até os aposentos de meus pais, nervosa para o súbito encontro com minha mãe.

16

AO ENTRAR, DOU DE CARA COM MEU PAI FAZENDO fisioterapia.

— O que está fazendo aqui a essa hora? — ele pergunta, mal-humorado.

— Eu... é... — Por alguns segundos esqueço completamente, até que Suelen toca meu ombro. — Minha mãe. Vim atrás...

— O que você está fazendo aqui? — minha mãe pergunta da biblioteca, claramente surpresa com minha visita. Ao ver Suelen atrás de mim, fecha a cara.

Sinto meu coração disparar. Não sei o que está acontecendo ou o que fazer.

— Acho que Zália tem algo importante para dizer — fala Suelen, me deixando ainda mais confusa.

— Mas você disse...

Suelen aperta um pouco mais o meu ombro, e eu me calo, assustada. Deixo que me leve até a biblioteca e feche a porta atrás de si.

— Você está maluca? — sussurra minha mãe, parecendo furiosa. — Eu não disse que...

— É importante, Rosangela. Acho que sua filha descobriu alguma coisa.

Olho de uma para a outra, estarrecida.

— Como você...?

Quero entender como ela sabe disso, mas sou interrompida.

— Não importa — responde Suelen. — Mas você tem em mãos documentos importantes e não pode entregar para qualquer pessoa.

— O que você encontrou? — A expressão de minha mãe muda completamente.

Conto tudo a ela, ainda apreensiva com o que acontece ali.

— Conheço uma pessoa que ficará feliz em acompanhar o caso, Zália. Suelen tem razão, não podemos confiar em qualquer um no palácio, muito menos na equipe jurídica.

Concordo, aceitando a ajuda. Não sei por que não pensei na hipótese de que os advogados estejam do lado criminoso, mas fico com um pé atrás com toda aquela cena e a mentira de Suelen.

— Não vou acompanhar você à tarde, para tentar agendar um encontro ainda hoje. — Ela olha para Suelen, que a encara, receosa.

A tarde passa lentamente, como se estivesse me provocando. Quase não presto atenção no que o diretor do Museu de Belas-Artes fala sobre a arquitetura do prédio, construído durante o reinado de Gilberto, e todos os cuidados que a administração tem com o lugar. Cada vez mais sinto que essas visitas são uma perda de tempo e que eu deveria estar no palácio resolvendo coisas mais importantes. Porém, sei que ninguém pode me substituir. É preciso lembrar a todos quem está no poder.

Chego ao palácio sem saber se terei o encontro com a pessoa em quem minha mãe pensou, o que me deixa apreensiva. Enzo me leva até a escadaria norte, mas antes de subir, Antonio aparece.

— Onde você esteve o dia todo? — pergunta ele. Olho para Enzo, sem graça. Ele parece perceber e se afasta, nos dando espaço.

— Nunca estou aqui à tarde — sussurro em resposta.

— Não tínhamos uma missão?

Não sei como, mas esqueci completamente de avisá-lo sobre a mudança de planos.

— Claro! Desculpa! — Eu me aproximo dele com vontade de abraçá-lo, mas estamos no meio do hall cheio de guardas, com Enzo na minha cola. Me seguro e continuo, abaixando a voz: — Minha mãe achou mais prudente conversar com outra pessoa. Falamos depois?

— Outra pessoa? — Ele parece surpreso. — Quem?

— Não sei. Conto assim que descobrir. — Sorrio e me afasto, querendo chegar logo ao quarto.

Minha preocupação só aumenta ao entrar nos meus aposentos e deparar com minha mãe e uma mulher muito bonita, vestida de maneira executiva. Ela faz uma reverência e minha mãe a apresenta como delegada Lara. Minha mãe nos guia até o escritório, onde sento de um lado da mesa e as duas do outro.

É minha mãe quem fala. Apesar do tom formal da conversa, parecem se conhecer de longa data. Ela explica por que chamamos a delegada e depois me cede a palavra. Conto o que vivi em Corais, compartilhando minha vontade de ir mais a fundo e descobrir o que há de errado com o governo. Ao terminar, a mulher olha para minha mãe em dúvida, o que me deixa um pouco desconfortável.

— Desculpe, majestade, mas não está falando sério, está? —

Minha mãe não diz nada, só indica com a cabeça que é comigo que ela deve falar. — Veja bem. — A delegada olha para mim agora. — Sabe o que está querendo fazer?

— Claro que sei. Não acabei de falar? — pergunto, incrédula.

— Sim, mas vossa alteza sabe que não existe corrupção só em Além-Mar, não é?

— Claro. Sei que estão protestando por todo o país, reclamando de salários atrasados, filas quilométricas e problemas nos hospitais públicos, merenda desfalcada...

— Mas não é só isso. Há milhares de empresas sonegando impostos, trabalhando em parceria com os governos para conseguir lucrar mais.

— Vamos atrás de todas — digo, firme.

— Custe o que custar? — ela pergunta.

— Custe o que custar — respondo.

— Mesmo que a gente descubra sujeira na sua família?

Recuo, passada com a pergunta. Apesar de pensar que meu pai pode ser cúmplice, quem me vem à cabeça é o rei Euclides, e isso me dá ainda mais coragem. Se é para limpar tudo, temos que limpar a família real também.

— Mesmo que a gente descubra sujeira na minha família — repito. Ela volta a olhar para minha mãe, que assente.

— Você vai precisar assinar todos os documentos. Sabe disso, não? Não posso cassar representantes do governo sem sua autorização.

— Eu sei.

— Bem, acho que tenho uma intimação para emitir, então — ela diz, e eu assinto.

Fico contente que abrace o caso e levanto, encerrando a reunião. Ela aperta minha mão e lhe entrego o pen drive, passando a ela a missão, que não está mais sob meu domínio.

Levo a delegada até a porta e damos de cara com Asthor, que faz uma reverência e diz que minha mãe foi chamada na sala de Isac. Ela se despede de Lara e me dá um longo abraço.

— Você me deixa muito orgulhosa — ela sussurra em meu ouvido. — Não desista do que está fazendo, independente do que aconteça. — Minha mãe me olha, séria, e me preocupo com seu tom de voz. — Acompanhe Lara até o carro. Espere até que seu carro atravesse os portões — ela diz, me deixando ainda mais alarmada.

Minha mãe segue Asthor e eu desço com a delegada. Enzo está ao pé da escada. Ele se junta a nós e a leva até o carro. Ficamos, ele e eu, observando-a partir.

— Obrigada — digo, sem olhar para ele. Ainda não consigo enfrentá-lo sem sentir meu estômago revirar.

Volto para o quarto e me jogo na cama, sem saber o que fazer. Me sinto vazia depois de tantos dias compenetrada na pesquisa sobre Além-Mar. Saber que dei um passo importante para a prisão de Wellington me deixa mais angustiada. Quando meu pai souber a verdade, não sei o que vai acontecer.

A preocupação não me atormenta por muito tempo, já que Julia, Bianca e Gil chegam de surpresa no meu quarto. Os três estão ansiosos, contando os dias para que seus aposentos estejam liberados, já que os conselheiros de meu pai só sairão no fim de semana anterior ao Natal.

Conto tudo sobre a minha tarde aos três, que ficam muito surpresos.

— Você chamou uma delegada de fora do palácio? — pergunta Julia, receosa.

— Foi ideia da minha mãe, ela achou mais seguro.

— Mas e seu pai? — Bianca parece preocupada.

— Estou tentando não pensar nisso.

— Acha que ele pode expulsar você de casa? — pergunta Gil, com medo.

— Ele jamais faria isso — Julia diz, mas não sei se concordo.

— Não sabemos. Não conheço esse pai das duas últimas semanas. Ele está tão mudado — digo, chateada. — Sempre foi muito fechado, mas nunca brigou tanto comigo, e nunca me ignorou desse jeito.

— Vocês estão praticamente disputando o trono, Zália. Deve ser por isso. Ele não quer largar o osso — explica Julia.

— Mas ele continua sendo o rei. Sou apenas a regente.

— Mas você também manda agora. Tem autoridade — continua ela. — Então talvez não seja pessoal. Talvez seja ciúmes por algo que sempre foi dele e que agora precisa compartilhar.

Analiso o que Julia disse. Para tentar me distrair, os três passam a tagarelar sobre a chegada da formatura, que será na próxima sexta. Nem me preocupei em pedir para ir. Não estou em clima de comemoração. Não quero socializar com meus colegas de turma. Para mim a formatura não tem a mesma importância de antes. Tanta coisa aconteceu nesse último mês que não sei nem se sou a mesma pessoa.

* * *

Na manhã de sábado, vou até os aposentos dos meus pais para nosso café da manhã e a visita ao cemitério, mas nenhum dos dois está. Desço as escadas preocupada e encontro David no primeiro andar, mas ele não sabe me informar o que aconteceu. Então sigo para o túmulo com ele, na esperança de encontrá-los lá, o que não acontece.

Paro em frente ao túmulo de Victor e rego as poucas folhas verdes querendo nascer. Fico ali por um tempo, como se meu irmão pudesse me acalmar, como se fosse escutar meus pensamentos a mil, que me enlouquecem.

Volto para casa e vou até César, que também desconhece o paradeiro dos dois. Ao entrar no escritório de Isac, já nervosa, encontro meu pai, impaciente.

— Cadê a mamãe? — pergunto, sem pensar em cumprimentá-lo.

— "Oi, pai, como você está? Tem trabalhado bastante, não é mesmo? Como está seu dia?" — reclama ele, me deixando pasma. Tenho vontade de brigar, mas é claro que não o faço.

— Oi, pai, como você está? — pergunto, a contragosto.

— Cansado, muito cansado — ele responde. — E você?

Dessa vez não me seguro.

— Como acha que estou?

— Por quê? O que aconteceu?

— O *que aconteceu?* — repito, incrédula. — Você não fala mais comigo, ameaçou me tirar a regência e ainda fez chantagem para que eu assine aquelas leis absurdas.

— Você é realmente muito mimada — acusa ele.

Fico ofendida.

— Mimada?

— Continuo sendo o rei e ainda tenho responsabilidades. Enquanto você vai para compromissos externos e investiga bobagens, tenho que lidar com todos os governadores, que estão cada vez mais nervosos com suas aventuras.

— Se eles temem...

Ele engrossa o tom de voz.

— Não tente ser espertinha, Zália. Eles estão preocupados com a demora da assinatura das novas leis.

— Não vou assinar, pai — digo, tentando ser clara.

— Não vai? — Se meu pai pudesse levantar, teria avançado em minha direção.

— Se quiser, assine você, mas eu não vou fazer isso. — Ele me encara, contrariado. Em vez de soltar qualquer grosseria, respira fundo e olha para Isac, que parece sem graça em meio à nossa discussão. — Onde está minha mãe? — pergunto novamente.

— Precisou ir a Rabelo.

— Por quê?

— Ela foi encontrar o seu tio, Zália.

— Ela está bem?

— E por que não estaria? — ele pergunta, bravo.

— Por nada — digo, e saio sem pedir licença.

Vou procurar meus amigos. Almoçamos juntos e não falo sobre meu pai. Compartilhar com eles a conversa não vai adiantar. Sei que Julia continuará dizendo que não é pessoal. Concordo, mas acredito que meu pai está muito insatisfeito comigo e não vê a hora de me tirar a regência. Tento não pensar nisso, então falo sobre minha ansiedade para o próximo encontro que Mariah está arrumando.

— Minha mãe é maluca de estar te ajudando com isso — diz Julia.

— Acho que ela é muito corajosa. Quem mais poderia me ajudar?

— Ela está aqui como professora, não sua assistente — insiste Julia, e eu a repreendo com um olhar.

— Qual é o problema?

— Só acho que ela não devia se meter nas suas confusões.

— Preciso me meter nessas "confusões". Você sabe muito bem disso. Ou acha melhor continuar sem saber o que se passa no meu reino? Ignorar os problemas e deixar que persistam? Graças à sua mãe sei o que se passa nos abrigos e muitas coisas mais, na verdade. Pretendo continuar indo aos encontros que ela arrumar, você querendo ou não.

Julia não responde e o clima fica superestranho entre a gente. Gil resolve mudar de assunto, sem querer deixar o papo morrer.

— Preciso contar uma coisa pra vocês.

Olho para ele, ainda impaciente com Julia, e me arrependo ao vê-lo recuar, sem ter certeza se conta ou não.

— Desculpa, Gil — digo, envergonhada.

— Acho que o César está interessado em mim — ele diz, chamando minha atenção.

— Quê? — pergunto, pasma.

Gil nos conta como César tem acompanhado de perto a equipe

de mídias sociais, sempre aparecendo no escritório, querendo saber das novidades e tentando dar ideias ao grupo.

— E ele fala comigo diferente. Eu sinto um olhar, vejo um sorriso... Ele não é assim com os outros — ele conta, com ar de apaixonado.

— Você está caidinho por ele! — Bianca se empolga. — E eu? Também quero um romance dentro do palácio.

Damos risada.

— Estou com tanto medo — Gil assume, e não entendemos o motivo. — Eu nunca fiquei com um menino antes.

— Como não? — Bianca parece chocada. — E como você sabe que gosta de meninos?

— Sabendo, ué. Eu me sinto atraído por eles e não por vocês.

Rimos mais uma vez.

Depois da revelação de Gil o clima melhora entre a gente, apesar de Julia e eu não nos falarmos mais durante a tarde. Depois de Gil tagarelar sobre César, Bianca nos conta sobre a grade de horários da faculdade de moda.

— Gente, estamos em dezembro ainda — brinca Gil.

— Ah, mas eu já fuxiquei o site do curso inteiro, estou esperando por esse momento a vida inteira. Estou tão animada que quero fazer todas as matérias logo no primeiro semestre, não consigo me decidir.

Ela fala sobre cada uma das aulas e sobre a indecisão de qual escolher. Tentamos ajudá-la fazendo uma lista de prioridades e ela fica mais segura quando conseguimos reduzir o número de disciplinas pela metade.

— E o seu vestido de formatura? — pergunto, curiosa.

— Nossa! Ainda não te mostrei, né?!

Ela pega o celular e me mostra algumas fotos do forro que começou a costurar esta semana.

— Vai ficar lindo, Zália. Não vejo a hora de terminar.

— Tô achando que alguém vai fazer minhas roupas no futuro, hein?!

— Já pensou? — Ela fica muito animada com a ideia e começa a imaginar todo tipo de roupa que faria para mim.

Ficamos um bom tempo de bobeira, sonhando com essa possibilidade e salvando milhares de fotos de referência em um dos perfis que Gil criou para mim.

Apesar da nossa tarde agradável e de ter conseguido me divertir com meus amigos, quando anoitece me despeço, querendo descansar sozinha. Ligo para minha mãe, mas não consigo falar. Sem notícias dela, procuro Suelen, mas também não a encontro em seus aposentos.

Ligo para César do quarto para perguntar dela.

— Suelen saiu do palácio hoje de manhã — ele responde. — Não sei dizer para onde foi. Pediu apenas um carro até o aeroporto.

Será que ela foi atrás da minha mãe?

Me jogo na cama e Justiça pula em cima de mim, enchendo minha cara de lambidas por mais que eu proteste, e nosso momento é interrompido pela chegada do jantar. Justiça fica alerta em cima da cama. Não escuto a porta bater com a saída do funcionário.

— Tem alguém aí? — chamo, achando estranho, então levanto e vou até a sala, iluminada apenas pelo abajur. Justiça fica no quarto, esperando notícias. — Oi? — digo. Assim que chego à sala, alguém me puxa, se posicionando à minha frente e colocando o dedo nos lábios, para que eu não faça barulho.

— O que está fazendo aqui? — pergunto, sussurrando, mas maravilhada em ver Antonio.

— Eu disse que queria um jantar. Não fico na vontade.

— Seu doido! Alguém podia ter te visto.

— E viram, mas nada como um trocado para resolver isso.

— Você está subornando os empregados?

— Por uma boa causa. Não fique brava comigo.

Ele puxa meu corpo para perto do seu e emenda com um de seus beijos envolventes. Me afasto, pondo um limite entre a gente, então Justiça aparece para me ajudar.

— É esta a criaturinha com quem venho dividindo a atenção da minha amada? — ele pergunta, se abaixando e fazendo carinho nela, que se esfrega em Antonio como um gato, só faltando virar a barriga para cima. — Ela gosta de mim! — ele diz, contente.

— Ela gosta de todo mundo. — Reviro os olhos, brincando, e sento à mesa. Tiro o cloche para ver o que nos espera. Felipa preparou um arroz de pato ao molho de laranja e tarcá com trufa branca ralada, fazendo meu estômago roncar.

— Como você está? — Antonio pergunta, finalmente.

— Nervosa — admito.

— Por quê?

— Acho que estou começando a ter noção do que fiz.

— Como foi a conversa com a delegada Lara? — ele pergunta, despretensiosamente.

— Como você sabe com quem me encontrei?

Ele dá um sorriso sem jeito.

— Não dá para fazer muitas coisas sem todos saberem aqui dentro, Zália.

— Ou você anda me perseguindo?

—Também. — Ele brinca, me fazendo rir.

— Ela levou todos os documentos para a delegacia. Depois vou ter que assinar uma intimação.

— Sei que já perguntei isso várias vezes, mas tem certeza disso? — Ele me olha com carinho.

— Não — digo, chateada. — Estou com medo.

— Eu também estaria se fosse você. — Antonio acaricia minha mão por cima da mesa. — Mas te acho extremamente corajosa por ter chegado até aqui. Olha o que fez em tão pouco tempo como regente.

— Não fiz nada.

— Claro que fez. Você achou um rombo nas contas de Wellington em que eu nunca tinha reparado.

— Porque nunca procurou — respondo. — Porque tem coisas maiores com que se preocupar.

— É meu papel me preocupar com isso. Mas são tantos problemas que é difícil para uma pessoa só.

— Esse jantar é para pedir mais gente pra sua equipe, Antonio? — zombo.

— Não, mas até que seria bom. — Ele sorri e eu pego sua mão, beijando-a, agradecida por tê-lo comigo.

Comemos, então ele leva o carrinho discretamente para fora

do quarto, para que ninguém entre e nos interrompa. Sentamos no sofá da sala e ligamos a televisão, colocando num filme qualquer, mas não presto atenção. Ele me transmite tanto conforto e carinho que adormeço em seu colo. Acordo na manhã seguinte na minha cama.

Fico triste por ter perdido a noite com ele, mas acordo leve. A primeira coisa que faço é passear com Justiça pelos jardins. Meus amigos aparecem para me acompanhar.

— Desculpa por ontem, Zália — diz Julia, envergonhada. — Não sei o que deu em mim. Acho que foi uma mistura de preocupação e ciúmes.

— Ciúmes? — pergunto, confusa. — De quê?

— Você tem passado tanto tempo com a minha mãe, e eu quase não a vejo. Acho que surtei sem motivo.

— Sem motivo mesmo — digo, revirando os olhos.

— Desculpa. É claro que ela pode te ajudar.

Sorrio, agradecida. Ela me abraça, sentida.

Passamos a tarde na piscina, e eu conto a eles sobre o encontro com Antonio.

Gil fica chocado.

— Ele esteve no seu quarto? E o que aconteceu?

— Nada. Só jantamos e assistimos um filme.

— Como assim, Zália? Como você teve um homem daquele dentro do seu quarto e não fez nada? — Bianca pergunta, embasbacada.

— Eu estava cansada demais, acabei dormindo no colo dele.

— Ah, Zália. Tudo tem limite, né? — brinca Gil. — Eu teria agarrado aquele homem e o levado para a cama.

Todos rimos, mas fico sem graça.

— Não sei se teria feito isso se tivesse ficado acordada.

— Por que não? — Bianca parece perdida.

— Porque não sei se estou pronta.

— Como assim? — Gil me olha, desconfiado.

— É normal, gente. Que coisa chata — me defende Julia.

— Para Antonio, estamos sempre prontos — zomba Gil.

— Nada a ver. E vocês precisam lembrar que ele tem vinte e quatro. São sete anos a mais, e ela é menor de idade. Ninguém nem pensa nisso?

— Não é disso que estou falando — corto, não gostando da reprovação de Julia.

— Qual é o motivo então? — pergunta Gil.

— Não sei — digo, e a única imagem que me vem à cabeça é de Enzo, então a reprimo imediatamente. — Só acho que não é a hora — minto. Quero mudar de assunto, mas Gil tagarela mais um tempo sobre como eu deveria ter aproveitado o momento e Bianca nos conta sobre a primeira vez dela, nas últimas férias de verão.

Passamos a tarde contando como foram outras de nossas primeiras vezes. Primeira vez que beijamos, seguramos a mão de alguém por quem estávamos apaixonados, viajamos, levamos uma bronca de nossos pais...

A segunda-feira se inicia com uma bomba. Mariah aparece para nosso encontro acompanhada de Enzo. Os dois me olham, preocupados.

— O que foi? — pergunto quando entram.

— Enzo acabou de me contar que a delegada Lara sofreu um atentado.

— Quê?

— Vim direto de Souza, não escutei o noticiário, mas ele veio falar comigo assim que cheguei. Achei melhor que viesse junto, já que sabe mais sobre o que aconteceu — diz ela.

Alterno o olhar entre ele e Mariah.

— Na verdade não há muitas informações, alteza — Enzo diz.

— Tudo o que se sabe é que deram cinco tiros no carro dela.

Perco a força nas pernas, sentando em uma cadeira atrás de mim.

— Ela não estava no carro na hora, mas outro policial morreu.

Me sinto aliviada, por mais que seja errado, já que houve outra vítima.

— Você acha que... Como poderiam saber? — pergunto, atordoada.

— Muitas pessoas a viram aqui, Zália. A informação deve ter vazado.

Levanto, angustiada, indo até a televisão para colocar em um canal de notícias.

— É melhor eu sair — Enzo diz, se despedindo. — Qualquer coisa que souber...

Assinto, e ele sai do quarto. Sentamos as duas vidradas na TV, esperando novas informações.

— *Lara estava trabalhando com alguns membros da sua equipe na madrugada de segunda* — diz a repórter. — *De manhã, por volta das cinco horas, o policial Wilson saiu, segundo um de seus colegas, para comprar café da manhã para todos. Ele pegou o carro dela emprestado para ir à padaria mais próxima. Há suspeitas de que os assassinos estavam aguardando a saída da delegada. Como os vidros do carro eram escuros, eles não conseguiram identificar quem dirigia e abriram fogo. É importante dizer também, Jaqueline, que por conta do horário não havia outros carros na região e ninguém passava pelo local. Wilson foi a única vítima do ataque.*

— É realmente chocante — concorda a âncora. *— Uma execução, sem sombra de dúvidas. O que nos resta é perguntar quem foi o mandante e por quê. Quem a delegada Lara enfureceu para que tentassem lhe dar esse fim? Obrigada, Bruna. Ficamos no aguardo de um pronunciamento de Lara sobre o caso.*

Olho para Mariah, horrorizada. Preciso saber quem vazou a informação e para quem.

Mariah vai embora sem mais notícias, e eu sigo para o encontro com Antonio. Conto tudo para ele.

— Esse encontro não deveria ter sido feito aqui dentro, Zália. Todo mundo ficou sabendo. Há pessoas demais vigiando não só o palácio como você — ele diz, tenso, fazendo com que eu me sinta culpada. Se não fosse por mim, se não tivesse iniciado a investigação, o policial jamais teria morrido. Antonio me consola. — Não fique assim. Você não tinha como prever o que ia acontecer.

Combinamos de não falar sobre nada relacionado à Coroa. Ele senta ao meu lado no sofá e ficamos assistindo ao noticiário. Ao final de nosso encontro, quando estou prestes a ir embora, vejo na TV Lara saindo da delegacia de óculos escuros, claramente arrasada. Ela é cercada pelos repórteres, famintos por informações. Aumento o volume.

— O que pode nos contar sobre o que aconteceu? — pergunta um.

— É uma brutalidade, uma tentativa de me calar — ela diz, e eu a observo admirada, sentindo que minha mãe fez a escolha certa.

— E culminou na morte de um companheiro, uma pessoa tão querida, um policial excepcional, um guerreiro, que trabalhava por um Galdino melhor.

— Quem você acha que está por trás?

— Qualquer corrupto que tenha medo do relatório que estamos preparando.

— Pode dizer mais sobre isso?

Prendo a respiração ao ver a investigação começando a aparecer. Parte de mim fica empolgada e ansiosa com a concretização de uma ação minha, algo que decidi sozinha em prol do país, mas outra tem medo do que pode acontecer.

— Temos provas concretas de que o governador Wellington desviou dinheiro durante a construção do aeroporto de Corais através de uma empresa fantasma em nome de sua mãe.

Os jornalistas ficam surpresos com a revelação. Depois de alguns segundos, voltam a gritar perguntas.

— Que provas exatamente são essas? — um dos repórteres pergunta. — Essas documentações são restritas à Coroa. Você possui aprovação real para intimar um governador?

— Zália está ao meu lado nessa investigação e assinará tudo o que for preciso para que possamos levar esses corruptos sujos à Justiça.

Meu estômago afunda, sabendo que é o meu fim.

— E quais são os próximos passos?

— Assim que Zália assinar os documentos, Wellington terá cinco

*dias para comparecer à delegacia para que possamos marcar a au-
diência.*

— *Acha que ele pode conseguir se inocentar?*

— *Não há a menor chance. Ele pode querer fugir, mas não deixare-
mos isso acontecer. Galdino está cansado de ver os ricos ficando mais
ricos e os pobres jogados de lado. O sol brilhará para todos* — encerra
ela, e eu olho fixamente para a tela, processando sua última frase.
Penso na minha mãe na mesma hora e na quantidade de vezes que
ouvi essa frase nos últimos dias.

Olho fixamente a televisão, ainda sentindo um misto de alívio e
nervosismo. O passo foi dado. Não posso mais voltar atrás.

17

AO SAIR DA SALA DE ANTONIO, QUE TENTA DE TODAS as formas me acalmar, dou de cara com Enzo preocupado.

— Você está bem? — pergunto, receosa.

Ele não diz nada, apenas me mostra o caminho e me leva para um canto sem ninguém por perto.

— Aconteceu alguma coisa? — pergunto novamente.

— Você chamou uma delegada da Resistência? — ele pergunta, atônito.

— Resistência? Como você...

— "O sol brilhará para todos" — repete Enzo. — É o lema deles.

— Lema? — Meu coração acelera.

— Eles se identificam por essa frase, do poeta...

— Como sabe disso?

— Conheço muitas pessoas da Resistência, Zália. Jadir foi um dos criadores do movimento. O que você pensou que estava fazendo? Você se reuniu com uma inimiga da Coroa dentro do palácio.

— Como se já não tivesse um monte de gente da Resistência infiltrada aqui! — rebato.

— Se seu pai souber... — É tudo o que não quero escutar. Revoltada, deixo-o sozinho. — Zália! — ele me chama, arrependido, mas não paro.

Subo arrasada, me perguntando por que minha mãe teria feito isso, por que teria chamado alguém da Resistência para cuidar do caso e por que usou o lema deles. Ligo para ela, que mais uma vez não atende. Estou desesperada para falar com alguém que possa saber de alguma coisa, então ligo para Mariah.

— Você sabia que Lara é da Resistência? — pergunto de uma vez.

Ela é sincera.

— Sabia.

— Por que não me disse nada?

— Ela já estava no caso. Que diferença faria?

— Eu estaria preparada quando jogassem na minha cara — retruco.

— Quem jogou na sua cara?

— Enzo, claro! — Sou bruta sem querer, mas não recuo. — Quem mais daqui é da Resistência? Quem matou Victor?

— Zália... Não sei quem matou seu irmão ou quem é ou não da Resistência.

— Você sabia sobre a delegada — rebato.

— Conheço algumas pessoas mais importantes. Se tem mais alguém da Resistência no palácio, é peixe pequeno, pessoas que trabalham para o líder de Galdinópolis ou que apoiam o movimento, mas agem por conta própria.

— E fora daqui? Conheço alguém que é da Resistência?

— O prefeito Rubens é o líder de Além-Mar. Sua eleição foi um feito e tanto.

— E como você sabe de tudo isso?

— Desde pequena estive próxima do grupo, como você sabe. E abraço a causa.

Desligo o telefone bufando, sem saber em quem confiar. Então vejo uma mensagem de Enzo.

> Não quis te deixar assim, Zália. Desculpe. Só fiquei assustado.

Ignoro, impaciente. Sento para almoçar e como sem saborear a comida, de tanta angústia que sinto. Só saio das minhas neuras quando César aparece nos meus aposentos para avisar que meus compromissos da semana foram cancelados.

— Cancelados? Por quê?

— Depois das notícias de hoje cedo não é mais seguro que você saia do palácio — responde César.

— Quem decidiu isso? — pergunto.

— Seu pai decidiu — diz ele. — E sua segurança será redobrada.

— Redobrada? Mas se vou ficar presa dentro do palácio...

— Não queremos que nada lhe aconteça aqui dentro. Enzo e David voltarão a escoltar a senhorita desde os seus aposentos.

Fecho a porta e pego o celular para tentar ligar mais uma vez para minha mãe, sem sucesso. Então ligo para meus amigos, e peço que venham até meu quarto.

Em menos de cinco minutos eles aparecem.

— Nunca vi a internet tão louca — diz Gil. — A equipe está assustada com a quantidade de mensagens que anda recebendo.

— O que dizem? — pergunto, receosa.

— De tudo, mas a maioria te apoia. Muitas pessoas estão chocadas por você ter cumprido o que prometeu, e esperam que siga em frente.

— Você tomou uma decisão muito importante para Galdino — diz Julia. — Não fique chateada com isso.

— Mas minha mãe chamou alguém da Resistência para cuidar do caso.

— E por acaso aquela diretora da ONG que você encontrou não era da Resistência? E não ia encontrar mais alguém esta semana? — Julia provoca, me fazendo lembrar do meu segundo encontro, que está para acontecer. Ou estava.

— É diferente — eu me defendo. — Fiz isso escondida, ninguém soube. Minha mãe me jogou aos leões. Agora todo mundo acha que estou trabalhando com a Resistência.

— Só porque a delegada Lara é da Resistência não significa que você também seja.

— Significa que sou uma simpatizante.

— É nada — protesta Bianca. — Você é a regente. Está acima de tudo isso.

Ela me deixa pensativa, mas é difícil me acalmar sem conseguir falar com minha mãe. Peço que Gil tranquilize meus seguidores nas redes sociais, dizendo que estou bem e que a batalha continua. Também peço que envie minhas condolências à família do policial morto e que afirme que estou ao lado de todos que lutam por um futuro melhor.

O tempo parece passar mais devagar sem compromissos. Quero passear pelos jardins para espairecer, e ao sair dou de cara com Enzo, que se desculpa outra vez.

— Deixa pra lá, Enzo — digo, tentando passar por ele.

— Aonde está indo?

— Dar uma volta, não posso? — pergunto impaciente.

— Infelizmente não, alteza.

— *Zália*, Enzo! Já pedi para me chamar de Zália.

— Você deve ter imaginado que isso ia acontecer antes de fazer o que fez.

— Claro que não.

— Sabia que haveria consequências.

— Sim, mas não achei que meu pai fosse me trancafiar na minha própria casa.

— Acho que ele fez pouco perto do que poderia ter feito — Enzo diz, e é como se me desse mais um tapa na cara. Volto para o quarto revoltada, mas ele tem razão: pelo menos meu pai não encerrou minha regência. Por que será que me manteve?

Passo a tarde inteira assim, tentando entender o que se passa dentro do palácio, da cabeça do meu pai e da cabeça da minha mãe.

A professora Mariah aparece na manhã de terça, sem saber se seria bem recebida.

— Desculpe por perder a cabeça — digo a ela quando entra na sala.

— Eu entendo, Zália. Não queria estar no seu lugar.

— Ninguém queria — respondo. — E minha mãe não atende o telefone — desabafo.

— Onde ela está? — pergunta Mariah.

— Rabelo. Não sei se aconteceu alguma coisa com o meu tio, mas ela foi fazer uma visita.

— Você sabe que estou do seu lado, não? Eu jamais trairia sua confiança. — Forço um sorriso. Apesar de ter perdido a paciência ontem, sei que posso confiar nela. A professora Mariah sempre esteve ao meu lado, é praticamente da família. — Sua mãe provavelmente chamou a delegada Lara porque sabia que ela ia terminar o que você começou. Há tantos delegados que poderiam ser comprados, Zália. Não perca seu tempo com isso, se preocupe com você...

— É, mas... — Paro para pensar, lembrando subitamente de Suelen. — Você conhece a dama de companhia da minha mãe? Ela estava no jantar em comemoração à minha regência. Sabia de tudo também — digo, preocupada. — Foi ela quem me levou para conversar com minha mãe. Não sei como soube de nossas descobertas, mas...

— Eu contei a ela.

Eu a encaro, perplexa.

— Você o quê?

— Contei a ela o que achamos.

— Por que faria isso? — digo, ríspida. — Você acabou de me dizer que não trairia minha confiança.

— E não traí, Zália. Suelen é da Resistência.

Sinto o ar escapar dos meus pulmões.

— Você me disse ontem...

— Eu precisava falar com você ao vivo. Não sabemos se há alguém escutando nossas ligações — se defende Mariah.

— E por que você falaria para ela?

— Para que não deixasse você falar com Antonio primeiro. Se ela dissesse que era uma emergência de seus pais...

— Por que eu não podia falar com ele? Você está dizendo que Antonio... — Não consigo terminar a frase.

— Não sei. Não posso afirmar, mas acharia estranho se ele não fizesse parte de todo o esquema. Ele é o assessor político do palácio.

Fico sem fôlego, sem querer acreditar.

— Ele jamais faria uma coisa dessas — afirmo. — Esteve ao meu lado o tempo inteiro.

— Espero que você esteja certa.

Vou ao encontro de Antonio receosa. Não quero duvidar dele, não nesse momento que estou tão frágil. Ele me recebe e tenta me abraçar, mas recuo, o que o deixa confuso.

— O que você sabe e não está me contando? — pergunto séria.

— Do que está falando? — ele pergunta, confuso.

— Você tem acesso a todas as contas, fala com todos os governadores, faz reuniões com eles... Sei que correram atrás de você quando dei a entrevista em Corais... O que você sabe?

— Não sei de nada, Zália. Fiquei tão surpreso quanto você quando descobriu o desvio de dinheiro em Além-Mar.

— Claro que não ficou. Você disse que há corrupção por toda parte.

— Porque há. Sei quanto dinheiro é distribuído e o que poderia ser feito com ele, mas não sei para onde vai. Sou um só, monitorando dezoito estados e dezenas de setores. Eu precisaria de uma equipe grande para ficar de olho em tudo isso. Não dou conta sozinho. Faço a ponte entre eles e seu pai. Precisei acalmá-los quando começaram a bombardear o rei de perguntas.

— E não acha que eles estão escondendo alguma coisa?

— Claro que acho, mas esse não é meu papel.

Bufo, com raiva de mim mesma. Duvidar dele só me deixa mais triste com a situação. Baixo a cabeça, querendo fugir e nunca mais voltar. Antonio percebe e se aproxima, me abraçando e beijando minha cabeça.

— Eu disse que não seria fácil, Zália. Faz apenas um dia que a coisa estourou. Você precisa ser forte.

— Por que estou presa aqui?

— Porque seu pai preza pela sua segurança. Todo mundo sabe que você está do lado de Lara agora, e ninguém vai querer que assine nenhuma intimação.

Respiro fundo. Antonio continua falando.

— Não fique brava com ele. Nessas poucas semanas que esteve trabalhando como regente, viu como é difícil. Tenho certeza de que ele a ama muito, mas precisa respeitar a Coroa.

— Sei disso — respondo, me sentindo derrotada.

— Tem mais uma coisa.

— O quê? — pergunto, temerosa.

— Nossas aulas estão suspensas.

— Suspensas? Por quê?

— Vou precisar viajar, mas volto sexta.

— Pra onde você vai?

— Preciso conversar com o governador de Rabelo.

— Rabelo? — repito, ansiosa.

— Por quê? Quer alguma coisa de lá?

— Preciso falar com minha mãe.

— Ela foi para Rabelo?

— Visitar meu tio.

Ele acaricia meu rosto.

— Fica bem, princesa. Volto logo.

A semana é tensa. Não tenho notícias sobre a intimação de Wellington. Minha mãe não volta para casa e continua sem me atender. Imagino que tenha acontecido algo grave com tio Marlos, mas não consigo sossegar, preciso dela.

Quando sexta chega, fico ainda mais chateada, porque meus amigos vão para Souza à tarde, já que é a festa de formatura. Estou entediada. Passei a vida toda cheia de compromissos, por isso estranho a semana vazia, sem poder nem passear pelo terreno de casa. Conto os minutos para a aula com Mariah, em que pelo menos me distraio com mais detalhes sobre a versão da Resistência para a história do rei Fernando. Assim que ela chega, me pede para vestir uma roupa mais discreta.

— Não entendi.

— Não tenho tempo de explicar, Zália. Confie em mim e coloque uma roupa menos chamativa, de preferência preta — insiste ela. Corro até o closet e visto as roupas que uso para fazer exercícios. — Você tem algum casaco com capuz?

— Mas está quente.

— Não podemos ser vistas — ela diz, me deixando apreensiva. Não acho nada do tipo, então ela só prende meu cabelo de um jeito menos formal e me leva para fora do quarto. Damos de cara com Enzo. Acho que seu plano chegou ao fim antes mesmo de começar. Porém, ele nos guia até uma passagem secreta no hall, fora da visão dos guardas do corredor, e entramos os três.

— Aonde estão me levando?

— Você logo vai descobrir — responde Mariah, descendo as escadas.

Damos em uma espécie de área de serviço bem iluminada. Não lembro de ter estado ali antes, mas não tenho tempo de examinar o local atentamente. Enzo avalia o perímetro e nos leva para uma porta fechada um pouco adiante.

A delegada Lara me espera dentro da sala. Fico tão contente que tenho vontade de abraçá-la, mas me seguro.

Ela parece preocupada ao me entregar a intimação.

— Não foi fácil entrar aqui, mas preciso que assine esses documentos para dar continuidade ao processo. Você está bem?

— Estou. Trancada, mas bem.

— Ótimo. Temi por você, mas acho que seu pai não vai deixar que nada aconteça.

— E você, está bem?

— Dentro do possível — ela responde. — Você tem feito um excelente trabalho nas redes sociais. Obrigada pelo apoio à família do Wilson.

Assino todos os papéis e os devolvo. Ela me olha, temerosa, e segura minhas mãos.

— O que foi? — pergunto.

— É sobre sua mãe — diz a delegada, e quase perco os sentidos.

— O que aconteceu?

— Zália, você precisa ser forte. — Mariah se aproxima, me deixando ainda mais assustada.

— Fala logo, Lara — digo, nervosa.

— Tenho alguns amigos que conhecem seu tio. Ele está bem. Sua mãe não está com ele.

Fico petrificada, sem poder acreditar.

— Sei que vai ser difícil digerir isso, mas acho que ela está aqui no palácio ou em algum outro lugar, muito bem escondida.

— Como assim? Meu pai jamais permitiria que fizessem qualquer coisa a ela.

Meu peito pesa.

— Sua mãe é da Resistência, Zália, e acredito que tenha sido presa.

— Não — nego, incrédula.

— Por que acha que não consegue falar com ela? — pergunta Lara.

— Por que acha que Suelen fugiu? — Mariah entra na conversa.

— Sua mãe foi pega. Suelen precisou escapar do mesmo destino.

Meu coração martela no peito. Não sei o que falar, o que pensar ou o que fazer. Tento processar tudo o que foi dito. Sinto como se perdesse o chão, mas me mantenho firme.

Mariah e Enzo me levam de volta com o mesmo cuidado de antes. De minha parte, estou imersa nas novidades de Lara. Desde quando minha mãe é da Resistência? O casamento dos meus pais sempre foi uma mentira? O que vai acontecer com ela?

Continuo tentando ligar para minha mãe, porque não quero acreditar no que me disseram. Vou com Enzo até a sala de Asthor, que não está, mas fico contente em encontrar César lá.

Finjo não saber de nada para ver o que me responde.

— Preciso falar com a minha mãe. Quem foi com ela a Rabelo?

— Rabelo? — Ele parece confuso. — Preciso confirmar com Asthor.

— Você não sabe quem a acompanhou? — pergunto.

Ele se atrapalha.

— Não me recordo. Mas posso descobrir.

— Maravilha — respondo, e fico ali plantada, para que saiba que quero que o faça imediatamente.

César pega o telefone e liga para Asthor. Peço que coloque no viva-voz. Quando Asthor atende, parece bravo.

— Você sabe que estou com o rei, César. O que quer?

— Asthor… — César pigarreia, ansioso. — Estou com a princesa Zália aqui. Ela quer saber quem acompanhou a rainha a Rabelo.

— Vossa alteza. — Asthor muda o tom imediatamente. — Sua

mãe não quis uma grande equipe, então apenas Jaime e Patrick a acompanharam.

Olho para Enzo, que balança a cabeça de forma sutil, me dizendo que é mentira.

— Obrigada, Asthor. Vamos tentar falar com os dois então — digo.

César desliga o telefone e o encaro como quem diz para fazer o que mandei.

Ele procura na agenda e liga para Patrick, parecendo preocupado. A reação dele e a mentira de Asthor me deixam com a pulga atrás da orelha.

— Tente Jaime, por favor — peço, quando Patrick não atende. Meu celular vibra no bolso da calça. Fico surpresa quando vejo que é uma mensagem de Enzo.

> Patrick saiu de férias qd voltamos de Corais. Está com a família em Alves.

Respiro fundo, tentando não surtar.

— Deixa pra lá, César. Obrigada pela ajuda — digo, então volto para meus aposentos e encontro Mariah à minha espera, acompanhada de Julia, Bianca e Gil, todos prontos para partir para Souza.

— Acha que meu pai deixaria isso acontecer? — pergunto, morrendo de medo da resposta.

— Isso o quê, Zália?

— Prenderem minha mãe?

— Não sei.

— Para de mentir, Mariah! — Perco o controle. — Você acha que minha mãe está sendo mantida prisioneira?

— Acho — ela responde, finalmente. É como uma facada no estômago.

— Obrigada. — Viro para meus amigos. — Espero que a formatura seja incrível. Queria muito curtir com vocês. Vão e me representem — digo, então os abraço, como se precisasse da força deles para fazer o que estou planejando. Quando nos separamos, eles olham uns para os outros e depois para Mariah. Antes que possam dizer qualquer coisa, saio em direção aos aposentos dos meus pais.

— O que vai fazer? — Enzo pergunta, vindo atrás de mim.

— Vou falar com ele.

Ele se coloca em meu caminho, me impedindo de continuar.

— Preciso falar com meu pai — digo, tentando desviar dele, que não permite.

— Zália, isso não é sensato.

— Por que não?

— Não acha que pode ser perigoso?

— Ele é meu pai. Preciso saber o que está acontecendo. — Fico irada quando ele impede minha passagem mais uma vez. — Enzo, me deixa passar!

— Não posso — ele diz. — Não quero.

— Não *quer*? — Estou revoltada. — Sai da minha frente, é uma ordem. — Ele obedece de imediato, e eu sigo para o terceiro andar.

Encontro Asthor e César conversando no canto da sala, mas vou direto ao escritório, cuja porta está fechada. Asthor tenta me impedir de entrar, mas eu o ignoro. Encontro meu pai acompanhado de Antonio e mais dois senhores, que se sobressaltam ao me ver.

— Zália! — grita meu pai.

— Onde está minha mãe? — pergunto, ofegante e imponente.

— Está maluca? Não vê que estou em reunião?

— Onde está minha mãe?! — repito, me sentindo mais forte do que nunca.

— Já disse que em Rabelo. Não tenho tempo para isso agora.

Viro para os três, que me observam chocados, e peço que se retirem dos aposentos do meu pai. Eles obedecem, fazendo uma reverência antes de sair.

Meu pai fica ainda mais bravo.

— O que pensa que está fazendo? Acha que pode entrar no meu escritório e expulsar dois governadores daqui?

— Não me importa quem eram, quero saber onde está minha mãe — insisto.

— Foi para isso que sua mãe quis que você fosse para o internato? Para que aprendesse a bater boca comigo? Para desafiar seu pai? O rei? Não esqueça quem é a autoridade aqui, menina.

— Não sou mais menina e tenho nome. Se eu descobrir que aconteceu alguma coisa com ela...

Meu pai arregala os olhos, chocado com minha ameaça.

— Basta!

— Basta digo eu. Defendi você todos esses anos, acreditei em você, tinha orgulho de você, e agora descubro que deixou minha mãe ser presa? — Me arrependo assim que as palavras saem. Não tenho certeza disso. Posso estar sendo muito injusta com ele.

Meu pai fica atônito com o que disse.

— Já chega! — Ele abre uma gaveta e tira dois envelopes reais de lá. Noto que um deles contém as leis que eu deveria ter assinado. Sem pensar duas vezes, ele as assina, decidido. — Você foi longe demais, Zália! Acho que será mais feliz longe de Galdino. Não era o que tanto queria? Viajar o mundo? Pode ir embora, sua casa não é mais aqui.

Ele tira do segundo envelope o documento que fazia de mim sua regente, então o rasga, sem dó nem piedade.

Sinto o ar fugindo dos pulmões. Olho atordoada para a cena, surpresa com esse lado do meu pai que nunca imaginei existir, com a raiva que sente por mim. E, principalmente, com a decepção mútua que só aumenta.

— Está dispensada!

18

SAIO CORRENDO DO ESCRITÓRIO DO MEU PAI ASSIM
que ele me dispensa. Quando chego no corredor, sinto meu corpo
tremer inteiro e quase desmaio. Enzo me leva para longe dali.

— Você está bem? — ele pergunta quando chegamos no hall do
segundo andar. Minha vontade é de chorar em seus braços. Parece
que é o único porto seguro que me resta.

*O que vou fazer agora, sem poder nenhum? Longe do palácio?
Como vou encontrar minha mãe? Como posso ir embora de Galdino
e fingir que nada aconteceu?*

Olho para Enzo e vejo nele tudo o que procurei em Antonio.
Não posso deixar as coisas desmoronarem de uma só vez. Meus pés
se movem antes mesmo de eu pensar, me levando às pressas ao primeiro andar. Ele não vai se negar a falar comigo, não nesse estado.

Entro na sala de reunião e caminho até sua porta, arfando, sem
fôlego pela corrida e pela situação. Assim que toco a maçaneta,
escuto alguém gritar dentro da sala. Recuo, espantada.

— Ainda não acredito que você teve coragem de fazer isso —
Antonio diz.

— Você esperava o quê? Que eu não fosse fazer nada depois de descobrir que Lara esteve aqui? Você é meu cúmplice. Não pense que vai se safar dessa.

— Eu não fiz nada além de te avisar da visita dela.

— Você me contou por medo, por saber o que poderia vazar, aonde ela poderia chegar. Você queria que eu fizesse alguma coisa para impedir, e foi exatamente o que fiz!

Sinto meu corpo inteiro tremer pensando no que aquilo significa.

— E não adiantou! O tiro saiu pela culatra. Você acha que Zália vai deixar isso barato?

— Zália... — ele debocha. — Não te coloquei aqui para brincar de príncipe encantado com ela, Antonio. Temos coisas mais importantes com que nos preocupar. Você não disse que ia distrair a garota?

— Ela não é tão boba quanto eu pensava, pai. Não reparou? Não posso impedir Zália de fazer o que quer, mas escondi o que pude. Tem muita coisa que ela ainda não sabe.

Sinto como se levasse um soco na barriga, que me tira completamente o ar.

— Você é um frouxo. Deixar a garota dominar a situação assim... Você poderia ter sido príncipe consorte, quem sabe até ter reinado!

— Ainda posso! Só preciso fazer com que esqueça de vez o tal segurança. Estava conseguindo afastar os dois. Antes de tudo isso acontecer havia convencido Humberto a proibir a entrada na área residencial. Confie em mim, pai. Vou domar Zália.

Meu coração dói tanto que não consigo raciocinar direito.

— Se eu receber uma intimação, Antonio, você vai para o buraco comigo.

Sem que eu perceba, a porta se abre e dou de cara com um dos governadores que estavam no escritório do meu pai. Ele me olha, perplexo, e eu o reconheço da foto de Antonio. Nos encaramos por alguns segundos. Ele mandou matar Lara. Meu estômago se embrulha, enojado. Dele olho para Antonio, decepcionada. Tudo que consigo pensar é que eu estava certa lá no início, quando deduzira que Antonio não tinha um bom caráter, mas mesmo assim caí em suas garras. Julia também me alertou. Por que não a escutei? Por que fiquei tão brava? Ela só estava me mostrando a verdade.

Todos os nossos momentos, as carícias e os beijos, foram uma mentira, uma maneira de conseguir mais poder e se proteger. Apesar do nojo que começa a nascer em mim, olho para Antonio com tristeza. Não acredito que me deixei envolver.

Respiro fundo, marchando para longe dali e só então percebendo que Enzo estava atrás de mim o tempo todo. Ouço Antonio chamar meu nome. Não me viro, e ele não me segue.

Meu corpo parece trabalhar no automático. Quando vejo já estou em frente aos aposentos dos meus amigos, batendo na porta, sem que ninguém responda. Eles já partiram para Souza. Estou sozinha, sem mãe, pai ou qualquer pessoa com quem possa compartilhar meus pensamentos.

Enquanto volto para os meus aposentos, Enzo me pergunta mais uma vez se estou bem. Não quero parecer ainda mais fraca, não depois do que Antonio fez. Enzo não pode me ver de coração partido de novo. Eu o ignoro e entro no quarto. Me jogo na cama e Justiça me lambe, mas dessa vez não é o bastante. Depois de rolar de um lado para o outro, sem saber o que fazer, resolvo tomar um banho, mas tampouco ajuda.

Ao sair, olho para a roupa preta de ginástica jogada no canto e tomo uma decisão. Visto-a novamente e sento encostada à porta de entrada, para poder escutar o lado de fora. Justiça não ajuda muito, já que a cada minuto vem com um brinquedo diferente para brincar de cabo de guerra. Quando percebo que Enzo se afastou, abro a porta de mansinho.

O hall está vazio. Corro para fora do quarto e entro na passagem secreta, descendo até a área de serviço.

Lá embaixo, o burburinho é alto. Abaixo a cabeça para que ninguém me reconheça. Preciso encontrar Rosa.

Abordo uma menina com roupas de camareira, na esperança de que me ajude. Ela me aponta a direção de um dos cômodos, mas me olha com desconfiança. Viro o rosto para disfarçar e sigo na direção indicada, com o coração acelerado. Encontro Rosa com algumas jovens, não longe dali. Ela me olha espantada, e eu a puxo para longe das outras, que me olham embasbacadas.

— O que está fazendo aqui, alteza? — pergunta Rosa, enquanto procuro um canto em que possamos conversar sem que ninguém escute.

— Preciso sair do palácio, e só você pode me ajudar.

— Sair? Está louca?

— Nunca estive tão certa na vida — respondo com autoridade. Ela me olha de cima a baixo, preocupada. — Por favor, Rosa. Não aguento ficar aqui — suplico, e ela me puxa para um longo corredor cheio de portas.

Entramos em um quarto apertado, só com uma cama de solteiro encostada à parede e um armário velho. Não há janelas nem ar-condicionado, apenas um ventilador de teto, que gira fazendo barulho.

— É aqui que você dorme? — pergunto.

— Sim.

— Mas isso é horrível.

Ela ri, sem graça.

— É o suficiente. Se visse onde eu dormia antes...

— Onde você dormia antes?

Rosa me olha, sem saber o que responder.

— Em um quarto desse mesmo tamanho, mas com cinco irmãos.

— Ela sorri, como se tentasse me acalmar. — Além do mais, passo a maior parte do dia no seu quarto ou resolvendo pendências por aí. Só venho para dormir. Até que é bom. — Ela olha ao redor. — É escuro e quieto.

Assinto, sem querer discutir mais, mas o descuido com os funcionários do próprio palácio parte meu coração.

Ela abre o armário e tira uma calça jeans, uma blusa gasta, um tênis e um casaco de moletom de lá. Eu me visto às pressas, enquanto Rosa vigia o corredor.

— Para onde você vai?

— Não sei. Só preciso sair daqui, pelo menos por uma noite.

— Você é louca!

— Você também, se está me ajudando. — Ela me olha, ruborizada. — Não se preocupe, Rosa, ninguém vai saber.

Amarro os tênis enquanto ela sobe meu capuz, então me puxa

para longe dali. Rosa me leva para um canto sombrio, de onde vemos Enzo subindo as escadas para voltar ao seu posto.

Assim que ele passa sem perceber nossa presença, ela entra em outro corredor e sai por uma porta na lateral que dá para a área externa do palácio. Ver a luz do sol me dá esperança, mas antes que eu possa respirar aliviada, Rosa me empurra para longe dali, me levando para uma garagem cheia de carros, onde uma caminhonete de frutas e verduras termina de despachar dezenas de caixas.

Rosa corre até o motorista, e eu a escuto pedir para que dê carona à sua prima. Ela dá a direção e oferece um trocado, que ele aceita de bom grado. Em seguida, vem até mim.

— Ele vai te deixar na praça central do bairro de Monteiro — diz Rosa, preocupada. — Procure pela rua Nicollato, número 75. Fale com Adriana Dourado. Ela vai te receber.

— É sua mãe? — pergunto, por causa do sobrenome.

— Minha irmã. — Rosa segura minha mão e entrega as últimas notas que tem.

— Não precisa.

— Você está louca? Isso não é nada. Não sei o que pretende fazer, mas com certeza vai precisar de dinheiro.

— Só quero dar uma volta — digo, tentando tranquilizá-la, então entro na caminhonete e cumprimento o motorista, que não me dá muita bola.

A sensação do motor ligando e do veículo avançando pelo cascalho para longe do palácio é ao mesmo tempo empolgante e assustadora. Tudo se intensifica ao passarmos tranquilamente pelos portões, que são fechados atrás de nós, nos forçando a atravessar o rio Canário e seguir para a cidade.

Sair do palácio sem seguranças, sem um carro blindado e sem ninguém sabendo para onde vou faz com que um medo descontrolado me invada. De repente, quero voltar à segurança de casa. Começo a me perguntar o que estou fazendo ali.

Como tive coragem de sair de casa?, me pergunto. Revoltada, penso que nunca mais quero voltar, surpreendendo a mim mesma. Não seja louca, você não pode ficar *vagando pelas ruas de Galdino.*

— Como foi o passeio? — pergunta o motorista de repente, me tirando da disputa interna.

Fico confusa.

— Passeio?

— Ao palácio — ele responde, como se fosse óbvio. — Sempre quis entrar, mas não tenho como, claro.

— Ah, sim. Foi... foi incrível — digo, pensando no que ele quer ouvir.

— Que sonho, hein? Não sei por que o rei Humberto não libera o lugar para visitação. Não precisa ser por inteiro, sei que ele mora lá com a família, mas talvez durante as férias. Seria tão legal se o povo pudesse conhecer o palácio... Não só pela história, mas pelo que representa.

Olho para ele, pensativa, e me pergunto por que meu pai nunca fez isso. Seria uma forma de aproximar o povo da Coroa. Faço uma nota mental para implementar a ideia quando for rainha. *Se é que vou chegar a ser rainha.*

Ele volta a tagarelar sobre como deve ser incrível morar no

palácio. Só consigo pensar no contrário, em como foi ruim crescer entre muros, afastada do mundo, das informações e das pessoas.

A cidade está a todo vapor. Por todas as ruas que passamos há dezenas de pessoas andando de um lado para o outro, resolvendo problemas, indo e vindo do trabalho. Não sei onde estou e, se precisasse voltar a pé para casa, jamais saberia em que direção seguir, mas não quero pensar nisso agora. Olho para os prédios baixinhos e as lojas com decoração natalina e me lembro saudosa de nossa casa em Borges, para onde não voltarei este ano, não depois de tudo o que aconteceu.

Logo chegamos a uma praça movimentada, com uma enorme árvore decorada, e ele me indica que é onde devo descer. Normalmente, eu ficaria hipnotizada pela beleza do lugar e pelo clima mágico. Agora, me sinto pequena e insignificante. A época do ano que me deu os melhores momentos junto à minha família também está me trazendo o pior deles.

Me aproximo da árvore e vejo milhares de bolas, laços e pisca-piscas pendurados. Sento em um dos bancos para admirar o movimento e as pessoas que penduram pedidos para o Papai Noel. As lágrimas voltam aos meus olhos. Me pergunto o que será da minha vida longe de Galdino, sem minha família e meus amigos. Não sei onde está minha mãe ou como encontrá-la.

Tudo o que eu queria era liberdade, e agora que a tenho me sinto vazia. Não existe liberdade sem aqueles que amamos por perto.

Choro, soluçando baixinho, sem querer chamar atenção. Meu pensamento logo vai para Antonio, e meu desespero aumenta. Fui enganada, traída, usada... Não posso perdoá-lo por isso. Agradeço por ter pegado no sono naquela noite no meu quarto, mas isso não diminui em nada a dor que sinto.

Não sei quanto tempo fico sentada ali, mas começa a escurecer. Sem querer deixar as incertezas e a tristeza tomarem conta de mim, levanto e vou em direção à árvore para ver alguns dos pedidos. Pego um, cor-de-rosa, e leio.

Que a princesa consiga restaurar Galdino.

O pedido é mais um tapa na minha cara. Como posso tornar isso realidade?

— O que pensa que está fazendo? — uma mulher me interrompe, tirando o bilhete da minha mão e colocando de volta na árvore. — Isso não é seu. — Ela se afasta, e fico aliviada que não tenha me identificado.

Percebo que posso ser facilmente reconhecida numa área assim movimentada, e penso em procurar a rua indicada por Rosa, mas não sei se quero me trancafiar em outra casa agora. Assim que avisto um bar vou até ele, pensando que deve ser um bom lugar para afogar as mágoas, por mais que nunca tenha feito nada parecido.

Ao entrar, me deparo com um recinto pequeno e mal iluminado, todo em madeira com detalhes vermelhos. Atrás de mim, entra um grupo animado, conversando e gargalhando. Eles se afastam e sentam a uma mesa perto da janela. Querendo distância da rua, sento no balcão. Sinto o peito pesar e o nó na garganta aumentar.

O que vou fazer agora?

— Quer alguma coisa? — pergunta o barman, que parece estranhar o fato de eu ainda estar de capuz.

Olho ao redor, sem saber o que pedir, então lembro o que meu pai sempre bebe.

— Uma dose de tarcá — peço. Ele continua me olhando, intrigado.

— Você tem identidade? — Surpresa com a pergunta, eu o encaro abertamente. Não tenho identidade, porque nunca precisei ter. — Sem identidade, sem bebida. — Ele vai servir outra pessoa, me deixando sozinha.

Estou pensando no que fazer quando vejo outro cliente que também parece querer se esconder, também de preto e capuz. Tento adivinhar o motivo pelo qual está fugindo, mas não consigo ir muito longe sem ver seu rosto. Está de costas para mim, mas aparenta ser um homem. Conversa com o garçom, que vai até o bar e volta com um copo de cerveja. Não sei o que está passando, mas projeto nele todas as minhas dores. De repente estou chorando mais uma vez, me sentindo vazia e sem rumo.

— Você está bem? — pergunta o barman.

— Vou ficar — digo, baixando a cabeça e enxugando as lágrimas.

— Quantos anos você tem? — ele pergunta.

— Dezessete. Faço dezoito mês que vem.

Ele me analisa e resolve me servir uma dose de tarcá, acho que por pena.

Observo o líquido roxo e o levo ao nariz, sentindo o cheiro forte da fruta misturada com álcool. Devolvo o copo ao balcão pensando em desistir, mas ao ver que o barman continua me analisando, viro a dose, como se não fosse minha primeira vez. Não consigo enganá-lo, porque a queimação na garganta e o gosto estranho que invade minha língua fazem com que meu rosto se contorça numa careta. Achando graça, ele pega um copo maior, coloca gelo e mistura a bebida com a fruta pura e açúcar.

— Assim é mais saboroso — ele diz, me oferecendo o copo.

Olho para ele sem saber se posso confiar em alguém que oferece bebida a uma garota menor de idade. Mesmo assim, pego o copo e dou um gole. Parece uma bebida completamente diferente, menos intensa, mas não menos alcoólica. O gostinho doce da tarcaçuruca domina a boca, como se acariciasse a língua. Em alguns segundos, está adormecida.

— Talvez seja melhor você comer alguma coisa — ele diz, ao ver minha reação. — Peixe-prego frito? — Assinto, agradecida. — Com batatas? — Aceito também, aliviada pela hospitalidade dele.

Enquanto espero o prato chegar, bebo todo o conteúdo do copo. Sinto minha cabeça zonza e perco a sensibilidade nas mãos e na língua. Ou talvez a sensibilidade tenha aumentado, não sei. Me acaricio frequentemente, me sentindo macia e leve, com os ombros menos pesados, como se meus problemas não estivessem mais ali.

Encantada com a sensação nova, peço outro copo. O barman hesita, mas acaba cedendo. Bebo sem medo, batendo o copo vazio no balcão e chamando atenção de quem está em volta.

Me encolho, envergonhada, dizendo a mim mesma que é o segundo e último copo da noite, mas não é. Não sei onde aprendi a comer com as mãos, mas é incrível como o peixe tem um gosto diferente assim.

Depois que como, tomo meu terceiro e último drinque. Começo a sentir que o álcool não pode mais bloquear meus problemas, então agradeço e faço menção de ir. Antes que eu levante de fato, no entanto, ele segura meu pulso para me impedir.

— Desculpa! — digo, envergonhada ao perceber que não paguei a conta. Tiro do bolso o dinheiro que Rosa me deu e o coloco no balcão.

— Isso não paga nem metade da conta, alteza — ele sussurra.

Eu o encaro, assustada.

— Como você...

— Seu rostinho bonito está estampado em todos os jornais.

— Pode soltar a mão dela. — Fico surpresa ao ouvir a voz de Enzo. O barman o encara por alguns instantes, então me solta.

— O que está fazendo aqui? — pergunto, confusa, então me dou conta de que ele era o homem de capuz.

— O meu trabalho — ele responde sem me olhar, já tirando o dinheiro do bolso para pagar o barman, que agradece. — Vamos.

Não me movo.

— Como você... como me achou? — É difícil formar uma frase no estado em que estou.

— Rosa me disse aonde estava indo.

— Mas... como me achou *aqui*? — Estou impressionada com ele.

— Te vi sentada na praça.

— Tão rápido?

— Saí logo depois de você. Rosa subiu na mesma hora para me contar, ela estava muito preocupada — ele responde, e meus ombros despencam. — Vamos?

— Não quero voltar, Enzo — choramingo, encostando a cabeça em seu ombro, sem pensar no que estou fazendo.

— Eu sei — ele diz, doce. — Mas precisamos ir, você sabe disso. Em poucas horas, essas ruas estarão infestadas de repórteres atrás de você.

— Não... — choramingo, sem querer voltar.

— Vamos para a casa da Drica.

Fico confusa.

— Drica?

— A irmã da Rosa.

— E você tem essa intimidade toda com ela? — pergunto, enciumada.

Ele ignora minha pergunta, mas oferece a mão para me ajudar a levantar. Não sei o que dá em mim, mas é como se minha barriga formigasse de ciúme.

— Sua namorada não se importa que você chame outra mulher pelo apelido? — insisto, tropeçando e caindo para a frente.

Enzo me segura para que eu não dê com a cara no chão. Ele põe o braço ao redor da minha cintura e eu me apoio em seu ombro. Assim que saímos do bar, volto a falar:

— Não quero ir para a casa da *Drica* — digo, irônica.

— Zália, para de bobeira. Rosa indicou a irmã porque é uma mulher muito gentil e amável. Você não quer um pouco de sossego antes de voltar ao palácio? É o máximo que podemos fazer.

Eu o encaro, tentando focar em seu rosto, mas sem a menor condição.

— Tá bom, tá bom. Vamos.

Ele me guia pela rua, mas eu tropeço o tempo todo, nos fazendo andar em zigue-zague. Enzo ajeita meu capuz toda hora, com medo de que eu seja vista.

Finalmente chegamos a uma casa de dois andares. Ele toca a campainha, avisando que somos nós. Imagino que Rosa tenha alertado a irmã, já que ela abre sem nem hesitar. Subimos para o segundo andar e percebo que, apesar de ser uma casa, é dividida em diferentes apartamentos.

A porta do 201 está aberta e uma mulher igualzinha a Rosa nos espera, já de pijama.

— O que aconteceu? — pergunta ela ao me ver, avançando para ajudar Enzo. — Ela está bem?

— Ela parece estar bem? — ele pergunta, irônico.

— Estou aqui, tá, gente? — protesto.

Entramos no pequeno apartamento, que mais parece uma casinha de boneca. Eles me levam até a cozinha, pedindo que não faça barulho, porque as crianças estão dormindo.

— O que ela bebeu? — pergunta Adriana.

Me irrito um pouco.

— Será que você pode falar comigo? Bebi o mel das fadas — respondo, achando graça. — Que troço bom, né?! Se soubesse disso antes, teria acabado com o estoque do meu pai.

Ela olha para Enzo e segura uma risada.

— Dê água para ela enquanto ligo para Rosa para avisar que vocês chegaram.

Adriana sai da cozinha. Enzo abre a geladeira, pega uma garrafa de água e a coloca na minha frente.

— Beba — ele diz, autoritário.

— Quem é você para mandar em mim?

— É para seu próprio bem, Zália. Ou amanhã vai estar querendo se jogar de um prédio de tanta ressaca.

— Já estou querendo me jogar de um prédio — digo, triste.

— Não fala isso. — Ele me olha nos olhos. — Você é muito mais forte do que pensa.

— Falou a pessoa que partiu meu coração — digo em tom de brincadeira. Enzo não ri, apenas levanta e reúne alguns ingredientes pela cozinha, então coloca tudo em um copo e me entrega.

Bebo sem protestar até o gosto de ovo invadir minha boca, então quase cuspo tudo.

— Que porcaria é essa?

— Gemada — ele responde. — Beba que vai te dar uma estabilizada.

— Impossível. Não tenho mais casa!

— Do que está falando? — ele pergunta, confuso. — É claro que você tem casa.

— Não mais — respondo, sentindo as lágrimas escorrerem.

— Zália, não sei o que aconteceu com seu pai, mas aposto que pode ser resolvido.

— Não sou mais regente. Ele vai me deserdar. — Enzo me olha, surpreso. — Vai me mandar para longe de Galdino.

— Seu pai nunca faria isso.

— Não duvido de mais nada.

Ele fica sem palavras. Bebo o restante da gemada, com a mesma repulsa de antes.

— Que nojo. Leva esse copo para lá — peço.

Adriana volta, trazendo uma toalha e roupas limpas.

— Acho que um banho pode ajudar — diz ela.

Sorrio e levanto, ainda tonta. Ela me leva até o banheiro, onde entro sozinha e me observo no espelho. Não sei quem é a pessoa no reflexo. Minha maquiagem está borrada e a expressão de desespero é aterrorizante. Tenho vontade de quebrar o vidro, mas não o faço. Apenas entro no banho, deixando a água ficar o mais quente possível, queimando de leve as minhas costas.

Não sei se é efeito do banho ou da gemada, mas saio de lá menos tonta do que entrei. Encontro os dois sentados na sala, conversando baixinho, com a garrafa de água na mesa de centro. Não protesto, porque não tenho mais forças. Encho um copo e o viro.

— Se vocês não se importam, vou dormir — diz a irmã de Rosa, levantando.

— Obrigada, Adriana.

Ela acaricia meu ombro antes de sair.

— Pode me chamar de Drica.

Assinto e ela nos deixa a sós. Enzo levanta de imediato.

— Aonde você vai? — pergunto.

— Te dar um pouco de espaço.

— Não quero espaço. Fica um pouco comigo. — Assim que falo isso, meu coração bate um pouco mais forte.

— Zália... — Ele parece não saber como responder.

— Não vou te morder, Enzo. Sua namorada não precisa nem saber — digo, revirando os olhos.

— Não tenho namorada — ele diz, me fazendo engasgar com a água.

— Vocês terminaram?

Sei que não deveria sorrir, mas no estado em que me encontro não consigo controlar. Tento esconder minha expressão, mas ele percebe e sorri também.

— Você não vai ficar aí em pé, vai? — digo. Não sei o que dá em mim, mas o puxo para sentar ao meu lado no sofá.

— Não sei se é uma boa ideia ficar aqui — ele responde, me fazendo recuar, chateada com o que ouvi.

— Por que não? O que pode acontecer? — pergunto. — Só quero companhia, Enzo.

Ele respira fundo e se acomoda ao meu lado.

— Por que vocês terminaram? — pergunto, dessa vez fingindo estar triste por ele, mas sentindo fogos de artifício explodindo por dentro.

— Não vamos falar disso, Zália.

A recusa dele me irrita. Encho o copo mais uma vez e digo, sem conseguir me segurar:

— Mereço saber, Enzo. Depois de tudo o que passei, depois de você me trocar...

— Eu não fiz isso — ele me interrompe, me pegando desprevenida. Eu o olho, estupefata. — Ela nunca existiu, Zália. — Enzo desvia o olhar, envergonhado. Uma dor me invade o peito.

— Como assim?

— Achei que seria mais fácil se você pensasse que eu tinha alguém — ele diz, e a dor só aumenta.

— Por que você fez tudo aquilo se não me queria? Por que me enganou? Inventou toda uma história? Não entendo.

— Eu queria! — afirma ele, com convicção. — Não inventei nada além de uma namorada, Zália.

Fico completamente confusa, sem saber o que sentir.

— Então por quê?

— Porque fui obrigado. Porque meu tio Luiz disse que, se eu não me afastasse de você, contaria ao rei, e aí eu perderia tudo e comprometeria o emprego do meu pai.

Eu o observo, muito atenta, sentindo meu estômago embrulhar. O enjoo não se deve à bebida, mas à verdade.

— E eu não podia suportar. Já basta minha mãe passando dificuldade — ele acrescenta.

— Sua mãe passa dificuldade? — pergunto, preocupada.

— Sempre passou. Ela está bem melhor agora que trabalho com você. Mando tudo o que recebo para ela. Fico só com o essencial. Não preciso de muita coisa.

Arfo, pensando em tudo que me foi negado por ser da realeza, em todas as regras que preciso seguir, e me entristeço ainda mais. Minha paixão de criança, meu amor adolescente, foi obrigado a me deixar. É muita crueldade. É muita injustiça mandarem na nossa vida dessa forma, sem se importar com nossos sentimentos.

— Nunca te esqueci — assumo, e meu estômago se encolhe, como se tivesse sido espetado com uma adaga.

— Pensei que me odiasse depois de tudo o que fiz.

— Odiei, mas isso não significa que te esqueci. Odiei o que fez e o quanto me machucou. Quando achei que tinha superado, você voltou ainda mais lindo, me seguindo dia e noite.

— E acha que foi fácil pra mim? — ele diz, sem graça. — Ver

você todos os dias e ser ignorado? Ver você se apaixonar por Antonio, acabando com qualquer chance de te reconquistar?

A adaga imaginária sai do meu estômago, e só sinto aquele friozinho gostoso no lugar. Viro para ele em busca de seus olhos, percebendo que está tão nervoso quanto eu.

— Você nunca perdeu sua chance. Apesar de Antonio. Jamais perderia.

Enzo pega minha mão e a segura com carinho. Depois, volta a me olhar daquele mesmo jeito bobo que me olhou em sua despedida e no jardim de bambu. É como voltar no tempo, como se nada tivesse mudado.

— A gente não pode ficar junto, Zália — ele diz, mas não me deixo vencer.

— Por quê? Vamos para Telônia. Podemos começar uma vida nova — proponho, esperançosa.

Ele sorri e acaricia meu rosto, de maneira delicada.

— Você não conseguiria deixar Galdino depois de tudo o que aconteceu.

— Claro que conseguiria. Por você — digo, com toda a certeza que consigo encontrar dentro de mim.

— Eu não poderia te pedir isso. Você é o futuro de Galdino. Vai mudar o país.

— Não me escutou? Fui exilada, não posso ficar mais aqui.

— Pode. Se contar a verdade.

É o certo a fazer, mas será que consigo? Entregaria meu próprio pai?

— Não sei se posso.

— Claro que pode. Você deixaria o povo de Galdino nas mãos das pessoas que estão afundando o país? Depois de tudo o que já descobriu?

— Enzo... — Não sei como argumentar. Ele está certo, mas ainda assim é sobre meu pai que estamos falando.

— São oitenta milhões de habitantes, Zália. Quantas pessoas morrem com a violência diária? Quantas passam necessidade? Você é a única que pode acabar com isso. Reorganizar o governo, fiscalizar o dinheiro gasto, focar na educação e na saúde. Fazer o povo prosperar.

Fico aflita, pensando que ele tem razão. Eu não conseguiria ir embora. A cada palavra sua me sinto instigada, inspirada e admirada com a paixão que ele sente pelo país.

— Mas... — Analiso tudo com atenção, criando novos sonhos.

— Se posso mudar tudo isso, também posso mudar as regras da Coroa — digo, esperançosa. — Posso lhe dar permissão para sair comigo.

Ele ri, me olhando com ternura. Então tira o celular do bolso e o atende, apesar da importância da conversa.

— Estamos descendo — diz ele depois de escutar a pessoa do outro lado falar e desligando em seguida.

— Já? — pergunto, decepcionada.

— Se eu pudesse, estenderia esta noite para sempre, mas não tenho como esconder você aqui. Todos já sabem do seu sumiço no palácio e estão atrás de você. A rua está cheia de gente querendo te ver. Não é seguro ficar. — Enzo levanta, ignorando totalmente a conversa anterior. — Vamos. — Ele caminha em direção à porta e eu o sigo, me sentindo fracassada. Nem fugir do palácio consigo. Como vou salvar o país?

Desço as escadas, sentindo-as dançar de um lado para o outro, como se eu estivesse em um navio.

— Não posso te segurar para sair — ele diz quando chegamos à porta.

— Como sabem que estou aqui? — pergunto, impressionada, ao ouvir o bochicho do lado de fora.

— Todo mundo sabe quem você é, Zália. Mesmo escondida debaixo de um capuz. — Ele sorri com doçura. — Acha mesmo que ninguém mais te reconheceu na praça e no bar?

Dou de ombros e respiro fundo, tentando manter o equilíbrio. Enzo abre a porta e vejo dezenas de pessoas ao redor do carro real, que me aguarda na rua. Algumas fotos são tiradas, e eu levo a mão ao rosto, fugindo da luz dos flashes. Os moradores, curiosos, chamam por mim. Sem querer ser antipática, aceno para eles enquanto desço os degraus tentando não tropeçar.

Assim que piso na calçada escuto um barulho alto e estridente. Sinto uma pressão enorme no ombro, me empurrando para trás. Alguém atrás de mim me segura. Tudo acontece tão rápido que não consigo raciocinar ou entender. As pessoas correm, nervosas, então ouço o mesmo barulho e sinto a mesma pressão na coxa, me nocauteando com uma dor excruciante.

— Zália! — Enzo grita. — Fica aqui! Fica comigo!

Meu corpo só quer desligar.

Consegue nos ouvir?

Estamos perdendo ela.

Alteza, tente aguentar mais um pouco.

Precisamos fazer uma transfusão imediatamente!

19

SINTO COMO SE ACORDASSE DE UM SONO PESADO. Meu corpo está moído. Olho ao redor e tudo parece rodar. Sei que estou em um quarto frio e escuro, mas não reconheço nada. Então alguém segura meu pulso, para ajustar o equipamento a que estou ligada. Tento levantar, mas uma dor dilacerante se espalha a partir do ombro. A enfermeira se debruça, me ajeitando na cama e subindo o encosto para que eu fique sentada.

— Está sentindo dor? — a mulher pergunta. Faço que sim com a cabeça, ainda me sentindo perdida. Ela me dá medicação pelo acesso na veia. — Vai ficar tudo bem. Vou chamar a médica. Ela vai ficar feliz em ver vossa alteza acordada — diz a enfermeira, se retirando.

Abro e fecho os olhos, confusa. Sinto um vazio dentro de mim, e lágrimas rolam sem explicação. Escuto alguém abrindo a porta.

— Boa noite, alteza — diz ela ao se aproximar de mim. — Meu nome é Regina, e estou fazendo seu acompanhamento desde que chegou. Como está se sentindo?

— O que aconteceu? — É tudo o que consigo perguntar.

— Do que se lembra?

— De nada — digo, assustada.

— Houve um atentado. Por pouco não perdemos vossa alteza. Acertaram seu ombro direito e sua perna. Você perdeu muito sangue a caminho do hospital e tivemos que fazer uma transfusão antes de operar. Tivemos que induzir o coma para ajudar na sua recuperação.

Choro descontroladamente.

— Tentaram me matar? — pergunto, me sentindo grogue. Ela faz que sim com a cabeça. — Há quanto tempo estou aqui?

— Uma semana.

Perco o fôlego. Uma semana!

— Apesar da dor, vossa alteza está fora de perigo. Não deve se preocupar com isso.

Mas minha preocupação é outra. Não posso acreditar que tentaram derrubar outro membro da família real. Vivenciar na própria pele o mesmo que aconteceu com meu irmão me deixa devastada. Ele só não teve a mesma sorte que eu.

— E minha mãe?

— Ela está bem.

— Bem? Você sabe dela?

— Sim. Seu pai também.

— Por que eles não estão aqui?

— Não se preocupe com isso agora. — Ela sorri. — Vou chamar Shirley, que vem acompanhando vossa alteza desde a sua chegada.

A médica sai do quarto e eu fico olhando para o teto. Tento lembrar o que aconteceu, mas nada me vem à cabeça. As lágrimas voltam a rolar. Não as escondo quando Shirley chega.

— Zália, querida. — Ela abre um sorriso e vem em minha direção, me envolvendo em um abraço. — Não sabe como ficamos preocupados. Nunca vi seu pai tão arrasado.

Logo atrás dela, entram Julia, Gil e Bianca, que se aproximam do meu leito.

— O que aconteceu naquela noite? — pergunta Gil.

— Você está bem? — pergunta Bianca.

— Ficamos tão assustados! — exclama Julia.

— Não sei o que aconteceu — digo, sem encará-los. — Eu não vi.

Gil fica atônito.

— Nada?

— Nada — respondo, desolada. — Só lembro do barulho do primeiro tiro e da pressão e dor que senti no ombro e na perna, mas não vi de onde veio. O que está havendo lá fora? O que vocês sabem?

— Não é hora de falar sobre isso — briga Shirley. — Você precisa descansar.

— Que eu saiba, já descansei por uma semana. Preciso sair daqui, ver minha mãe, falar com Lara, entender o que está acontecendo.

— O que está acontecendo é que o país virou um caos depois do seu atentado. Você precisa ficar quietinha onde está — Julia diz.

— Julia! — Shirley a repreende.

— Como assim "virou um caos"?

— Chega! Já basta! Fora daqui os três.

Eles se afastam.

— Não, Shirley, preciso entender, preciso saber — protesto. — Voltem aqui.

Eles me olham, receosos.

— Aqui você não tem poder nenhum, Zália. A ordem da médica é descanso — Shirley insiste.

— Não quero descansar! — quase grito. Shirley aperta um pequeno botão ao lado da cama. Eu a encaro, sem entender.

A porta se abre e a dra. Regina volta.

— Está tudo bem por aqui?

— Não — diz Shirley. — Não consigo controlar Zália.

— E por que me controlar? — pergunto, revoltada. — Só quero entender o que está acontecendo.

— Zália... — a dra. Regina se aproxima devagar. — Você vai ter muito tempo para entender tudo, mas agora preciso que fique calma e descanse. Há uma série de exames a fazer. Se estiver tudo bem, amanhã mesmo será liberada para voltar para casa. Não pode voltar a trabalhar ainda. Aconselho tirar essa última semana do ano de folga, até se estabilizar.

Ela olha para Julia, Bianca e Gil, que se retiram do quarto, me deixando infeliz.

— Pode ir também, Shirley. Te chamo depois dos exames.

Shirley sai e entram duas enfermeiras. A primeira me entrega uma muleta e me ensina a usá-la. Então as duas me levam até o banheiro e me ajudam no banho. Em seguida, a segunda enfermeira tira várias ampolas de sangue e elas me levam de cadeira de rodas para uma série de exames.

As duas me parabenizam pelo que tenho feito, pela coragem de ir até Lara, mas não vão muito além disso. Não contam o que está acontecendo lá fora, mesmo quando suplico. Quando volto ao quarto, me aproximo da janela usando a muleta, tentando ver alguma coisa, mas a vista é da floresta atrás do hospital. Derrotada, volto para a cama.

Shirley retorna ao quarto, dessa vez mais séria.

— Desculpa por mais cedo, Zália. A dra. Regina não quer que você se altere.

— Se alguém me dissesse o que está acontecendo, eu não precisaria me alterar.

— Não há nada o que dizer. Amanhã você estará em casa e contaremos tudo durante o banquete de Natal. Todas as suas dúvidas serão respondidas.

Viro o rosto para a janela, sem querer encará-la. O suspense todo me deixa furiosa.

— Onde estão meus amigos?

— Voltaram para o palácio.

— Já? Mas nem falei com eles direito.

— É o que ganham por falar demais.

Fico irada, mas ela só faz uma reverência e sai do quarto, me deixando ainda mais frustrada. Procuro por todos os lados um telefone, mas não acho nada. Tento a televisão, mas não funciona. Fico encarando a parede, tentando entender o que Julia quis dizer com "o país virou um caos".

Uma enfermeira entra no quarto, trazendo uma bandeja de medicamentos.

— A dra. Regina achou que você pudesse querer tomar esse também, para ajudar a dormir e esquecer — ela diz, antes que eu os tome. Eu encaro o comprimido por um tempo, mas acabo tomando tudo, me sentindo sem escolha.

Ela sorri para mim e sai do quarto. Pouco depois, sinto como se uma mão acariciasse minha cabeça, como se me empurrasse para o travesseiro em direção a um sono profundo. Antes de adormecer, me pergunto com o que estava tão preocupada, mas não consigo lembrar.

Acordo na manhã seguinte com a visita da dra. Regina e de Shirley, que não consegue conter o sorriso.

— Vossa alteza está liberada — diz a médica. — Mas nada de se exaltar, por favor. Muleta sempre, se possível cadeira de rodas, para não forçar demais a perna. Sei que seu pai tem um excelente fisioterapeuta. Acho bom você também se tratar com ele, principalmente por causa do ombro.

Assinto, querendo ir logo para longe dali.

Shirley me entrega uma mala com um vestido preto, uma tiara e sapatos baixos. Troco de roupa com a ajuda dela, que faz um coque no meu cabelo.

— Como está o palácio? — pergunto.

— Parece vazio sem você — ela responde, mas sei que só está me enrolando.

— Como se sente? — pergunta a dra. Regina, me entregando a muleta.

— Perdida — digo, desanimada.

— É normal — garante ela, sorrindo. — O que você passou é suficiente para deixar qualquer um abalado. Admiro sua força.

Dou de ombros sem concordar. Estou completamente despedaçada por dentro.

— O que devo fazer agora?

— Quem sou eu para te dizer o que fazer? — pergunta a dra. Regina, humildemente.

— A pessoa que me salvou.

Ela sorri.

— E você é a pessoa que vai salvar Galdino.

— O que te dá tanta certeza?

— Você já deu o passo mais importante, agora é só continuar o trabalho. Não vai ser fácil, mas o pior já passou. Acredite em você mesma. O povo não tem por que duvidar. — Ela pisca para mim, me ajudando a levantar da cama. — Foi uma honra para mim e para toda a equipe.

— Sou eternamente grata por tudo o que fizeram — digo, saindo do quarto e deparando com muitos enfermeiros e médicos me aguardando no corredor. Eles irrompem em aplausos. Demoro alguns segundos para seguir em frente. A cada passo, recupero minhas energias.

No fim do corredor, encontro Julia, Bianca e Gil me esperando, além de Enzo, Patrick, Yohan e vários outros seguranças. Não consigo evitar olhar para Enzo, que me reverencia de longe. A distância me enerva, depois das revelações do nosso último encontro. Tenho vontade de correr até ele e abraçá-lo, mas não é o momento para isso.

Descemos de elevador em grupos, meus amigos com seus seguranças e eu com os meus. Ao chegar na portaria, mais uma surpresa. Dessa vez, quem espera por mim são os pacientes, atendentes e recepcionistas. Do lado de fora, vejo um mar de pessoas. Cidadãos de Galdinópolis que vieram me ver. Avanço, maravilhada, sem saber se mereço tal carinho, mas antes de sair, congelo, nervosa. Flashes da noite do atentado invadem minha mente e recuo, sem saber se é seguro sair, imaginando o que pode acontecer lá fora. Como se entendessem o que estou pensando, uma horda de seguranças me rodeia, e Enzo me olha, me encorajando a sair. Ao chegar à rua e escutar a multidão aplaudindo, me emociono. Não imaginei que minhas ações ganhariam o respeito de todos. Vê-los ali, perdendo seu tempo para acompanhar minha volta ao palácio, me enche de gratidão. E, de repente, meu receio parece pequeno demais.

Enzo e os seguranças tentam me guiar até o carro, mas é impossível entrar nele nesse momento. Estou extasiada demais, encantada demais. Ando de muleta em direção à multidão, contida pela guarda municipal, e aperto a mão de todos que posso, tentando retribuir o mínimo da atenção e do carinho que dedicam a mim. Continuo por mais um quilômetro, até não aguentar mais me sustentar. Enzo, que me acompanha de perto, me ajuda a voltar para o carro, que nos acompanhou de perto.

— Você está bem? — ele pergunta em meu ouvido. Fecho os olhos, sentindo as notas de sua voz doce percorrerem meu corpo.

— Vou ficar — respondo, enquanto ele abre a porta do carro e entro a contragosto. Antes que ele feche a porta, pergunto: — Vem aqui comigo?

Ele me olha, surpreso e confuso com o pedido. Viro para o motorista.

— Não quero ficar trancada aqui dentro. Pode abrir o teto solar? — Ele obedece, então volto a Enzo. — Me ajuda?

— Zália, não é seguro, você não pode se expor dessa forma. Ainda mais depois do que aconteceu.

— Você quer que eu passe a vida toda me escondendo? — pergunto, autoritária, mas sei que ele está certo. Tenho o mesmo receio que ele, porém não posso negar ao povo o que eles vieram fazer. Não posso me trancafiar no carro e ignorá-los.

Ele concorda, mesmo que contrariado. Enzo entra no banco de trás comigo e me ajuda a levantar para continuar cumprimentando a multidão na rua.

Ele fica lá em cima ao meu lado até chegarmos aos portões do palácio. Não consigo deixar de imaginar como seria tê-lo não como segurança, mas como companheiro.

Voltamos ao interior do carro, mas ficamos calados, apenas nos entreolhando, tensos. Enzo também parece querer falar, mas ninguém toma a iniciativa.

Chegamos à entrada norte, onde sou esperada pelos funcionários do palácio. Quando saio, sou recebida com um coro de "Salve a princesa" que me arrepia a espinha. Eles batem palmas, me fazendo tremer de emoção.

Olho para a grande entrada, imponente, com suas enormes pilastras e a longa escadaria. Acho que nunca dei a devida atenção a ela. Depois do que aconteceu, eu a observo com cuidado, querendo aproveitar cada momento.

Cresci ali, tão acostumada a tudo que não era mais capaz de apreciar a majestade do lugar. O atentado me faz olhar tudo com mais respeito. Subo os degraus lentamente, atenta a cada gesto dos funcionários. No alto, estão os dizeres em que nunca prestei muita atenção, mas que agora parecem gritar: UM VERDADEIRO REI PENSA NO OUTRO ANTES DE SI MESMO.

No topo da escada estão Asthor, César e Joaquim, o auxiliar geral.

— Vossa alteza — diz Asthor, com uma reverência. — A delegada Lara aguarda na biblioteca. — Deixo os três para trás, ansiosa para vê-la. — Vossa alteza — chama ele de novo, e me viro. — Antonio também pediu uma reunião.

— Antonio? — pergunto, confusa. — O que ele ainda está fazendo aqui?

— Ele é seu assessor — Asthor diz, perdido.

— Não mais — respondo, dura. — Posso até me reunir com ele se for preciso, mas será pela última vez. Providencie o desligamento dele.

Asthor assente e eu volto a me afastar.

Ao passar, observo a escada de mármore e os enormes quadros com suas molduras clássicas douradas, os enormes tapetes estendidos pelo hall, os guardas posicionados a cada cinco metros, com seus uniformes azuis e brancos, da cor da bandeira.

Quando abro a porta da biblioteca, cautelosa, encontro não só Lara, mas Julia, Gil e Bianca, que chegaram antes de mim.

— Vossa alteza — Lara cumprimenta.

— Zália, só Zália — corrijo.

— Como você está? — pergunta a delegada.

— Confusa. Pode me explicar o que está acontecendo?

— Sente — sugere Lara, e eu obedeço por causa da perna.

Eles se olham, como se não soubessem por onde começar.

368

— O atirador foi encontrado na mesma noite do atentado. Ele foi preso e interrogado — ela diz, e me olha, receosa.

— E? Quem é ele?

— Um antigo tenente do Exército. Defensor da monarquia. Ele assumiu que foi responsável pelo assassinato do policial. Ainda não sabemos quem foi o mandante, provavelmente um dos governadores que estamos investigando.

— O pai de Antonio — afirmo, lembrando da conversa dos dois.

— O governador Afonso?

— Isso. Escutei os dois falando.

Ela me olha, surpresa.

— Vou investigar isso.

— Posso testemunhar contra ele, se for necessário. E onde está minha mãe?

Ela me olha, pesarosa.

— O que foi?

— Sua mãe está presa. — É Julia quem diz.

— Por quê?

— Antes de sumir, Suelen se encontrou com Isac e entregou provas de que a rainha faz parte da Resistência e está por trás da morte de seu irmão — conta Lara.

— Quê? — pergunto, atordoada, sem entender por que Suelen faria algo tão baixo.

— Não pude fazer nada, Zália. Suelen entregou diversas cartas comprometedoras, que deixavam claro que sua mãe fazia parte do grupo.

— Mas isso não é suficiente para mantê-la presa, é?!

— Bem, ela traiu a Coroa. É um crime imperdoável.

— E meu pai não fez nada para ajudar?

— Amiga, não é tão simples assim — Bianca interfere. — Sua mãe vai ter que passar por um julgamento. E seu pai deve estar em choque. Imagina viver a vida inteira com uma pessoa e então descobrir que ela casou com você para te derrubar?

— Derrubar meu pai? — Rio do absurdo que Bianca fala. — Minha mãe jamais faria isso. Ela pode concordar com os ideais da Resistência, mas nunca faria nada contra sua família.

Julia me observa, temerosa, e fico tensa, sem querer acreditar que aquilo possa ser verdade.

— Além disso... — continua Lara. — Suelen também entregou uma gravação de sua mãe falando que colocou os explosivos nas roupas de seu irmão. Eu escutei e...

— Com certeza é falsa.

— Também acho, Zália. Conheço sua mãe desde que me entendo por gente. Nossos pais eram muito amigos. Estudamos juntas no internato. Sua mãe era cheia de ideias e ideais, mas jamais mataria uma mosca. Suelen deve ter editado alguma conversa entre elas, mas a gravação é muito bem-feita. Nossa melhor chance é conseguir o áudio original, para provar que foi alterado.

Eu a encaro, tentando entender a razão por trás disso tudo.

— Você acha que... Suelen está por trás da morte de Victor?

— Conversei rapidamente com sua mãe antes que fosse presa, e ela afirma que sim.

— Minha mãe sabia de tudo? — pergunto, confusa.

— Só descobriu depois do atentado. Sua mãe tentou expulsá-la do palácio, mas Suelen a ameaçou com algumas das cartas que entregou.

— O que elas contêm?

— Correspondências que comprovam que sua mãe compartilhava informações secretas sobre a Coroa. Não sei se você lembra, mas houve um atentado na sede do governo em Albuquerque uns doze anos atrás. Fica bem óbvio pelas cartas que foi sua mãe quem vazou a informação do dia, horário e local onde o governador estaria.

— Não! — Desvio o olhar, incrédula. — Minha mãe jamais faria isso! — nego, horrorizada.

— Zália...

Lara tenta pegar minha mão, mas eu me levanto, revoltada.

— Meu pai acreditou nisso?

— As cartas foram avaliadas por especialistas, e infelizmente são verdadeiras. Seu pai está devastado, Zália.

— Você o viu? — pergunto, espantada com o encontro inusitado.

— Ele me procurou há uns dias.

— Para quê?

— Você saberá em breve — ela diz, me deixando tensa. Continuo o interrogatório, querendo entender tudo.

— E Suelen? Ela agiu sozinha?

— Acredito que não. Provavelmente estava seguindo ordens.

— Onde ela está?

— Suelen está desaparecida — Julia afirma.

— Mas por que matar Victor?

— Acredito que tenha sido uma atitude drástica e desesperada, para desestabilizar o governo e evitar a assinatura das leis que Victor aprovou.

— E quem mandou matá-lo? — pergunto, irritada.

— Não temos certeza. Suelen e sua mãe são da Resistência de Rabelo, então creio que tenha sido o líder de lá. Sua mãe talvez possa nos ajudar a descobrir quem é.

Meu coração martela no peito. Estou decidida a tirar minha mãe da prisão, mas toda a história das cartas da Resistência me deixa perdida. Seria minha mãe uma grande farsa? Ela casou com meu pai mas agia contra ele. Penso em todos os conselhos que ouvi de minha mãe desde que assumi como regente e, de repente, sinto que fui manipulada a fazer tudo o que fiz. Por outro lado, sei que ela nunca tirou minha autonomia, nenhuma decisão foi tomada por ninguém que não eu mesma.

Seu amor por mim é verdadeiro, então não posso deixá-la de lado.

— Quando vamos nos rever? — pergunto à delegada.

— Acho que isso não é mais um problema, Zália. É só me chamar que eu venho.

— Como assim?

Olho para ela, atordoada.

— Wellington testemunhou ontem em troca de uma prisão mais curta.

— E?

— E nos entregou diversos nomes. Entre governadores, prefeitos, empresários. Pessoas importantes, que serão cassadas nos próximos dias. Vários já foram afastados dos cargos.

— Por que eu sinto que tem notícia ruim no meio? — pergunto, sem entender.

— Um dos nomes citados por ele foi o do seu pai.

Cambaleio, voltando a sentar. Ela continua falando:

— Ele afirmou que seu pai não só sabe de tudo como se beneficia do esquema — diz ela, levantando. — Você disse que eu devia cuidar disso, não importava quem estivesse envolvido...

Não sei o que responder. No fundo, eu sabia que existia essa possibilidade, mas sempre evitei pensar no assunto. Não queria acreditar que meu pai fosse capaz de tamanha imundice.

— Você acha que é verdade? Que encontrará provas? — pergunto, ainda agarrada ao último fio de esperança.

— Já as tenho, Zália.

Sinto o golpe no estômago, tirando todo o ar do meu pulmão.

— Seu pai será detido em breve.

Sinto meu peito doer, entristecido e enojado. Mesmo que meu pai seja corrupto, não consigo odiá-lo. Apesar do mau caráter, ele ainda é meu pai, e imaginá-lo na prisão me deixa devastada, principalmente porque fui eu quem o colocou nessa situação. Porém, tento me manter forte, ainda que esteja enfraquecida por dentro. Afinal, se ele será detido, serei oficialmente a rainha de Galdino.

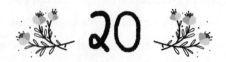

20

— VOCÊ FEZ A COISA CERTA — JULIA PERCEBE MEU conflito interno. — Sei que é difícil aceitar, mas seu pai sabia o que estava fazendo quando se meteu nessa. Precisa pagar pelos atos dele. Com o tempo, você vai se perdoar e perdoá-lo.

Abaixo a cabeça querendo chorar, mas nenhuma lágrima vem.

— Você precisa ver Galdino. Já é outro país — diz Gil, tentando me animar.

— Vocês me disseram que está tudo um caos.

— E está, mas é sinal de mudança. Em menos de dois meses como regente você mudou tanta coisa — diz Bianca, admirada.

— Só entreguei provas para a delegada. Não foi nada de mais.

— Você é que pensa — insiste Julia. — Galdino está do seu lado. As pessoas foram às ruas. Tem protestos em todas as cidades. Milhares de pessoas estão em greve porque não aceitam mais o que está acontecendo aqui. O governo está em estado de choque, ninguém sabe o que fazer. Nem a PEG obedeceu ao comando quando acionada. Estão todos cansados da situação atual. Você fez com que enxergassem isso.

— Dá só uma olhada na internet — diz Gil. — Estão todos do seu lado. Seu número de seguidores triplicou na última semana.

Você virou um ícone ainda mais poderoso. Não é só a princesa, é uma justiceira, uma representante do povo.

— Você não viu a multidão do lado de fora do hospital? — pergunta Julia.

— Vi, mas minha opinião não importa? Não sei se quero ser rainha. Não agora.

— Claro que quer — insiste Julia. — Você está falando da boca pra fora, mas nasceu para isso.

— Queria ter tanta certeza. — Viro de costas para eles e caminho até a porta.

— Aonde você vai? — pergunta Bianca.

— Falar com Asthor.

Os três me seguem, com medo de que eu leve um tombo ao sair apressada.

Nem bato na porta ao chegar, ansiosa para começar a resolver meus problemas familiares.

— Preciso visitar minha mãe — falo assim que entro. Ele me olha, abismado.

— Sua mãe?

— Isso, Asthor. Minha mãe.

— Mas... alteza...

— Não tem "mas". Marque uma visita para mim, o quanto antes.

— Sim, alteza — ele assente. Então acrescenta: — Antonio está esperando na sala dele.

— No gabinete do assessor político, você quer dizer. A sala não é mais dele.

Meus três amigos me encaram assim que saímos, confusos.

— Explico melhor mais tarde — digo, atravessando o enorme corredor até as salas de reunião. Abro a porta do escritório mais uma vez sem bater. Tento esconder o nervosismo e o enjoo que senti em todo o percurso. Julia, Bianca e Gil ficam no corredor com Enzo, mas não desviam o olhar.

— Zália! — exclama Antonio, levantando e vindo em minha direção.

— Vossa alteza — corrijo, deixando claro que não quero que se aproxime.

— Zália, por favor, me deixe explicar — ele pede.

— Não há nada que possa justificar o que escutei, Antonio. Nada. — Meu coração dói ainda mais quando ele fica de frente pra mim e segura minhas mãos. Não tenho forças para recusar.

— Sei que me aproximei pelo motivo errado, mas passei a gostar de você de verdade. Precisa acreditar em mim.

— Não importa. Você me enganou, me usou... E ainda por cima está por trás do atentado contra Lara. Nunca mais quero olhar na sua cara.

— Eu não sabia que me pai faria aquilo. Juro para você, Zália. Jamais faria nada parecido. Você precisa acreditar em mim.

Sou dura, apesar de sentir o coração amolecido.

— Você tem até o fim do dia para tirar suas coisas daqui, depois disso não quero mais te ver no palácio. E já vá se preparando para o julgamento.

— Mas Zália...

— Não quero ouvir mais explicações. O que você fez não tem volta.

Não consigo sair dali. Me sinto presa em seu escritório, lembrando nossos momentos juntos. Antonio se aproveita disso para se aproximar ainda mais.

— Enzo — chamo, e ele corre ao meu encontro, pondo-se entre nós e permitindo que eu saia.

Meus amigos me envolvem em um abraço e me ajudam a voltar até meus aposentos. Enzo nos acompanha e me ajuda a sentar em um dos sofás.

Olho para Bianca, Julia e Gil, pedindo que me deixem sozinha com Enzo. Eles obedecem sem protestar.

— Fica comigo — digo a ele assim que a porta se fecha.

— Não posso, Zália.

— Você disse que ainda gosta de mim...

— Falei demais aquela noite, Zália. Tinha bebido também.

— Então se arrepende do que falou? — choramingo, sentindo meu coração se destruir por completo.

Ele hesita, fazendo minha barriga gelar.

— Eu te amo, Zália. Você não sabe como fiquei quando caiu em meus braços. Pensei que fosse te perder, pensei que...

— Então qual é o problema?

— Não sou ninguém.

— Você é Enzo, o garoto por quem sempre fui apaixonada.

— Somos de mundos diferentes. Não estou à sua altura.

— Você é mais alto que eu — tento brincar. Ele sorri, mas não dá o braço a torcer.

— Não faça isso ser mais dolorido do que já é — pede Enzo, se afastando. — Por favor, Zália. Precisamos seguir a vida.

Não tenho mais forças para insistir. Então o deixo ir, permitindo que as lágrimas escorram pelo meu rosto, angustiadas.

Julia, Bianca e Gil logo voltam. Provavelmente aguardaram do lado de fora. Ao ver meu estado, tentam me consolar.

— Com o tempo as coisas vão se ajeitar, Zália.

— Não tenho tanta certeza — digo, entre as lágrimas. — Nem com Enzo, e muito menos com meu pai. Como vou olhar na cara dele?

Julia tenta me acalmar.

— Você vai saber quando estiver pronta.

— Não sei se um dia vou estar.

— Claro que vai. Ele é seu pai.

— Dói tanto — choramingo.

— Não quer dar uma volta no jardim? — sugere Bianca, e Julia parece reprovar a ideia.

— Acho que pode ser uma boa — digo, e ela sorri, satisfeita. — Mas acho que preciso da cadeira de rodas.

Estou tão atônita que não me importo em demonstrar fraqueza. Bianca pega a cadeira enquanto Gil e Julia me ajudam a levantar.

Enzo nos aguarda fora do quarto, e tento ignorá-lo. Seguimos em silêncio até o jardim. Sinto que os três não falam nada por causa de Enzo, e não por falta de assunto.

— Vocês não precisam ficar calados o tempo todo — digo, tentando não me importar com a presença dele também. A verdade é que a vontade de ficar longe dos meus pensamentos é maior que o receio do que vamos conversar.

Os três se olham, se distanciam de Enzo timidamente e perguntam baixo sobre Antonio.

Apesar de não querer falar a respeito, conto a eles o que aconteceu na sexta. Metade de mim é tristeza e a outra metade, raiva. Quando termino, os três me encaram chocados.

— Por favor, não venha com "te avisei" — peço a Julia.

— Claro que não — ela responde, cabisbaixa. — Ou pelo menos não agora — brinca, conseguindo tirar uma risada de mim.

Vamos até o coreto, a quase um quilômetro do palácio. Bianca quebra o gelo.

— Como você pensa em resolver isso tudo?

— Precisamos descobrir quem é o líder de Rabelo e ir até ele.

— Está doida? — ela pergunta, assustada. — Ir atrás de alguém que mandou matar seu irmão?

— Que opção eu tenho? — pergunto.

— Mandar Lara ou qualquer outro policial, sei lá.

— Vamos supor que você vá — Julia sugere. — O que acha que vai conseguir?

— A verdade.

— Por que ele diria a verdade? — pergunta ela.

— Porque é o certo.

— Essa pessoa claramente não tem o menor interesse em fazer a coisa certa, Zália.

— Mas tenho que tentar limpar a ficha da minha mãe, não? — Estou decidida a resolver tudo. — Bianca, me leve de volta, por favor.

Ela vira a cadeira em direção ao palácio, mas posso ver que eles se olham antes de voltar.

— Vocês acham que não vou conseguir — percebo, chateada

com a falta de apoio. Preciso que eles acreditem também, preciso de pessoas pensando positivo ao meu lado.

Largo a cadeira de rodas e pego a muleta, ansiosa para andar um pouco. Ao entrar, dispenso meus amigos, que ficam chateados, mas sigo com Enzo para a sala de Asthor.

— Vossa alteza. — Ele cumprimenta quando entro. — Estava justamente indo aos seus aposentos.

— Que bom que estamos em sintonia — digo. — Conseguiu minha visita?

— Estou tentando, mas...

— Asthor, é possível me negarem uma visita? — pergunto, me sentindo péssima por usar o poder da Coroa, mas não querendo esperar nem mais um segundo.

— Não — ele responde.

— Então prepare o carro — peço.

— Para hoje? — ele pergunta, chocado.

— Não é Natal? Mais um motivo para não me negarem uma visita. — Antes de sair da sala, me detenho em mais um detalhe importante. — Peça que Isac mande uma equipe vasculhar os aposentos de Suelen atrás de qualquer pista.

— Seu pai já mandou que o fizessem, alteza. Não encontraram nada. Nenhuma pista de seu paradeiro, nem nada suspeito.

Assinto chateada e sigo para a garagem, sem dar tempo de ninguém me convencer do contrário.

A viagem até o presídio dura duas horas. O lugar fica totalmente isolado, cercado por uma mata densa, para que seja impossível escapar. Nunca vi nada tão fortificado, nem mesmo o palácio. O primeiro portão fica a cinco quilômetros da entrada principal, onde duas enormes grades controlam a entrada de carros, enquanto outros dois portões menores controlam a de pedestres. É uma verdadeira fortaleza, que abriga os criminosos mais terríveis de Galdino.

Mesmo sendo regente, permito que me revistem, para que não haja especulação sobre o motivo da minha visita. Sigo com o policial encarregado até uma sala de visitas, onde vejo minha mãe me esperando.

Ela está mais magra, pálida e com olheiras profundas. Veste calça e blusa de manga comprida, nada elegantes. Jamais a imaginei em tais roupas.

Assim que abrem a porta, me aproximo devagar com a muleta. Ela me encara com uma mistura de alegria e vontade de chorar. Quando a porta se fecha atrás de mim, minha mãe me abraça e cai em prantos. Nem a morte de Victor a deixou desse jeito. Vê-la assim, fraca e desolada, me faz ter ainda mais vontade de tirá-la dali.

— Como você está? — pergunto quando ela finalmente para de chorar, segurando suas mãos frias.

— Melhor do que esperava — responde minha mãe. — E você? Seu pai me disse o que aconteceu. Rezei dia e noite para que você ficasse bem.

Ignoro sua pergunta.

— Vocês se falaram depois que Isac te prendeu?

— Quando seu pai soube de tudo, quis participar dos interrogatórios. — Ela desvia o olhar. — Mas ele foi me visitar sozinho algumas vezes. Estava bastante confuso. — Ela suspira, entristecida.

— Ele me odeia, filha.

— E é tudo verdade, mãe? Por que você se envolveu com a Resistência? — pergunto de repente, soltando suas mãos.

— Eu era nova e cheia de ideais. Meus pais apoiavam a Resistência cegamente. Quando me propuseram participar do maior plano de todos, fiquei maravilhada. Só tinha que me infiltrar, casando com o príncipe — assume ela, e pela primeira vez sinto alguma compaixão por meu pai. — O plano era acabar com a monarquia por dentro. Eu sonhava com um Galdino melhor, com a revolução. Pensava que poderíamos viver sem corrupção e que poderia fazer parte disso.

— Você mesma disse que não se acaba com a monarquia assim — rebato.

— Eu não pensava dessa forma naquela época. Só precisava casar com Humberto e agir como informante da Resistência, repassando informações relevantes ao movimento. Era ingênua e não imaginava que me envolveria tanto com o seu pai. Quando vocês nasceram, queria criá-los longe da corrupção do palácio e da vida exagerada que sempre levamos. Mesmo tendo me afastado da Resistência com o tempo, meus ideais não mudaram. Eu continuava não concordando com o que seu pai fazia e não queria que meus filhos pensassem do mesmo jeito. Porém, logo perdi o controle sobre Victor. Claro, ele era o primeiro, o herdeiro, e homem. Jamais me deixaram educá-lo como queria, e ele se tornou uma miniatura do pai. Com você, foi diferente. Consegui que fosse mandada ao internato, e você não só cresceu afastada de tudo isso como me surpreendeu ao se tornar uma mulher cheia de compaixão, altruísta, que pensa nos outros antes de si própria. Me enche de orgulho todos os dias.

Desvio o olhar, sem conseguir encará-la.

— Depois do assassinato de Victor, a Resistência não sabia se a sua regência traria alguma mudança. Os mais radicais achavam que você seria manipulada pelo seu pai, e que precisavam tomar outras medidas drásticas. Mas então você deu aquela entrevista em Corais, começou as investigações, não assinou as leis... Acabou se tornando a maior arma deles, mesmo não sendo do movimento.

Não sei o que pensar ou responder. Nunca quis ser arma de ninguém, mas não posso mudar quem sou nem culpar minha mãe por ter me educado dessa forma. Apesar de toda a minha insegurança, gosto da maneira que penso e dos meus ideais, e sou grata a ela por isso. Sei que me ama e sempre amou. E decido acreditar que o mesmo vale para meu pai.

Encaro-a séria e volto a segurar suas mãos para mostrar que vai ficar tudo bem entre nós, apesar de tudo.

— Precisamos focar em te tirar daqui.

— Ah, Zália. Não acho que vamos conseguir.

— Claro que vamos, mas você precisa me ajudar. Suelen não está mais no palácio. Preciso ir atrás do líder da Resistência em Rabelo. Quem é ele?

— Seu tio Marlos — ela diz, e eu quase caio para trás.

— Tio Marlos??? — pergunto, perplexa. — Meu pai sabe? Ele me disse que você estava com ele quando foi presa.

— Não acho que saiba, provavelmente só inventou uma desculpa.

— Será que ninguém da família se salva? — pergunto, horrorizada.

— Você — ela diz, forçando um sorriso. — Você é a salvação dessa família.

— Bom, então acho que vou ter que visitar meu tio — digo, decidida.

— Zália, não crie expectativas. Marlos é um dos comandantes mais radicais da Resistência. E vai fazer de tudo para proteger a si mesmo.

— Acho que devo ao menos tentar.

— Quando nos juntamos à Resistência, fazemos um pacto de confidencialidade. Não podemos falar uns dos outros. Não importa quem. Você saber a verdade é o suficiente para mim. Posso passar o resto da vida aqui, desde que entenda que não tenho nada a ver com a morte do seu irmão.

— Você não vai passar o resto da vida aqui. Vai passar comigo, no palácio.

Ela me olha com carinho.

— Seu pai jamais permitiria isso.

— Ele não precisa permitir nada, será detido em breve — penso em voz alta e me repreendo por isso.

Ela me encara.

— Já acharam provas contra ele?

— Parece que sim, mas Lara não me deu muitos detalhes.

Minha mãe abaixa a cabeça, parecendo chateada.

— Como ele está?

— Não sei. — Me sinto mal em admitir isso.

— Você ainda não encontrou seu pai?

— Não.

— Por quê, filha?

— Não sei se quero. Não sei como vou reagir.

Ela acaricia meu rosto.

— Mesmo com toda a grosseria e a roubalheira, ele ainda é seu pai, e te ama muito. Não se esqueça nunca disso.

Meu coração se aperta, novamente confuso, sem saber o que fazer.

— Obrigada — ela diz.

— Pelo quê?

— Por não desistir de mim.

— Jamais — digo, dando um beijo em sua testa. — Volto em breve, com boas notícias.

Saio de lá decidida e esperançosa. Encontro Asthor e peço que prepare o avião real. Ele não concorda de primeira, claro.

— Hoje é Natal. Todos estão preparados para comemorar no palácio. Temos convidados.

— Convidados?

Não acredito que terei de socializar em meio ao caos que está minha vida.

— Os pais das suas amigas.

Fico aliviada ao saber que são pessoas queridas. Concordo em adiar a viagem por um dia.

De volta ao palácio, subo para me vestir para a ceia. Apesar de tudo, ao encontrar os pais das meninas, me sinto como uma adolescente outra vez, rodeada de carinho e do cuidado dos adultos.

Ainda assim, não consigo ficar cem por cento feliz. Faltam os meus pais e os de Gil. Viajo em pensamento para o ano anterior, lembrando do Natal maravilhoso que passei com minha família, sem suspeitar de nada. Desejo voltar para esse tempo, o que só me entristece ainda mais.

No meio da refeição, a porta da sala de jantar se abre e meu pai entra em sua cadeira de rodas, me fazendo levantar da mesa, assim como todos os convidados.

— O que faz aqui? — pergunto, sem pensar.

— Queria ver a minha filha — ele diz, completamente arrasado. É o mesmo pai que me pediu para ser regente. O pai humano que eu sempre quis. Me arrependo um pouco de não tê-lo procurado antes. — Soube que foi visitar sua mãe. Qual é a diferença entre o que ela fez e o que eu fiz?

Me sinto mal com o seu questionamento, mas me irrito com a comparação.

— Minha mãe sonhava com um país mais justo.

— Sua mãe traiu a Coroa! — ele diz, nervoso. — Casou por interesse, me usou todos esses anos, e está sendo acusada de ter matado seu irmão.

— Ela nunca faria isso, e você sabe muito bem! — eu a defendo. — Ela ama a família. Amava Victor. Acredito nela. Você não?

Meu pai vira o rosto, contrariado. Eu continuo:

— Já você... Você enganou todo o país, tirou dinheiro do povo, e gastou com o quê? — Olho ao redor, tentando entender o que vem do dinheiro roubado. — Depois de todas as aulas com Antonio, sei que nenhuma movimentação é feita sem sua autorização. É óbvio que você está envolvido. Por isso minha mãe merece minha visita e você não.

Ele sustenta seu olhar, quase fazendo com que eu desvie o meu, mas mantenho a postura.

— Sinto muito por te decepcionar. Nunca quis isso. Tudo o que fiz foi pensando no bem dessa família. — Meu pai aciona a cadeira e vai em direção à porta. — Espero que depois do que vai acontecer amanhã você possa começar a me perdoar.

Ele sai da sala, me deixando atônita.

Tenho vontade de ir atrás dele, mas me seguro. Não quero dar o braço a torcer. Até porque não há nada que ele possa fazer para amenizar a repulsa que estou sentindo por ele.

21

NÃO CONSIGO MAIS APROVEITAR A NOITE. FICO tentando imaginar o que meu pai quis dizer e repassando nossa discussão na cabeça, ora pensando em minha mãe naquele fim de mundo, ora nele e nas barbaridades que fez.

Meus convidados tentam me distrair, mas é difícil fugir dos problemas, então me recolho mais cedo, ansiosa pela viagem a Rabelo.

Ao chegar no quarto, encontro Justiça com um gorro de Natal e agradeço a Rosa por ter conseguido arrancar uma risada de mim depois de tanta confusão.

Deito e fecho os olhos desejando que tudo seja um pesadelo e que eu desperte no internato, com Victor ainda vivo. Porém logo recebo uma lambida no rosto, abrindo os olhos para a dura realidade.

Acordo com Rosa praticamente pulando na cama de felicidade.

— Sabe quão culpada me senti?

— Mas por quê?

— Ajudei você a fugir. Se alguma coisa tivesse acontecido...

— Bom, aconteceu — brinco.

— Nunca mais me peça para fazer nada parecido, ouviu? Não vou te ajudar mais.

— Nem com a minha roupa? — Abro um sorriso amarelo e ela revira os olhos, puxando o edredom.

Rosa arruma minha mala enquanto tomo café da manhã. Assim que está tudo pronto, saio do quarto, sem querer esperar mais um minuto. Enzo me aguarda, mas não falo com ele. Afinal, não era o que queria?

Desço até a sala de Asthor e peço que marque um encontro rápido com Lara no avião, antes da partida.

Então encontro Isac, que me deixa a par sobre o paradeiro de Suelen.

— A polícia federal nos comunicou que Suelen saiu do país na manhã seguinte em que sua mãe foi detida. Conseguimos rastrear seu voo até a Telônia e depois até Ignócio, em Brastova, depois disso não tivemos mais notícias. Ela provavelmente arranjou outros documentos e continuou viajando de lá.

— Não desista, Isac. Contate a polícia internacional e passe todas as informações, depois ligue para Ignócio e os países que fazem divisa com Brastova. Mande um alerta e fotos dela.

— Sim, alteza. — Ele faz uma reverência e se afasta.

Encontro meus amigos e Justiça no hall norte e seguimos para o aeroporto acompanhados de um batalhão de carros e seguranças. Ao entrar no avião, Lara está me aguardando. Conversamos em particular.

— Nunca pensei que fosse entrar aqui — diz ela, admirada. — Em que posso ajudar?

— Estou indo para Rabelo — digo, surpreendendo-a.

— Fazer o quê?

— Conversar com meu tio.

— Marlos? — pergunta ela, confusa.

— Ele é o líder de lá.

A delegada parece tão surpresa quanto eu.

— Seu tio sempre foi tão na dele. Eu não fazia ideia.

— Minha mãe acha que ele não vai cooperar.

— Não mesmo. A regra número um de um líder da Resistência é guardar segredo a todo custo. Acha que vai conseguir extrair uma confissão?

— Não custa tentar — digo, mas Lara não parece otimista.

— Bom, só posso desejar boa sorte.

— Obrigada, Lara. Para você também — respondo, mas me detenho antes de levá-la até a porta do avião. — Gostaria de pedir mais uma coisa.

— Diga.

Tento não deixar a voz fraquejar.

— Pode me dizer as possíveis penas para meu pai? Quando sua participação no esquema for comprovada?

— Preciso consultar um juiz antes. Assim que souber, entro em contato.

— Obrigada. Nos vemos em breve — digo.

Ela faz uma reverência e desce as escadas. Eu a observo entrar em seu carro, estacionado próximo ao avião. Em seguida, me viro para Asthor, que está ao lado da porta, e dou autorização para a partida.

Ele me segue até o escritório, para onde também chamo Gil. Conto sobre a conversa que tive com minha mãe. Gil já sabe, mas Asthor estava completamente às cegas. Preciso dele e de sua experiência para agir. Também quero mostrar que confio em seu trabalho e que não estou dando ordens sem motivo. Preciso que ele entenda o que está acontecendo para me ajudar da melhor maneira possível.

Gil se compromete a trabalhar com sua equipe para tranquilizar a população, postando informações sobre minha recuperação e explicando ao público que fui a Rabelo sem dar detalhes. Não tenho dúvidas de que conseguirá frear a ansiedade por um pronunciamento meu.

Apesar de ser a cidade da minha mãe, nunca fui a Rabelo. Para minha surpresa, não tem nada a ver com Galdinópolis. É uma cidade grande, com prédios altos e cinzentos. Consigo ver certa beleza na selva de pedra, apesar de gostar da delicadeza e da padronização da capital.

Somos recebidos por José Carlos, o prefeito, já que me recusei a encontrar o vice do governador afastado temporariamente por ter sido citado no depoimento de Wellington. Não sei o que pensar dele, mas pelo menos foi eleito pelo povo.

José Carlos desmarcou seus compromissos para nos receber. Ele é muito atencioso, nos levando para um chá da tarde na sede da prefeitura, uma das poucas construções antigas da cidade. A casinha branca com longas colunas e telhado azul chama atenção em meio aos enormes prédios da avenida principal. O prefeito fala sobre os protestos da última semana e sobre como a cidade se uniu depois do que aconteceu comigo.

À tarde seguimos para a residência real de Rabelo, que foi pega desprevenida pela minha decisão de vir de última hora. Vou com Bianca, Julia e Justiça para a biblioteca, já que não teremos compromissos além do jantar com meu tio, enquanto Gil faz uma videoconferência com sua equipe. Asthor reservou uma mesa em um restaurante no centro da cidade escolhido por Marlos, garantindo que é a melhor estratégia. Yohan vai mais cedo com uma equipe de seguranças para se certificar de que o restaurante é seguro e prepará-lo para minha chegada.

Olho para a biblioteca e me pergunto o porquê de uma coleção tão grande para uma casa pouco usada. Passeio pela enorme estante de madeira de demolição, olhando as capas duras e gastas de títulos de todos os gêneros.

Não sei o que dá em mim, mas vou até a mesa de centro e aciono o sino. Sem demora a governanta aparece, afobada, na porta da biblioteca.

— Gostaria que alguém desse uma olhada nesses livros. Peça que separem as edições especiais e raras, então doem todo o restante para uma biblioteca pública. Não precisamos de tantos livros nesta casa, acumulando poeira.

Ela assente e se retira.

Ficamos em silêncio, sem saber o que falar. A verdade é que só consigo pensar em minha mãe, meu pai e Enzo.

— O que pretende fazer quando sua mãe for solta? — pergunta Julia. Fico um tempo pensando, sem saber. — Se seu pai for realmente condenado... qual seria o próximo passo?

São tantos problemas e caminhos a considerar, que não consigo estabelecer uma prioridade. Demoro a me decidir, mas quando finalmente chego a uma conclusão, me parece óbvia.

— Precisamos começar repondo os representantes. Quantos foram afastados?

— Sete — responde Julia.

— Sete? — repito, chocada. — Só com o depoimento de Wellington?

— Sim.

— No final da investigação não vai sobrar um governador indicado pelo meu pai.

— Nem deveria — Julia diz, e tem razão. O ideal é mudar todo mundo.

— Mas como vou escolher dezoito representantes em quem confie? — indago. — Não tenho como saber se vão fazer um bom trabalho.

— Por que não deixa o povo escolher? — pergunta Bianca, nos surpreendendo com sua ideia.

— Como acontece com os prefeitos? — pergunto.

— Seria maravilhoso — concorda Julia. — Mediante votação e com tempo de mandato determinado. Seria menos autoritário e representaria o povo.

— Mas eu não posso fazer isso de uma só vez, né?

— Não, o ideal seria implantar a mudança aos poucos. — Julia responde.

— Preciso de alguém forte para ser meu assessor político, alguém que entenda de tudo, que saiba o que estamos passando, que tenha os mesmos ideais que eu, em quem eu confie e que tenha moral para conversar com os governadores. — Só um nome me vem à mente. — Mariah!

— Acha que ela vai topar? — Bianca pergunta. Olho para Julia, para ver se aprova a ideia.

— Aposto que sim — ela diz, sorrindo.

— Bom, acho que ela pode nos ajudar muito com todas essas questões. Mesmo se não quiser o cargo de assessora, seria ótimo se nos ajudasse pelo menos por um tempo — digo, levantando e saindo à procura de Asthor.

Assim que o encontro, peço que traga Mariah para Rabelo. Como sempre, ele hesita a princípio.

— Achei que ficaríamos pouco tempo aqui, alteza.

— Ficaremos o tempo que for preciso para Marlos confessar o crime — digo, firme. Ele praticamente engasga com a minha resposta.

— Mas... há grandes chances de ele nunca fazer isso.

— Então ficaremos até arranjar outra saída.

Depois do almoço, vou para o quarto, que é bem diferente de todos em que já fiquei. Me colocam na gigantesca suíte real, bastante careta, mas muito bonita.

Ainda que não tenha feito nada de mais no meu dia, resolvo tirar um cochilo, sem conseguir resistir ao ver a cama. Justiça se acomoda nos travesseiros antes mesmo de eu chegar perto.

* * *

Minhas roupas já estão todas expostas no closet quando saio do banho. Acho que nunca me senti tão nervosa. É um misto de medo e ansiedade, receio e nojo. Afinal, meu tio não só mandou matar Victor como deixou a própria irmã ser presa pelo crime.

Não quero chamar atenção para minha presença na cidade, então Bianca escolhe algo bem diferente do normal, mas não menos elegante: um vestido mídi de manga curta azul-marinho, com saia lápis e decote reto alto. As velhas pérolas da minha avó e a muleta acompanham.

Marlos já está no restaurante quando chego. Sou conduzida pela recepcionista até nossa mesa, acompanhada de perto por Yohan. É claro que sou reconhecida pelos clientes, mas não me detenho para cumprimentá-los, não esta noite. Ao me ver, meu tio levanta, animado, e abre os braços, mas é impedido pelo segurança de chegar mais perto.

— O que é isso? Sou o tio dela — Marlos protesta. — Zália, isso não tem cabimento.

— Alteza — corrijo.

— O que está acontecendo? — ele pergunta, confuso. Sento à mesa, indicando para que faça o mesmo. É estranho agir assim, mas preciso manter a seriedade e a postura. — Posso saber por que está me tratando dessa forma?

— Você sabe muito bem por quê — digo, seca.

Lanço um olhar para que Yohan nos deixe a sós.

— Não tenho nada a ver com as aventuras de sua mãe. Ela tomou suas decisões sozinha. Vou ser punido por culpa dela?

— Não, mas posso puni-lo por formação de quadrilha, atentado contra a monarquia e mando de homicídio.

— Do que está falando? — ele pergunta, finalmente se mostrando receoso.

— Estou falando sobre você ser o líder da Resistência em Rabelo. E sobre ter mandado matar seu próprio sobrinho.

— Que absurdo! Não sei o que sua mãe andou falando, Zália, mas nada disso é verdade.

— Por que a relação dela e de Suelen acabou depois da morte de Victor, então? Por que minha mãe brigou com você no dia do enterro?

— E eu vou lá saber das maluquices dela?

— Não minta pra mim — quase grito. — Não tenho provas contra você, mas quando tiver...

— Não terá — ele diz. — Não tenho nada a ver com as confusões dela.

Encaro-o contrariada e então levanto, sem apetite.

— Quando você desistir de me culpar, estarei aqui. Sou seu tio, afinal — diz ele, me deixando enojada.

Saio de lá revoltada. Foi exatamente como minha mãe disse. Ela e Lara.

As coisas pioram quando encontro Asthor me aguardando na porta da residência real.

— Aconteceu alguma coisa? — pergunto, receosa.

— Seu pai acabou de fazer um pronunciamento — ele diz, me pegando de surpresa.

— Quê?

Meu pai não fala em público desde o acidente.

— Ele armou tudo sem me contar. Não sei quem o ajudou.

— O que ele falou? — pergunto, nervosa. — Há uma televisão por aqui?

Asthor me leva até a sala de estar, onde Gil, Julia e Bianca olham para a tela, embasbacados.

— O que aconteceu? — pergunto, atônita.

Eles assistem a uma mesa-redonda a respeito do discurso.

— *Estamos todos chocados* — diz uma mulher. — *Não esperávamos nada parecido. Faz o quê? Menos de duas semanas que a delegada Lara pegou as assinaturas de Zália?*

— *Acho que isso deve tê-lo abalado. Isso e a revelação sobre a ex-rainha* — diz um rapaz à mesa. — *Mas acredito que o principal motivador foi o atentado contra a própria filha. Ele pode ser ladrão, mau-caráter, mas é pai.*

— *Não sei mais no que acreditar* — diz outra mulher.

— *Ele passou um recado à pessoa que está por trás disso e a qualquer um que tente impedir Zália de prosseguir.*

— *É realmente impressionante* — a primeira mulher diz. — *Não só a revelação, mas também sua decisão. Na minha opinião, foi a melhor coisa que ele fez como rei. Será que podemos ver mais uma vez?*

De repente meu pai aparece na tela, muito elegante, mas com uma expressão lúgubre no rosto. Parece frágil como nunca.

— *Os acontecimentos dessas semanas não correspondem ao espírito natalino de Galdino. Deveríamos nos sentir envergonhados por esses atos bárbaros. Eu me sinto. Tenho vergonha. É uma época para refletir sobre nossos atos, nossos feitos, nossas conquistas. Desde a morte de Victor tenho feito isso, e me lembrado do príncipe que fui um dia. Não sentiria orgulho se pudesse ver, naquele tempo, os dias de hoje. Longe disso. E foi preciso quase perder minha filha para enxergar que a vida vai muito além de dinheiro e poder. A ganância me cegou e me fez cometer atrocidades que jamais imaginei que pudesse cometer. Estou aqui hoje não para pedir seu perdão, mas para renunciar ao trono. Não sou digno de tal posição, e acredito, como a maioria de vocês, que minha filha Zália desempenhará esse papel muito melhor do que eu e muitos outros.*

Minhas pernas cedem e sento na cadeira, chocada. Como se soubesse que essa seria a reação do público, meu pai faz uma pausa antes de continuar.

— *Sei que esse discurso vem com atraso, mas precisei de tempo para tomar essa decisão, resolver minhas últimas pendências e encontrar a delegada Lara. Deixei na mão dela todos os nomes e todas as provas necessárias para que possa cassar os corruptos deste país. Assumo meu papel no esquema, esperando que possa reparar, ao menos em parte, o mal que fiz ao povo.*

O discurso termina. Fico olhando para a televisão, sem saber o que dizer ou pensar. Nunca imaginei que meu pai pudesse fazer qualquer coisa parecida. Assumir seu erro, entregar seus comparsas, me elogiar em público... Meu coração bate acelerado.

— Onde ele está? — pergunto a Asthor, na porta na sala.

— Em casa, mas vai se entregar ainda hoje, segundo Isac.

— Não. — Pulo da cadeira e corro. — Preciso voltar. Preciso falar com ele.

Asthor corre atrás de mim, em direção à entrada principal.

— Prepare o avião, por favor. Não posso deixar que parta sem antes falar com ele.

Dessa vez Asthor não nega. Resolve tudo pelo telefone, enquanto me segue. Não levo meus amigos junto, já que meu assunto em Rabelo não terminou, tampouco me preocupo em pegar minhas roupas ou Justiça. Só preciso falar com meu pai, então voltarei. Sei que tudo o que fez foi errado e continuo revoltada. Mas ele é meu pai e vê-lo na TV, dizendo aquelas coisas, me despedaçou. Lá estava ele novamente, humano. Meu pai não pode ser preso sem saber que ainda estou ao lado dele.

Durante o voo, Asthor consegue fazer uma videoconferência com a delegada Lara, o que me ajuda a controlar a ansiedade.

— Por que não me contou? — pergunto.

— Ele me pediu sigilo absoluto. Depois de tudo o que seu pai me disse, Zália, achei que merecia minha cooperação. Ele foi muito corajoso. Poucas pessoas assumem seus erros, ainda mais publicamente. Além disso, seu pai entregou todos os envolvidos. São tantos que não sei dizer quando vamos finalmente terminar essa investigação.

— Não importa o tempo, o que importa é ver todos atrás das grades — digo, e ela sorri, mas ainda estou muito preocupada. Não consigo imaginar meu pai na prisão, com a saúde deteriorada. — Você descobriu o que te pedi?

— Sim. Por causa do problema de saúde de seu pai, ele será encaminhado para um presídio hospitalar enquanto aguarda a sentença da juíza. Cumprirá pena no mesmo lugar. Deve ser condenado à prisão perpétua.

O ar escapa de meus pulmões.

— Ele não pode ficar em um presídio, Lara. Você o encontrou, viu como está debilitado. Meu pai vai definhar, vai partir antes do que deveria — digo, então choro, ainda que não queira.

— Sei que ele é seu pai, Zália, mas merece a mesma punição que todos os outros.

— Sim, mas... — Quero defendê-lo, mas não encontro nenhum argumento.

— Eu sei que é difícil, mas você precisa ser forte. Não se preocupe tanto com o presídio hospitalar. Existem boas instalações em Galdino.

Assinto, entristecida.

— Alguma novidade sobre Marlos? — ela pergunta, mudando de assunto, e eu conto sobre o encontro. — Não achei que seria diferente. Vou ver o que consigo fazer com meus informantes da Resistência em Galdinópolis. Quem sabe não conseguimos algo para usar contra ele?

— Obrigada, Lara. Por tudo — digo, verdadeiramente agradecida.

Chego em casa uma hora depois e encontro meu pai me esperando no hall norte. Sem pensar duas vezes, corro em sua direção e o abraço. Assim que nos afastamos, ele segura minha mão.

— Nunca quis que isso acontecesse. Jamais pensei que alguém pudesse atingir você — ele diz, e pela primeira vez na vida vejo lágrimas em seus olhos. — Não queria participar desse esquema todo, mas é muito maior que eu, muito maior que todos nós. Não tive coragem de combatê-lo, como você está fazendo.

— Nem sei o que estou fazendo.

— Com certeza muito mais do que eu. Fiquei sentado, aceitando o dinheiro que me era dado. Sei que você nunca vai me perdoar, mas espero que meu discurso tenha servido de alguma coisa.

— Ele me olha com carinho, e começo a chorar, sabendo que é uma despedida. — Passei o mês de dezembro reunido com meus advogados e com nosso departamento financeiro. Passei todas as contas para seu nome. O dinheiro que recebi ao longo desses anos está lá. Não todo, mas boa parte.

— Por que você achou que precisava de tanto dinheiro? — pergunto, triste.

— O luxo sobe à cabeça, filha. Sempre queremos mais. Gastei com quadros, joias, o avião real, a ilha particular, as residências reais que temos nos outros estados... — Fico enojada por ter desfrutado de tudo isso. — Faça o que bem entender. Nada mais é meu, está tudo em suas mãos. Sei que vai tomar as decisões certas.

— Não posso fazer tudo sozinha — choramingo.

— Não estarei longe. Você pode me visitar no presídio — diz ele, desgostoso.

— Toda semana!

Ele sorri, satisfeito.

— Vou tentar acompanhar seu reinado de lá.

— Não sei se estou pronta.

— Está mais do que pronta. Eu nunca estive. Olhe o que você fez em menos de dois meses no poder — diz ele, admirado.

— Quase morri.

— Mas você e Galdino renasceram.

Ele aperta minha mão.

— Quando vou te ver? — pergunto, chorosa.

— Logo, espero. — Meu pai me olha nos olhos mais uma vez.

— Obrigado por tudo o que está fazendo. Não achei que fôssemos nos falar mais.

— Você é meu pai, e isso não vai mudar. Sei que está arrependido e quer se redimir. Estou ao seu lado até o fim, e vou visitá-lo sempre que puder.

Não aguento a emoção e volto a abraçá-lo. Não quero me despedir.

— Vossa alteza... — Isac me chama. — Está na hora.

Me afasto do meu pai, segurando as lágrimas que querem cair, desesperadas.

— Não, Isac — corrige meu pai, e eu paro de chorar na mesma hora, nervosa. — *Vossa majestade.*

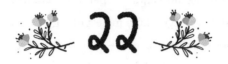

22

NÃO TENHO FORÇAS PARA VOLTAR A RABELO DEPOIS da despedida, então vou para os meus aposentos. Parece que ainda estou em negação.

Adormeço chorando, enquanto tento imaginar como serão os dias a partir de agora, sem meu pai e minha mãe em casa, sem quase ninguém me dando suporte. Não sei se conseguirei seguir em frente.

Acordo querendo desistir de tudo, renunciar e deixar o país nas mãos de alguém mais preparado, mas me pego questionando quem seria o próximo na linha sucessória. Mais do que tudo: essa pessoa seguiria o que comecei?

Uma incerteza me invade. Por mais que ache que não estou preparada o suficiente, sinto uma tristeza enorme só de pensar em desistir. Não posso fazer isso, não depois de tudo o que aconteceu. O povo está do meu lado, protestando e mostrando que se importa, que me quer no trono. Por mais angustiante que possa ser, preciso me recompor e tomar as rédeas da situação. Agora que não há mais ninguém no meu caminho, posso fazer o que quiser.

Levanto determinada e nem tomo café da manhã. Saio do

quarto já preparada para ignorar Enzo, mas me surpreendo ao encontrar Yohan.

— O que está fazendo aqui? — pergunto, confusa.

— Sou seu novo segurança, majestade. Eu era o segurança do rei e, se me permitir, serei o seu. — Ele faz uma reverência e fico parada por alguns segundos, absorvendo a informação.

— O que vai acontecer com Enzo?

— Ele vai ficar como meu substituto — explica Yohan.

Consinto, em parte aliviada e em parte arrasada, então vou encontrar Asthor.

— Pronta? — ele me pergunta quando entro em sua sala.

— Sim, mas acho que tenho um pequeno problema para você.

Asthor me olha, receoso.

— Não vamos mais usar o avião real. Consegue fretar um jatinho?

— Tem certeza? — ele pergunta, atônito.

— Vamos vender e comprar um menor, não precisamos de um daquele tamanho. Consegue resolver isso?

— Sim, majestade. Pode deixar.

Agradeço, aliviada por me livrar de uma das coisas que o dinheiro desviado comprou. Então lembro de um segundo pedido.

— Consegue nos transferir da residência real de Rabelo para outro lugar?

— Outro lugar? — ele repete.

— Um hotel, uma casa alugada...

— Por que sairíamos de lá, majestade?

Resolvo ser sincera para que ele entenda a gravidade da situação e atenda meu pedido.

— Porque a residência real foi comprada com dinheiro sujo. Não a quero mais.

Asthor pigarreia, surpreso, e concorda na mesma hora.

Seguimos para o aeroporto e encontro na pista um avião pelo menos um quarto menor que o nosso. Dentro dele encontro Mariah, Paolo e d. Chica sentados. Só então me lembro de ter pedido que ela fosse mandada a Rabelo.

— Desculpe por tirar você de Souza.

— Não se preocupe, Zália. Estamos todos do seu lado.

Sorrio, agradecida.

— Podemos falar rapidamente? — peço.

— Claro. — Ela levanta e me segue.

Não há qualquer tipo de divisória, então sento perto dela para que os outros não escutem. Não quero pressionar Mariah a dar uma resposta diante do resto da família.

— Sei que gosta muito de dar aula, mas andei pensando e não consigo tirar da cabeça a ideia de ter você como minha assessora política — digo, animada. Ao ver sua surpresa, adiciono: — Não é um pedido real, você tem total liberdade de negar. Mas pense com carinho. Você tem me ajudado tanto, não sei o que teria sido de mim sem você nestes últimos meses. Preciso de alguém assim ao meu lado.

— Zália... Não sei o que dizer.

— Não diga nada. Não quero uma resposta agora — respondo, tentando esconder a ansiedade.

Ela assente.

— Você está bem? — pergunta então.

Forço um sorriso.

— Tentando digerir.

— Estamos aqui para o que precisar.

Assinto, e ela levanta, fazendo menção de voltar para o lado da mãe e do marido.

— Você vem? — ela pergunta, mas quero deixá-la à vontade com eles, depois do convite que fiz.

— Preciso resolver umas coisas — minto, pegando o celular e abrindo qualquer aplicativo.

Foco no celular, e quando me dou conta estou tentando descobrir o valor das residências reais.

Asthor consegue alugar uma casa de temporada menor e mais simples para nossa estadia em Rabelo, e vamos direto para lá.

Assim que chegamos peço que ele reúna meus amigos na biblioteca. Quando eu e Mariah entramos, ficam todos supersérios, como se não soubessem o que fazer. Depois de alguns segundos constrangedores, Julia corre ao meu encontro, e Gil e Bianca a seguem. Os três me abraçam.

— Você está bem? — pergunta Julia, ainda agarrada a mim. Faço que sim com a cabeça, apesar de não ser verdade.

— Como se sente? — pergunta Bianca quando nos afastamos. Os três me olham diferente.

— O que aconteceu? — pergunto, sem entender.

— Você parece maior — diz Gil, admirado.

— Eu me sinto menor — respondo.

— Tenho certeza de que vai ser uma ótima rainha — diz Julia, me fazendo sorrir.

— Obrigada.

Sentamos ao redor da mesinha de centro, sem querer falar mais sobre o assunto.

— Zália... — Julia me chama, mas parece ter receio de continuar.

— Aconteceu alguma coisa? — pergunto, preocupada.

— Não, mas estávamos pensando se não seria melhor você trocar todos os chefes de equipe da Coroa — ela diz, buscando o olhar dos amigos.

— Trocar?

— Agora que seu pai assumiu estar envolvido no esquema, você não acha que a equipe dele pode ser cúmplice de tudo? — Bianca fala, apoiando Julia.

Respiro fundo, analisando aquelas palavras.

— Não sabemos se é seguro confiar em quem trabalhava de perto com o rei. Ficamos preocupados com isso — completa Gil.

— Vocês têm razão — digo, me dando por vencida.

Pensar em tirar o emprego daquelas pessoas que trabalharam no palácio a vida inteira me deixa cabisbaixa. Não quero ser responsável por essas demissões, mas eles estão certos. Em quem posso confiar?

Viro para Mariah, querendo mudar de assunto.

— Não quero que se sinta pressionada, mas gostaria muito de saber sua opinião sobre algo que debatemos ontem.

Eu lhe explico sobre a ideia de deixar a escolha dos governadores para o povo.

— Você vai precisar fazer isso em etapas — adverte ela. — Vai ter que apontar representantes temporários.

— Sei disso. Como você faria? — pergunto. Ela pensa por um momento.

— Acho que... procuraria saber quem são as pessoas mais politicamente ativas de cada região, que estão à frente de movimentos sociais. Pessoas cujos ideais são parecidos com os seus.

Essa vira a missão do dia. Todos nos enfurnamos em nossos computadores buscando quem poderia assumir os postos de representantes temporários. Dividimos os dezoito estados entre nós cinco, com o objetivo de chegar a uma lista com no mínimo dez indicações para cada.

Enquanto eles iniciam a pesquisa, ligo para Shirley para conversar sobre as demissões. Ainda estou muito insegura sobre a decisão, mas preciso ter uma equipe de confiança ao meu redor. Ela fica claramente abalada com a notícia, mas concorda, ficando responsável pelo trabalho.

À noite, temos cento e oitenta opções de representantes. Peço a Mariah que mande uma cópia para minha mãe e Lara, que poderão nos ajudar.

Durmo mais tranquila do que imaginava. Apesar de ainda me preocupar com meu pai, sei que não posso fazer mais nada para ajudá-lo.

Minha mãe ainda me tira um pouco o sossego, porque não estou no controle da situação. Sem poder fazer nada, tento conter minha angústia enquanto não tenho notícias de Lara.

Por outro lado, fico bastante orgulhosa do meu trabalho como rainha e do caminho que estamos traçando. Estou tão entusiasmada com as decisões que foram tomadas que marco outra reunião no dia seguinte, mas assim que acordo recebo um banho de água fria.

Asthor aparece em meu quarto para se despedir. Fico super sem graça, sem saber o que dizer.

— Sinto muito, Asthor — tento. — Mas depois da confissão de meu pai, não posso mais permitir que a mesma equipe permaneça no palácio.

— Não se preocupe, alteza. Vim apenas agradecer e dizer que, se um dia precisar de mim, estarei à disposição.

Encaro-o envergonhada.

— Obrigada por toda a dedicação durante esses anos.

Forço um sorriso e ele me reverencia uma última vez, saindo do quarto.

Fico ali parada mais algum tempo, me perguntando se fiz o certo. César logo aparece me trazendo de volta para a realidade.

— Majestade... — ele me chama.

— Bom dia, César. — Sorrio para ele. — Espero que tenha aceitado o convite para assumir o cargo de Asthor.

Ele retribui o sorriso dizendo que sim, depois me acompanha até a biblioteca onde encontro meus amigos, Mariah e d. Chica, que topou participar de nossa reunião.

— Decidi vender todas as residências reais — digo, e eles me encaram, chocados.

— Por quê? — pergunta Bianca.

Conto toda a verdade. Eles ficam embasbacados e ao mesmo tempo admirados com minha atitude.

— Não sei se os valores estão corretos, mas pelo que pesquisei, com a venda das dezessete casas teremos algo em torno de cem milhões. Podemos devolver esse valor aos cofres públicos. As casas, o avião, a ilha...

— Tem certeza que quer isso? — pergunta Mariah.

— Claro que ela tem certeza! — intervém d. Chica. — Está certíssima.

— Por que ter dezoito casas espalhadas pelo país? E o gasto mensal de manter tudo isso? — Eu me empolgo e começo um discurso.

— Tampouco preciso de um avião de luxo ou quadros raros. Não quero envolvimento com dinheiro sujo. Não sei se é possível medir o quanto minha família roubou, mas vou devolver aos cofres públicos o que puder. — Eles me analisam, receosos. — Estou bem, gente. Desculpa por desabafar. — Encolho os ombros envergonhada.

— Pode colocar tudo para fora, não fique acanhada — incentiva d. Chica.

Sinto como se uma Zália gritasse dentro de mim pedindo socorro. Uma onda de tristeza me invade, parecendo dizer que eu posso chorar, que posso demonstrar fraqueza.

De repente as lágrimas vêm, desesperadas. Percebo que venho reprimindo minhas emoções desde o coma, brigando contra a tristeza, sem querer ceder. Finalmente entendo que é importante se permitir sentir. Só assim podemos superar nossos traumas e crescer. Transformar os obstáculos em lições, e não em fantasmas.

Depois da minha choradeira, vamos todos espairecer no jardim.

Logo me sinto menos pesada. Tenho cobrado tanto de mim nos últimos dias que esqueci de respirar. Mesmo querendo fazer tudo pelo meu país, preciso respeitar meu tempo. Pensando nisso, decido fazer um discurso para o povo. Preciso me abrir, preciso que me entendam e me respeitem como sou.

Volto para o quarto no final do dia e deito com Justiça. Começo a rabiscar ideias que me vêm à cabeça, e acabo adormecendo de roupa e tudo.

Acordo no dia seguinte com um telefonema de Lara e pulo da cama, na torcida por uma notícia boa.

— Consegui três testemunhos afirmando que Marlos é o líder de Rabelo e que fizeram missões a mando dele, incluindo espionagem, sabotagem e cooptação. Não podemos prender seu tio por mandar matar Victor, mas por esses outros crimes, sim. Talvez com essas acusações na manga ele tope confessar.

— Que maravilha! — digo, animada novamente. — Podemos chegar mais longe agora, com a constatação de que de um jeito ou de outro ele vai para a cadeia.

— Assim espero — responde ela. — Encaminhei tudo para um amigo delegado daí. Ele vai entregar a intimação para Marlos até amanhã. Acho que no mínimo um susto ele vai levar.

— Obrigada, Lara.

Desligo, ansiosa pelo desfecho da história, mas tentando me acostumar com a ideia de que minha mãe não vai estar em casa antes do Ano-Novo.

As horas seguintes são de pura angústia. Yohan me acompanha para cima e para baixo. Por mais que sinta falta de ver Enzo todos os dias, é um alívio poder ignorar meus sentimentos no momento. Vou para a biblioteca e passo o dia reduzindo a lista de candidatos a representantes provisórios da Coroa.

Os dias passam e o Réveillon chega sem notícias de Lara. Não posso ignorar a passagem do ano, apesar de tudo. Recebi milhares de convites para eventos de todo tipo na cidade, mas resolvi fazer um jantar para poucos convidados.

O jantar é informal. Deixamos os assuntos burocráticos fora da sala, de modo que é a primeira vez que me divirto desde o atentado. Passamos horas lembrando nossos anos no internato, e meus amigos finalmente me contam como foi a formatura, garantindo que fiz falta. E em meio às risadas, Gil me conta que levou César como seu acompanhante, me deixando chocada. Antes que eu possa perguntar qualquer coisa, o próprio aparece e se aproxima de mim, sussurrando em meu ouvido que Marlos está ao telefone. Levanto, sobressaltada, e o sigo até sua sala.

— Boa noite, majestade — diz Marlos quando atendo, com uma voz completamente diferente da que usou no nosso jantar. — Achei que era um bom momento para ligar...

— Para dizer que meu ano vai ser incrível com você atrás das grades? — pergunto, me surpreendendo com minha audácia.

— O que pretende com isso?

— Que você me diga a verdade.

— A verdade é que sua mãe é uma assassina.

— Ela jamais faria isso — afirmo, irritada.

— Ser líder da Resistência não é contra a lei, Zália. E os crimes cometidos por mim não me dão nem dez anos de prisão. Com um bom advogado posso baixar a pena para cinco, talvez até sair mediante fiança.

— Não se eu puder impedir. Não se eu afirmar que você traiu a Coroa — ameaço, sem conseguir me segurar.

— Você nunca faria isso sem provas. Não é do seu feitio — responde ele, calmo, o que me deixa ainda mais irada.

— Você não me conhece — vocifero.

— Conheço o suficiente para saber que não agiria fora da lei.

— Foi para isso que me ligou? — pergunto, com vontade de desligar em sua cara.

— Liguei para desejar um feliz Ano-Novo. — Pela voz, parece estar sorrindo, e isso me dá um nó sufocante na garganta.

— Feliz Ano-Novo — respondo, desligando com a mão trêmula. Tenho vontade de quebrar tudo ao meu redor, mas me contenho.

— Sei que é Ano-Novo, mas avise Lara que não conseguimos nada — peço a César, depois de um tempo bufando sozinha.

— Sim, majestade — responde ele.

— Zália, César. Só Zália. — Ele assente, sem graça. — E avise meus amigos que não vou voltar, mas que não precisam se preocupar.

Ele chama Enzo, que cobre a folga de Yohan, para me levar até o quarto. Estou abalada demais para tentar ignorá-lo. Andar com a muleta é muito chato, então me apoio nele para não forçar o pé. Pergunto a ele sobre seu pai e como está depois das trocas dos chefes de equipe, mas Enzo se limita a responder que Isac compreende e que está à disposição para treinar o próximo chefe de segurança. Sem saber o que dizer, seguimos em silêncio.

Fico pensando na diferença entre minha última viagem e essa. Os sentimentos, as sensações. A presença de Antonio, que tornou minha viagem tão emocionante. Agora, pouco mais de um mês depois, estou bem longe de tudo o que vivi em Corais.

Enzo abre a porta do quarto, e eu agradeço a ajuda. Pego a muleta de novo e nos olhamos, tristes.

— Vai passar a virada sozinha?

— Não me importo com isso.

— Mas deveria. Devemos nos cercar de tudo o que queremos para o ano seguinte.

— Do que está falando? Você mesmo vai passar o Ano-Novo em serviço.

— Eu não sou...

— Chega de dizer que você não é ninguém — interrompo, zangada. — Somos todos alguém. Você tem um propósito, é importante, sim. Para de se diminuir, não combina com você.

Ele me olha, surpreso.

— Além de rainha agora vai dar discursos motivacionais? — brinca Enzo.

— Imagino que seja meu trabalho também.

— Você tem toda a razão — ele diz.

— Feliz Ano-Novo — desejo, fechando a porta, mas ele se aproxima de repente e me beija com vontade, apoiando as duas mãos em minha nuca.

Meu coração acelera, nervoso. Sinto o corpo todo formigar, extasiado. Mal posso acreditar no que está acontecendo. Então o envolvo, puxando-o para o quarto. Quando vou fechar a porta, escutamos um burburinho. Enzo se afasta, nervoso.

Antes que ele possa falar qualquer coisa, meus amigos aparecem no fim do corredor, conversando animados, sem reparar em nada suspeito.

— Desculpe, majestade — diz Enzo, se afastando e fazendo com que meu corpo vá do encantamento à decepção em pouquíssimos segundos. Sinto meu peito gelar, não só pelo fim de nosso encontro, mas pela maneira como se despediu, como se tivesse feito algo errado.

— Não achou que íamos deixar você sozinha esta noite, né? — grita Bianca, do meio do corredor.

— Ano novo, vida nova. — Gil levanta a garrafa de tarcá. Logo eles me distraem, me fazendo rir da personalidade nova de cada um com o grau elevado de álcool no sangue.

Passo a virada ao lado deles, sem conseguir contar sobre o telefonema ou sobre Enzo. Os três não estão no clima para um papo sério. Gil tagarela sobre o encontro com César até eles pegarem no sono. Todos acordamos supertarde na manhã seguinte.

Quando saio para tomar o café da manhã, não encontro Enzo, mas outro segurança que nunca vi.

— Onde está Enzo? — pergunto, preocupada.

— Não estava se sentindo bem — o homem responde, mas não consigo deixar de pensar que está fugindo de mim.

Enquanto tomo café, Lara me liga.

— Não vamos desistir, Zália — incentiva ela. — Vou designar uma equipe para descobrir outros podres dele. Seu tio não pode escapar para sempre.

— Obrigada — digo, desencorajada.

Ela tenta me animar.

— Você ainda pode prender seu tio por traição à Coroa.

Elimino a opção.

— Mas isso não tiraria minha mãe da prisão.

— Não, mas disso ele não poderia fugir.

— Não sei… — respondo, sem achar justo ordenar que o prendam. Seria errado usar meu poder dessa forma impositiva. Ia me sentir como os governantes do passado.

Ao desligar, peço a César que ligue para minha mãe e lhe dou as más notícias. Ela não fica surpresa.

— Eu disse que ele não vai ceder. Sabe muito bem que é praticamente impossível prendê-lo.

— Praticamente impossível não é impossível.

— Se ele deixou alguma ponta solta, você vai achar, mas não creio que tenha deixado.

— E vamos fazer o quê, então? Desistir?

— Zália, você precisa seguir a vida. Tem que aparecer para o povo. Explicar o que está acontecendo.

— Eu tenho feito isso — respondo, na defensiva. — O Gil tem…

— Não cabe ao seu amigo fazer isso, Zália. O povo quer ver você, ouvir você, saber como você está. Essas pessoas estiveram ao seu lado durante o coma, não é justo mantê-las no escuro — ela diz, e penso nos rabiscos que fiz outro dia.

416

— Queria tirar você daí primeiro — digo.

— Como eu disse, minha consciência está limpa. Ter você ao meu lado é o suficiente. Vá resolver sua vida.

— Não, mãe. Não vou permitir. Posso voltar para Galdinópolis com as mãos vazias agora, mas não vou desistir de você.

— Fico feliz — diz ela, e nos despedimos.

Decido voltar no dia seguinte, para que possa dar uma volta na cidade antes de partir. À tarde, faço um passeio pelo centro, onde visito a igreja mais antiga da cidade e cumprimento a população, que faz questão de conferir se estou bem.

É incrível a energia que todos me passam. Entendo o que minha mãe disse quando falou que o povo queria me ver. Isso só me incentiva a terminar o discurso que comecei. Marco a transmissão para a próxima sexta.

Apesar da felicidade que sinto durante o dia, ao deitar à noite Antonio me vem à mente, me deixando melancólica. Sinto mais falta de sua companhia e de sua ajuda do que de um namorado. Pensar nele me tocando me repugna.

Acabo pensando em Enzo também, que não apareceu durante todo o dia. Gostaria de entender por que insiste em negar o que sente.

Na manhã seguinte, vamos para o aeroporto. Me sinto fraca e impotente por não conseguir virar o jogo com meu tio Marlos. Tento o tempo todo pensar em uma maneira de fazer a viagem não ter sido em vão.

— Você deveria ter proposto alguma coisa para ele, algum tipo de regalia — diz d. Chica enquanto nos acomodamos no avião. — Essa cadeira é mais confortável que a poltrona lá de casa — diz ela, mudando de assunto, então se vira para a filha. — Precisamos escolher melhor nossos móveis.

Todos rimos, apesar da tensão. O pequeno avião é mais do que suficiente para atender minhas demandas.

— Ele não ia aceitar — comento, voltando a meu tio. — Ou teria feito ele próprio suas exigências.

— Não é possível, todo mundo quer alguma coisa — diz Mariah.

— Mesmo se quisesse, eu não estaria disposta a dar. Ele não merece sair ileso ou premiado — digo, então finalmente percebo o que preciso fazer.

Me afasto de todos rapidamente e peço que César ligue para Lara. Ela escuta minha ideia, mas fica reticente.

— Tentei conversar com Carmem, mas é claro que ela não cedeu. Eles nunca cedem — diz a delegada, mencionando a líder da Resistência em Galdinópolis. — Mas não sou a rainha. Não posso oferecer o que você poderia.

— Ótimo — respondo, satisfeita. — Pode marcar um encontro com ela? O mais rápido possível?

Desligo o telefone acreditando que é possível ter minha mãe de volta ao palácio, mas prefiro não compartilhar a novidade e focar toda a minha energia no encontro com Carmem.

Passo duas horas encarando o celular, para que ninguém venha falar comigo. Esse é um dos lados negativos de ter um avião tão pequeno: no momento em que mais quero privacidade, não tenho.

Analiso mais uma vez a lista de candidatos a governador, lendo e relendo os nomes e suas histórias, mas minha cabeça sempre volta à minha mãe. Pensar em tê-la em casa em breve sabendo que, apesar de longe, meu pai está bem, me dá uma sensação de alívio muito grande. É como se a engrenagem estivesse começando a funcionar. Isso só me dá mais vontade de continuar o trabalho e, mais do que isso, criar maneiras novas de trabalhar, sem as regras antiquadas.

Como se sentisse meu astral, Mariah se aproxima, cautelosa.

— Posso falar com você?

— Claro.

— Pensei muito no seu convite... — Ela para e pensa, como se ainda não estivesse certa do que falar. — Decidi aceitar, mas com uma condição.

— Qual? — pergunto, receosa e curiosa ao mesmo tempo.

— Não posso fazer esse trabalho sozinha. É demais para uma pessoa só. Lidar com os governadores, controlar e distribuir a verba, fiscalizar o dinheiro gasto no país, implementar novas políticas públicas... Não sei como Antonio conseguia.

Dou de ombros, sem querer falar nele.

— Não conseguia.

— É um trabalho para centenas.

— Centenas? — Fico atônita com o pedido. — Você sabe que não consigo aprovar a contratação de centenas de pessoas de um dia para o outro, né?

— Sei, mas podemos dar um pequeno passo para um dia ter uma equipe grande cuidando de tudo isso.

— Como?

— Criando departamentos focados em cada setor público. Assim poderemos administrar melhor cada um deles. Separamos os principais e fundamentais: educação, saúde, justiça...

Eu a encaro, tentando processar a proposta.

— Departamentos? — repito, tentando imaginar a nova organização.

— Ministérios — ela corrige, e a ideia me soa interessante.

— Está bem — afirmo, decidida.

— Então sou sua assessora — ela responde, estendendo a mão para que eu a aperte.

— Você decide quem vai representar cada departamento, porque já me basta escolher os governadores — digo, e ela ri.

— Pode deixar.

Lara só consegue marcar o encontro com Carmem para dali a quatro dias. Enquanto isso, trabalho com Mariah e meus amigos na criação dos ministérios. Estabelecemos mais de vinte, com o objetivo de descentralizar o poder e supervisionar melhor os gastos, analisando a necessidade de mais unidades ou profissionais em cada área e evitando deixar a população sem cuidados.

A partir da lista de possíveis governadores, conseguimos selecionar alguns ministros.

Aproveito para rasgar as leis assinadas pelo meu pai no dia em que me tirou da regência. Tenho certeza de que não são o melhor para a população. Preciso focar em recolher todo o dinheiro roubado primeiro, para depois analisar se será necessária qualquer cobrança do povo.

Na manhã de sexta, recebo Lara em meu escritório, que me passa uma informação valiosíssima antes do encontro com Carmem, e ainda me presenteia com uma notícia boa:

— Afonso, pai do Antonio, foi preso ontem à noite.

— Jura? — pergunto maravilhada. — O atirador confirmou que ele era o mandante?

— Não, foi Antonio que confessou — diz ela, me deixando confusa por alguns segundos. — Para negociar uma sentença melhor para ele mesmo — completa ela. Ao entender o real motivo, não fico mais balançada.

A líder da Resistência não demora a chegar, e me surpreendo com sua aparência comum. Poderia ser apenas mais uma na multidão.

— Nunca achei que pisaria no palácio — ela diz, se aproximando e me esperando sentar para fazer o mesmo. — É um prazer finalmente conhecê-la.

Sou sincera ao responder:

— Espero que o prazer seja meu também.

— Por que me trouxe aqui? — ela pergunta, curiosa.

— Acho que você sabe o motivo.

— Não posso ajudar, Zália. Fazemos um juramento de confidencialidade na Resistência. Eu jamais poderia contar a verdade, independente de qual seja.

— Então você deixaria uma pessoa inocente apodrecer na cadeia? — pergunto, sentindo o coração apertado.

— Quando as pessoas se juntam à Resistência, sabem os riscos que correm.

— Qual é o seu preço? — pergunto, tentando não demonstrar insegurança.

— Qual é o meu preço? — repete ela, debochada.

— O que você quer para me ajudar a tirar minha mãe de lá? Para testemunhar contra Marlos e Suelen? — repito com a voz mais firme.

— Por que tem tanta certeza de que não foi sua mãe?

— Porque ela jamais tiraria a vida do próprio filho.

— Não posso ajudar, majestade.

Ela levanta e caminha em direção à porta, me deixando atordoada, com o coração saindo pela boca.

— Você pode ter o governo temporário de Galdinópolis! — digo sem pensar.

— Galdinópolis? — Ela se vira, surpresa. — Mas quem cuida dela é a Coroa.

— Vou precisar de alguém que se concentre na capital, já que vou participar de todas as reuniões com os governadores e com os encarregados dos ministérios — invento, mas não deixa de ser verdade.

— Ministérios? — ela pergunta, confusa.

— Precisamos deles, para facilitar o controle.

Carmem volta a sentar, pasma.

— Que maravilha — diz ela. — Mas por que governo temporário?

— Porque não vou obrigar o povo a ter um governador fixo. Já basta terem que me aturar. Dentro de dois anos vamos fazer a primeira eleição para governador.

Ela se recosta na cadeira, admirada.

— Eu imaginava que seu governo seria melhor que o do seu irmão, mas não que iria tão longe — diz Carmem. Apesar da crítica a Victor, sinto o peito inflar com o elogio.

— E então?

— Não posso aceitar — ela diz.

— Tem certeza? — pergunto, escondendo o tom de súplica em minha voz. — Você não é líder da Resistência em Galdinópolis à toa. Eles acreditam em você. E quem sabe você não me prova que merece ser ministra?

Ela me olha, tentada, mas fico com medo de recusar mais uma vez. Sei que se não a convencer agora, não terei outra chance.

— Soube que sua mãe está em um hospital em Maurey e que você não consegue trazê-la para a capital pela deficiência no sistema de transporte. — Jogo a última carta na mesa, que Lara me forneceu de última hora. Ela me encara, atenta. — Acho que podemos resolver isso para você também.

Estendo a mão, para não lhe deixar brecha.

Ela levanta o braço, ainda na dúvida do que fazer, mas, para minha felicidade, aperta a minha mão em concordância.

— Se prepare para tirar sua mãe daquele inferno.

23

MEU CORAÇÃO BATE ACELERADO ENQUANTO LARA assina os últimos documentos liberando minha mãe. Levanto extasiada, mas, antes de sair do escritório, viro para ela outra vez.

— Posso ir lá? — pergunto, receosa, pegando os papéis.

— Vou avisar o diretor do presídio. Basta entregar esses papéis.

— Não sei nem como agradecer.

— Foi você quem fez tudo.

— Mas sem você eu nem saberia por onde começar. Obrigada.

— Boa sorte no discurso hoje à noite — ela diz, e eu agradeço, saindo correndo dos aposentos e descendo as escadas quase que voando, de tão entusiasmada que estou. Vou em direção ao escritório de Shirley e peço que faça uma mala pequena para minha mãe, para que saia da prisão com roupas dignas de uma rainha-mãe. Em seguida, vou até o escritório de César e lhe dou a boa notícia, pedindo que prepare o carro para ir buscá-la. Por último, vou até a antiga sala de Isac, onde encontro Enzo.

— Majestade — diz Enzo.

— Enzo... — Me perco por alguns segundos, esquecendo o que queria ali. Ele domina completamente minha cabeça, e me vejo mais uma vez na porta do quarto em Rabelo. Minha imaginação é logo cortada pela razão. — Estou indo buscar minha mãe. Conseguimos provas de sua inocência. Alguma notícia de Suelen? — Descobrimos que ela tem parentes em Euvisco. Há uma movimentação incomum na casa deles. A polícia local está disposta a ajudar, mas não pode intervir sem nada concreto. Estamos mantendo um detetive do lado de fora o tempo inteiro.

— Ótimo! Se for ela mesmo, quero que a tragam de volta.

— Sim, majestade.

Agradeço e saio de sua sala fingindo, como ele, que nada aconteceu entre nós, mas sinto meu estômago revirar, nervoso. Continuo em frente até o hall norte, onde os carros já me esperam para a viagem.

Não quero choramingar por Enzo, então me concentro na liberdade de minha mãe. Mal posso acreditar que estará ao meu lado na hora do discurso.

São as duas horas mais lentas da minha vida. Quando encontro minha mãe no portão do presídio, choramos, estarrecidas.

— Não acredito que você conseguiu — diz ela.

— Não acredito que você pensou que eu não conseguiria — respondo, fazendo-a rir.

Entrego a mala com suas roupas e ela vai ao banheiro se trocar. Por mais que a roupa melhore as coisas, é difícil esconder a exaustão depois de quase um mês presa.

Minha mãe volta com a cabeça apoiada em mim, como se eu fosse seu porto seguro. Ela insiste em saber tudo o que está acontecendo. Então conto as novidades.

Ela é recebida no palácio da mesma forma que eu fui ao voltar do hospital. Todos os empregados saem para recebê-la, satisfeitos com a sua volta. É aí que vejo a diferença entre meus pais. Enquanto ele fez com que as pessoas ali dentro o temessem, minha mãe ganhou o respeito de todos.

Sigo com ela até seus aposentos. Ela olha ao redor ao entrar, parecendo um pouco perdida, então vira para mim.

— Espero que saiba que nunca quis manipular você.

— Esquece isso — peço.

— Preciso falar — diz ela. — Escolhi o internato porque estudei lá e sabia que metade dos funcionários era da Resistência. Tinha esperança de que eles educassem você de uma maneira mais humana do que aqui no palácio.

— E foi o que fizeram.

— Mas você sempre foi incrivelmente generosa, mesmo quando criança. Sempre foi diferente. Não gostava de cuidados especiais e queria que a chamassem pelo nome — conta ela, rindo. — Tudo o que fiz foi tentar te dar uma vida melhor. O fato de ter vindo para cá em uma missão da Resistência não impediu que os amasse. Vocês nasceram de mim. Eu os gestei e amamentei. Vi vocês crescerem. Mas fui e sou parte da Resistência, ela está entranhada em mim. Você é a Resistência. Você é a esperança. Mas peço perdão por tudo o que fiz, porque minha intenção nunca foi te magoar. Saiba que te amei desde o primeiro segundo e vou te amar até o último.

Ela segura a minha mão. Fico emocionada. Nos abraçamos, tentando completar o vazio que sentimos.

426

* * *

Durante o resto do dia, repasso e aprimoro meu discurso. Volto ao quarto só para colocar um vestido simples azul-escuro e as pérolas da minha avó. Entro na sala de reunião mais uma vez transformada em estúdio. Gil vai de um lado para o outro, ajudando a organizar tudo. Eu o observo, admirada.

Sigo para o púlpito, me preparando para o momento, mas sou interrompida por minha mãe, que traz a faixa e a coroa reais.

— Você só pode vestir depois da coroação, mas pode segurar. É importante mostrar com quem estão falando e a seriedade de suas palavras.

Assinto, aceitando a faixa e a coroa. Então me concentro nas frases que escrevi. Sei que são as palavras certas para o momento, então espero ansiosa que a transmissão comece.

Todos fazem silêncio, então a luz em cima da porta pisca três vezes e a da câmera acende. Respiro, tensa.

— Peço desculpas ao povo por não ter me dirigido a vocês antes, mas precisei me ausentar não só por motivo de saúde, mas porque queria resolver alguns problemas pessoais antes de me dedicar inteiramente a vocês.

"Muitos de vocês devem ter visto nos noticiários, mas quero reafirmar que minha mãe, Rosangela Elizabeth Soares Galdino, foi inocentada. Sempre soube que ela jamais seria capaz do ato cruel do qual foi acusada, então reuni todas as minhas forças e bloqueei minha agenda até conseguir soltá-la. Não peço perdão pela minha falta, e sim compreensão.

"Quanto ao nosso governo, estou ansiosa para começar esta nova fase. Mentiras, corrupção e falhas de caráter não serão toleradas. De agora em diante, pensaremos sempre em um país melhor. Sem lados, sem separação entre a Coroa e a Resistência. Somos apenas um, e juntos faremos de Galdino um lugar próspero, onde os direitos humanos são respeitados. Vamos garantir educação a todos os jovens e trabalho a todos os adultos. Saúde, moradia e igualdade são direitos fundamentais, e serão fornecidas de forma justa ao povo. Não penso que resolveremos todos os nossos problemas da noite para o dia. A corrida contra a corrupção, que vem desde antes do golpe de Euclides, mal começou, mas prometo ao meu povo que vamos atrás de todos os culpados e daremos a devida punição a eles. Incluindo aqueles que lutavam por um país melhor e no caminho se corromperam, cometendo atos que jamais aceitarei, independente da causa. O mandante do assassinato de meu irmão e o executor do crime já foram localizados, e digo com o coração mais leve que pagarão pelos seus crimes.

"Um novo Galdino vai nascer, e um novo sistema também. Os governadores por mim indicados ficarão em seus postos pelos próximos dois anos, até que possamos nos reorganizar e o país volte a avançar. Fico feliz em anunciar que, depois disso, não só os prefeitos serão escolhidos pelo voto popular como também os governadores. Todos serão representantes do povo, e não da Coroa. Outra novidade são os ministérios, que serão gerenciados por pessoas escolhidas a dedo e que trabalharão para se certificar de que tudo está sendo feito de forma correta. Não fiscalizaremos apenas as escolas, os hospitais e o transporte, mas também as casas de repouso, os abrigos e os presídios. Queremos garantir que todo cidadão, sem restrição, tenha seus direitos respeitados.

"Tenho muitos sonhos e ideias para nosso país, que compartilharei com vocês quando for a hora. Aproveito o momento para dizer que, assim como planejo o melhor para vocês e tenho pensado cada dia mais nos meus cidadãos, peço que tentem pensar em mim com o mesmo carinho, me julgando menos, me olhando como alguém que comete erros, ainda que sempre tente acertar, e que fará questão de cumprir todos os compromissos da agenda, mas que pode ficar doente ou triste, e que precisa de tempo para si vez ou outra.

"Peço que não exijam de mim ações ou decisões diferentes das que tomariam, que não imponham regras sem sentido só porque sou monarca, porque também sofro e também amo. Gostaria que minha vida pessoal permanecesse assim e que vocês me apoiassem nas decisões que tomar nesse sentido, principalmente as ligadas ao coração, independente de crença, raça ou status social.

"Por último, desejo a todos um ótimo ano, repleto de realizações e prosperidade para todos nós."

Sorrio e faço uma reverência para a câmera, como em meu primeiro discurso, sem medo ou vergonha, pois não tem a ver com fraqueza, e sim com respeito, que é o que sinto pelo povo.

Quando a luz da câmera se apaga e as da sala se acendem, todos aplaudem, estarrecidos. Olho para minha mãe, do outro lado da sala. Ela me aplaude, orgulhosa, e meu peito se enche de felicidade. Cumprimento um a um e abraço meus amigos.

Saímos de lá para a sala de jantar, onde um banquete e vários convidados nos aguardam, entre eles os pais de Bianca e Julia, e até Estela, a mãe de Gil, para surpresa de todos nós. Gil fica emocionadíssimo ao vê-la, ainda mais quando ela o abraça e o chama de filho. Nunca o vi tão feliz.

Circulo pela mesa para poder conversar com todo mundo, comendo as entradas junto à minha mãe, o prato principal ao lado de Lara e sua equipe, e devorando a sobremesa com meus amigos. Em meio a tanta felicidade, sinto falta do meu pai. Discretamente, saio da sala e subo para meus aposentos para ligar para ele.

— Minha princesa! — diz ele ao atender.

— Na verdade, rainha — brinco. Ele dá uma risada gostosa. — Estava com saudade.

— Eu também — responde ele. — Vi seu discurso, e preciso dizer que falou como uma monarca. Mais do que isso até: falou como uma representante do povo. Estou muito orgulhoso de você.

Meus olhos se enchem de lágrimas. Tudo o que esperei a vida inteira foi seu reconhecimento, e aqui está ele, contra todas as probabilidades.

— Obrigada, pai — respondo.

— Agora vai aproveitar a noite com seus amigos. Você merece. Eu te amo, filha.

— Também te amo.

Volto à sala de jantar para brindar a nova fase com muito tarcá.

Acordo de ressaca no sábado, com minha mãe comentando a repercussão do meu discurso. As manchetes vão desde "Eleições para governadores: por que isso vai destruir os estados" e "Rainha Zália está ao lado da Resistência e não pode permanecer no poder", até "Zália é tudo de que Galdino precisava", "Agora Galdino sai do buraco", "Rainha Zália descentraliza o poder para ter mais controle sobre os gastos do país" e "Nenhum monarca encantou tanto o povo como a rainha atual".

Tomamos café sem nos deixar abalar pelas críticas. Me arrumo para ir ao túmulo de Victor. Ao sair do quarto, dou de cara com David.

— Bom dia. Onde está Enzo? — pergunto, sem acreditar que vai continuar fugindo de mim.

— Ele pediu demissão ontem, majestade. Sou o novo substituto de Yohan.

Dou um passo para trás, desnorteada.

— Demissão?! — Só consigo repetir, tamanho o meu choque.

Minha mãe me leva de volta para o quarto e me faz sentar.

— Você está bem? — pergunta ela, preocupada.

— Vou ficar — respondo, ainda atônita.

— Você gostava muito dele, não é? — Eu a encaro, surpresa. — Já tinha percebido.

— É, mas ele insiste que não podemos ficar juntos. Mesmo gostando de mim, acha que não é bom o suficiente, que preciso achar alguém melhor.

Minha mãe apenas aperta minha mão em resposta. Levanto, me sentindo um pouco tonta.

— Acho que preciso de ar — digo, e ela me acompanha para fora do palácio.

O dia está especialmente lindo e superquente. Apesar disso e da companhia da minha mãe, me sinto angustiada. Tento admirar a serra, mas tudo o que consigo fazer é me perguntar por que ele foi embora, e ainda sem se despedir. Os pássaros cantam animados, mas não consigo apreciar o momento.

Nos aproximamos do túmulo de Victor, onde uma surpresa nos aguarda: o chão está completamente coberto pela grama. Olhamos admiradas para o símbolo da passagem de meu irmão para a outra vida. Minha mãe se abaixa e toca o solo, emocionada, desejando que ele vá em paz e se despedindo pela última vez. Não faremos mais nossas visitas aos sábados, agora que ele se foi.

Vejo mais uma vez o templo dos reis, ao longe. Me aproximo, hipnotizada. Como algo tão lindo pode me causar desconforto?

Paro na entrada e observo todos os detalhes. Em meio ao meu devaneio, escuto passos no cascalho atrás de mim. Viro para olhar, e é Enzo quem está ali, sem o uniforme de segurança, com uma calça cáqui, mocassins marrons e uma blusa social azul. A visão é de tirar o fôlego. Preciso me lembrar de respirar.

Volto a olhar para o templo, ainda machucada com sua demissão, mas aliviada que pelo menos tenha vindo se despedir.

— Leonardo I fez questão de trazer a cultura telona para Galdino. Ele me antecede em onze gerações. Será que tem um nome para isso?

— Undecavô — ele responde, deixando-me pasma.

— Undecavô?

— Isso. É só seguir a ordem — diz ele, como se fosse óbvio. — Trisavô, tetravô, penta, hexa... Undecavô.

— Como você sabe disso? — pergunto, e ele dá de ombros,

então prossigo. — Essas construções sempre me incomodaram. A ideia era mostrar nosso poder sobre o povo, mas agora tudo o que vejo é nossa fragilidade. Nós partimos e ninguém se lembra de nós, só ficam as construções.

— Não seriam nossos atos construções também? — ele pergunta, me fazendo refletir. — Se quer deixar sua passagem marcada, não basta construir algo novo no sentido metafórico? Você já está na história de Galdino. Gerações futuras saberão quem foi a rainha Zália. Você nunca será esquecida.

— Mas fui esquecida por aquele com quem mais me importo.

— Abaixo a cabeça, sofrendo com sua partida. — Por que você vai embora?

— Não vou a lugar nenhum — responde ele.

— Então por que isso tudo? Por que não vai trabalhar mais aqui? Por que desapareceu depois do Réveillon?

— Precisei de um tempo para pensar, Zália. Fiquei confuso. É muito difícil querer e não poder ter você.

— Mas você pode — digo, angustiada. — Por que não aceita isso?

— Não existe ficar com você sem se comprometer. Você sabe que estar ao seu lado vai muito além de um namoro comum, e isso me assustou um pouco. Mas eu não posso ser covarde e ignorar o que sinto, principalmente depois do seu discurso de ontem. Eu já havia decidido e agora tenho ainda mais certeza de que, mesmo sendo apenas um qualquer, vou provar para todos e para você que sou digno de estar ao seu lado.

As borboletas voam agitadas no meu estômago e não consigo esconder o sorriso.

— Você se demitiu pra ficar comigo? — pergunto, incrédula.

— Para você ver quão sério estou falando — responde ele, virando para mim. — Sem mentiras, sem broncas por chegar perto demais, sem ninguém mandando na gente.

Meu coração salta no peito.

— Sem namorada tenente — brinco.

— E sem namorados assessores. — Ele levanta a sobrancelha de maneira fofa, me fazendo rir.

— Jamais! — respondo, encantada. Enzo se aproxima e me segura pela cintura.

— Já disse que você é linda?

— Pode falar de novo.

— Você é linda. Cada dia mais.

Vejo o brilho em seus olhos e encosto minha testa na sua, sem acreditar que finalmente podemos ficar juntos. Nos beijamos da mesma maneira que no jardim de bambu. Primeiro devagar, mas ficando cada vez mais intenso conforme Enzo sobe a mão pelas minhas costas até o pescoço e me puxa mais para perto.

Sinto como se estivesse em um sonho ou conto de fadas, quando a princesa encontra seu grande amor. No meu caso, a rainha. E ainda estamos no meio da história.

AGRADECIMENTOS

Estou tão apaixonada pela Seguinte que não posso começar este textinho por nenhum outro assunto senão pela equipe linda dessa editora. Agradeço à Diana, que não só me apresentou a Nath e a Gabi como fez meu filme pra elas. Muito obrigada, Diana! ♥ À Nath, que além de vivenciar minha indecisão, de aturar minhas inseguranças, fez um trabalho lindo de preparação junto à Lígia, sempre se preocupando em conseguir o melhor para *O reino de Zália*. Obrigada, Nath! Principalmente pelo cuidado com os comentários pelo texto. Mesmo os puxões de orelha eram fofos e enchiam meu coração de carinho. À Gabi e à Júlia, as primeiras leitoras desta história na Seguinte, quando ainda estava cheia de furos e informações sem sentido, e que mesmo assim acreditaram na Zália. Meninas, obrigada por abraçarem e se encantarem com a nossa princesa quando eu mesma ainda estava descrente de tudo.

Escrever os agradecimentos no meio da produção do livro é muito injusto, porque eu sei que muitas mãos maravilhosas ainda passarão por aqui e não só farão com que esta história fique ainda mais incrível, como trabalharão para que chegue ao maior número possível de leitores. Agradeço de coração a cada um na editora que está participando da transformação de um simples documento de Word em um livro supermegadivo, levando-o para todo o Brasil. Esta história foi criada em um momento muito difícil pra mim, enquanto eu lutava contra uma depressão e contra a maior onda de insegurança que já sofri na vida. Não achei que chegaria ao final, por causa dos sentimentos que me acompanhavam e porque resolvi, justamente nesse momento, inventar uma história muito diferente do que já havia escrito até então. Durante essa fase tive apoio de amigos importantíssimos, que preciso citar pois sem eles essa história não estaria pronta. Ao meu melhor amigo, Caio, parceiro de grandes aventuras e outras nem tanto, companhia que quero ter ao meu lado todos os dias da minha vida (pra sempre). Eizinho, obrigadinha! Amo você. À Vivi Maurey, que foi a primeira a escutar a minha ideia e se empolgar com a Zália, sua missão e seu triângulo amoroso. À Dani Raposo, que eu chamei para ser minha leitora beta, mas que só recebeu o primeiro capítulo. A empolgação dela me deu ânimo para seguir em frente enquanto escrevia. Amiga, sorry! A insegurança fez isso, e ainda bem que não mandei o resto. Mudei tanto de lá pra cá! À Rebeca e ao Steve, amigos queridos que amo de paixão, que são fonte de diversão em tempos bons e ruins. À Frini, que não sei por que não apareceu na minha vida antes. Além de trazer muita animação e criatividade nesses últimos meses, fez (junto com a Vivi) com que eu me sentisse abraçada pela primeira vez nesse mundo literário. Aos membros do Hakuna Matata: Regina, Patrícia, Rafael, Salhab, Heldo e Karine, amigos maravilhosos que me fazem rir, pensar e até chorar nos nossos encontros sempre intensos. E por último, mas não menos importante, à Mel, que faz uma falta danada, e pra me fazer sofrer mais de saudade demora séculos para responder minhas mensagens. Ficou por último de castigo! Muahaha! Mel leva bronca, mas Zezinha, jamais! Mãezinha, amo você! Saudade dessa família curitibana.

E é claro que não posso deixar de falar dos meus leitores maravilhosos, que sem saber foram importantíssimos para esta história sair e principalmente para vencer a depressão. Sempre que eu recebia uma mensagem de vocês, curiosos sobre o próximo livro, me cobrando histórias antigas ou apenas sendo fofos, me lembrava do motivo de ter escolhido ser escritora e me motivava a seguir em frente. Obrigada a todos e espero que tenham gostado da história da Zália.